AF304294

Sylvia Kaml wurde 1975 in Frankfurt am Main geboren und wuchs im hessischen Vogelsberg auf. Sie folgte ihrer Liebe zu Tieren und studierte Veterinärmedizin. Von 2004 bis 2008 lebte sie in den USA, heute mit Mann und zwei Töchtern im Ruhrgebiet und arbeitet in einer Kleintierpraxis. Ihre große Leidenschaft ist das Schreiben. Sie veröffentlichte einige gesellschaftskritische Zukunftsromane und Thriller in verschiedenen Verlagen sowie Kurzgeschichten in Anthologien.

SYLVIA KAML

SOLAR SYSTEM: LOST

HARD SCIENCE FICTION

Erstausgabe September 2023

Solar System:Lost

ISBN 978-3-98778-513-9
E-Book-ISBN 978-3-98778-502-3

Covergestaltung: Nadine Most
Umschlaggestaltung: ARTC.ore Design
Unter Verwendung von Abbildungen von
stock.adobe.com: © hideto111, © franz12
shutterstock.com: © Jurik Peter, © sakkmesterke,
© PHOTOCREO Michal Bednarek, © Piotr Krzeslak,
© Sergey Nivens
Lektorat: Sandra Florean
Satz: dp DIGITAL PUBLISHERS GmbH
Druck und Bindung: Books on Demand GmbH, Norderstedt

Erde, asiatischer Kontinent

»Du musst es wegmachen lassen!«

»Niemals! Es war anstrengend genug, das Kind zu bekommen.«

»Du weißt nicht, was du da austrägst, Marcy! Diese Kreatur wird Krieg und Verderben über uns alle bringen.«

»Rede keinen Unsinn, Vater!«

1.Marskolonie »Adventiva«

Ray zog die Kapuze seines Mantels über den Kopf, blickte sich kurz um und trat dann flott aus der dunklen Gasse auf die zum Glück nur schwach erleuchtete Hauptstraße des achten Bezirks. Oft konnte er sich hier nicht sehen lassen, zu groß war das Risiko, erkannt zu werden. Sein Vater hatte mit Sicherheit einige Kopfgeldjäger auf ihn angesetzt. Schon aus verletztem Stolz. Kein Vandenberg ließ sich auf der Nase herumtanzen, erst recht nicht vom eigenen, missratenen Sohn. Es ärgerte ihn, wie sehr der General noch in seinen Gedanken herumspukte und sein Leben beeinflusste. Doch wenn er seine Freiheit erlangen wollte, musste er so oft wie möglich zum Higgen's Yard, dem Recyclinghof, der sich an diesem Rand der gigantischen Kuppelstadt befand. Dort stand seine Pax, versteckt zwischen viel größeren ausrangierten Frachtern und halb-zerlegten Shuttles. Durch einige inoffizielle Dienste für den Besitzer der Anlage hatte er sie sich sozusagen erarbeiten können.

Benjamin Higgen fragte nicht, wer er war und woher er kam, würde ihn auch sicher nicht verraten, dafür wusste Ray mittlerweile zu viel über dessen steuerfreien Zuverdienste.

Zugegeben, die Pax war mehr ein Wrack als ein Fluggerät, aber er durfte sie solange auf dem Gelände stehenlassen und sich an den Ersatzteilen bedienen, bis sie flugtüchtig sein würde.

Ray war ein guter Bastler. Schon als Kind hatte er das Bauen von Maschinen und deren Programmierung als Flucht genutzt. Es war die einzige Beschäftigung, die der General für sinnvoll gehalten und wobei er ihn in Ruhe gelassen hatte. Hier hatte er seiner Fantasie und Kreativität freien Lauf lassen können, ohne dass diese mit Prügel erstickt worden waren. Dass er sein Können auch dafür genutzt hatte, um sich unbemerkt in den Computer seines Vaters und dadurch auch in das Militärnetz zu loggen, hatte der General zum Glück nie herausgefunden. Aber das Wissen über dessen Dienste und Kommunikationen hatte ihm ein wenig Raum zum Ausweichen gegeben.

Auch heute hatte er wieder bis tief in die Nacht an dem Schiff gearbeitet. Er war sogar versucht, ein erstes Startmanöver zu probieren, aber er zwang sich zu mehr Geduld. Er hätte nur einen einzigen Versuch, um nicht entdeckt zu werden, und musste sichergehen, dass bei diesem alles glatt lief. Nicht nur der Antrieb, auch die illegal erworbene Software, die ihn durch das Energiefeld der Marskuppel schleusen sollte, musste reibungslos funktionieren.

Er fand es anfangs erschreckend, wie viele Adventive versuchten, den Mars illegal zu verlassen, und wie viele Schleuser es gab, die sich aus der Not der Menschen die Taschen vergoldeten. Offenbar war das Leben in der Kolonie doch nicht so traumhaft schön wie ihnen von Kind auf eingetrichtert und vorgegaukelt wurde. Er hoffte nur, dass es sich bei den Erzählungen über die üble Diskriminierung seiner Landsleute auf der Erde um Übertreibungen handelte. Obwohl es hier ja nicht anders war.

Die Gründer der Marskolonie Adventiva hatten sich der genetischen Auslese verschworen. Jeder sollte gleich aussehen: groß, blond und blauäugig, damit es nicht zu Diskriminierungen käme, hieß es offiziell. Dass diese Gesellschaft immer skeptischer und abweisender anderen Menschen gegenüber wurde, unterlag einer gewissen Ironie. Der jahrzehntelange Krieg mit der Erde, der folgte und schließlich zur völligen Isolierung führte, hatte nicht gerade dafür gesorgt, dass die Vorurteile über die verschiedenen Ethnien verschwanden.

Ray selbst legte nicht viel Wert auf die Lehren der genetischen Überlegenheit der Adventive. Sein eigener Vater war das beste Gegenbeispiel dafür.

Egal, wie es woanders für ihn sein würde, alles war besser, als hier weiter überwacht, bestraft und manipuliert zu werden.

Noch in Gedanken versunken fiel ihm auf, dass er mit seinen Blicken eine Gestalt verfolgte, die vor ihm durch die Gasse ging. In den frühen Abendstunden des Marswinters war in dieser Gegend nicht viel Leben auf den Straßen, höchstens Obdachlose, die keine Unterkunft hatten und beschäftigt wirken mussten, um nicht als solche aufzufallen. Sie wurden vom Sicherheitspersonal nicht gern gesehen, das sich ab und zu auch in diese Gegend verlor. Adventiva sollte sauber bleiben. Hier im Paradies durfte es solche Menschen nicht geben, also wurden sie heimlich entsorgt, um den Schein zu wahren. Ray stieg ein trockenes Lachen aus der Kehle bei dem Zynismus in seinen Gedanken.

Trotz allem weckte der Passant vor ihm sein Interesse. Irgendetwas schien anders und doch vertraut. Die Figur? Der Gang? Kannte er diese Person? War es gar ein Spion seines Vaters? Er musste es herausfinden.

Ray wich rechts in eine Seitenstraße aus, in der die Straßenlampen den roten Steinboden nur gering beleuchteten, und beschleunigte seine Schritte. Als er sicher war, die Gestalt überholt zu haben, nahm er die nächste Gasse links zurück zur Straße. Dort wartete er im Schatten einer großen geparkten Lieferdrohne und schaute vorsichtig den Weg entlang. Die Person schlich weiter in seine Richtung. Im Schein einer Straßenlampe erkannte er für einen kurzen Moment glatte, dunkle Haare unter der Kapuze und schmale Augen mit Epikanthus-Falte. Es handelte sich definitiv um keinen Bewohner der Marskolonie. Sein Herz raste. Beinahe hätte er sich ungläubig die Augen gerieben. Konnte das sein?

Ein Bild flammte in seinem Geist auf. Wie er als Teenager in der Arrestzelle saß, kurz nach seinem ersten Fluchtversuch aus der Militärschule. Eine Erinnerung an ihre erste Begegnung, die er nie würde vergessen können. Als wäre es gestern gewesen, hörte er die weibliche Stimme in seinem Kopf:

»Wie lange willst du noch den Boden anstarren?«

Ray zuckte zusammen, als er das Mädchen in seiner Nachbarzelle erkannte. Tatsächlich war er so in seinem Gram und den körperlichen Schmerzen der Bestrafungen versunken gewesen, dass er bisher nicht einmal aufgeblickt hatte.

»Ich habe es mir anders überlegt, schau doch wieder nach unten«, sagte sie patzig und verzog die Lippen. »Ich bin diesen Blick so unendlich leid, als wäre ich eine Missgeburt.«

Er wusste nicht, was er sagen sollte. Menschen dieses Phänotyps hatte er tatsächlich noch nie zu Gesicht bekommen. Es gab sie seines Wissens nach nicht auf dem Mars. »Ich wollte dich nicht anstarren. Tut mir leid«, brachte er schließlich drucksend hervor.

»Oha, du kannst ja doch sprechen.«

Ray blickte hinunter auf die gefalteten Hände in seinem Schoß. »Manchmal bin ich mir da nicht so sicher, weil mich niemand zu hören scheint.«

»Ich heiße Li.«

»Ich bin Ray.« Er sah auf und in ihre fremden, aber faszinierenden dunklen Augen. »Wie kommst du hierher?«

»Befehlsverweigerung.«

»Nein, ich meine diesen Planeten.«

Sie zögerte. »Wegen meiner Gene. Väterlicherseits.«

»Oh ... bist du ein Mischling?«

Lis Augen verengten sich zornig bei der Frage. »Ein Mischling aus was? Mensch und Mensch?«

Ray hatte das Gefühl, vor einer fauchenden Katze zu sitzen, und zog die Schultern hoch. »So meinte ich das nicht.«

»Mir ist völlig klar, wie du das gemeint hast«, blaffte sie ihn an. »Ja, meine Mutter stammt von der Erde, genügt das? Sag nicht, du hast noch nicht davon gehört, dass sich ein halber Terraner auf eurer ollen xenophoben und genetisch kontrollierten Arier-Kolonie befindet. Deine Freunde zerreißen sich doch sicher das Maul über mich.«

Ray drückte den Rücken durch und schaute sie stolz an. »Ich habe keine Freunde. Nicht hier.«

Lis Mimik entspannte sich daraufhin und schließlich lächelten sie sich zu. In diesem Moment realisierte Ray, dass er doch einen Freund auf der Akademie hatte.

Das war sie auch gewesen von da an. Eine sehr gute Freundin sogar. Die beste, die er sich vorstellen konnte. Bis sie nach zwei Jahren plötzlich spurlos verschwand.

Und nun sollte er ihr erneut begegnen? Nach so vielen Jahren? Hier im abgelegenen achten Bezirk? Er konnte es nicht glauben.

Ray nahm seinen Mut zusammen und trat vor die Gestalt, bevor sie an ihm vorbeischreiten konnte. »Li?«, flüsterte er heiser.

Sie stoppte und riss erschreckt die mandelförmigen Augen auf. Kurz darauf zeigte ihre Mimik Erkennen und sie schenkte ihm ein Lächeln, das sein eingefrorenes Inneres erwärmte. Sie war es. Seine alte Freundin hatte sich in den letzten Jahren kaum verändert, wirkte natürlich erwachsener, aber noch immer so attraktiv wie früher. Kurz darauf kam die Skepsis zurück. Immerhin war er ein gesuchter Deserteur und kannte die junge Terranerin vor sich schon lange nicht mehr.

»Was machst du denn hier?« Nicht nur der Mars selbst, auch gerade diese Straße? Ein Zufall schien ihm unmöglich. Hatte er einen Fehler begangen, sich ihr zu zeigen?

Li wirkte ähnlich angespannt, was nicht gerade zu seiner Beruhigung beitrug. »Ich habe gehofft, dich hier zu finden.«

Das Adrenalin rauschte durch seine Adern bei den Worten und er trat einen Schritt zurück, bereit, seine Freiheit bis aufs Blut zu verteidigen. »Warum?«

Sie machte jedoch keine Anstalten, ihn anzugreifen oder eine Waffe zu ziehen, sondern stand nur ruhig da, die Hände vor ihrem Bauch ineinander gehakt. »Du hast mir doch von deinem Plan berichtet damals. Als du nicht in der Akademie warst, bin ich hierher.«

»Hat dich Admiral Steele geschickt? Ist dir jemand gefolgt?« Er sah sich hektisch um.

»Nein, keine Sorge. Ich habe niemandem gesagt, wohin ich gehe. Ich ...«, sie brach ab und sah hinunter auf ihre Finger, die miteinander rangen, »... brauche ebenfalls ein Versteck und dachte, dass ich bei dir sicher wäre. Für eine Weile zumindest.«

Ray holte tief Luft. Sein Puls beruhigte sich, wenn auch nur langsam. Er freute sich mehr, seine wohl einzige Jugendfreundin wieder zu treffen, als er sich zugestehen wollte. Freude. Ein selten gewordenes Gefühl. »Natürlich. Schön dich zu sehen. Was machst du hier? Seit wann bist du zurück auf dem Mars?« Ihm kam ein Gedanke. »Warst du auf diesem terranischen Schiff? Der Styx?«

Li zuckte zusammen. »Du weißt davon?«

»Lass uns in meine Bude gehen«, raunte er ihr zu und sah sich unauffällig um. »Hier haben selbst die Müllcontainer Ohren.«

Er führte sie zurück durch die enge Gasse, die er gerade verlassen hatte. An leise summenden Schächten der Lüftungsanlagen vorbei, die ihren metallenen Ozongeruch zwischen den Wänden aus rotem Beton verbreiteten, und dessen Kondenswasser monoton auf den Boden tropfte und Pfützen bildete. Die blinkende holographische Leuchtwerbung strahlte von der Hauptstraße bis hierher und spiegelte sich auf dem nassen Steinboden wider. Hier am Stadtrand gab es keine Begrünung zur Lufterfrischung, keine Bäume, künstlichen Bäche oder Parks. Hier lebten diejenigen, die man nicht zu Gesicht bekommen wollte, und die sich nur so lange wie nötig draußen aufhalten sollten. Am besten frühmorgens zur Arbeit und spätabends zurück, ohne aufzufallen. Denn sie gab es offiziell nicht auf dieser perfekten Kolonie.

An der nächsten Ecke bog er in den Hinterhof der kleinen Kneipe ein und sie stiegen eine wackelnde Metallleiter hoch in den ersten Stock, die bei dem Gewicht in ihren Angeln ächzte. Ray holte seine Karte hervor und öffnete die Tür des kleinen Apartments. Es bestand aus einem Zimmer und einem winzigen Bad, in das man fast rückwärts eingehen musste, weil man sich kaum umdrehen konnte. Im Hauptraum befanden sich ein Schlafsofa und eine winzige Küchenzeile mit Essensdrucker, der jedoch so viel Energie benötigte, dass Ray ihn aus Kostengründen noch nie verwendet hatte. Von der Wand konnte man einen Tisch mit Sitzbank herunterklappen, den Ray ebenfalls kaum nutzte. Er verzehrte sein Essen auf der Couch.

Li folgte ihm herein und wartete geduldig, bis er das Schloss hinter ihnen verriegelt hatte und die Lampe rot leuchtete.

Sie betrachtete den kleinen Raum mit gerunzelter Stirn. »Wie lange wohnst du schon hier?«

»Seit knapp sechs Monaten.«

»Es hieß, du seist abgehauen, stimmt das?«

Ray nickte.

»Hast du keine Angst davor, dass jemand herausbekommt, wer du bist?«

Er zuckte die Schultern. »In diesem Ghetto sind nur Aussteiger. Menschen, die ihre von anderen aufgeladenen Erwartungen nicht erfüllen konnten. Trotz bester Auslese und Technologie. Genetische Versager.«

»Also die nichtexistente Kehrseite von Adventiva.«

»Korrekt.« Er lachte trocken. »Wir sind sozusagen unsichtbar. Die Anwohner akzeptieren mich als einer der ihren.«

»Aber dein Chip ist doch beim Militär registriert, oder?«

»Den Sensor kann man hier an jeder Ecke für wenig Geld ausschalten lassen.«

»Dann ist es sicher?« Ihre Finger glitten nervös die dünne Goldkette entlang, die um ihren Hals hing.

»Hin und wieder kommt das Ordnungsamt, um *aufzuräumen*. Aber wenn du eine Wohnung hast, lassen sie dich für gewöhnlich in Ruhe. Dann hast du nämlich irgendeinen beschissenen Job, den sonst eh keiner machen will.« Ray wollte nicht daran denken, wohin einige der Obdachlosen dieses Bezirks verschwunden waren.

Li nickte verstehend. Sie sah sich um. »Keine Abhöreinrichtungen?«

»Nein. Ansonsten hätte längst der General vor der Tür gestanden, das kannst du glauben.« Das hatte er nicht nur einmal überprüft. Die Angst, dass sein Vater ihn hier finden könnte, war allgegenwärtig.

Ihm fiel auf, wie vorsichtig, ja beinahe schon paranoid sich seine alte Freundin verhielt. Er legte seinen

Kapuzenmantel ab und schmiss ihn über einen der beiden Stühle. »Setz dich«, sagte er und räumte Pads, Essenskartons und Wäsche von den zerschlissenen Sitzpolstern der Couch. Er überlegte kurz, wohin mit dem Stapel, doch fand keinen Platz. Also warf er ihn einfach daneben auf den Boden.

Li betrachtete das Chaos mit gehobener Stirn. »Also den Ordnungssinn hast du jedenfalls nicht von deinem Vater.«

»Ich hoffe, ich habe gar nichts von diesem Dreckskerl.« Ray erinnerte sich an die jährliche Parade der Akademie, zu der die Eltern eingeladen wurden. Wie sich sein Vater zusammengerissen hatte, um keinen rassistischen Kommentar Li gegenüber abzugeben. Sein Blick hatte jedoch deutlich gezeigt, wie empört er darüber war, dass eine halbe Terranerin offiziell in eine der besten militärischen Akademien des Planeten eingeschrieben worden war. Nach seinen eigenen Aussagen hatte er im Hintergrund alle Hebel in Bewegung gesetzt, um diese Fehleinschreibung von seinem Planeten zu verbannen. Womöglich war es ihm sogar gelungen, denn noch in demselben Monat wurde Li entlassen und zog zurück zur Erde. Ray fragte sich bis heute, wie das Militär ein solches Risiko eingehen konnte, oder ob sie in Wahrheit als Spion auf der Erde eingesetzt wurde. Doch er wagte es nicht, sie danach zu fragen.

Er wies auf das Sofa und Li nahm zögerlich darauf Platz. Als er diese zierliche, aber elegant wirkende junge Frau so auf dem alten, abgenutzten Polstern sitzen sah, fühlte er sich noch mehr als Versager. Was war aus dem vielversprechenden Sohn des angesehenen

Generals geworden? Ein heruntergekommener, flüchtiger Deserteur im dreckigen Armutsviertel der Kolonie lebend. Wie tief war er gesunken.

»Willst du etwas trinken?«

»Nein, danke.«

»Gut, ich hätte auch nur Kranwasser.« Allein die Tatsache, dass Alkohol so unheimlich teuer war, hinderte ihn daran, dieser Sucht zu verfallen. Ohne genug Geld musste er jeden verfluchten Tag nüchtern ertragen. Mit Drogen verhielt es sich nicht anders. Die wurden derart massiv bekämpft auf dem Mars, dass sie nur für diejenigen erschwinglich waren, die aufgrund ihres Reichtums gar keine Gegenwartsflucht nötig hätten. Welch eine Ironie.

Er ließ sich neben ihr nieder und klopfte mit den Händen auf die Oberschenkel. »Also, wie geht's dir? Erzähl!«

»Beschissen, wenn ich ehrlich bin.« Sie sah ihn an. Die langen schwarzen Haare fielen ihr strähnig ins ovale Gesicht. Sie wirkte müde, beinahe erschöpft. Dennoch fand Ray sie noch immer wunderschön. Ihre sinnlichen, vollen Lippen, die kurze Nase und die faszinierenden dunklen Augen. Ob sie ein Paar geworden wären, wäre sie in der Akademie geblieben?

Er riss sich von der Träumerei los und zwang sich zurück in die Gegenwart: das muffige Apartment und ihre verflixte Situation.

»Wieso bist du damals so plötzlich verschwunden? Ohne ein Wort?« Er schaffte es nicht, den Vorwurf in seiner Stimme zu unterdrücken.

Li umfasste ihre Oberarme und zog die Schultern hoch, als fröstelte sie. »Es tut mir leid, ich musste zurück auf die Erde. Ich hatte keine Möglichkeit, mit dir in Kontakt zu treten. Es ging alles so schnell.«

Er merkte, wie sie abblockte, so wie sie es schon früher immer getan hatte, wenn das Thema auf ihre Vergangenheit kam, und beließ es dabei. Li würde ihr Geheimnis wahren, aus welchen Gründen auch immer. Dass es äußere Zwänge waren, davon war er überzeugt. Er kannte diese selbst zu gut.

»Du warst auf der Styx, habe ich recht?« Es musste so sein. Li hatte den Mars vor Jahren verlassen und außer der Styx war seit Monaten kein Schiff des terranischen Solarbunds in Adventivraum eingedrungen.

»Was weißt du darüber?« Sie blickte ihn mit ihren mandelförmigen Augen streng an. »Es gab einen heimtückischen Anschlag auf unser Forschungsschiff mit dreihundert Menschen an Bord!«

Ray nickte. »Ich habe davon gehört.«

Li schnappte nach Luft. »Du lebst hier versteckt im Untergrund und hast *davon gehört?* Wie offiziell war das denn? Verflucht, meine Mutter war an Bord und hat nicht überlebt und mich hätte es ebenfalls beinahe erwischt! Eine Warnung wäre nett gewesen.« Ihre Stimme erstickte und sie räusperte sich rasch, wie um ein aufkommendes Schluchzen zu überspielen.

Ray wollte sie auf keinen Fall verletzen und hob beschwichtigend die Arme. Erneut das vertraute Gefühl, eine fauchende Katze vor sich zu haben. Er hatte ihre Temperamentsausbrüche ebenso vermisst wie die Ruhe, die sie dazwischen ausstrahlen konnte. »Das tut mir leid. Ehrlich. Selbst wenn ich gewusst hätte, dass ausgerechnet du auf dem Frachter bist, hätte ich keine Möglichkeit gehabt, dich zu kontaktieren. Das Schiff sollte zudem nicht zerstört werden.«

»Wir hatten Probleme mit dem Antrieb und der Eindämmung, der Beschuss setzte alles in Brand.« Sie sah auf. »War es diese Terrorgruppe, wie nennen die sich noch? Diese Typen, die den Handel mit der Erde verhindern wollen?«

»Du meinst die *Wächter?* Nein.« Er atmete tief durch. »Der Angriff der Styx lief über offizielle Kanäle und wurde von unserer Regierung in Auftrag gegeben.«

»Was?« Li riss die Augen auf. »Wenn es eure Regierung war, warum retteten sie uns dann?«

»Wie gesagt, ihr solltet nicht explodieren, lediglich zur Landung hier auf dem Mars gezwungen werden, ohne großes Aufsehen zu erregen, was offensichtlich misslang. Sie suchen etwas.«

»Was weißt du darüber?«

Ray seufzte. »Nicht viel. Ich höre lediglich den Militärfunk ab, zu meinem eigenen Schutz, bin aber leider völlig handlungsunfähig. Wie eine gehbehinderte Oma am Fenster eines Hochhauses.«

Li atmete tief durch. »Es tut mir leid, wenn ich dich angepflaumt habe.« Sie schluckte und ihre Augen begannen im schwachen Licht der Lampe zu glänzen. »Verdammt Ray, ich weiß nicht, was ich machen soll.«

»Das kann ich nachfühlen. Wie bist du aus dem Lazarett gekommen?«

»Ich wurde als unwichtiger Zivilist eingestuft und durfte gehen.« Sie sah auf.

Dieser unschuldige Blick ließ in Ray alle Alarmglocken angehen. »Wirklich? Die Regierung lässt ganz sicher keinen Terraner hier unbewacht herumlaufen, schon gar nicht welche, die bereits auf Adventiva registriert sind.«

Li seufzte. »Ich bin es schon so gewohnt, mich durch diese Kolonie zu schummeln, dass ich vergessen habe, wer hier vor mir sitzt. Entschuldige.«

»Wie bist du wirklich entkommen?«

»Nachts. Durch das Toilettenfenster.«

Ray musste bei dem trockenen Tonfall laut lachen.

»Ja, ich weiß. Sehr unspektakulär.« Li lächelte ebenfalls. »Aber es war ein stinknormales Krankenhaus und nur die Führungsoffiziere wurden streng überwacht. Bei mir rechneten sie wohl mit keiner Flucht oder dass ich es schaffen könnte, mich auf diesem Planeten zurechtzufinden und zu verstecken.«

Ray nickte. Er glaubte ihr. Es sollten so wenig Zivilisten wie möglich auf die Sache aufmerksam werden und zu viel militärische Bewachung der schiffsbrüchigen Terraner hätte nur Neugier geweckt. »Weißt du, was die gesucht haben?«

»Was? Nein, keine Ahnung, wie sollte ich auch?«

Er lächelte schwach. Seine alte Freundin war schon damals eine schlechte Lügnerin gewesen. »Du hast wohl wieder vergessen, wer vor dir sitzt.«

Sie biss sich auf die Unterlippe, was Ray erneut unheimlich attraktiv fand, wie er sich eingestehen musste, schwieg aber. Ihre Finger spielten erneut mit dem herzförmigen Anhänger ihrer Halskette, ohne dass sie sich dessen bewusst zu sein schien.

»Du brauchst es mir nicht sagen, wenn du nicht willst. Nur, *falls* du es weißt oder es gar in deinem Besitz ist, würde ich es an deiner Stelle gut verstecken oder so schnell wie möglich loswerden.«

»Wenn es so wäre, würdest du mich verraten?« Ihr schiefer Blick von der Seite erinnerte ihn erneut an das Mädchen damals in der Militärschule. Immer bedacht, stark zu erscheinen, aber im Inneren verletzlich. Auch ihre Wutausbrüche schienen mehr Selbstschutz zu sein als Angriff.

»Natürlich, nicht.« Er sah ihr direkt in die dunklen Augen. »Ich würde dich nie verraten! Abgesehen davon könntest du mich ebenso anschwärzen. Desertieren ist nicht gerade ein Kavaliersdelikt bei uns.«

Li legte ihre Hand auf seine. Die warme Berührung ihrer Finger gab ihm ein wohliges Kribbeln.

Auf einmal bebten ihre Lippen. Die Maske bröckelte und ein Schluchzen drang aus ihrer Kehle. Schnell bedeckte sie die Augen mit den Händen.

»Hey!« Ray rutschte näher, nahm sie in die Arme und drückte sie an sich.

Li vergrub ihr Gesicht in seinem Shirt. Ihr warmer Atem an seiner Brust beschleunigte seinen Herzschlag. »Ich weiß nicht, was ich machen soll«, schluchzte sie. »Alle, die ich kannte, sind tot oder wollen mich in ihre Hände bekommen. Ich weiß nicht, wem ich trauen kann oder wohin ich gehen soll. Ich bin so allein, Ray!«

Ray strich ihr sanft über die Haare. »Mich kennst du auch und ich bin weder tot, noch werde ich dir je ein Leid zufügen. Ganz gleich, für welche Seite du dich entscheidest, das verspreche ich dir.«

»Danke!« Li wischte sich die Tränen vom Gesicht und lehnte sich an ihn. »Es tut mir leid. Ich weiß nicht, was über mich gekommen ist, entschuldige.« Mit der rechten Hand hielt sie den Anhänger fest umklammert. Er überlegte, ob das ein Andenken an ihre Mutter war.

»Du musst dich nicht entschuldigen.« Er schmiegte seine Wange an ihre Haare. »Nicht bei mir.«

Sie saßen eine Weile aneinander gelehnt auf dem kleinen Sofa. Ray schloss die Augen und genoss diesen Moment. Ihr warmer Körper an seinen und den Duft ihrer Haare. Alle Sorgen verpufften in grauem Dunst. Ihm wurde bewusst, wie sehr er die liebevolle Berührung eines anderen Menschen vermisst hatte.

Viel zu früh löste sie sich aus der Umarmung und wischte sich mit dem Ärmel die Tränen von den Augen. »Danke dafür.«

Er überlegte, ob er ihr von seiner Fluchtmöglichkeit erzählen sollte, und entschied sich kurzerhand dafür. Wenn er nicht einmal seiner einzigen Freundin in diesem Universum trauen konnte, wem dann? »Ich habe mir ein Schiff organisiert und geplant, damit diesen Planeten weit hinter mir zu lassen. Ein Kontakt hat mir erzählt, dass auf der Lunabasis Händler gesucht werden, die Waren zu den Arbeitern der Saturnminen bringen. Diese Ochsentouren für wenig Geld macht wohl kaum einer mehr. Der Erdtrabant ist neutral und die nehmen wohl jeden, ohne Hintergrundcheck. Du kannst mit mir kommen, wenn du möchtest. Als Terraner solltest du von dort ohne Probleme zurück zur Erde können.«

Li riss die Augen auf. »Ray! Was du vorhast, ist gefährlich. Es kommt nicht von ungefähr, dass die keine Leute dafür finden. Auf dieser Strecke soll es etliche Piraten geben. Dazu bist du ein desertierter Adventiv und hast nach einem Überfall keinen Anspruch auf Schutz oder Entschädigung.«

»Hey, keine Sorge. Mein Chip ist für normale Scanner unlesbar gemacht worden. Ich ziehe mir eine Kapuze über, übe mich in Sozialverhalten und bin ein blonder Terraner. Die gibt es doch noch bei euch, oder nicht?«

Li verdrehte die Augen über den Scherz, blickte ihn aber ernst an. »Danke, du hast was gut bei mir. Es ist schön zu wissen, dass noch jemand zu einem hält.«

»Ich weiß – und ich werde immer für dich da sein, auch wenn sich unsere Wege mal wieder trennen.« Er hoffte, es klang nicht zu melodramatisch, aber es war die Wahrheit.

»Du willst die Kolonie wirklich verlassen? Deine Heimat? Du würdest vielleicht nie wieder zurück können.«

Ray nickte. »Ich sehe keine andere Möglichkeit.«

»Aber wo willst du hin? Lebenslang die Saturnstraße hin und her fliegen?«

»Ich wollte mich erst einmal bewähren und später vielleicht ganz offiziell einen Antrag auf Aufnahme stellen. Es gibt ein Verfahren, das Adventiven Asyl auf der Erde bietet.«

»Aber doch nur für Zivilisten und politisch Verfolgte. Du gehörst dem Militär an, bist sogar ein Fähnrich.«

Ray schluckte, doch der Kloß in der Kehle löste sich nicht. »Ich werde es dennoch versuchen. Mir bleibt keine Alternative.«

»Ich drücke dir alle Daumen.« Lis schwaches Lächeln machte ihm nicht gerade Mut.

»Willst du zurück auf die Erde?«

Sie zog die Schultern hoch. »Ich weiß nicht.«

Endlich stellte er die Frage, die ihm die ganzen Jahre auf den Lippen brannte: »Was hast du die ganze Zeit gemacht? Warum ließ man dich gehen damals?«

»Ich ...« Sie räusperte sich. »Es ist kompliziert.«

Ray lachte trocken auf. »Willkommen im Club!«

Li wich seinem Blick aus. »Ich war Teil eines Deals, brachte aber nicht den nötigen Erfolg, daher ließ man mich gehen. Ich war noch nicht lange genug auf der Akademie, um eine Gefahr darzustellen.« Sie atmete tief durch. »Irgendwann erzähle ich es dir. Versprochen. Aber es ist weniger spektakulär, als du vielleicht vermutest.«

Ray nickte. Den letzten Satz glaubte er ihr nicht. Wäre es so, würde sie kein solches Geheimnis daraus machen. Aber er sagte nichts. Jeder hatte seine Leichen im Keller und auch er war es gewohnt, Dinge für sich zu behalten.

»Was hast du gemacht auf der Erde?«, fragte er.

»Ich bin in der Europäischen Zentraluniversität in Brüssel eingeschrieben und habe angefangen, Medizin zu studieren. Die vorlesungsfreie Zeit wollte ich mit Mutter auf der Styx verbringen. Wir haben uns nur noch so selten gesehen.« Sie schluckte hart, umfasste erneut das Amulett und hob dann wie gestärkt den Blick. »Ich würde lieber mit dir durch das Sonnensystem reisen. Meinetwegen auch die Saturnstraße entlang. Weit weg von allem.«

Es dämmerte ihm. »Du hast das, was sie suchen?« Ray kam nicht umhin zu bemerken, wie sich der Griff um das goldene Herz verstärkte.

Li ließ bei seinem Blick den Anhänger unter ihrer Bluse verschwinden. »Mutter gab mir einen Datenstick und schob mich in eine der Rettungskapsel. Sie sagte, ich solle ihn mit meinem Leben verteidigen und niemandem darüber berichten. Sie würde die nächste Kapsel nehmen und mich auf dem Mars treffen. Leider schaffte sie es nicht.«

»Mein Beileid.« Er machte eine Pause. In solchen Dingen war er nicht sonderlich gut. »Woran hat sie geforscht?«

»Sie war Archäologin und Biologin und wollte das Rätsel des Juno-Artefakts lösen.«

Ray hob die Brauen. »Oha!« Dieses mysteriöse, außerirdische Schiff war noch vor der Gründung der Kolonie von Forschern auf dem Mars entdeckt und – einfallsloserweise, wie er fand – nach der mythologischen Mutter des römischen Kriegsgottes benannt worden. Keiner wusste, wie dieses Relikt auf den Mars kam und von wem es stammte, aber es musste bereits etliche Jahrhunderte dort verbracht haben. Nach dem Krieg verschwand das Wrack spurlos und nach diversen Schuldzuweisungen kam es zu einem regelrechten wissenschaftlichen Wettstreit zwischen der Erde und Adventiva, wer es zuerst finden würde. Daten wurden gesammelt, vorenthalten, durch Geheimdienste und privat angeheuerte Detektive entwendet, wieder zurückgestohlen. Wissenschaftler wechselten die Seiten, verunfallten mysteriös oder wurden gar vergiftet. Ein regelrechter Agententhriller, der sich über Jahrzehnte zog. Dabei wusste niemand sicher, ob dieses Schiff und sein Antrieb einen derartigen Aufwand überhaupt wert sein würden. Lediglich nicht belegte Legenden und Gerüchte schürten das Interesse. Wertvoll für skrupellose Sammler war es sicher, aber ob es die angebliche Waffe oder angedichtete Energieressource besaß, wie oft behauptet, blieb fraglich.

Das erklärte den Angriff auf das Forschungsschiff. Wenn die Regierung auch nur ahnte, dass sich Daten über die Juno auf der Styx befanden, wäre ihr jedes Mittel recht gewesen, an diese zu gelangen.

»Dann scheint deine Sorge berechtigt«, murmelte er in Gedanken. Seine Freundin war in größter Gefahr. Auch viele reiche Privatpersonen, die über Leichen gingen, suchten wie besessen nach dem Schiff.

Er überlegte, ob der zuvor erwähnte Deal zwischen dem Militär und der Erde womöglich mit den Forschungen ihrer verunglückten Mutter zusammenhing.

Li sah ihn mit einem Hundeblick an, dass ihm das Herz blutete. »Ich weiß, ich ziehe dich da in eine schlimme Sache hinein. Aber wenn ich wenigstens bis morgen ...«

»Du kannst gerne hier wohnen bleiben, solange du willst«, fiel er ihr ins Wort. »Schlimmer kann meine Situation kaum werden. Ich mache mir eher Sorgen um dich.«

»Ich muss nur sehen, dass ich diesen Marsboden unter den Füßen verlieren und zur Erde abheben kann.«

»Willst du den Datenträger den Behörden des Solarbunds übergeben?« Sein Blick fiel auf die Kette um ihren Hals. Offensichtlicher konnte sie sich kaum verhalten und genau das machte ihm Sorgen. Er war bei weitem nicht der einzige gute Beobachter.

Li schien seinen Verdacht entweder nicht zu bemerken, oder tat nur so, damit auch Ray nicht darauf einging. Er tippte auf Letzteres.

»Ich weiß es nicht. Das würde sicher einen neuen Konflikt der Geheimdienste hervorrufen.« Sie seufzte laut. »Es war tatsächlich nie mein Traum, mal so gefragt zu sein.«

»Nicht du selbst, nur der Stick.«

Li warf ihm einen vielsagenden Seitenblick zu. Ray schmunzelte. Es fühlte sich gut an, nicht mehr allein zu sein.

Sie sprachen noch eine Weile über ihre gemeinsame Zeit auf der Akademie; die schönen Momente, auch wenn sie rar waren. Es war angenehm, mit Li in diesem Halbdunkel zu sitzen und zu reden. Nur das fahle Licht einer entfernten Straßenlaterne schimmerte schwach durch das schmutzige Fenster.

Ray wusste, dass sie nach der Flucht nicht bei ihm bleiben würde. Sie würde zurück auf die Erde, während er sich um irgendeinen Job bewerben müsste, den keiner machen wollte.

Er versuchte daher, den Moment zu genießen. Auch das hatte er gelernt. Nicht zu weit in die Zukunft zu denken und die wenigen schönen Augenblicke festzuhalten, sie mit allen Sinnen zu erleben und in einer Kammer seiner Erinnerung zu sammeln. Sie halfen später dabei, Schmerzen leichter zu ertragen.

Am späten Abend klopfte er die letzten Krümel vom Sofa und reichte Li eine frische Decke. Dann türmte er die Kissen auf den Boden, um ein Nachtlager für sich selbst zu errichten.

Sie beobachtete seine Bemühungen mit skeptisch erhobenen Brauen. »Ich schlafe auch gerne auf dem Boden, das macht mir nichts aus.«

»Nein, ich kann dir ohnehin schon nicht viel Gastlichkeit bieten in dieser Bruchbude, da sollst du zumindest einigermaßen gut liegen. Das alte Sofa ist tatsächlich gemütlich.«

»Danke.«

»Morgen sehen wir weiter, vielleicht schaffe ich es, meine Pax noch diese Woche fertig zu bekommen. Mit Druck geht alles schneller.«

Li machte es sich auf der Couch bequem und kuschelte sich unter die Decke. »Ich bin schon gespannt auf dein Schiff. Gute Nacht.«

»Schlaf gut!« Er verdunkelte das Fenster und versuchte, auf dem unebenen Kissenberg eine einigermaßen gerade Liegeposition zu erreichen.

»Ray?«, hörte er Lis Stimme in der Dunkelheit.

»Ja?«

»Ich bin froh, dich gefunden zu haben. Ich habe dich vermisst.« Es war nur ein leises Flüstern.

Er lächelte mit geschlossenen Augen. »Ich dich auch.«

***

Am nächsten Morgen kratzte er seinen letzten Kaffee zusammen und sie frühstückten Müsli mit Hafermilch. Nachdem er das dreckige Geschirr in der Spüle zwischengelagert hatte, steckte er sein Pad ein und griff nach dem Mantel. Eine fröhliche Beschwingtheit erfüllte ihn.

»Komm, ich zeige dir mein Schiff. Sie braucht noch die ein und andere Reparatur, aber flugtüchtig ist sie bereits.« Er fühlte einen gewissen Stolz, wenn er daran dachte, was er bisher aus der Pax gemacht hatte.

Li warf einen Blick auf die Spüle und wieder zu ihm. »Soll ich nicht erstmal schnell abwaschen?«

Ray schüttelte den Kopf. »Das läuft nicht weg.« Er wollte die vielleicht nur kurze Zeit mit ihr auf keinen Fall mit langweiliger Putzarbeit verbringen.

»Irgendwann schon«, murmelte sie, gab sich aber lächelnd geschlagen und zog ihren eigenen Kapuzenmantel über. »Na gut, später. Ich bin sehr gespannt auf dein Projekt.«

Sie wanderten durch die mit fahlen Straßenlaternen beleuchteten Gassen, die um diese Zeit menschenleer waren. Lediglich hin und wieder fuhr der Wagen eines Ordnungsdienstes zwischen den Häusern entlang, dem die beiden geschickt auswichen. Auch wenn Ray diese Gegend mittlerweile sein Zuhause nannte, war er froh, Li neben sich zu sehen. Er freute sich sehr darüber, dass sie mit ihm fliehen würde.

»Ist es weit weg?«

»Nein. Der Hof, auf dem die Pax steht, ist hier ganz in der Nähe.«

»Pax? Wie das lateinische Wort für Frieden? Hast du sie so getauft?«

Ray nickte. »Ja. Es war eine spontane Entscheidung, da stand schon P-17 auf der Hülle, sodass ich nicht allzu viel ändern musste. Zudem wollte ich einen positiven Namen, keine Kampfansage.« Erst, als er die Worte ausgesprochen hatte, merkte er, wie sehr es nach einer Entschuldigung klang. Hätte ein cooler Name wie *Black*

Warrior oder *Freedom Fighter* vielleicht sexyer geklungen?

»Das klingt sehr schön«, beruhigten Lis Worte ihn. Gleichzeitig schämte er sich für seine Gedanken zuvor. Immerhin waren sie keine Kinder und das hier kein Spiel. Er wollte in ein neues Leben fliehen, nicht mit Coolness das Herz einer Frau erobern ... nun, vielleicht ein wenig.

Auf dem Weg zum Schrottplatz hörte Ray Schritte in der Straße vor sich. Er erstarrte.

»Was ist los?«, fragte Li.

Er wies ihr mit dem Finger auf den Lippen an, ruhig zu sein. Etwas stimmte nicht. Die Schritte klangen zu schnell und entschlossen für die Bewohner dieser Gegend. Sie hallten in einem gleichmäßigen Rhythmus durch die Gassen. Militärisch. Er war mittlerweile geübt, auf derlei Dinge zu achten.

»Schnell, hier lang!« Ray zog seine Freundin in einen dunklen Hauseingang. »Ich glaube, da ist ein Trupp Soldaten oder Polizisten, zumindest keine Anwohner.« Er sah sich um. »Wir gehen lieber hintenherum.«

So leise wie möglich schlichen sie um den Häuserblock und Ray achtete darauf, dunklere Nebenstraßen zu nutzen.

»Meinst du, die suchen mich?«, fragte Li ängstlich.

»Dich, mich, irgendeine andere arme Socke.« Ray zuckte die Schultern. »Bleib besser hier versteckt, ich schaue, ob die Luft rein ist.«

»Sei vorsichtig!«

Er reichte ihr seine Wohnungskarte. »Hier. Falls ich nicht wiederkomme, kannst du meine Bude nehmen.«

Li hob abwehrend die Hände. »Nein, behalte sie. Wenn die mich ergreifen, dann führt sie das Teil geradewegs zu dir. Wenn du nicht auftauchst, versuche ich, irgendwie zur Botschaft des Solarbunds zu kommen. Das war mein Plan B gewesen.«

Auf den Gedanken war er gar nicht gekommen. »Warum hast du das nicht gleich gemacht, es wäre doch viel sicherer gewesen?«

»Ich wollte dich sehen. Wenn ich schon mal in der Gegend bin.« Ihr Lächeln traf sein Herz.

Leider war keine Zeit, es wirken zu lassen. »Was, wenn sie dich durchsuchen?«

»Niemand weiß, dass gerade ich den Datenstick habe, er wurde mit der Styx zerstört oder fiel den Adventiven in die Hände. Lieber würde ich natürlich mit dir fliehen, also pass auf dich auf!« Sie beugte sich vor und gab ihm einen flüchtigen Kuss auf die Wange. Dann zog sie sich in den Schatten zurück.

Ray schluckte. So angenehm dieser Kuss war, so sehr fühlte er sich nach einem Nimmer-Wiedersehen an. Er wollte nach ihrem Arm greifen, sie an sich ziehen, ihre Nähe spüren und nie wieder loslassen. Er riss sich zusammen, auch wenn die erneute Trennung beinahe körperlich schmerzte, und schlich in die entgegengesetzte Richtung, aus der die Schritte hallten. Er musste zumindest die Soldaten soweit ablenken, dass Li nicht entdeckt wurde.

Er kam nur zwei Häuserblocks weit.

»Fähnrich Vandenberg!«, ertönte es in festem Ton hinter ihm. Die Worte schossen Ray wie ein Stromschlag durch Mark und Bein und ließen ihn zusammenzucken. Er kannte die tiefe Stimme nur zu gut. War nun alles vorbei? So knapp vor dem Ziel?

Er schloss kurz die Augen, atmete tief durch und drehte sich um. Ein allzu bekanntes Gesicht schaute ihn mit hellblauen Augen unter buschigen, weißen Brauen streng an. Trotz der geringeren Körpergröße strahlte sein Vorgesetzter durch die aufrechte Haltung und den festen Blick noch immer großen Respekt aus. Ray fühlte sich wie der eingeschüchterte Junge an seinem ersten Tag in der Akademie. Er schluckte hart, hielt dem Starren jedoch tapfer stand. Obwohl ihm die Angst die Kehle zuschnürte, gab er dem inneren Drang nach und stand stramm.

»Sir«, sagte er aus rauer Kehle. Schweiß brach in seinem Nacken aus. Jetzt war alles vorbei. Er hatte verloren. Li war auf sich allein gestellt.

Admiral Steele betrachtete ihn von oben nach unten und sein Blick verlor an Strenge. »Junge, was machst du für Sachen?« Der vorwurfsvolle, beinahe mitleidige Ton war für Ray schwerer zu ertragen als jede körperliche Bestrafung. Er erweckte einen stillen Zorn, den die Angst jedoch erstickte.

»Ich bin erwachsen, Sir.«

»Du hast dich dem Militär verschworen.«

Ray biss die Zähne zusammen. Nur, weil er von seinem Vater dazu gezwungen worden war.

Der Admiral atmete tief durch. »Wenn du ohne Widerstand mit mir kommst, kann ich deine Strafe vielleicht abmildern. Ich würde mich dafür einsetzen, dass du nicht desertiert bist, sondern lediglich eine Auszeit genommen hast. Wenn du einer Therapie zustimmst, müsstest du vielleicht nicht einmal ins Gefängnis.«

Ray nahm all seinen Mut zusammen und richtete sich auf. »Ich weiß Ihr Bemühen zu schätzen, Sir, aber ich werde nicht zurückkehren.« Nicht zur Akademie und schon gar nicht zu seinem Vater.

»Dann wirst du vor das Militärgericht kommen und wegen Dienstverweigerung und Landesverrats angeklagt werden. Willst du das? Ich kenne deine Fähigkeiten, du hast so viel geistiges Potential, das ich ungern im Gefängnis vergeudet sehen würde.« Die stahlblauen Augen des Admirals blickten derart eindringlich, dass Ray beinahe in die Knie sackte. »Wirf dein Leben nicht so leichtfertig fort! Du hast keine Möglichkeit zur Flucht. Akzeptiere deine dir zugeteilte Aufgabe! Du kannst es einmal weit bringen, davon bin ich überzeugt.«

Er zwang seine Muskeln, nicht zu zittern wie ein verängstigter Hundewelpe. »Ihr Vertrauen ehrt mich, Admiral, aber ich werde nicht zurückkehren.«

Admiral Steeles weiße Brauen senkten sich, eine tiefe Falte bildete sich auf seiner Stirn. »Entweder zurück zum Campus oder ins Gefängnis, was ist dir lieber?«

Obwohl sich die tiefe Stimme wie eine sanfte Decke über Rays angespannte Nerven legte, fühlte er sich ausgeliefert. Er presste die Kiefer aufeinander, brachte aber kein Wort heraus. Wut besiegte die Angst.

Das stille Duell dauerte eine gefühlte Ewigkeit, doch Ray hielt dem strengen Blick des Admirals stand, auch wenn es schwerfiel. Auf der Akademie hatte Ray keine Freunde gehabt, er war ein bockiger, verletzter Junge gewesen, der den gesamten Planeten verabscheute und sein Leben hasste. Er hatte bestraft werden wollen, leiden und sich selbst quälen. Nur die Begegnung mit Li hatte das kurzfristig geändert, doch nach ihrem Weggang war Ray in ein erneutes Loch gesunken.

Admiral Steele hatte seinen inneren Schmerz erkannt und sich seiner angenommen. Der ansonsten strenge Offizier wurde sein Mentor und zu dem Vater, den Ray sich immer gewünscht hätte. Für den Admiral hatte er schließlich seine Rebellion aufgegeben, gehorsam gelernt und trainiert. Ray hatte gewollt, dass der Admiral stolz auf ihn war, und es auch erreicht. Doch in der Nacht nach seiner Ernennung zum Fähnrich, nach der Gastrede des Generals, war diese Fassade der heilen Welt in sich zusammengebrochen. Ray hatte wach auf seiner Pritsche in der Militärschule gelegen und sich seine mögliche Zukunft ausgemalt: Wie er den Dienst auf einem Flaggschiff des adventiven Militärs antreten würde, mit Ehrenabzeichen behangen wurde, wie stolz der Admiral und selbst sein Vater auf ihn sein würden. Die Familienehre wäre gerettet. Doch statt des Gefühls der Vorfreude war ihm nur übel geworden bei dem Gedanken.

Ihm wurde damals bewusst, dass er sein zukünftiges Ich noch mehr hasste als sein gegenwärtiges.

In dieser Nacht hatte er beschlossen, zu fliehen.

Es war ihm gelungen. Für wenige Monate.

Nun stand der Mann, den er früher so bewundert und nun derart enttäuscht hatte, erneut vor ihm und bot Ray die Zukunft an, die er zutiefst verabscheute. Doch wie sollte er es dem Admiral erklären? Er würde es nicht verstehen. Kein gläubiger Adventiv würde es.

Wie zur Rettung piepte der Kommunikator des Admirals. Ohne den Blick von Ray zu nehmen, hob Steele seinen rechten Arm und sprach in das Gerät an seinem Handgelenk. »Ja?«

»Sir, kommen Sie unverzüglich in Sektor 35.7!«

»Negativ. Ich habe einen Flüchtigen gestellt.«

»Wir haben das Projekt Terra geortet, Sir.«

Die Augen des Admirals weiteten sich, er löste den Blick von Ray und sah auf den kleinen Bildschirm seines Kommunikators. »So nah? Sind Sie sicher?«

»Positiv.«

Ray zögerte nicht. Jetzt oder nie. Er nutzte die Gelegenheit und huschte in die Straße neben ihm. Sein Herz raste, als er, so schnell er konnte, durch die schmale Gasse rannte, die Rufe des Admirals in seinem Rücken.

»Raynald! Verdammt, mach dich nicht unglücklich!«

Steele zog sicher seine T-Gun, eine moderne Schusswaffe mit Schockfunktion, aber die Straßen waren so verwinkelt, dass ihm diese nicht viel nutzen würde. Ray musste zum Schiff, koste es, was es wolle, und hoffen, dass es auch ohne Test starten würde.

Li! Verdammt, er hatte ihr versprochen, sie mitzunehmen, aber wo war sie? War sie gar das *Projekt Terra*, nach dem Steele suchte? Das würde erklären, warum er in dieser Gegend war. Womöglich hatten sie nach ihr Ausschau gehalten und Ray nur durch Zufall entdeckt. Doch wie könnte er sie jetzt noch finden oder warnen? Sie hatten nicht einmal Nummern ausgetauscht.

Er hoffte, sie würde es bis zur Botschaft schaffen. Als Terranerin wäre sie dort in Sicherheit. Die Regierung würde niemals zugeben, etwas mit dem Angriff auf ein

Forschungsschiff der Erde zu tun zu haben. Wenn einer da wieder rauskam, dann war es Li!

Schweiß rann seinen Körper hinunter, als er den Recyclinghof endlich erreichte. Über ihm ertönten Propellergeräusche. Er sah schwer atmend hinauf. Mehrere Polizeiflieger näherten sich mit Blaulicht und setzten zur Landung an. Verflucht, er würde Li nicht mitnehmen können. Hatte kaum Zeit, die eigene Haut zu retten.

Er schluckte hart, öffnete die stählerne Tür mit seiner Angestellten-Karte und trat über die Schwelle. Ein lautes Bellen empfing ihn, gefolgt von einem Knurren in einer derart tiefen Frequenz, dass es jedem die Nackenhaare aufstellen würde. Devil und Death, die zwei großen hellbraunen Wachhunde Bens, kamen auf ihn zu gerannt.

»Hey, alles gut, ich bin es«, flüsterte er ihnen zu. Sie erkannten ihn und wedelten freudig. Er streichelte den beiden erleichtert über das lange Fell. Devil versuchte, an ihm hochzuspringen und sein Gesicht zu lecken.

Ray knuddelte ihm den Kopf. »Auf Wiedersehen, ihr zwei. Passt gut auf, dass hier keine Soldaten eindringen, in Ordnung?« Er klopfte sich die hellen Hundehaare von der schwarzen Arbeitshose und lief über den menschenleeren Hof zur Pax, die beinahe erwartungsvoll an ihrem Platz stand. Sein Herzschlag beschleunigte sich bei dem Anblick. Würde sie den Start schaffen? Noch hatte er kaum eines der Systeme ausreichend getestet.

Als sich die metallene Luke klackend hinter ihm schloss und ihn ein schwach beleuchteter Gang mit bedrückender Stille empfing, wurde ihm das Ausmaß so richtig klar. Er würde hier und jetzt seiner Heimat den Rücken kehren und ins Ungewisse reisen. Vielleicht in ein besseres Leben, vielleicht in den Tod.

Trotz der Sorge spürte er eine verlockende Abenteuerlust aufsteigen. Endlich würde sich etwas ändern, endlich ging es weiter in seinem Leben.

Er ging den Metallboden entlang zur Brücke, ein runder Raum ganz vorn im Schiff, der etwa sechs Quadratmeter umfasste. Er bestand lediglich aus zwei bequemen Sesseln mit Konsole und einigen Anzeigen hinter dem Geländer an den Seiten. Einen funktionierenden frontalen Schirm besaß das Schiff nicht, die Projektion würde auch zu viel Energie benötigen.

Ray setzte sich an das rechte Pilotenpult und gab die nötigen Daten ein. Nun würde es sich zeigen, ob das illegale Programm der Schlepper sein Geld wert war oder ob er betrogen wurde. Dann wäre alles aus. Aus dem Militärgefängnis würde er niemals fliehen können.

Er hatte keine Zeit mehr, darüber nachzudenken oder einen weiteren Blick zu riskieren, startete den Antrieb, stellte den Kurs ein und hob ab.

Als sich der Frachter geschmeidiger als gedacht erhob und die Schleusen der Kuppel ihn ohne Probleme passieren ließen, folgte Rays Herz dem Aufstieg. Er fühlte sich leicht und befreit. Als ließe er mit der dünnen Marsatmosphäre auch die dunklen Wolken seiner Seele unter sich. Über den Bildschirm seiner Konsole warf er einen letzten Blick auf den roten Mars mit seinen vielen Kuppeln und überdachten Städten. Endlich würde er diesen vermaledeiten Planeten verlassen.

2. Auffangstation Lunabasis

Der Mars kreiste gerade nahe an der Erde, sodass der Flug nur sechs eintönige und zum Glück ereignislose Tage dauerte, an denen Ray die letzten Vorräte der Essensriegel vertilgte und sein gesamtes Musikreservoir mehrmals in voller Lautstärke durch das leere Schiff hallen ließ.

Solange er noch in Reichweite war, hörte er den adventiven Militärfunk ab. Zu seiner größten Erleichterung gab es keinen Hinweis auf eine Ergreifung Lis und auch sein Start war Dank der Tarnung unbemerkt geblieben. Ray hoffte, seine Freundin würde es zur Botschaft und von dort auf die Erde schaffen. Er nahm sich fest vor, sie ausfindig zu machen, sobald er eine einigermaßen sichere Position hätte. In Gefahr bringen wollte er sie nicht.

Die Station Lunabasis, die noch vor den großen Kriegen gebaut und bis heute als unabhängige Auffangstation aller Menschen egal welcher Herkunft galt, tauchte endlich auf seinem Bildschirm auf. Sie war auf der erdabgeneigten Seite des Mondes errichtet worden, um Neutralität zu wahren, und wirkte wie eine Krake, deren Tentakeln sich in den Trabanten krallten. In ihrer Mitte thronte ein mächtiger Turm in die Höhe, die acht Kuppeln am Ende der Gänge wirkten unscheinbar dagegen. Laut Plan befanden sich hier die Wohnungen der Hoffenden, die auf eine Einreiseerlaubnis zur Erde warteten. Auch sein zukünftiger Platz für die nächste Zeit, sollte alles glattgehen.

Er atmete tief durch und schickte eine Anfrage zur Landung. Sofort wurde er mit automatisierten Standardformularen überhäuft, die er auszufüllen hatte. Ray seufzte laut in die Stille der Brücke und machte sich daran, die Fragen, so gut es ging, zu beantworten. Persönliche Daten, Herkunft, Grund des Antrags. Die Frage, ob er denn schon straffällig geworden war, verneinte er. Ja, er war desertiert. Aber immerhin war dies eine Auffangstation für Geflohene jeder Art und da durfte das Abhauen als solches nicht als kriminell erachtet werden, oder? Nun, anhand seiner persönlichen Daten könnten die es ohnehin leicht herausfinden. Aber einen falschen Namen angeben, wollte er hier nicht. Entweder er wurde akzeptiert oder abgelehnt, daran würden auch Lügen nichts ändern – zumindest nicht auf Dauer – und ihn nur in noch größere Probleme bringen. Er zögerte nicht und schickte die ausgefüllten Formulare ab.

Nach quälenden Minuten bekam er die Landekoordinaten und eine Nummer, mit der er sich an dem Informationsstand anmelden sollte. Gefolgt von dem Hinweis, dass dies noch keine Anerkennung des Gesuchs darstellte, sondern nur die Bereitschaft zur Überprüfung.

Ray hörte dennoch fast, wie ihm der Stein vom Herzen fiel. Seine Finger zitterten leicht, als er die Koordinaten eingab. Auf in ein neues Leben!

Die Luke des Parkdecks öffnete sich vor ihm und er lenkte die Pax zu dem angewiesenen Platz. Ray wartete geduldig, bis sich die verschlossene Kuppel wieder mit

Sauerstoff gefüllt hatte und die große Anzeige mit grünen Lettern angab, dass er das Schiff unbeschadet verlassen konnte. Er trat hinaus und folgte den beschrifteten Pfeilen auf dem Boden in Richtung Empfangshalle.

Die Eingangstür glitt zischend zur Seite und warme, benutzte Luft empfing ihn, gepaart mit den Geräuschen zahlreicher Personen. Ray musste sich zusammenreißen, um nicht kuhäugig staunend durch den Raum zu blicken. So viele Menschen verschiedensten Phänotyps hatte er nie zuvor gesehen. Figuren mit unterschiedlicher Haut- und Haarfarbe und Frisur. Auch die Körpergrößen variierten stärker als bei ihm zu Hause und die Kleidung war ebenfalls ungewöhnlich. Von strengen Anzügen bis hin zu grellbunten Kostümen war alles dabei. Selbst die Gerüche überwältigten ihn. Der Duft unterschiedlicher Parfums und Aftershaves gepaart mit Schweiß und frittiertem Essen. Glücklicherweise zog er selbst in diesem facettenreichen Trubel keinerlei Aufmerksamkeit auf sich, wie anfangs befürchtet. Er ging in seiner dunklen Kleidung, den verstrubbelten, mittellangen Haaren und blondem Dreitagebart völlig unter.

Als er die Empfangstheke ausmachte, rutschte Ray doch das Herz in die Hose. In mehreren abgetrennten Zickzack-Reihen zog sich die Menschenmenge davor durch die halbe Halle. Es würde gewiss Stunden dauern, bis er an den einzigen Schalter kam. Warum suchten derart viele Menschen Asyl auf der Erde? Er konnte den ein oder anderen Adventiv erahnen, aber der Großteil schien von anderen Kolonien und Raumstationen zu kommen. Orte, die von Menschen errichtet worden waren, um die Erde zu verlassen und eine eigene Gesellschaft zu gründen. Und nun wollten deren Nachkommen zurück zum Ursprungsplaneten. Zurück zu den Wurzeln. Offenbar war es woanders doch nicht immer nur besser. Oder dachten alle nur, dass es das auf der Erde wäre, und würden erneut enttäuscht werden? Nun, er war einer von ihnen.

Betreten stellte er sich in die Reihe und beobachtete die Menschen. Woher sie wohl stammten? Wie viele Kolonien gab es mittlerweile? Begonnen hatte es damals mit einigen Raumstationen im Orbit der Erde, später besiedelte man den Mond und den Mars. Danach versuchte man sich auf anderen Himmelskörpern wie der Venus. Die historisch größte Expedition war wohl die zu Titan. Einem als »junge Erde« bezeichneten Saturnmond mit eigener Atmosphäre. Die Erwartungen waren beinahe so groß wie die Mystik, die sich um diesen Trabanten drehte. Mit den modernsten Mitteln erschufen ehrgeizige Wissenschaftler dort aus dieser vorhandenen Luftschicht eine erdähnliche Zusammensetzung, wie es auf dem Mars bis heute nicht komplett gelungen ist. Seine Heimatstadt war noch immer von einer künstlichen Kuppel bedeckt, die lediglich wenige energetisch gesicherte Fenster besaß.

Der Eismond Titan wurde so zum »Planeten B« erklärt und zog etliche Aussteiger und Abenteurer zu sich. Selbst ein Wintersport-Gebiet wurde von hoffnungsvollen Anlegern errichtet, da es auf der Erde seit der Klimaerwärmung kaum noch Möglichkeiten dazu gab. Doch die hohen Kosten an Energie, der Mangel an Sonnenlicht für ausreichende Bepflanzung und der wochenlange Flug dorthin erklärten dieses Projekt bald zu einem Scheitern. Heute diente Titan trotz seiner Berge und Seen als karger und kalter Lebensraum für die Minenarbeiter, die in den Ringen des Saturns seltene Erden und Metalle schürften. Zumindest konnten sie Skifahren, sollten die Lifte noch funktionieren.

Nun, vielleicht würde auch er dort bald eine Bude bekommen, wenn er den Job als Transportflieger nicht erhielt. Die suchten wohl immer Arbeiter, vorzugsweise ohne gesellschaftliche Bindungen. Ein Traumziel von ihm wäre das nicht gerade.

Nach einer Stunde war Ray gefühlt kaum vorwärtsgekommen und seine Füße schmerzten vom langen Stehen. Allerdings befanden sich nun nicht wenige Menschen hinter ihm. Wie lange hier wohl geöffnet war? Wie er sein Glück kannte, würde genau vor ihm der Schalter geschlossen werden und er müsste sich morgen erneut ganz hintenanstellen.

Als die Wartenden ihn in die Nähe der Theke eines Pfandleihers drängten, fiel ihm ein Mann in den Vierzigern ins Auge. Er war so dunkelhäutig, wie es Ray noch nie aus der Nähe gesehen hatte, und besaß auch sonst eine Gestalt, die Blicke auf sich zog. Er hatte die Figur eines Preisboxers, sein großer Schädel war glattrasiert und um den breiten Mund wuchs ein kurzer, gepflegter Bart. Am auffälligsten war der für diese Station elegant und sehr teuer wirkende hellschimmernde Anzug, der für Rays Geschmack etwas im Widerspruch zu dem deutlich muskulösen Körper und den goldenen Piercings an Augenbraue und Ohren stand. Aber was wusste er schon von der Mode außerhalb Adventivas?

Neugierig, aber auch aus Langeweile, stellte sich Ray dicht an die Absperrung und lauschte dem Gespräch.

Immerhin musste er Informationen sammeln, um nicht zu sehr als unwissender Adventiv aufzufallen und an jeder Ecke betrogen zu werden.

»Sie sind … äh … von der Erde?«, fragte der sehr korpulente Mann hinter dem Tresen den Dunkelhäutigen.

Der verengte die Augen und blickte den Fragesteller streng an. »Ja und? Wäre mir neu, dass Bürger des Solarbunds hier keinen Zutritt hätten.«

»Nein, nein, das meinte ich nicht«, sagte der Dicke hastig und wedelte mit beiden Armen in der Luft. »Es ist nur selten, dass Menschen wie Sie in einer Station für Asyl- und Arbeitssuchende auftauchen, es sei denn, sie kommen … nun ja, Sie wissen schon.« Sein musternder Blick wanderte an dem teuren, hellen Anzug seines Gegenübers entlang, begutachtete nicht ohne Respekt den muskulösen Oberkörper und blieb dann zu lange an dem dunklen, gepiercten Gesicht mit dem kurzen, schwarzen Bart hängen.

Die Mimik des Mannes verhärtete sich und seine kräftigen Kiefer mahlten. Ray spekulierte, dass man sich mit diesem Kerl besser nicht körperlich anlegen sollte. »Was meinen Sie, soll ich schon wissen?«

Der Händler schreckte leicht zurück bei dem Tonfall und hob eine Hand, als wäre diese ein Schild, der die auf ihn zuschießenden Worte abwehren konnte. »Es ist nur, dass ich von Natur aus ein vorsichtiges Wesen besitze. Es ist bekannt, dass ehemalige Zwingerbewohner nicht gerade gut betucht sind, um es vorsichtig auszudrücken. Es gehört zu meinem Job, auf so etwas zu achten.«

Zwinger? Das klang nicht nach einer hübschen Wohngegend. Gab es auf der ach so sozialen Erde auch

Ghettos? Würde er vom Regen in die Traufe kommen? Ray tat so, als müsste er sich zur Seite drehen, um auf der Anzeigetafel zu lesen, und spitzte die Ohren.

Der Anzugträger grinste und zeigte dabei gewiss absichtlich einige seiner strahlend weißen Zähne. »Keine Angst, Sie gierige Kröte, Sie werden Ihr Geld bekommen. Hier!« Er holte seine Karte hervor und wedelte damit vor der breiten Nase des Verkäufers. »Sie können es gerne überprüfen.«

Der Dicke griff hastig danach und schob sie in den Scanner. Seine Augen weiteten sich und er schluckte. »Ich bitte um Verzeihung, mein Herr«, sagte er hastig. »Das Leben rät nun mal zur Vorsicht und Kleidung kann täuschen. Bitte folgen Sie mir, ich werde Ihnen sofort mein bestes Schiff zeigen!« Er winkte dem Kunden zu, ihm zum Hangar zu folgen.

Ray bemerkte von seiner Position aus ein heimliches Handzeichen, das der Dicke an seinen Angestellten hinter der Theke gab. Was es bedeutete, konnte er nur ahnen. Er selbst hätte in dieser Lokalität nicht derart mit seinem Vermögen herumgewedelt. Dieser Händler wirkte nicht wie ein seriöser Geschäftsmann auf ihn, aber das war nicht sein Problem und würde es wohl auch niemals sein.

Er ließ seinen Blick weiter durch die Halle schweifen. Beim Geruch der Essensbuden begann sein leerer Magen, sehnsüchtig zu knurren, und er ärgerte sich, nicht vor dem Anstellen daran gedacht zu haben, etwas zu kaufen. Nun musste er durchhalten. Vielleicht könnte er später noch mehr Gespräche verfolgen, die ihm hoffentlich weitere Einblicke geben würden. Er überlegte, ob sich die Ernährung hier von der ihm bekannten unterschied. Auf dem Mars wollte man die Abhängigkeit von der Erde so gering wie möglich halten, daher gab es nur pflanzliche Nahrung aus den Gewächshäusern, allerdings war die vegane Ernährung weniger aus ethischen, als eher aus wirtschaftlichen Gründen. Nutztiere auf dem Mars zu halten, würde jeden ökonomischen und auch ökologischen Rahmen sprengen. Es gab zwar virtuelle Safaris, die der Bildung über ihren Herkunftsplaneten und dessen Fauna dienten, aber keine echten Wildtiere. Die wenigen fleischfressenden Haustiere, die noch existierten, ernährte man mit Protein aus Insektenfarmen. Die Regierung versuchte durch hohe Auflagen, die Tierhaltung auf dem Mars generell abzuschaffen, auch die von Pflanzenfressern, aber von irgendwo tauchten immer wieder neue Haustiere auf. Ben hatte sich damals eine kostspielige Genehmigung ergattert, die beiden Wachhunde halten zu dürfen. Er vertraute keiner künstlichen Alarmanlage, die jeder clevere Hacker ausschalten könnte.

Ray wusste nicht, wie es auf der Erde aussah, aber die bloße Vorstellung, ein Lebewesen zu essen, bereitete ihm Übelkeit. Er hoffte, auch hier auf dem Mond würden eher pflanzliche Nahrungsmittel zur Verfügung stehen.

Nach zwei weiteren Stunden stand er endlich vor dem Schalter. Die ältere Frau dahinter mit der hellbraunen Haut und den blauen Haaren ließ ihn eine ganze Zeit dumm dastehen und tippte beschäftigt etwas in ihren Computer. Erst dann blickte sie auf und schenkte ihm ein trainiert wirkendes Lächeln, das nicht die Augen erreichte. »Willkommen auf der Lunabasis, wie lautet Ihre Antragsnummer?«

Ray nannte sie und die Frau rief die Daten ab. Nach einem kurzen Lesen runzelte sie die Stirn und betrachtete ihn abschätzend, wobei sich ihr Mund leicht verzog. War es sein eher schludriges Aussehen oder die Tatsache, dass er als xenophob verschriener Adventiv mit militärischem Hintergrund keinen besonders guten Ruf in einer toleranten und bunten Auffangstation hatte? Ray schwankte zwischen Scham und der inneren Wut, ungerecht verurteilt zu werden, doch er bemühte sich, keine Miene zu verziehen. Immerhin sollte die bloße Tatsache, dass er hier zu Kreuze kroch, deutlich zeigen, dass er nicht dem Vorurteil entsprach.

»Sie bewerben sich für einen Job als Frachterpilot?«, fragte sie.

»Oder alles mögliche andere.«

»Haben Sie außer Flugerfahrung noch andere Qualifikationen?«

»Mechatronik.« Dass er eine Schieß- und Wehrausbildung absolviert hatte, verschwieg er besser.

Sie tippte fleißig in ihren Computer. »Zeugnisse oder ähnliches?«

Ray verneinte und die Frau nickte wissend. Ihre Miene verlor nicht an Kälte. »Gut, Ihre Daten haben wir. Ihre Anfrage wird auf allen bekannten Portalen veröffentlicht werden. Sie bekommen für sieben Tage eine Notunterkunft im Bereich D10. Sollte sich bis dahin kein Interessent gefunden haben, müssen Sie zurück in Ihre Heimat kehren oder einen Antrag auf Nothilfe stellen, der allerdings strenge Auflagen hat. Wenn Sie keinerlei Zahlungsmittel für Nahrung besitzen, können Sie im Sektor E, Raum 78, Essensgutscheine beantragen.« Sie hielt ihm ihr Pad hin, das zum Diebstahlschutz an einer Drahtschnur hing. »Bitte hinterlegen Sie hier Ihren Daumenabdruck, damit bestätigen Sie unsere Bedingungen, der wird dann auch auf der Unterkunft gespeichert, sodass Sie dort Zugang haben. Apartment 776. Sie bekommen noch eine Mail auf die von Ihnen hinterlassene Nummer mit allen wichtigen Informationen.«

»Danke.« Etwas überrumpelt drückte Ray seinen Daumen auf das Display. Die Frau nahm es entgegen und richtete ihre Aufmerksamkeit wieder zum Computer.

»Kann ich hier mit adventiver Währung bezahlen?«, fragte er höflich.

»Hier gelten alle Währungen des Sonnensystems, allerdings zum aktuellen Wechselkurs«, sagte sie, ohne aufzublicken.

Ray verstand den unausgesprochenen Hinweis, dass weitere Fragen unerwünscht wären, und räumte den Platz für den nächsten in der Schlange. Er fragte sich, wie lange sein Geld hier wohl reichen würde, sollte er nicht zu oft über den Tisch gezogen werden. Nicht selten zog es Kriminelle zu Orten, an denen sich Verzweifelte sammelten. Oder die Verzweifelten wurden selbst kriminell.

Er stellte sich in eine einigermaßen geschützte Ecke und holte sein Pad hervor. Die Mail war bereits angekommen. Bereich D10, Apartment 776. Er atmete erleichtert durch. Genetische Auslese hin oder her, diese vielen fremden Eindrücke überforderten gerade sein Gehirn.

Wie Ray gehofft hatte, waren tierische Nahrungsmittel zwar zu bekommen, aber rar und teuer. Er musste demnach nicht lange nach etwas für ihn Genießbarem suchen.

Nachdem er eine reichhaltige und sehr sättigende Portion Reisnudeln mit Pilzen und Gemüse gegessen hatte, ging Ray zum Hangar, um die wenigen Dinge zu holen, die er auf der Pax gelagert hatte. Zum Glück auch Wechselkleidung und Kosmetikartikel, da er während der Reparaturzeit nicht selten auf dem Schiff übernachtet hatte. Auch alles, was wertvoll war, wie sein hochwertiges Laserwerkzeug und das Reparaturkit, für das er lange gespart hatte, schienen ihm auf dem Frachter im abgesicherten Recyclinghof sicherer gewesen zu sein als in seiner Wohnung.

Als er zum Landeplatz kam, schoss ihm das Blut in den Kopf. Sein Schiff war nicht dort. Er überprüfte die Nummer der nun leeren Parkbucht. Doch, es handelte sich um den richtigen Platz. Verflucht.

Mit schwitzenden Fingern holte er sein Pad hervor und aktivierte den Scanner. Wenn der Dieb seine Sicherung nicht bemerkt hatte, sollte er nicht weit gekommen sein. Da! Das Signal! So deutlich wie ein Feuerwerk in der Nacht. Er atmete erleichtert durch. Eine Landebucht im nächsten Krakenarm. Na warte!

Er lud sich den Plan der Station herunter und machte sich sofort auf den Weg dorthin. Zum Glück waren die Kuppeln mit kostenlosem Shuttleverkehr ausgestattet. Er hoffte, er schaffte es, bevor der Kerl seine Diebstahlsicherung entdeckt und überlistet hatte. Das war bei der veralteten Elektronik auf dem Schiff leider nur eine Frage der Zeit.

Das Signal lotste ihn zu einem öffentlichen Landeplatz vor den Wohneinheiten. Da stand sie, seine Pax. Frei zugänglich unter einer der Druckausgleichsbuchten. Die Kuppel zum All war geschlossen und die Bucht offen, der Dieb hatte augenscheinlich das Schiff verlassen – oder wollte es gerade tun.

Ray blickte sich unauffällig nach allen Seiten um. Kein Mensch weit und breit. Er legte seine Hand auf den Scanner und die Tür glitt zur Seite. Ein längst überholtes Programm, das zu leicht gehackt werden konnte. Er musste das unbedingt aktualisieren. Aber wer konnte so schnell mit einem Diebstahl rechnen?

Ray spürte seinen Pulsschlag bis zum Hals. Er zog das Messer, das er im Gürtel mit sich trug und das sein Werkzeug sowie einzige Waffe war. Mit klopfendem Herzen und angespannten Muskeln betrat er das Innere des Schiffes, bereit, auf jedes Geräusch und jede Bewegung im Schatten zu reagieren. Alles wirkte wie ausgestorben. Ray drehte sich in alle Richtungen und lauschte, doch es blieb totenstill. So klapprig, wie die Pax war, hörte man für gewöhnlich jeden Schritt an den Metallwänden widerhallen. Was sollte der Dieb auch noch hier machen, wenn die Kiste nicht flog? Wertsachen hatte er sicher nicht viele gefunden. Höchstens das Reparaturkit müsste er vielleicht verschmerzen.

Ray verriegelte die Tür von innen und schlich den Gang entlang zum Bug. Trotz des vorsichtigen Gehens knarzten die Metallplatten unter seinen Füßen verräterisch.

Auf der Brücke genügte ein einziger Blick, um die Lage einzuschätzen. Die Steuerung war wie eingespeichert ausgefallen, weil der Sicherheitscode nicht eingegeben worden war. Der Dieb musste mit dem Schiff hier notgelandet sein und hatte sich wahrscheinlich noch mit einem Magnetstrahl reinziehen lassen müssen. Ray grinste hämisch.

Er steckte das Messer zurück in die Tasche am Gürtel, trat zum Pilotenpult, setzte sich und gab den Code ein. Danach brauchte er lediglich ein paar Handgriffe und die Anzeigen leuchteten wieder normal.

»Ich danke herzlich!«, tönte eine Stimme hinter ihm.

Ray sprang erschreckt auf und fuhr herum. Verdammt, er hatte sich vor dem Hinsetzen nicht genau genug im Raum umgeschaut, sondern nur das Pult im Auge gehabt. Ein unverzeihlicher Fehler für einen Soldaten.

Vor ihm stand ein dunkelhäutiger Mann mit glatt rasiertem Kopf und gestutztem Vollbart, der ihn mit fast schwarzen Augen drohend anblickte. Ray erkannte den muskulösen Kerl wieder, der bei dem Händler ein Schiff kaufen wollte. Etwas musste gehörig schiefgegangen sein, denn der vorhin noch so geleckte Typ sah aus wie in eine heftige Schlägerei geraten. Sein teurer Anzug war zerrissen und blutverschmiert und sein Gesicht übersät mit Prellungen, die Lippen aufgeschlagen und das linke Auge beinahe zugeschwollen. Ob er heute Morgen in eine Falle gelaufen war? So, wie er vor dem Dicken mit seinem Geld angegeben hatte, schien das nicht unwahrscheinlich. Ray erinnerte sich an das geheime Handzeichen des Händlers an seinen Angestellten.

Er wollte nach seinem Messer greifen, doch sein Gegenüber hatte bereits eine T-Gun gezogen.

»Keine Dummheiten!«, warnte er.

»Du hast mein Schiff geklaut!«, rief Ray empört aus, ließ aber sein Messer brav im Gürtel und hielt die Hände vom Körper weg. Sterben wollte er nicht.

»Die Schrottkiste gehört also dir?« Der Mann lächelte spöttisch, doch es wirkte erschöpft. Womöglich hatte er gehofft, dass ein solch altes Schiff keine größere Diebstahlsicherung besaß. »Wie hast du mich gefunden?«

»Die Pax hinterlässt ein Tracking-Signal, wenn man es nicht vor dem Start abschaltet. Eine der vielen kleinen Alarmanlagen von mir.« Wenn man etwas auf dem überwachten Mars wurde, dann paranoid.

Der Mann grinste breit und die weißen Zähne strahlten gefährlich unter der dunklen Hautfarbe. Ein Gefühl der Bedrohung überkam Ray, das durch das zerbeulte Gesicht noch verstärkt wurde. »Kompliment! Ich hatte mir fast gewünscht, den Bastler dieses Kunstwerks einmal kennenzulernen. Du bist ein Adventiv, nicht wahr?« Seine Augen musterten ihn von oben nach unten. Nicht abwertend, wie die Frau an der Theke es getan hatte, eher wie einen kaufbaren Gegenstand. Als überlegte er, einen Nutzen aus ihm ziehen zu können. »Du bist blond, blauäugig in jeder Beziehung und die Anzeigen des Schiffes sind alle adventivisch. Außerdem blicken normale Menschen für gewöhnlich nicht so überheblich und selbstsicher, wenn man ihnen eine T-Gun vor die Nase hält.«

Ray verengte die Augen und hob stolz das Kinn, ohne darauf zu achten, dass er diesen Kerl damit nur bestätigte. »Wenn es so wäre, hättest du ein Problem damit?«

Er war insgeheim froh, dass er in Zivilkleidung äußerlich nicht von einem anderen Menschen zu unterscheiden war.

»Ich habe kein Problem damit, Blondie, bleib ruhig«, sagte der Mann und hob beschwichtigend die freie Hand. »Da kann ich wenigstens sicher sein, dass du nicht mit einer bestimmten Gruppierung unter einer Decke steckst.« Er wies auf die Steuerung. »Ist sie wieder flugtüchtig?«

Ray nickte.

»Dann raus hier, ich muss weiter!« Er schwenkte die T-Gun zum Ausgang.

Ray schnappte empört nach Luft. »Das ist *mein* Schiff!«

»Und das hier ist meine Knarre!«, erwiderte der Eindringling trocken.

Ray sah ein, dass dies das bessere Argument war. Noch war er jedoch nicht gewillt aufzugeben. »Ohne mich wird die Pax nach spätestens drei Stunden wieder schlappmachen. Ich habe ihre Macken im Griff.«

»Sag mir einfach, welche Tasten ich dann drücken muss. Einen Frachter zu steuern, bekomme ich auch noch hin.«

»Du bist zu sehr verletzt, um sicher durch den dichten Verkehr fliegen zu können. Du kannst ja kaum die Augen öffnen und das Veilchen da wird die nächsten Minuten nur noch mehr anschwellen.« Ray wies mit dem Kinn auf dessen linkes Auge. »Und ich brauche das Schiff. Verdammt, es ist meine Existenz! Ohne den Frachter sind meine Chancen, einen Job zu bekommen, gleich Null. Und wie soll ich nach Ablehnung wieder zurück? Ich kann als Adventiv kaum per Anhalter durch das Gebiet des Solarbunds reisen, da kannst du mich gleich hier um die Ecke bringen.«

Der Mann zögerte. Seine kräftigen Kiefermuskeln arbeiteten. Er sah wohl ein, dass er nicht in der Verfassung war, dieses Schiff allein zu fliegen, geschweige denn die Energie für eine ernste Auseinandersetzung hatte. Vielleicht schwang auch ein Hauch von Gewissen in seinen Überlegungen mit, wer wusste das schon? Er nickte schließlich. »Na schön, aber du gibst mir dein Messer!«

»Pah!« Ray setzte sich unbeeindruckt an das Pilotenpult. »Ich fliege dich zu deinem Ziel, in der Zeit kannst du dir überlegen, was du tun willst. Aber mein Messer behalte ich, du hast immerhin deine *Knarre*.« Er schaltete die Diebstahlsicherung aus und registrierte mit einer gewissen Genugtuung, dass der Kerl sogar die zuvor auf Reserve laufenden Wasserstofftanks gefüllt hatte.

Er sendete das Startsignal, worauf ein Pfeifton erklang und die Schleusenkammer um das Schiff verriegelte. Während sie warteten, bis sich die Kuppel über ihnen öffnete, blickte er zu dem Mann, der immer noch die Waffe auf ihn richtete. »Ich bin Ray.«

Es dauerte einen Moment, bevor er antwortete. »Andor.«

»Du siehst echt beschissen aus«, sagte Ray. »Setz dich und ruh dich aus. Ob du es glaubst oder nicht, ich kann das Schiff auch ohne T-Gun vor der Nase steuern.«

Andor betrachtete ihn eine Zeit abschätzend und steckte die Waffe ein. »Nun gut.« Er ließ sich auf den Sessel links neben ihm nieder. »Mein Ziel sollte noch eingegeben sein.«

Ray schaute auf den Routenplan und stutzte. »Du kannst einfach so zur Erde fliegen?«

»Klar, ich lebe dort. Ganz legal. Die Einreisegenehmigung gebe ich ein, wenn es soweit ist.«

»Was ist mit mir?« Ray fragte besser nicht, was der Kerl dann ohne Schiff oder Flugticket auf einer Flüchtlingsstation verloren hatte.

»Du hast dich bereits um einen Job beworben auf der Lunabasis?«

Ray nickte stumm.

»Dann stelle ich dich hiermit als meinen Chauffeur ein. Mit Arbeitserlaubnis darfst auch du einreisen, nur kein eigenes Land erwerben. Den offiziellen Papierkram mit den Behörden erledigen wir, wenn du dich bewährt hast.«

»Gut.« Statt sich über diese heißersehnte Chance zu freuen, machte sich ein mulmiges Gefühl in seinen Eingeweiden breit. Konnte er diesem Typ vertrauen, der vorhin noch versucht hatte, sein Schiff zu klauen, nachdem er in ein eher zweifelhaftes Handgemenge geraten war, aber dennoch eine Menge Kohle zu haben schien? Oder rannte er blind in eine Sache hinein, aus der er sich besser fernhalten sollte? Besonders seriös erschien ihm sein neuer Arbeitgeber nicht gerade. Dennoch musste er jede Chance nutzen, und sei es, um erst einmal einen Fuß in der Tür zu haben. »Brauchst du medizinische Versorgung?«, fragte er.

Andor schüttelte den Kopf. »Nein, die Blutungen stehen, gebrochen ist nichts. Ich habe Schmerzmittel, das genügt.«

»Nicht wegsterben, du passt nicht in den Abfallverwerter.«

»Kannst mich ja mit deinem Messer zerteilen.«

»Nein, danke, dafür ist mir meine Lebenszeit zu schade.« Ray wandte sich wieder den Instrumenten zu. Wie verrückt das doch lief, chauffierte er schon den Dieb seines eigenen Schiffes durch die Gegend. Doch irgendwie war er froh, nicht mehr allein zu sein.

Da in diesem Orbit eine Geschwindigkeitsbegrenzung galt, brauchten sie ganze fünf Stunden bis zur Erde. Der Flugverkehr häufte sich, je näher sie dem lebensfreundlichsten Planeten ihres Sonnensystems kamen. Trotz des anstrengenden Manövrierens durch die dicht beflogenen Raumstraßen bewunderte Ray die Aussicht. Er fand die Erde wunderschön. Wie ein blau-weißer Edelstein auf schwarzem Samt lag sie vor ihnen. Das war streng genommen auch sein Heimatplanet, so fremd er ihm erschien; der Ursprung aller Menschen.

Er verfiel derart ins Schwärmen, dass ihn der Alarm des Bildschirms zusammenzucken ließ. Auf dem Display erschien eine automatisierte Anzeige in leuchtend rot blinkendem Rahmen.

Ray sah zu seinem Begleiter. Andors Kopf war zurückgelehnt, die Augen geschlossen und er schnarchte leise mit halb geöffnetem Mund.

»Andor?«, rief er laut.

Das Muskelpaket schreckte auf und schien einen Moment zu brauchen, um sich zu orientieren. »Ich bin eingenickt, verflucht«, sagte er mehr zu sich selbst und blickte Ray an, als wunderte er sich, dass dieser ihm nicht im Schlaf die Kehle aufgeschlitzt hatte. »Was ist?«

Ray zeigte auf das Display mit dem blinkenden Symbol. »Die fragen nach unserer Einreisegenehmigung.«

Andor blinzelte. »Ach ja. Moment.« Er schaltete die Konsole vor ihm ein und auch hier leuchtete nun die Anfrage. Andor übertrug seinen Handabdruck und gab zusätzlich eine PIN ein. »Erledigt, du kannst wieder übernehmen, Blondie.«

Das Blinken stoppte, die rote Schrift wurde grün und zeigte einen standardisierten Willkommensgruß für einen Herrn Andor Winter. Zumindest schien er Ray mit seinem Vornamen nicht angelogen zu haben.

»Wohin genau fliegen wir?«

»Erstmal zu meinem Anwesen auf dem südamerikanischen Kontinent, ich brauche neue Klamotten.«

»Darf ich dort so einfach landen?«

»Klar, such dir einen Platz aus, das ist Privatbesitz.«

3. Auf der Erde

Ray bewunderte die Farben vor sich. Das tiefblaue Meer und die grün und braun marmorierten Kontinente, selbst die Nachtseite des Planeten fand er durch das Glitzern der Städte wunderschön.

Er schaltete auf atmosphärischen Flugmodus um und folgte den Pfeilen der Bordnavigation zum südamerikanischen Kontinent, auf dem noch Tag war. Unter der Wolkendecke bremste er weiter ab. Hier begann der interplanetare Flugverkehr mit seinen Shuttles und Lieferdrohnen und er wollte sich ungern einen ersten Strafzettel ergattern. Eine lange Liste mit Regeln und Begrenzungen erschien auf dem Display. Der Solarbund war ja noch bürokratischer als der Mars. Aber hier war auch um einiges mehr los, als er es von seinem Heimatplaneten her kannte.

Die grünen und braunen Flecken wurden zu Feldern und Städten, die mit Straßen und Schienen vernetzt waren, auf denen nur mäßiger Verkehr herrschte.

Das Navi der Pax lotste ihn auf das Zielgrundstück, das relativ abgelegen von der nächst größeren Stadt auf dem Land lag. Unter ihnen tat sich ein umzäuntes Gelände mit von alten Bäumen umrandeten Weinbergen auf. In der Mitte prangte das Wohnhaus mit großem Pool im Innenhof, einem gläsernen Gewächshaus und einem weiteren Nebengebäude, das wie ein Hangar wirkte. Ray staunte über die Größe des Geländes und Hauses, schwieg aber. Er steuerte den mit einem gelben Kreuz klar gekennzeichneten Landeplatz für Shuttles an und setzte auf.

Kaum hatte er den Antrieb ausgeschaltet, erhob sich Andor. »Dann wollen wir mal.«

Ray folgte ihm die Rampe hinunter nach draußen. Eine leichte Brise und blauer Himmel mit heiterem Sonnenschein empfingen sie. Die warmen Strahlen fühlten sich angenehm auf der Haut an, die Luft roch ungewohnt frisch und doch erdig. Nicht so steril wie in der Akademie damals, nicht nach Unrat und Ausdünstungen von zu vielen Menschen wie in seinem Versteck, nicht nach Metall und Öl wie auf der Mondbasis. Aber auch nicht so schwer blumig und chlorophyllgetränkt wie die Parks auf der Marsstation. Er betrachtete die ungewohnte Weite über sich, durchzogen von weißen Wolken, und es wurde ihm beinahe schwindelig.

»Was schaust du so zum Himmel?«, unterbrach Andor sein Staunen. »Hoffst du auf göttliche Fügung?«

»Nein, ganz sicher nicht.« Götter waren gewiss das Letzte, woran er glaubte. »Es ist nur sehr ungewohnt, keine Kuppel oder Energiefeld über sich zu haben.«

»Ach ja, ich vergaß, dass du höchstwahrscheinlich den Mars noch nie verlassen hast bisher.« Andor machte eine ausladende Geste. »Willkommen auf der guten alten Mutter Erde, sie ist schon der schickste Planet im Sonnensystem, da kann man nicht meckern. Aber im Grunde ist die natürliche Atmosphäre doch auch nur eine Art Kuppel, die uns vor dem Vakuum des Alls schützt.«

»Das stimmt, aber es ist ein anderes Gefühl. Weiter und freier, mit Wäldern und Ozeanen.«

»Trotz deiner neu empfundenen Freiheit, die auch hier rein subjektiv ist, wie ich dir garantieren kann, muss ich dich bitten, mit ins Haus zu kommen. Für ein ernstes Gespräch ist es mir auf dem Hof zu windig heute.« Andor führte ihn in das mit Naturstein verzierte Haus. Sie passierten zwei Glastüren, hinter denen sich je eine Küche und ein Fitnessraum befanden, und betraten ein großes Wohnzimmer mit holografischem Kamin, eleganter Couchgarnitur und Glastisch mit eingebautem Computer. Ray fragte sich, ob jeder auf der Erde so hochentwickelt und vermögend war und sie nur Lügengeschichten von dem abgewohnten und verarmten Planeten gehört hatten, die der Propaganda dienen sollten. Auch seine Eltern waren nicht arm, aber von der Ausstattung in dieser Privatwohnung könnten normal sterbliche Adventive nur träumen.

Andor grinste breit. »Na, gefällt es dir?«

»Ja.« Mehr brachte er nicht heraus, aber sein bewundernder Blick sprach sicher Bände. Er fühlte sich wie in eine andere Welt versetzt.

»Ich bin recht selten zu Hause, das ist wie Urlaub, dann will ich es auch komfortabel haben.«

»Mit eigenem Weinanbau?« Ray erinnerte sich an die Rebstöcke um das Anwesen.

»Eine Leidenschaft von mir. Ich genieße hin und wieder einen guten Tropfen. Das zusammen mit der Ausbeute aus dem Gewächshaus macht mich fast zum Selbstversorger.«

»Wohnst du hier alleine?«

»Ja. Aber um all das kümmern sich intelligente Maschinen.« Er wies auf die Couch. »Setz dich. Kannst dir gerne mit dem Gast-Login am Computer ein Getränk aus der Küche ordern. Der Roboter bringt es dann. Ich geh duschen.«

Als Andor den Raum verlassen hatte, blieb Rays Blick an dem handlichen Laptop auf dem Schreibtisch hängen. Der wirkte auf ihn wesentlich anziehender als der Gast-Zugang am Glastisch. Er gab dem Drang nach und setzte sich davor. Nachdem er sich mit einem kurzen Blick versichert hatte, dass sich die Tür hinter Andor geschlossen hatte, klappte er ihn auf. Ein Fingerabdruckscanner. Ray grinste verschmitzt. Was der Kerl konnte, das konnte er schon lange. Er holte seine kleine Werkzeugbox aus der Innentasche des Mantels und fischte einen Decoder in der Größe eines Textmarkers heraus. Er musste ihn lediglich auf die Taste halten, die den Finger ablesen sollte. Das Gerät scannte den Abdruck auf der Oberfläche, wandelte die Daten um und gaukelte dem Programm vor, dass sich der Finger auf der Taste befand. Der Bildschirm erlag dem Trick und erwachte zum Leben.

Mehrere geöffnete Texte und ein privates Nachrichtenportal empfingen ihn. Er steckte den Decoder wieder in seine Tasche und las die letzte Mail. Leider war alles sehr kryptisch gehalten, doch es ging um ein Treffen auf der Lunabasis. Also deswegen war der Kerl dort gewesen. Der verschlüsselte Absender der Korrespondenz und die Prellungen auf Andors Körper machten nicht gerade den Eindruck eines seriösen Geschäfts. Er schaute sich die noch offenen Dokumente an. Zu Rays Erstaunen handelte es sich um wissenschaftliche Studien. Medizinische Forschungsberichte eines einzigen Autors, eines gewissen Professor Dr. Ulrich Thaer. Er überflog die Zusammenfassungen. Dank seiner Ausbildung verstand er den Fachjargon recht gut. Es handelte sich ausnahmslos um aus Klonzellen gezüchtete Organe und deren Transplantationen in menschliche Körper. Auch von der Nutzung anorganischer Implantate und ob es ethisch wäre, diese zu legalisieren, war die Rede.

»Hey, was machst du da?«

Ray schloss ertappt das Dokument und erhob sich. Andor stand neben dem Schreibtisch und blickte ihn streng an, die Hände in den Hüften. Er sah erholt aus, hatte seine Blessuren behandelt und sich in einen sauberen, dunkelgrünen Anzug gekleidet. Noch immer wirkten die goldenen Piercings fehl am Platz auf Ray. »Ich wusste doch, dass man einen Adventiv nicht aus den Augen lassen sollte.«

»Warum tust du es dann?«, erwiderte Ray patzig, trotz der akuten Angst, gleich eine Faust ins Gesicht zu bekommen. Er zeigte auf den Bildschirm, auf dem nur noch das Hintergrundbild eines modernen Kampffliegers prangte. »Ich hätte dich nicht für einen Forschungsinteressierten gehalten.«

»Wieso nicht? Fehlt meinem durch simple Evolution entstandenen Hirn die genetische Manipulation dafür?«

»Es sind vielmehr dein Körperbau und das aufbrausende Machogehabe, das mich eher an einen endorphingesteuerten Kampfsportler denken lässt als an einen belesenen Kittelträger.«

Andor verengte die Augen und zeigte mit dem Finger auf ihn. »Weißt du was, Blondie? *Das* nehme ich als Kompliment.«

»Gern geschehen.«

Der Zeigefinger wanderte zur Couch. »Dorthin!« Es klang wie zu einem Hund, der Platz machen sollte. Ray folgte und sein Gastgeber setzte sich ihm gegenüber auf einen der Sessel. »Erzähl mir von dir!« Auch das klang mehr nach einem Befehl als einer Bitte.

Ray zögerte. »Warum?«

»Weil ich wissen muss, wen ich hier in meiner unmittelbaren Nähe beherberge.«

»Und wenn ich dir nicht passe, verscharrst du meine Leiche in deinem Weinberg?«

Andor winkte ab. »Nein, keine Sorge, zu viele Nährstoffe schaden den Reben. Du hast es zudem erfolgreich geschafft, dass ich auf dich angewiesen bin.«

»Du bist zurück in deinem Haus. Du könntest mich mit meinem Frachter fliegen lassen und dir ein neues Schiff besorgen. Ein besseres gar, finanziell scheinst du ja gut aufgestellt.«

»Netter Versuch, Blondie, aber was ich einmal in den Klauen habe, lasse ich nicht mehr los. Deine Bastelkünste eingeschlossen. Wozu sein hart verdientes Geld ausgeben, wenn man etwas Gleichwertiges umsonst bekommt? Also raus mit der Sprache! Was treibt dich fort von der paradiesischen Kolonie?«

Ray presste die Lippen zusammen. Er war sich nicht sicher, ob er diesem Kerl vertrauen konnte. Allein der Waffenbesitz erregte sein Misstrauen. Seiner Information nach war es auf der Erde schier unmöglich, als Normalbürger an eine T-Gun zu kommen. Noch schwerer als auf dem militärisch kontrollierten Mars. Seine innere Stimme brüllte ihm Warnungen ins Ohr wie die Offiziere damals ihre Befehle. Dennoch wollte er sich diesem Menschen anvertrauen und sei es aus dem alten Drang, sich selbst Leid zuzufügen.

»Ich wurde gezwungen, eine Militärakademie zu besuchen«, erzählte er leise und sah Andor dabei nicht in die Augen, »merkte aber bald, dass ich dieses Leben verabscheute. Ein Austritt war unmöglich, also blieb nur die Flucht.«

Als Andor nichts sagte, sah er auf. Der dunkelhäutige Mann musterte ihn mit ausdrucksloser Miene. »Ihr werdet zum Militärdienst geordert? Ich glaubte immer, das liegt in euren Genen.«

»Offenbar nicht.« Ray ballte die Fäuste. Er fühlte sich erneut diskriminiert, aber daran musste er sich hier wohl gewöhnen.

»Wer hat dich gezwungen? Die Regierung?«

»Nein, General Vandenberg. Mein Vater.« Er verfluchte sich über seine erstickende Stimme, sobald er diesen Namen aussprach. Er war schließlich erwachsen und kein kleines, hilfloses Kind mehr.

»Was wäre denn geschehen, wenn du dich geweigert hättest?«

Ray versuchte, lässig zu wirken. »Krankenhaus oder Friedhof. Das Los hätte entschieden.«

»Aha, so einer ist dein alter Herr. Nett.«

»Ja, so einer ist er.« Er fuhr sich mit den Händen über das Gesicht und atmete tief durch. Wieder dieses Gefühl, ein erbärmlicher Versager zu sein.

»Hut ab!«

Ray sah auf. Hatte er sich verhört?

Andor grinste. »Ich meinte das ernst. Indem du dieser aussichtslosen Situation entkommen bist, hast du

Rückgrat gezeigt. Die meisten deiner Landsleute hätten sich wohl dem Stärkeren untergeordnet.«

Ray war zu verblüfft, um etwas zu sagen.

»Ich habe dich vorhin vom Computer scannen lassen«, fuhr Andor gelassen fort.

Diese Worte trafen ihn wie ein Stromschlag. »Was? Wie das?«

Sein Gastgeber lachte spöttisch auf. »Das ist mein Haus, Blondie, der Computer kann jeden scannen, der sich darin aufhält. Schon praktisch, dass man euch auf dem Mars so hübsch markiert und katalogisiert.«

Ray stieg die Hitze in den Kopf. »Mein Chip ist deaktiviert.« Oder sollte es zumindest sein.

»Er sendet aktiv nichts mehr, aber er ist aus der Nähe noch ablesbar.«

»Verflucht!« Dann musste er noch besser aufpassen, nicht erwischt zu werden. Nun war er froh, auf Lunabasis nicht gelogen zu haben. Er wäre bei einer Überprüfung sofort wieder zurückgeschickt worden.

»Alles gut. So weiß ich, dass du mich nicht angelogen hast«, sagte Andor beruhigend. Er holte ein Pad hervor und schaute auf das Display. »Fähnrich Raynald Vandenberg, einundzwanzig Erdenjahre, Vater General Otto Vandenberg, Mutter Amelia Vandenberg, geborene Collins. Am 8. Februar desertiert und seitdem flüchtig. Es ist sogar eine hübsche Belohnung auf jeden Hinweis zu deiner Person ausgesetzt.«

Ray wich das Blut aus dem Kopf. Er hatte nicht damit gerechnet, dass er auch außerhalb der Kolonie gesucht werden würde. Ahnte Steele, dass er sich nicht mehr auf dem Mars befand? Hatte das Militär Zugang zur Datenbank der Lunabasis? Auszuschließen war das nicht.

Er sah mit versteinerter Miene zu Andor.

Der hob abwehrend die Hand. »Keine Sorge, Blondie, du musst nicht zur weißen Marmorsäule erstarren vor Schreck. Ich habe das Geld nicht nötig. Noch weniger, dich diesen xenophoben Rassisten zum Fraß vorzuwerfen. Ich denke, du bist mir so dienlicher.«

»Ja, weil du mich nun in der Hand hast.« Seine Stimme kam krächzend.

Andor nickte und zeigte seine weißen Zähne. »Exakt!« Er drehte das Display zu ihm. Ray schluckte hart, als er ein Foto seiner Eltern unter dem seinigen sah. Was hatte dieser Kerl vor? Ihn emotional weiter zu Boden drücken?

»Dein Vater sieht auch aus wie ein herrisches Arschloch, muss ich zugeben«, sagte Andor und streute damit brennendes Salz in die noch offene Wunde. »Der kantige, leicht vorgeschobene Unterkiefer, der strenge, überhebliche Blick und die tiefe, senkrechte Falte auf der Stirn. Man sieht richtig, wie der die Faust zum Schlag ballt.«

Ray bemühte sich, Haltung zu wahren und nicht auf die Stichelei einzugehen, die wie dumpfe Hiebe in seine Eingeweide prallten.

»Deine Mutter wirkt eher zart und schüchtern daneben, wie ein scheues Reh.«

Ray keuchte. Die Erinnerung an seine Mutter stach wie ein eisiges Schwert direkt in sein Herz. »Hör auf!« Sogleich bereute er, diese Schwäche gezeigt zu haben, aber er war einfach zu erschöpft. Seine Mutter war sein wunder Punkt, er machte sich unendliche Vorwürfe, sie ohne ein Wort des Abschieds bei ihrem Peiniger zurückgelassen zu haben.

Andors spöttische Miene verebbte. »Ich verstehe. Ich bin zu weit gegangen.« Die Worte kamen so ernst, dass es Ray irritierte. Aber er las nur aufrichtiges Bedauern in Andors Mimik und nickte stumm. Vielleicht hatte der Kerl doch irgendwo ein Herz hinter der rauen Schale? Oder wollte er nur testen, wie verletzlich er war?

Ray rieb sich mit den Händen über das Gesicht und fasste sich wieder. »Was geschieht nun?«, fragte er müde.

Andor schaltete das Display aus. »Wir ordern uns erst einmal was zu essen. Bis die Drohne hier ist, zeige ich dir, wo du pennen kannst. Morgen packen wir unsere – oder besser: meine – Sachen und fliegen zum nächsten Stopp.«

Ray nickte. Seine Kehle war noch immer wie zugeschnürt.

»Und keinen Fluchtversuch!«

Er schüttelte den Kopf. Nach all dem war er hier wohl noch am sichersten.

Andor wandte sich wieder seinem Pad zu. »Was isst du so? Irgendwelche todbringenden Allergien?«

»Die ich dir sicher verraten würde, hätte ich welche.«

»Ach ja, ich vergaß eure genetische Auslese.« Andor ging nicht auf den Zynismus in seiner Antwort ein. »Pizza oder Thai? Diesbezüglich gibt es wirklich erträgliche Lieferanten um die Ecke.«

Ray nickte müde. Dies alles erschien ihm noch immer surreal. »Pizza klingt gut.« Er hatte keine Ahnung, was *Thai* war, und wenig Lust auf Experimente. »Wenn es ohne tierische Produkte ist.«

»Passt, echten Käse oder Fleisch gibt es eh nur mit Aufpreis.«

Die Worte weckten seine Neugier. »Ihr habt noch Nutztiere hier auf der Erde?«

»Ja, zur Wiesenpflege. Erhaltung der Biodiversität und so Kram. Aber echtes Fleisch, das nicht im Labor entsteht, ist schier unbezahlbar.«

»Würdest du sowas essen?«

Andor lachte. »Wenn ich Hunger habe, esse ich alles und jeden, schreib dir das hinter die Ohren!«

Das glaubte Ray dem Kerl aufs Wort.

Nach dem Essen zeigte Andor ihm eines der fünf Gästezimmer mit eigenem voll eingerichtetem Bad. Offenbar war dieser Landsitz ursprünglich mal für eine große Familie samt Dienstboten gebaut worden. Ray beschloss, nach diesem Tag zeitig schlafen zu gehen, um sich an den neuen Tagesrhythmus zu gewöhnen.

∗∗∗

Am nächsten Morgen wurde er früh von einem Hausroboter geweckt. Als er frisch geduscht die Küche betrat, saß Andor bereits am Tisch und las Nachrichten auf seinem Pad. Er hatte diesmal eine hellbeige Hose und ein dunkelgraues Hemd mit Silberglanz an. Auch wenn Ray zumindest den Rasierer im Bad benutzt hatte, fühlte er sich in seiner abgetragenen Arbeitshose und dem alten Shirt fehl am Platz. Obwohl er etwas größer und durchaus sportlich war, wirkte sein Körper gegenüber Andors Muskeln schmächtig. Da Andors

Hemd kurzärmelig war, erkannte Ray einige Tätowierungen auf den durchtrainierten Oberarmen, die Bilder hoben sich durch ihre weißen Umrandungen deutlich von der dunklen Hautfarbe ab. Er konnte einen Kompass auf einer Sternenkarte ausmachen, halb vom Hemdsärmel verdeckt. Auch das war etwas, das sein Vater ihm niemals erlaubt hätte. Seine helle Haut mit künstlichen Pigmenten zu ruinieren, war in den Augen des Generals unpatriotisch und ein Verrat an der genetischen Auslese. Ray hatte gerade deswegen nicht selten mit dem Gedanken gespielt, sich etwas stechen zu lassen, aber bisher nie den Mumm dafür gehabt. Sein Vater wäre fähig, ihm die Tätowierung mit seinem Messer aus der Haut zu schneiden.

Es duftete nach frischen Brötchen und ausgepresstem Orangensaft. Auf dem Tisch standen Aufschnitte und Aufstriche aller Art, von süß bis herzhaft. Auch an geschnittenem Obst und Gemüse mangelte es nicht. Ray staunte nicht schlecht. Es war lange her, dass er so frische Zutaten gesehen hatte. Sein Magen knurrte hungrig bei den fruchtigen Aromen, dennoch blieb er irritiert im Türrahmen stehen. Es wirkte alles so surreal auf ihn, wie ein Hologramm, das verpuffen würde, näherte er sich ... oder wie eine riesige Mausefalle mit verlockenden Leckereien, die zuschnappte, sobald er zugriff.

Andor sah auf und wies auf den Stuhl gegenüber. »Stehe da nicht rum wie ein verschrecktes Reh und setz dich! Kaffee oder Tee?«

»Kaffee, bitte.« Er gab sich einen Ruck und ließ sich auf dem gezeigten Platz nieder.

Andor nickte und ging zu einem professionell wirkenden Getränkeautomaten. »Mit Zucker oder Milch?«, fragte er, als er vor dem Display stand.

Ray zog die Schultern hoch. »Welche Milchsorten hat das Ding denn?«

»Mach dir nicht ins Hemd, es ist nicht aus der Kuh. Irgendeine Hülsenfrucht, glaub ich. Schmeckt passabel.«

»Dann mit, bitte, kein Zucker. Danke.«

Andor drückte auf das Display und die Maschine ratterte. Rays Hunger siegte und er griff nach einem der duftenden Brötchen.

Andor reichte ihm die Tasse Kaffee und setzte sich wieder. »Ich habe heute früh einen offiziellen Jobantrag für dich als mein Privatpilot an die Lunabasis gestellt, der schon eine Stunde später genehmigt wurde. Die sind immer froh, Anwärter schnell wieder los zu sein. Du bist also nun ganz legal angestellt und aus deren System.«

Ray atmete erleichtert durch. »Danke. Hat sich keiner gewundert, dass ich das zugeteilte Apartment nie betreten habe?«

Andor winkte ab. »Das ist denen egal, so können die sich den Putzroboter sparen. Da gibt es viele, die ihre Nächte lieber woanders verbringen, als alleine in einem beengten Apartment. Meist in Kneipen oder Clubs mit käuflicher Begleitung.«

Ray nickte. Mit der Belohnung, die auf seinen Kopf ausgestellt war, hätte er eine Nacht dort womöglich ohnehin nicht überlebt. Wie leicht Fingerabdruckscanner zu knacken waren, wusste er schließlich selbst gut genug. »Wie geht es nun weiter?«

»Du bist mein Angestellter und machst, was ich sage.«
Andors selbstzufriedenes Schmunzeln gefiel ihm nicht
besonders.

»Ich meine ... Gibt es einen Arbeitsvertrag? Wie sieht
die Entlohnung aus?«

»Der Vertrag ist mündlich und die Bezahlung wird an
deinen Nutzen für mich angeglichen. Nachdem du die
Vermittlungsgebühr abgearbeitet hast, die ich für dich
blechen musste. Die machen das auch nicht völlig
selbstlos da oben.«

Das klang ein wenig, als wäre er gekauft worden, aber
viele Alternativen hatte er nicht. Andererseits gab es
ihm mehr Freiheit als irgendein Knebelvertrag, den er
unterschreiben müsste. So könnte er jederzeit ohne
rechtliche Konsequenzen seinen Hut nehmen.

»Genieß das Essen«, sagte Andor mit großzügigem
Ton. »Die nächste Zeit gibt es nur noch Fertigrationen.
Deine Rostlaube hat keine Küche und bis zu unserem
Ziel dauert es etwas.«

Das ließ sich Ray nicht zweimal sagen und griff nach
der Obstschüssel. »Wohin fliegen wir?«

»Richtung Jupiter.«

Ray verschluckte sich beinahe an einer Traube. Das
war vom Mars aus schon ein Flug von durchschnittlich
sieben Wochen, je nach Stellung der Planeten. Zwei
Monate mit dem Typen allein auf einem beengten
Schiff zu sein, klang nicht sonderlich erfreulich.

Andor grinste, als er sein Gesicht sah. »Keine Sorge,
unser Ziel liegt ein gutes Stück vor dem Gasriesen und
die Umlaufbahnen sind gerade günstig. Es sollte nicht
länger als fünf Wochen werden.«

Ray hoffte, dass die Pax die lange Strecke durchhalten würde, und füllte seinen Teller mit noch mehr frischen Früchten.

4. Versuch

Es folgten recht eintönige Tage, an denen Ray seinen neuen Boss nur selten zu Gesicht bekam. Sie wechselten sich auf der Brücke ab, um nicht zu oft auf den Autopiloten angewiesen zu sein und schneller voranzukommen. Mit geschicktem Manöver konnten die Gravitationskräfte von Himmelskörpern als Beschleunigung genutzt werden, ohne die Wasserstofftanks zu belasten, während der Autopilot nur passiv via Schub flog und bei drohender Kollision nicht verlässlich genug war.

Ray traf Andor lediglich ab und zu beim Essen in dem kleinen Aufenthaltsraum, ansonsten vergrub der sich in seine Kabine, wenn er nicht das Schiff steuerte. Fragen über sein Vorhaben wich er geschickt aus, bis Ray die Versuche aufgab. Er selbst nutzte die Ruhe, um die restlichen Reparaturen auf der Pax durchzuführen und ihre Systeme zu checken. All die Dinge, die er eigentlich vor einem Start geplant hatte. Auf einen solch langen Flug waren weder er noch das Schiff vorbereitet gewesen, aber er hütete sich, das zu erwähnen. Ohne den Frachter wäre er sicher wertlos für seinen Arbeitgeber. Glücklicherweise war der Flug durch das widerstandslose Vakuum des Alls weniger belastend für die Hülle als Start oder Landung auf einem Planeten.

Auch den Militärfunk hörte er weiterhin regelmäßig ab. Er fand eine Kommunikation, die das *Projekt Terra* als gescheitert bezeichnete. Anhand einiger Codewörter sollte Li es tatsächlich zur Erde geschafft haben. Das nahm Ray eine große Last von seiner Seele. Es nagte sehr an ihm, dass er Li nicht hatte mitnehmen können, zu gerne hätte er sie bei sich gehabt und mit ihr zusammen eine neue Zukunft aufgebaut. Aber zurück in ihrer Heimat war sie zumindest außer Gefahr.

Erst kurz vor der Ankunft am Ziel, das sich als eine einsame Raumstation zwischen Mars und Jupiter herausstellte, kam Andor flotten Schrittes auf die Brücke.

»Wie lange noch?«, fragte er derart beiläufig, als hätten die beiden erst vor kurzem die letzte Unterhaltung geführt, statt vor einer guten Woche.

Ray sah auf die Anzeige. »Wir erreichen in siebzehn Minuten die eingegebenen Koordinaten.«

Andor rieb sich die Hände und setzte sich neben ihn auf den Stuhl. Genau dort, wo er bei ihrem ersten Flug eingenickt war. »Sehr gut. Steuere die Andockrampe für Vorratslieferungen an, da dürfte es nur eine geben.«

»Sollten wir uns nicht vorher per Funk anmelden?«

»Nein.«

»Aber die merken doch eh, wenn wir docken.«

»Nein, die Rampe ist für Lieferdrohnen und automatisiert.«

Das gefiel Ray nicht, dennoch steuerte er die Pax an die beschriebene Stelle. »Laut der Datenbank ist das eine ehemalige Forschungsstation des Solarbunds, die jetzt privat genutzt wird. Was willst du da?«

»Etwas abholen.«

Ohne sich anzukündigen? Ray runzelte die Stirn. »So wie du neulich mein Schiff *abgeholt* hast?«

Andor warf ihm einen vielsagenden Blick zu. »Wenn sich meine Informationen bewahrheiten, dann wird dieses Etwas hier illegal unter Verschluss gehalten.«

»Und du befreist es.«

»Exakt.«

Ray hob die Brauen.

Andor seufzte genervt bei dem Blick. »Seit wann stellen Adventive so viele lästige Fragen? Ich dachte, ihr seid zum bedingungslosen Gehorsam geschult.«

Ray bleckte die Zähne. »Gewiss nicht gegenüber Kerlen wie dir!«

Andor stand auf und salutierte. »*Jawohl, Sir, aber immer, Sir, wir denken nicht und knallen die Schwarzen ab, Sir!*«, äffte er.

»Letzteres sollte ich vielleicht mal tun, wenn du weiter das Arschloch spielst.« Er wollte nicht zugeben, dass er sich an Andors dunkle Hautfarbe tatsächlich noch nicht gewöhnt hatte.

Andor sah ihn mit strenger Miene an, sodass Ray sein loses Mundwerk erneut verfluchte, das ihm nicht selten mehr als nur Ärger eingebracht hatte. Er wusste nicht, wie er den Blick auslegen sollte. War der Mann ernsthaft wütend oder wollte er ihn lediglich vorführen?

Andor griff in das Holster unter seinem Anzug, in dem die T-Gun steckte. Ray wurde heiß, doch der Terraner überprüfte lediglich den Sitz der Waffe und grinste breit bei dem verschreckten Blick. »Halt einfach deine vorlaute Klappe und komm mit. Dann siehst du, was ich zu holen gedenke.«

Ray atmete tief durch. »Ich wusste, dass ich es bereuen werde, dich neulich mitgenommen zu haben.«

»*Ich* habe *dich* mitgenommen, Blondie, lass uns die Tatsachen nicht verdrehen. Außerdem arbeitest du jetzt für mich, den Umstand scheinst du immer wieder zu vergessen.«

Gezwungenermaßen, dachte Ray missmutig.

Sie traten zur Andockstelle und öffneten die Luke der Pax. Der Gegenpart der Station war noch geschlossen. Andor holte sein Pad hervor, schaute darauf und gab eine Zahlenfolge in das Display in der Mitte der Tür ein. Es leuchtete Rot auf. Seine kräftigen Kiefermuskeln verspannten sich. »Verdammt. Der Code wurde geändert.«

»Lass mich mal sehen.« Ray schob ihn zur Seite und betrachtete das Schloss. Es besaß keinen hohen Sicherheitsstandard, beinahe wie eine gewöhnliche Wohnungstür. Es würde kein Problem sein, das zu knacken. Er überlegte kurz, ob er bei dieser ihm noch unbekannten Sache Mittäter sein sollte, entschied sich aber dafür. Zum einen trieb ihn die Neugier, zum anderen wollte er für seinen neuen Boss nützlich sein. Andor wirkte auf ihn nicht wie ein Schwerverbrecher, höchstens wie ein kleiner Ganove. Und was gingen ihn schon der Solarbund und seine Gesetze an? Falls Steele ihn erwischte, wäre diese Aktion sein geringstes Problem.

Er holte sein Werkzeug aus der Hosentasche und machte sich an dem Schloss zu schaffen. Dreißig Sekunden später leuchtete die Anzeige grün und die Rampe glitt zischend zur Seite. Kühle Luft empfing sie, weit weniger muffig als auf der Pax mit ihrer eher schlechten Filteranlage.

Andor grinste breit. »Na also, ich hatte es im Urin, dass du nützlich werden kannst.«

Ray verzog den Mund bei dem Bild, das bei dem Spruch in seinem Kopf entstand. »Ich will nicht wissen, in was du mich hier hineinziehst«, murmelte er.

»Gute Einstellung, die gefällt mir. Schön dumm bleiben.«

Ray biss sich in Gedanken auf die Zunge. Auch wenn sein Mundwerk ihm nicht wenig Ärger eingebracht hatte, bildete er sich doch einiges auf seine Schlagfertigkeit ein, die etliche verbale Angriffe von Mitschülern in der Akademie kunstvoll abgewehrt hatte. Bei Andor glich es jedoch einem Pingpong-Spiel, er musste immer damit rechnen, dass der Ball unaufhaltbar zurückschoss.

Er folgte seinem Boss durch einen leeren, klimatisierten Gang. Niemand begegnete ihnen, auch kein Alarm ertönte. Ray irritierte das alles. Was konnte es hier schon Wertvolles geben, wenn diese Station so gar keine Sicherheitsvorkehrungen zu haben schien? Mit dem PVC-Boden, den Bildern an der Wand und echten Blumen in den Töpfen glich es einer Wohnung. Es gab einige Menschen, die ins All ausgewandert waren und dort ihre private Raumstation gebaut und bezogen hatten.

Sie hielten vor einer Milchglasscheibe, hinter der sich ein verwaschener Schatten bewegte. Andor wies Ray mit dem Finger auf den Lippen an, keinen Mucks von sich zu geben, und holte etwas aus seiner Tasche. Ray hob die Brauen, als er es erkannte. Es war ein Abhörgerät mit Videofunktion, das wie eine Hausspinne aussah und sich auch so bewegte. Andor schickte die Wanze unter dem Türspalt durch, reichte Ray einen Ohrstöpsel und hielt den Bildschirm seines Pads so, dass er die Aufnahmen mit ansehen konnte. Die Videoübertragung war erstaunlich gut, mit großem Winkel und wackelte kaum. Sie erkannten eine Art Operationsraum. Auf einer Pritsche lag eine Person in Rückenlage, reglos, als schliefe sie. Ein älterer Mann im Kittel und mit grauem Bart stand gerade von einer Art Computerkonsole auf und trat zu dem Liegenden. Das musste der sich bewegende Schatten gewesen sein, den sie zuvor gesehen hatten.

Andor lenkte die Spinne an der Decke entlang näher zu der Lagerstätte, sodass man den Patienten besser erkennen konnte. Ein schmaler Jugendlicher, vielleicht zwölf oder dreizehn Jahre alt, mit hellbraunen Haaren, die sich kaum von seiner getönten Hautfarbe abhoben. Vom Körperbau her vermutlich ein Junge. Die Augen waren leicht geöffnet, aber er wirkte bewusstlos. Ray schluckte, als er die Manschetten um seine Arme und Beine erkannte, mit denen der Junge an die Liege gefesselt war. Was war das hier?

Auf einmal regte er sich. Sein Kopf glitt langsam hin und her und seine Miene verkrampfte, als erwachte er aus einem Albtraum. Die Gurte spannten sich unter den Bewegungen. Er blinzelte. Seine geweiteten Augen blickten an sich herunter und er riss den Mund auf.

Ray zuckte zusammen. Der panische Schrei, der sowohl durch die Kopfhörer, als auch durch die Milchglastür zu ihm drang, ging durch Mark und Bein. Er wollte aufspringen, doch Andor hielt ihn zurück und schüttelte den Kopf. Ray atmete tief durch und nickte.

Er bemühte sich, seinen Puls wieder auf normale Geschwindigkeit zu bringen. Abwarten. Er sah auf dem Bildschirm, wie sich der Jugendliche in den Manschetten wand, sah sein panisch verzerrtes Gesicht und das Herz schlug ihm bis zum Hals. Er fühlte den Schmerz und die Hilflosigkeit des Jungen deutlicher, als er es sich wünschen würde. Es war, als erblickte er eine jüngere Version seiner selbst.

Der Mann im Kittel trat zu seinem Patienten. Er schien nicht überrascht über diese Reaktion. »Ist gut, mein Sohn, beruhige dich.«

Sohn? Er sah dem hellhäutigen, viel älter wirkenden Mann so gar nicht ähnlich.

»Meine Hand!«, brüllte der Teenager. »Wo ist meine Hand?«

Ray legte die Stirn in Falten. Beide Hände waren da, wo sie sein sollten. Wovon sprach er? Dann erkannte er, dass der linke Unterarm des Jungen mit einer Verbandsschiene versehen war.

»Beruhige dich, es ist nur zu deinem Besten!«

Der Junge starrte den Kittelträger mit weit aufgerissenen Augen an, das Bild auf dem Display zeigte deutlich die Panik in seinem Gesicht. Er bewegte den Mund, brachte aber kein Wort über die Lippen. Ray zerriss es das Herz, das Kind so erschöpft und kraftlos zurück in das Kissen sinken zu sehen. Es weckte schmerzliche Erinnerungen.

»Du brauchst deine eigene Hand nicht mehr, du hast nun eine bessere«, erklärte der Weißkittel sachlich und begann, seine Geräte zu kontrollieren. »Ich habe eine neue Entwicklung gemacht, die du testen darfst. Und du wirst der erste Mensch sein, der sie ausprobiert.

Meine modernste Biomechanik.« Seine Augen leuchteten enthusiastisch.

Ray erinnerte sich an die Studien, die er in Andors Wohnung überflogen hatte, und verstand. Offenbar hatte der Kittelträger dem Jungen seine eigene Hand entfernt und ein seiner halb-organischen Prothesen eingesetzt. Offenbar gegen dessen Willen. Warum? Aus Versuchszwecken?

»Ich will kein fremdes Körperteil mehr!«, wimmerte der Teenager und wand sich in den Gurten. Doch er wirkte zu schmächtig, selbst schwächere Fesseln hätten ihre Wirkung wohl nicht verfehlt. »Ich will meine Hand zurück. Die mit dem Leberfleck auf dem Rücken.«

Der Mann schnaubte genervt. »Stell dich nicht immer so kindisch an! Du bist ein solch wunderbares Exemplar.« Er strich dem Jungen leicht über seine hellbraunen Haare. Eine Geste, die Ray eine Gänsehaut verpasste. Es wirkte nicht väterlich, sondern besitzergreifend, wie zu einem wertvollen Rassehund. Dieser Mann ekelte ihn an. »Das ist beste Implantationsmechanik. Jeder Nerv in deinem Arm – und sei er auch noch so klein – wurde an eine Elektrode angeschlossen. Du kannst damit nicht nur greifen und fühlen, nein, du hast außerdem mehr Kraft als jeder normale Mensch. Deine Fingerfertigkeit und Schnelligkeit werden multipel gesteigert. Dieses Werk von mir ...« Er zeigte auf die linke Hand des Jungen, als könnte er selbst kaum den Blick von seiner Entwicklung nehmen. »... wird sogar mit dem Rest deines Körpers mitwachsen und altern. Damit wirst du Hitze und Kälte wahrnehmen, aber dennoch schmerzunempfindlich sein. Sie ist praktisch unzerstörbar.« Der Weißkittel wirkte so fasziniert von der eigenen Kreation, dass er den Jungen gar nicht mehr wahrzunehmen schien.

»Bitte!« Die Stimme des Jungen glich einem Schluchzen. »Bitte, ich will meine eigene Hand zurück. Bitte!«

»Jammer nicht rum!«, sagte der Mann streng, wie aus einer Traumwelt gezerrt. Sein Mund verzog sich, als hätte er in eine Zitrone gebissen. Wie ein Künstler, dem das Publikum nicht zusagt, weil es ihm die nötige Hochachtung verweigert. »Ich will und werde nicht mit dir diskutieren. Dich muss man wirklich jedes Mal zu deinem Glück zwingen, du dummer Junge. Wie bei diesem Lungenimplantat. Bist du denn nicht glücklich damit? Ein Luftspeicher für drei Stunden. Drei Stunden atmen können unter Wasser, in Giftgas oder im All.«

»Im All würde es mir nichts nutzen, der Druck ...«

»Du weißt genau, wie ich das meine!«, fuhr der Mann ihm über den Mund und schnalzte mit der Zunge. »Was gäben andere dafür, so etwas zu besitzen. Und selbst da konntest du nur jammern, anstatt dankbar zu sein.«

»Ich wäre fast erstickt«, flüsterte der Junge mit krächzender Stimme.

»Papperlapapp! Das war nur, weil dein schwächlicher Körper die beiden ersten Implantate abgestoßen hatte, aber das dritte ist doch einwandfrei, oder?« Er schüttelte den Kopf. »Undankbarer, dummer Junge. Ohne mich wärst du längst nicht mehr am Leben, denke daran! Du hattest einen Erbdefekt und nur mein endokrines Implantat hält dich am Leben.«

Ray blickte zu Andor. »Was zur Hölle ist das hier?«, flüsterte er entsetzt. »Das ist das reinste Gruselkabinett.«

Andor nickte. Seine Miene blieb ausdruckslos, doch auch er schien etwas blasser geworden zu sein unter der dunklen Hautfarbe. »Es ist der offizielle Wohnsitz und die inoffizielle Forschungsstation von Professor Dr. Thaer. Mir war zu Ohren gekommen, dass der Mistkerl hier illegale Versuche an seinem Pflegesohn vornimmt.«

»Warum hast du es nicht zur Anzeige gebracht?«

»Und das Leben des Kindes gefährden, bis der Papierkram durch ist? Jetzt haben wir zumindest Gewissheit und sollten sofort handeln. Gefahr im Verzug und so.«

»Gilt das nicht nur für Gesetzeshüter?«

»Siehst du hier einen?«

Ray seufzte innerlich. Er riss seinen Blick von Andors fordernden Augen los und schaute auf den Bildschirm, der das Bild des Jungen auf dem Bett gefesselt zeigte.

Andor rief die Spinnenwanze zurück und steckte sie wieder in die Tasche, zusammen mit den Ohrstöpseln. »Du bleibst hier an der Tür stehen, verstanden?«, raunte er Ray zu. »Als Rückendeckung. Ich gehe hinein und stelle den Hampelmann zur Rede.« Er klopfte sich an das Sakko, unter dem die Waffe im Holster steckte.

Ray nickte verunsichert. Er wusste nicht, was auf ihn zukommen würde. War Andor ein angeheuerter Privatdetektiv oder gar Agent? Oder geriet Ray hier auf die vom Admiral oft zitierte schiefe Bahn? Wurde er gar zu Andors Lakai und schlitterte von einer Abhängigkeit in die nächste? Noch fühlte er sich wie ein Passagier des Schicksals, abwartend, wohin die Strömung ihn treiben würde.

Ray legte die Hand auf den Griff seines Messers und lehnte sich hinter den Rahmen. Wenn es sich wirklich nur um den alten Mann handelte, wäre die Aktion tatsächlich ein Kinderspiel für sie beide. Dennoch traute er dem Braten noch nicht. Er wünschte sich, auch eine T-Gun in seinem Besitz zu haben, denn schießen hatte er gelernt. Diese Waffen feuerten zwar noch immer mit Munition, besaßen aber zwei verschiedene Projektile. Eines zum Töten, das andere zum Betäuben. Die sogenannte Taserladung drang nicht in den Körper ein, sondern entlud nach Auftreffen einen Stromschlag, der das Opfer für bis zu einer Stunde bewusstlos machte.

Andor betätigte die Apparatur an der Wand und die Glastür glitt zur Seite. Sie war nicht verschlossen. Offenbar rechnete in der Wohneinheit keiner mit Eindringlingen.

Der Mann im Kittel fuhr erschreckt herum. Die hellen Augen unter den grauen Haaren weiteten sich im Erstaunen, als er Andor auf ihn zu schreiten sah. »Wer sind Sie? Wie kommen Sie auf diese Station?«

»Gehen Sie von der Konsole weg und lassen Sie die Hände dort, wo ich sie sehen kann, dann geschieht Ihnen nichts.«

Der Mann wurde bleich, trat aber einen Schritt zur Seite und hob seine Hände auf Schulterhöhe, was eher beschwichtigend wirkte. »Ich besitze nichts, das Sie in Geld umwandeln könnten.«

»Ich bin nicht an Wertsachen interessiert, Professor Thaer.« Andor schob das Sakko zur Seite und gab den Blick auf die Waffe frei. »Ich habe gehört, dass Sie einen Menschen gegen dessen Willen festhalten.« Er wies mit dem Kinn auf das Krankenbett.

»Da wurden Sie falsch informiert, Herr ...?« Er stoppte und sah ihn mit erhobenen Brauen an. Also Andor nicht darauf einging, fuhr er unverwandt fort: »Hier leben nur mein Adoptivsohn und ich.« Er wies mit der Hand auf das Krankenbett, auf dem der Junge ihn mit großen Augen anstarrte. Noch immer gefesselt.

»Was ist mit ihm?«

»Er steht noch unter starken Medikamenten. Er hatte eine lebensnotwendige Operation.«

»Und wozu die Gurte?«, fragte Andor streng.

»Sie sind nur zur Sicherheit, damit er sich während der Prozedur nicht bewegt.«

»Dann lösen Sie die Fesseln, er ist wach!«

Professor Thaer wollte etwas erwidern, schloss den Mund aber und ging zum Bett. Er betätigte einen Knopf und die Gurte lösten sich. Der Junge setzte sich auf und kroch bis ans Kopfende des Bettes, wo er mit angezogenen Beinen hocken blieb, den bandagierten Arm wie angewidert von sich gestreckt, als wäre er kein Teil von ihm. Die ängstlich aufgerissenen Augen waren so hellbraun wie seine Haare und Haut, was seiner ohnehin schon schmächtigen Figur noch eine gewisse Farblosigkeit gab.

Ray fiel auf, dass der Junge trotz der offensichtlichen Angst die Szene beinahe neugierig beobachtete und Andor regelrecht fixierte. Ihn selbst hatte bisher noch keiner am Türrahmen bemerkt, wie es schien, was Ray beruhigte. Andor hatte eine Begabung, die Aufmerksamkeit auf sich zu ziehen. Sei es durch die beeindruckende Erscheinung oder das selbstbewusste Auftreten. Oder beides.

Andor richtete sich an den Jungen. »Willst du hier raus?«

Er nickte stumm.

Der Professor plusterte die Wangen auf. »Das kommt nicht infrage!« Sein Gesicht tönte sich rot. »Du undankbarer Bengel!«

Ray erkannte, wie die Hand des Mannes in die Tasche seines Kittels wanderte, während Andor noch den Blick des Jungen erwiderte.

»Andor, pass auf!«, rief er ihm zu.

Sein Boss drehte sich um, holte aus und versetzte dem Mann einen Kinnhaken, dass er der Länge nach zu Boden fiel. Dann stellte er sich mit der T-Gun gezogen über ihn. Der Kopf des Professors sank stöhnend zurück und er schloss die Augen. Seine Hand rutschte aus der Kitteltasche und mit ihr eine Art Fernbedienung, die halb über den Boden schlitterte. Aus seinem linken Nasenloch rann Blut. Er öffnete die Augen erneut und versuchte, sich zu erheben, doch Andor drückte ab. Das Zucken des Mannes zeigte Ray, dass Andor die Taserfunktion der Schusswaffe eingestellt hatte, dennoch setzte sein Herz einen Schlag aus. Nur bewusstlos oder nicht, er war Mittäter einer Gewalttat geworden.

»Er wollte das Sicherheitssystem aktivieren«, flüsterte der Junge. »Das hätte auf jeden Eindringling geschossen.«

Andor sah zu ihm. »Er ist erst einmal für die nächste Stunde außer Gefecht und kann dir nichts mehr antun.«

»Wer sind Sie?«

»Habe keine Angst, wir sind gekommen, um dich zu befreien.« Andor klang ungewohnt sanft.

Der Junge lockerte seine Haltung, er ließ seine Knie los und rutschte etwas von der hinteren Wand weg. Die hellbraunen Haare fielen ihm strähnig ins Gesicht, das trotz des leicht dunklen Teints bleich wirkte.

»Wie geht es dir?«, fragte Andor sachlich. »Bist du okay? Kannst du aufstehen?«

Er nickte stumm und bebte am ganzen Leib. Als er sich neben das Bett stellte, sackte er beinahe in die Knie. Andor stützte ihn.

»Was geschieht jetzt mit mir?«, fragte er heiser. »Oder ihm?« Sein Blick wanderte zu dem bewusstlosen Professor.

Der emotionslose Ausdruck des Kindes verwunderte Ray. Immerhin war der Mann sein Ziehvater. Auch wenn er selbst seinen eigenen Vater heute verabscheute, wäre er in dem Alter dennoch entsetzt über solch einen Angriff eines Fremden gewesen. Was hatte der Professor ihm angetan, dass dem Jungen dessen Befinden kaum zu berühren schien?

Andor klopfte ihm aufmunternd auf die Schulter. »Er hat dich behandelt wie eine Versuchsratte, was? Es gibt schon Arschlöcher auf dieser Welt, das kann ich dir sagen.«

Der Junge presste die Lippen zusammen, dass sie weiß wurden. War er doch nicht so emotionslos, wie es den Eindruck machte?

»Ich heiße Andor Winter. Aber du kannst ruhig Andor sagen.«

»Mein Name ist Laif, Laif Thaer.«

»Du kannst mit uns kommen, wenn du willst«, beantwortete er schließlich seine Frage.

Die hellbraunen Augen des Jungen weiteten sich. »Ich darf diese Station verlassen?«

»Klar. Du bist nun frei und kannst gehen, wohin du willst. Ich habe ein Schiff, zusammen mit der Alarmanlage da hinter der Tür.« Er wies mit dem Kinn zu Ray. »Machen hier und da Geschäfte, meist Handel. Wenn du willst, kannst du dich uns anschließen.«

Laifs Miene hellte sich auf. »Gerne.« Schlagartig wurde er wieder ernst. »Was ist mit dem Professor?«

»Der bekommt sicher keine Einladung!«

»Nein, ich meine ...«

»Er ist nicht mehr mein Problem. Wenn du ihn auf der Erde anzeigen möchtest, helfe ich dir dabei. Ansonsten bleibt er, wo er ist.« Andor sah Laif streng an. »Also, was ist, kommst du mit uns?«

»Wenn ... wenn ich darf?«

»Du musst natürlich mitarbeiten. Kennst du dich mit Raumschiffen aus?«

Der Junge schüttelte den Kopf, sein Lächeln erstarb, als schmolz die eben aufgeglommene Hoffnung wie Schnee in der Sommersonne. »Nein. Ich hab nicht viel Ahnung von Technik oder Raumflug.« Er sah zu Boden. »Ich koche gerne.«

Andor lachte. »Perfekt. Die ewige Fertignahrung hängt einem langsam zum Hals raus.« Er fixierte ihn wie eine Katze die Maus. »Was ist mit deinen Implantaten? Was können die?«, fragte er eindringlich, beinahe fordernd.

Ray horchte auf. Die Frage kam zu schnell und den gierigen Blick kannte er mittlerweile gut. Als würde in Andors Kopf eine Zählmaschine rattern.

Laif blickte weiter zu Boden. »Ich kann bis zu drei Stunden ohne Sauerstoff überleben«, zählte er monoton auf, »und ab heute habe ich auch noch eine künstliche Hand, die widerständiger und stärker ist als viele Roboter.« Er sah beinahe angewidert auf die Schiene an seinem linken Arm. »Ich bin ein Unikat ... fast schon kein Mensch mehr.«

Andor ergriff den Jungen an den Schultern und blickte ihm fest in die Augen. »Das muss schlimm für dich gewesen sein. Aber das ist vorbei. Du musst jetzt lernen, die Vorteile deiner Lage zu sehen und sie für dich zu nutzen. Das hast du mehr als verdient. Ich weiß, wie dir zumute ist, glaub mir, und auch Ray kann ein Buch darüber schreiben. Aber du musst lernen, das Geschehene zu vergessen. Komm mit uns und wir zeigen dir, wie das geht.«

Laif schaute auf und lächelte. »Danke. Ich werde mein Bestes versuchen.«

Ray runzelte die Stirn. Hatte er Andor vorhin noch für selbstlos und heroisch gehalten, zerbarst dieses Bild wieder wie eine Seifenblase. Er schien den Jungen als brauchbares Werkzeug in seinem Inventar zu sehen. Aber für was? Wo ist er da nur hineingezogen worden? Weder Andor noch die Reaktion den Jungen schätzte Ray als normal ein. Aber was war schon normal? Vielleicht hatten sich die Terraner über die Jahre anders entwickelt als Adventive.

Andor führte Laif an ihm vorbei über die Rampe auf den Frachter. Ray folgte schweigend.

»Das ist unser Schiff«, erklärte Andor dem Jungen. »Klein aber fein. Hat sogar vier Kojen, nicht allzu groß, und einen Aufenthaltsraum, da kann man bestimmt eine Küche einbauen. Hinten ist der Maschinenraum, vorne die Brücke. Für Frachten gibt's Andockstationen.«

»Aber zu zweit kann man doch nicht rund um die Uhr fliegen.«

»Wir versuchen schon, in einer einigermaßen einheitlichen Zeitzone zu leben, also derselbe Tag- und Nachtrhythmus. Wenn wir es nicht eilig haben, schalten wir an unseren Nächten auf Autopilot. Falls es mal dringend ist, muss eben einer eine Extraschicht einlegen.«

Laif nickte. »Ich müsste noch meine Sachen holen. Kleidung und so.«

»Klar. Aber beeil dich, wir sollten hier zügig verschwinden, bevor der Professor wieder wach wird.«

Sie drehten sich um und liefen fast in Ray, der dicht hinter ihnen war. Laif zuckte zusammen, als er mit verschränkten Armen vor ihm stand und die beiden streng musterte.

»Ach ja, ich sollte euch vielleicht vorstellen.« Andor richtete sich an den Jungen. »Laif, das ist mein Kumpel Raynald Vandenberg, seines Zeichens Adventiv. Keine Sorge, er bellt zwar öfters, beißt aber nicht. Das mach ich. Ray, das ist Laif Thaer, er wird erst einmal bei uns bleiben.«

Ray warf einen vielsagenden Blick auf Andor, nickte dem Jungen aber dann freundlich zu.

»Komm«, sagte Andor. »Ich begleite dich. Ray, du kannst die Pax startklar machen.«

»Was ist mit dem Professor?«, raunte er ihm zu, als Laif schon einige Schritte weitergegangen war.

»Den lassen wir hier liegen.«

»Ist das nicht unterlassene Hilfeleistung? Wir haben nicht einmal kontrolliert, ob er noch lebt.« So einen alten Mann aus nächster Nähe zu tasern, war schließlich nicht ohne. Was, wenn er ein Herzproblem hatte?

Andor legte seine Hand über den Griff seiner Waffe. »Soll ich mich um ihn kümmern?«

Ray verdrehte die Augen. »Hör auf damit. Was, wenn er aufwacht und Alarm schlägt?«

»Der hat selbst genug Dreck am Stecken, der wird sich zurückhalten.«

»Wir haben aber seinen Sohn entführt.«

»Gerettet«, berichtigte Andor.

»Und die Nachsorge? Sein Arm ist frisch operiert. Was, wenn es zu Komplikationen bei der Heilung oder einer Infektion kommt?«

»Dann bringen wir ihn zu einem Arzt auf der Erde. Da ist er besser aufgehoben als hier. Vertrau mir!« Andor grinste ihn breit an und folgte dann Laif in die Station.

Als Andor wenig später allein zur Brücke kam, sah Ray ihn fragend an.

»Laif schaut sich die Kabine an«, erklärte er. »Du kannst starten.«

Ray schüttelte ungläubig den Kopf. »Ich fasse es nicht, der vertraut dir total, dabei hast du gerade seine einzige Bezugsperson ausgeknockt.«

»Seinen Peiniger, meinst du wohl«, erwiderte Andor. »Außerdem konntest du meinem natürlichen Charme auch nicht widerstehen.« Sein Grinsen entblößte strahlend weiße Zähne unter der dunklen Haut.

»Hah! Das war wohl eher mein Helfersyndrom gewesen. Aber ernsthaft, eine solche Emotionslosigkeit in dem Alter ist doch nicht normal.«

»Wer weiß, wie der behandelt wurde. Mir kommt der Junge eher so vor, als hatte er sich seinem Schicksal ergeben und nutzt nun jede Rettungsleine, die ihm geboten wird. Schlimmer kann es in seinen Augen nicht werden.«

»Dennoch. Der ist fast noch ein Kind. Folgt dir blind ins Ungewisse, ohne dich zu kennen. Du könntest doch irgend so ein Perverser sein oder ein Menschenhändler.« Das war theoretisch noch immer möglich, was wusste Ray schon über den Kerl?

Andor nickte mit ernster Miene. »Ich denke nicht, dass Laif viel Lebenserfahrung hat. Wir müssen gut auf ihn aufpassen.«

»Na, prima«, brummte Ray. »Aber den hast du angeschleppt, du bist für ihn verantwortlich. Wenn er jetzt nachts Albträume hat oder so, wage es ja nicht, mich zu wecken!«

Andor verdrehte die Augen. »Ist ja gut, Mutti, reg dich ab!«

Ray startete den Antrieb und löste die Pax von der Andockrampe. »Sollen wir die Behörden verständigen?«

Andor sah ihn entgeistert an. »Bist du wahnsinnig?«

»Andor! Da liegt ein bewusstlos getaserter Mann mit deinem Faustabdruck am Kiefer und unsere DNA ist überall auf der Station verteilt. Sicher gab es auch Videoaufzeichnungen. Ich habe keine Lust, noch im terranischen Knast zu landen.« Und noch weniger, an seine Regierung ausgeliefert zu werden. Bei einer Straftat erlosch jede Aufenthaltsgenehmigung.

»Keine Sorge, ich habe da eben nochmal feucht drübergewischt und alle Fingerabdrücke beseitigt.«

»Andor!«

Sein Boss hob die Arme. »Hey, vertrau mir! Ich lass dich sicher nicht auflaufen. Diese Station wurde seit vielen Jahren nicht mehr kontrolliert oder auch nur besucht. Der Professor wird keinen Alarm schlagen, sollte er wieder aufwachen, sonst landet er in der Klapse. Ich habe genug Beweise gegen ihn gesammelt die letzten Monate. Falls es doch ein Verfahren geben sollte, warst du nie daran beteiligt. Geht alles auf meine Kappe. Zufrieden?«

»Monate?« Ray wurde hellhörig. »Sagtest du nicht vorhin noch, dass wir zum Wohle des Jungen schnell handeln müssten, weil die Behörden zu lange bräuchten? Und da sammelst du heimlich über Monate Informationen, ohne diese herauszugeben?«

Andor warf ihm einen finsteren Blick zu. »Weißt du, Blondie? So sehr ich deine Schlussfolgerungen und Beobachtungsgabe schätze, wenn sie mir nutzen, so lästig sind sie ungefragt. Jetzt sei ein guter Adventiv und folge stumm deinem Vorgesetzten!«

Ray gab sich geschlagen und drehte seinen Sessel zum Pult. »Wohin? Zurück zur Erde?«

»Erst müssen wir notgedrungen auf der *Neutralen Zone* unsere Vorräte auffüllen. Das ist eine Raumstation kurz vor der Marsregion.«

Ray nickte. Von der hatte er gehört.

»Dann setzen wir Kurs zum Mond. Die Station *Loony Luna* auf der erdzugewandten Seite.«

»Ist das nicht eine Art Vergnügungspark?«, fragte Ray.

»So eine Art, ja. Ich denke, ein wenig Erholung tut uns allen gut.«

Ray schaute auf. Andors breites Grinsen gefiel ihm überhaupt nicht. Was hatte der Kerl jetzt wieder geplant?

***

Am nächsten Morgen ging Ray in den Aufenthaltsraum, um zu frühstücken. Er sah Laif dort am Tisch hocken und setzte sich mit seiner Rationspackung und einer Flasche Wasser zu ihm. Er hoffte, dass Andor auf der Raumstation auch Kaffee einkaufen würde, sein Geld reichte für so etwas nicht und einen Lohn hatte er auch noch nicht erhalten. Falls er das je würde. Gegen Andor vor Gericht zu ziehen, wäre auf der Erde kaum möglich ohne Staatsbürgerschaft, Anwalt, Geld oder auch nur einen Arbeitsvertrag. Er war von dem Kerl abhängig, ob er wollte oder nicht.

»Hey«, grüßte er freundlich.

»Hallo«, sagte Laif leise. Die Unsicherheit in seinem Blick beruhigte Ray. Endlich eine einigermaßen normale Reaktion auf die Situation. Vielleicht war es wirklich nur der Schock so kurz nach der Narkose, sodass er das Erlebte erst jetzt wirklich realisierte.

»Wie geht es dir?«, fragte er. »Hast du alle Medikamente, die du brauchst?«

Laif nickte scheu. Sein Blick wirkte rastlos, als er durch den Raum wanderte. Wie ein Reh, das sich misstrauisch einer Straße näherte.

»Muss das irgendwie versorgt oder gewechselt werden?« Ray wies mit dem Kinn auf die Bandage an der linken Hand.

Laif schüttelte den Kopf. »Das mache ich schon.«

»Wenn du Hilfe brauchst, sag Bescheid, okay?« Immerhin kannte er sich mit der Versorgung von Verletzungen gut aus. Nicht nur bei sich selbst, auch die Blessuren seiner Mutter hatte er oft genug verarzten müssen. Es ging ihm dennoch – oder deswegen – nahe, dass auch der Junge hier bewandert zu sein schien.

»Mach ich. Danke.«

»Wie alt bist du eigentlich?«

»Vierzehn.« Laif blickte auf seinen Teller und rührte mit dem Löffel in der eingeweichten Ration.

Ray kannte diese Sorte. Es roch besser, als es aussah, und schmeckte wie Möhrensuppe. Er selbst hatte sich einen Getreideriegel geholt, das machte weniger Arbeit mit Abwasch. Allerdings musste man das trockene Zeug mit viel Flüssigkeit runterspülen.

»Würdest du lieber wieder zurück zur Erde? Vielleicht hast du noch Verwandte dort.« Auf schmerzhafte Weise erinnerte Laif ihn an sich selbst, als er damals auf die Akademie kam. Verunsichert und seiner Welt entrissen. Er brauchte eine Heimat, Freunde, feste Wurzeln.

Der Junge sah erschrocken auf. »Bin ich euch lästig?«

Ray schüttelte den Kopf. »Nein. Aber ich weiß nicht, ob wir einem Teenager ein angemessenes Leben bieten können, und du sollst dir bewusst darüber sein, dass du frei entscheiden kannst, wo du hinwillst.« Das hoffte er zumindest.

»Danke«, sagte Laif mit ernster Miene. Überhaupt wirkte seine Art viel zu erwachsen für sein Alter, obwohl er jünger aussah, als er war. Ray hätte ihn eher auf zwölf geschätzt. »Ich weiß wirklich zu schätzen, was ihr für mich macht. Ich würde gerne etwas länger bei euch bleiben, wenn es keine Umstände macht.« Er blickte von seiner Schüssel auf. »Das alles kommt mir wie ein Traum vor, der wahr geworden ist. Ich finde den Gedanken spannend, herumzureisen wie in den Büchern oder Spielen. Und ich fühle mich sicher hier auf diesem Schiff.«

Ray runzelte die Stirn. »Du kennst uns doch gar nicht.«

»Aber es ist die Wahrheit«, sagte er hastig. »Ich ... ich konnte heute endlich wieder schlafen, ohne schlimme Träume. Ohne die Angst, aufzuwachen und zu sehen, dass wieder an mir operiert wurde. Ich will nicht alleine zur Erde und zu ganz fremden Menschen. Es ... die Vorstellung macht mir echte Angst. Ich möchte gerne bei euch bleiben.«

Ray nickte. Er hatte im Stillen gehofft, Laif würde sich für eine echte Heimat entscheiden. Es genügte schon, wenn einer von Andor abhängig war. Doch leider sah es so aus, als ginge alles nach dessen Plan, wie immer der auch aussah. »Wie gesagt, du bist hier willkommen.«

»Danke!«

Ray stöhnte innerlich auf. Er war es nicht gewohnt, dass jemand höflich oder eingeschüchtert ihm gegenüber war. Es passte nicht in seine Welt und machte ihn nervös. Wenn sich dieser Junge noch einmal derartig bei ihm bedankte, würde er ihn packen und schütteln.

Laif sah ihn direkt an. »Darf ich dich etwas fragen?«

»Klar.«

»Du kommst wirklich vom Mars?«

Ray nickte.

»Ich dachte, weil ich hörte, dass«, er druckste, »die Menschen dort keine ... Dunkelhäutigen mögen. Nicht einmal solche wie mich. Aber du arbeitest für so einen und ihr seid sogar Freunde.«

»So viel zum Hörensagen.« *Freunde* war wohl übertrieben, aber er wollte den Jungen nicht ängstigen.

Laif wirkte bei seinem Blick noch eingeschüchterter. »Halten sich Adventive denn doch nicht für besser als andere Menschen?«

Ray lächelte entschuldigend. »Doch. Die meisten ja, da hast du ganz richtig gehört. Unsere Kolonie wurde damals von faschistischen Rassisten gegründet, da kann man nichts Schönreden. Wir werden als Embryo genetisch getestet, bei Fehlern direkt aussortiert und in dem Glauben erzogen, allen anderen Menschen überlegen zu sein. Aber ob wir es trotz all dem auch sind, steht auf einem anderen Blatt.«

»Glaubst du es?«

»Nein.« Das kam mit mehr Überzeugung heraus, als er es sich selbst eingestanden hätte.

»Ich hab immer gedacht, Adventive könnten nicht einfach so durch den Raum des Solarbunds reisen.«

Ray lachte trocken auf. »Wir können es schon. Wir zerfallen nicht zu Asche, wenn wir den Mars verlassen. Aber wer es wagt, schwebt in Gefahr, eines unnatürlichen Todes zu sterben. Rassismus basiert auf der Angst vor Anderem und Angst geht nicht selten mit strenger

Überwachung und Kontrolle einher. Man muss zwingend verhindern, dass das schreckliche *Andere* Einzug hält, das alle fürchten.«

»Deswegen bist du dort weg?«

Ray nickte. »Unter anderem. Kurz und knapp: Ich bin ein Flüchtling und da ich gezwungen wurde, eine Militärschule zu besuchen, auch ein Deserteur. Kein guter Umgang für dich, fürchte ich.«

Laif sah wieder schüchtern nach unten und sein Kopf sank zwischen die Schultern.

Ray betrachtete ihn musternd. »Wenn dir was auf dem Herzen liegt, spuck's aus, hier lacht sicher keiner!«

Laif blickte nicht auf. »Ich bin anders.«

»Du hast ein paar Extras, was soll's?«

»Ich bin auch sonst kein normaler Mensch.«

»Wie meinst du das?«

Laif schob die leere Schüssel von sich weg und blickte auf die Tischplatte. Es wirkte, als rang er mit sich.

Ray wartete geduldig, doch der Junge schien nicht den Mut zu finden, weiter darüber zu sprechen.

»Bin ich ein Monster?«, flüsterte Laif kaum hörbar.

Diese Frage hatte Ray nicht erwartet. Er wusste nicht, was er antworten sollte, wollte ihn weder mit Spott verletzen, noch mit Mitleid überhäufen. »Definiere Monster«, sagte er schließlich ernst. »Wir Adventive werden aufgrund unserer Vergangenheit auch gerne von anderen als Monster bezeichnet. Ich halte mich nicht für eins und dich erst recht nicht. Alles eine Sache der Perspektive.«

»Aber ich bin nicht normal.«

»Hey, wenn jemand hier in diesem Sektor nicht normal ist, dann bin das immer noch ich. Den Titel lasse ich mir von einem vorlauten Teenager nicht nehmen.«

Laif sah auf und lächelte schwach. Immerhin bedankte er sich nicht schon wieder.

Als Ray aufgegessen hatte und sich erhob, stand Laif ebenfalls auf.

»Gehst du zur Brücke?«, fragte er.

Ray nickte. »Ja, den Autopiloten ablösen. Willst du mit?«

»Ja. Ich wäre nicht gern alleine.«

»Klar, kein Problem.«

Ray wartete, bis Laif seine Schüssel abgespült hatte, und ging dann mit ihm zusammen den Gang entlang.

Laifs Augen weiteten sich im Erstaunen, als er die Brücke sah. »Wahnsinn, die ganzen Schalter und Anzeigen. Wie behält man da den Überblick?«

Ray amüsierte diese Begeisterung für einen schäbigen Frachter mit veralteter Software, der kleiner als Andors Wohnhaus war. »So schwierig ist das nicht. Die meisten Anzeigen sind nur für Probleme, damit man diese schnell identifizieren kann und nicht erst lange das System auslesen muss.« Er setzte sich in seinen Sitz und schaltete den Autopiloten aus. »Du kannst gerne auf dem anderen Sessel Platz nehmen.«

Laif blieb neben ihm stehen und beobachtete jeden seiner Handlungen, als würde er sich alles einprägen. »Kannst du mir zeigen, wie man das Schiff fliegt?« Seine Stimme klang zum ersten Mal lebendig, beinahe aufgeregt.

Ray schmunzelte. »Klar, warum nicht? Zumindest alles, worauf man bei einem ereignislosen Flug achten muss. So kannst du vielleicht mal eine Schicht übernehmen.«

»Das wäre so cool!«

Ray lachte. Der Junge brachte mit seiner Begeisterung zumindest etwas frischen Wind in die Eintönigkeit der langen Flüge.

Als Andor ihn am Nachmittag ablöste und das Pilotenpult übernahm, blieb Laif weiter auf der Brücke.

Ray wollte in die Kantine etwas zu Essen holen und sich dann der Kontrolle der Maschinen widmen. Ohne wirklich nachzudenken, hielt er an der Tür neben seiner eigenen Kabine inne und starrte diese an. Andors Raum. Er drückte den Knopf, doch die Tür war verschlossen. Warum eigentlich? Befand sich etwas darin, das er nicht sehen sollte? Irgendetwas ging hier vor sich und er wollte wissen, was. Nun, auf seinem eigenen Schiff gab es kein Abschließen! Immerhin kannte er jede Platine der Pax in- und auswendig. Etwas fürchtete er sich noch immer vor dem muskulösen, tätowierten Terraner, den er noch nicht wirklich einschätzen konnte, aber wie damals bei seinem Vater bestärkte ihn das nur, sich nicht an dessen Regeln zu halten. Er biss entschlossen die Zähne zusammen, tippte den Universalcode ein und die Tür glitt zur Seite.

Auf den ersten Blick gab es in der kleinen Koje nichts Auffälliges zu sehen, lediglich der typische Geruch von Andors scharfem Rasierwasser erfüllte den Raum. Die Pritsche, die gegenüber der Tür in die Wand eingelassen war, wies sauber zusammengelegte Laken auf. Er selbst wäre nie auf die Idee gekommen, sein Bett zu machen, wenn nur er die Schlafstätte nutzte. Daneben auf dem Boden standen Andors Hanteln, die er offenbar überall mit sich herumschleppte, und ein Koffer. Ray sah auf den ersten Blick, dass dieser mit einem Zahlenschloss gesichert war, dessen Knacken zu viel Zeit in Anspruch nehmen würde. Andor schien leicht paranoid zu sein, wenn er selbst in der verriegelten Kabine noch seine Taschen verschloss.

Auf dem kleinen Schreibpult an der rechten Seite unter dem Fenster stand Andors Computer. Ray schaltete ihn ein. PIN geschützt. Verflucht, der Kerl hatte dazugelernt. Er schaltete ihn wieder aus und öffnete die Schubladen. Zwischen diversen Werkzeugen, einem Flachmann, einer Datenbrille und einem medizinischen Notfallpack lag ein Datenträger. Ray holte sein Pad aus der Hosentasche und steckte den Stick hinein. Bingo! Neben den schon bekannten Forschungsberichten von Professor Thaer sah er einen Ordner mit *Loony Luna, Rotlichtbezirk* darauf. Er öffnete ihn. Es befanden sich diverse Screenshots aus Foren darin sowie Artikel aus eher fragwürdigen Boulevard-Seiten. Wie im krassen Gegensatz dazu erneut Studien und Kriminalberichte. Ray öffnete einen weiteren Ordner und ihm wurde heiß und kalt, als er den Titel las:

Juno/Styx.

Li! Sein Herz raste. Woher wusste dieser Kerl von dem Forschungsschiff? War es Zufall, dass Andor ausgerechnet seinen Frachter gestohlen hatte, oder wusste er mehr über ihn, als er zugab? War er hier vielleicht in eine Falle geraten? Ray schwankte zwischen Neugier und Wut. Er kopierte den Inhalt auf sein Pad, legte den Datenträger dann exakt so wieder in die Schublade, wie er ihn aufgefunden hatte, und verschloss diese.

Er trat vorsichtig in den Flur. Niemand zu sehen. So lässig wie möglich ging er weiter zu seinem Raum, der sich direkt daneben befand. Erst, als die Kabinentür hinter ihm ins Schloss glitt, wagte er aufzuatmen.

Er setzte sich an seinen Schreibtisch und öffnete mit zitternden Fingern die Daten. Alle Ordner waren fein säuberlich nach Datum sortiert und beschriftet. Andor war ein reger Sammler, wie es aussah.

Ray öffnete zuerst den Ordner über die Juno und die Styx. Er musste sichergehen, dass Li nicht damit in Verbindung gebracht werden könnte. Hier waren fleißig sämtliche öffentliche Daten und Artikel über das verschollene Juno-Schiff zusammengetragen worden. Warum zum Teufel wurde er in letzter Zeit ständig mit diesem Mythos konfrontiert?

Ansonsten befand sich nichts darin, was nicht allgemein bekannt war. Sogar weit weniger, als er selbst wusste. Ray atmete erleichtert auf. Offenbar hatte Andor lediglich von dem Forschungsschiff und dem Tod der Wissenschaftlerin gehört, wahrscheinlich in den Nachrichten, aber noch keine wichtigen Informationen darüber ergattern können.

Ein weiterer Ordner fiel ihm ins Auge. Er war als wichtig markiert und trug den Namen: *Schlüssel*.

Ray runzelte die Stirn. Was war damit gemeint? Ein Decodierungsalgorithmus? Er öffnete ihn, aber es befand sich nichts darin. Auch keine versteckten Dateien. Aber warum legte man einen leeren Ordner an? War etwas gelöscht worden? Das konnte er nach dem Kopieren leider nicht mehr feststellen, aber er glaubte es nicht. Dafür waren die anderen Daten zu präsent. Vielleicht sollte dort noch etwas hinein?

Den Inhalt des Ordners über Professor Thaers Versuche kannte er bereits, da war nichts Neues dazugekommen. Die Forschungen in dem Luna-File stellten sich als interessanter heraus. Sie handelten allesamt von illegalen genetischen Experimenten, die vor einigen Jahren auf der Erde aufgedeckt worden waren. Eine Gruppe fanatischer Weltverbesserer war überzeugt gewesen, durch genug Empathie beim Menschen den Weltfrieden herbeizuführen. Eine Idee, die Ray prinzipiell nicht für verkehrt hielt, jedoch waren die Methoden der Sekte mehr als fragwürdig gewesen. Sie aktivierten durch Trägerstoffe spezielle Gene bei Embryonen, die empathische Fähigkeiten verstärkten. Der Ring flog auf und die Drahtzieher wurden verhaftet. Die übrigen Anhänger flohen von der Erde und errichteten eine Kolonie auf der Venus, dem Liebesplaneten. Doch bei den früheren Idealen blieb es offenbar nicht. Auf der Suche nach einer Erweiterung des eigenen Bewusstseins und dem Erlangen von Telepathie experimentierten sie weiter und brachten mental instabile Kinder hervor, von denen nur wenige heute ein normales Leben führen konnten. Die Kolonie zerbrach und die wenigen Überlebenden kehrten zur Erde zurück.

Ray las die Artikel mehrfach, konnte aber keinen Zusammenhang zu den anderen Informationen finden, bis er die Screenshots aus diversen Foren las. Sie beschrieben, dass einige Nachkommen dieser Sekte wohl Menschenhändlern in die Hände gefallen waren und durch ihre empathischen Fähigkeiten zur Prostitution in dem Rotlichtbezirk Loony Lunas gezwungen wurden. Ray runzelte die Stirn. Daher also der Titel des Ordners und ihr nächstes Ziel.

Aber wo lag die Verbindung zwischen all dem? Professor Thaer, die Sekte, die Styx? Es kam ihm vor wie drei unabhängige Bereiche und er vermisste den roten Faden. Thaer beschäftigte sich mit genetisch veränderten Organen und künstlichen Implantaten, diese Sekte mit der Psyche, aber beide wollten eine Art Supermensch erschaffen. Warum interessierte Andor das? War er auf der Suche nach besonderen Fähigkeiten? Zuzutrauen wäre es ihm. Das Erreichen des Weltfriedens jedoch, was die Sekte wohl anfangs angestrebt hatte, nahm er dem Kerl nicht ab.

Die Gewissheit, dass er als Adventiv auch genetisch sortiert worden war, gab ihm eine Gänsehaut. War auch er nur ein Teil von Andors Asservatensammlung? Ihm überkam das ungute Gefühl, dass all das irgendwie miteinander zusammenhing und auf einem Plan basierte.

Ray versteckte alle Daten in einem unsichtbaren Ordner auf seinem Pad.

5. Vergnügung

Nach zwei Wochen Flug dockten sie an der Raumstation an, um die Vorräte aufzufüllen. Die *Neutrale Zone* war das größte freifliegende Konstrukt des Sonnensystems und hatte es sich auf die Fahne geschrieben, ein sicherer Zufluchtsort für jeden Reisenden zu sein, unabhängig, wie die politischen Umstände seiner Heimat aussahen.

Ray wurde schon damals auf der Akademie vor dieser Raumstation gewarnt. Denn ein solches Ideal führte wie so oft zu Problemen. Wer neutral war, für den zählten auch die Gesetze der jeweiligen Regierungen nicht. Natürlich galt das nicht für Gewaltverbrechen, aber wenn zum Beispiel eine Droge in einem Land legal war, in dem anderen aber verboten, konnte man an diesem Ort nicht belangt werden. Auch die Propagandaverbreiter schienen hier ihre Server zu haben. Hetzreden, Verschwörungstheorien, religiöse Wahnvorstellungen: alles legal und willkommen. Unter dem fragwürdigen Schutzmantel der Meinungsfreiheit.

Die Raumstation wuchs jedes Jahr um mindestens ein neues Modul. Woher das Geld kam, konnte Ray nur vermuten. Sicher nutzten viele dubiose Geschäftemacher diesen neutralen Ort für ihre Transaktionen. Es gab neben den Billigabsteigen auch Luxushotels, deren günstigstes Zimmer sich nicht einmal Andor würde leisten können. Das übrige Geld konnte man dann in den Highroller Casinos nebenan verspielen.

So, wie er Andor kannte, war es dessen liebster Platz, um Sticker für sein heimliches Sammelalbum zu ergattern. Ein Quell von Informationen.

Für Rays Nerven hingegen lag die Station gerade viel zu nah am Mars, der sich ihr einmal im Jahr unangenehm dicht näherte. Nicht selten kam es zu Konflikten und Verdächtigungen der Spionage seitens der Marsregierung. Adventiva war dieses »Konstrukt der Anarchie«, wie sie es nannten, das derart dreist an ihrer Umlaufbahn kratzte, mehr als ein Dorn im Auge.

Trotz allem mussten sie ihre Ressourcen auffüllen. Wasserstoff, Sauerstoff, Trinkwasser und auch Lebensmittel rutschten gefährlich in den roten Bereich. Die Pax hatte nur begrenzte Möglichkeiten zur Wiederverwertung und die Solarzellen der Hülle reichten nicht für alles.

»Wie lange bleiben wir?«, fragte er seinen Boss. »Ich fürchte, solange mein Kopf echtes Geld wert ist, sollte ich ihn auf einer solchen Station nicht zu lange sehen lassen.«

Andor nickte. »Da stimme ich zu. Auch auf Laif macht es nicht gerade den besten Eindruck, wenn das der erste Ort ist, den er nach seiner Befreiung zu Gesicht bekommt. Ich werde alles besorgen, ihr bleibt hier und bewacht das Schiff.«

Ray war erleichtert. »Pass auf dich auf!«

Andor grinste. »Keine Sorge, ich kenne mich auf dieser Station aus wie in meiner Hosentasche. Habe sogar Kumpels hier, die ich kurz besuchen werde.«

»Warum wundert mich das nicht?«

»Weil du ein schlaues Kerlchen bist.«

Ray stöhnte innerlich. Er sollte vor Andor aufhören, rhetorische Fragen zu stellen. »Bring Kaffee mit!«

»Mach ich, Schatz!« Er warf ihm eine Kusshand zu und ging zur Andockluke.

Ray blickte ihm nach. Andors Andeutung, hier Freunde oder gar Verabredungen zu haben, gefiel ihm nicht. Noch weniger, wie schnell er zugestimmt hatte, allein zu gehen, wo er doch sonst gern für alle Besorgungen Lakaien nutzte. Er sollte bald nachschauen, ob sich die Ordner auf dem Datenträger weiter füllen würden.

Nicht lange danach waren sie erneut unterwegs zum Erdtrabanten. Laifs Wissensdurst brachte neuen Schwung in Rays Alltag. Er genoss es, ihm die Steuerung und Systeme der Pax zu erklären, und der Junge half ihm zudem fleißig bei den Reparaturen. Er lernte erstaunlich schnell und Ray beruhigte es zu wissen, dass es im Notfall noch jemanden gab, der sich mit den Maschinen auskannte.

Persönliche Gespräche führten sie nicht dabei. Laif schien nicht besonders gern über seine Vergangenheit zu reden, worüber Ray im Stillen froh war. So kam auch er nicht in Bedrängnis, etwas von sich erzählen zu müssen.

Da sie die Gravitation des nahen Mars als Schub nutzen konnten, erreichten sie nur drei Wochen später den Mond. Wieder zurück zum Beginn. Diesmal aber zur erdzugewandten Seite.

Die Mondstation stellte sich tatsächlich als angenehme Ablenkung dar. Ray gefiel die Diversität mittlerweile sehr gut, er bestaunte die grellen Haarfarben und ausgefallenen Kleidungen. Niemand warf ihm oder Andor auch nur einen neugierigen Blick zu, sie gingen in der Menge völlig unter. *Loony Luna* war der größte Vergnügungspark des Sonnensystems und lockte viele Urlauber an, darunter auch Familien mit Kindern. Im Hauptbereich wurde penibel darauf geachtet, dass sich keine Diebe oder Betrüger einschlichen. Alles sollte familienfreundlich und sicher sein.

Andor bezahlte großzügig den Eintritt und sie gingen mit Laif, der endlich ohne Gipsschiene war, durch die bunte Menge, lauschten der heiteren Jahrmarktmusik, kauften sich Leckereien an den Buden und Laif nutzte sogar einige der Fahrgeschäfte und Hologramm-Häuser. Ray freute sich, ihn derart ausgelassen und fröhlich zu sehen. Die Luft war erfüllt von Kinderlachen und Süßigkeiten. Ein perfekter Ort, um alle finsteren Gedanken zu vergessen.

»Sind wir nicht eine wundervolle kleine Familie?«, fragte Andor grinsend, während sie warteten, dass Laif aus einem Illusionshaus kam.

Ray warf ihm einen vielsagenden Seitenblick zu. Ein schwarzer Muskelprotz mit seinem zwanzig Jahre jüngeren strohblonden Begleiter und einem Teenager im Schlepptau? Eine wahre Bilderbuch-Familie, die klischeehafter nicht sein könnte. »Wie ich dich kenne, sind wir nicht zum Vergnügen hier«, sagte er in Erinnerung an die Dokumente auf dem Datenträger.

Andor warf sich eine Handvoll gebrannter Mandeln in den Mund. »Ich habe noch etwas vor heute Abend, aber nicht hier und besser ohne den Jungen.«

Ray hob die Brauen. »Einen Abstecher in den Rotlichtbezirk?«

Andor hielt ihm die Tüte hin. »Willst du mit?«

Ray nahm einige der süßlich riechenden, klebrigen Mandeln und schüttelte den Kopf. »Höchstens, um dir auf die Finger zu schauen.«

»Komm schon, das würde dir mal ganz guttun, habe ich den Eindruck. Du wirkst immer so angespannt.« Er grinste breit. »Was sind denn die Vorlieben von so Adventiven? Heterosexueller Blümchensex, aber erst nach der Vermählung? Alles Abartige wird bei euch doch sicher sofort aussortiert.«

»Abartig ist es in meinen Augen, für Sex bezahlen zu müssen. Ich bevorzuge freiwillige Partner.« Tatsächlich gab es keine Homo- oder Transsexualität auf Adventiva, zumindest nicht offiziell. Es wurde als genetischer Defekt betrachtet. Ray selbst konnte es nicht gleichgültiger sein, was Erwachsene einvernehmlich hinter geschlossener Tür so alles trieben.

Andor betrachtete ihn amüsiert und stopfte sich weiter die Mandeln in den Mund. Was in diesem glattrasierten Dickschädel vor sich ging, interessierte Ray hingegen brennend.

***

Am Abend klopfte es an Rays Kabine. Er öffnete und sah Andor davor stehen, in einen schicken dunkelroten Anzug, silbernes Hemd und weinrotem Filzhut gekleidet. Eine goldene Halskette und das Herausschauen einer hochwertigen Datenbrille aus der Hemdtasche ließen ihn nicht gerade arm erscheinen.

Ray hob die Brauen. »Fängst du jetzt als Zuhälter an?«

Andor drückte ihm einen Stapel Anziehsachen und ein paar Schuhe gegen die Brust. »Zieh das an und komm mit!«

Er konnte die Kleidung gerade noch greifen, die Schuhe polterten auf den Boden. »Was? Warum?«

»Weil du nicht wie ein räudiger Rucksacktourist aussehen darfst, wir müssen nach Geld riechen.«

Ray betrachtete die Kleider. Ein schickes schwarzes Hemd, ein dunkelblauer Anzug und schwarzglänzende Schuhe. Die Stoffe fühlten sich an wie Seide. So etwas Elegantes hatte er noch nie auf der Haut gehabt. »Aber ...«

»Keine Sorge, das Zeug war günstiger, als es aussieht, und natürlich billiger als meine Sachen. Man soll dich ja sofort als meinen Lakai erkennen.« Andor grinste breit.

»Was hast du vor?« Ray gab sich geschlagen und zog seine Hose und das Shirt aus. Aber nur, weil er neugierig darauf war, was Andor bezweckte.

»Dich ausführen.« Andors Blick fiel auf die vielen Narben auf seinem Oberkörper und Ray zog schnell das Hemd darüber. Er hatte dieses Andenken an die Erziehungsmethoden seines Vaters völlig verdrängt und war ihm im Stillen dankbar, dass kein dummer Kommentar kam. Weder Spott noch Mitleid hätte er heute ertragen können.

Alles passte wie angegossen, auch die Schuhe. Andor hatte offenbar ein gutes Auge dafür oder ihn heimlich vermessen. Er kämmte sich mit den Fingern noch die Haare zurecht und folgte seinem Boss dann durch die Andockluke in die Station. Trotz der späten Stunde waren noch viele Urlauber unterwegs.

Sie stiegen in eine der Bahnen. Das Abteil war gut gefüllt, sodass sie nur einen Stehplatz bekamen. Er hielt sich an einem der Haltegriffe fest und betrachtete die Mitfahrer. Eine Familie mit deutlich ausgepowerten, aber sichtlich glücklichen Kindern. Der kleine Junge schlief fast im Arm des Vaters ein, sein Mund noch voller Spuren von Schokolade. Bei dem Anblick der unschuldigen und offensichtlich geliebten Kinder ging Ray das Herz auf. Es gab doch noch schöne Dinge im Leben. Daneben saßen ein Pärchen mit Lebkuchenherzen um den Hals, das mehr, als man sehen wollte, mit sich selbst beschäftigt war, sowie eine Gruppe angetrunkener, aber harmlos wirkender Jugendliche mit ebenfalls guter Laune. Nach und nach leerte sich die Bahn, aber Andor machte an keiner der Haltestellen Anstalten auszusteigen.

Schließlich setzte er sich auf eine der freigewordenen Bänke. Ray ließ sich daneben nieder. »Wo steigen wir aus?«

»Endstation.«

Ray betrachtete die Karte an der Wand des Shuttles. Der Rotlichtbezirk. Natürlich! Er seufzte innerlich.

Sie stiegen aus dem nun fast leeren Abteil und betraten den am weitesten vom Familienbereich abgelegenen Bezirk. Andor bog, ohne zu zögern oder sich orientieren zu müssen, in eine mit blinkenden Werbeschildern beleuchtete Gasse ein. Womit die Lokalitäten warben, war an den Neonkörpern und deren Bewegungen offensichtlich. Hier versuchte man sich erst gar nicht in vornehmer Zurückhaltung. Obwohl die großen Lüftungsanlagen so stark eingestellt waren, dass eine leichte Brise wehte, stank es widerlich in diesem Abschnitt der Station. Alkohol war noch das Angenehmste an Gerüchen, die Ray versuchte auszublenden.

Sie kamen kaum voran, ständig wurden sie von Werbern bedrängt. Einige hielten ihnen Karten mit Webseiten-Codes vor die Nase, andere versuchten, sie in ihre Lokale zu drängen. Auch die ein oder andere halbnackte Person jedes nur erdenklichen Geschlechts versuchte, sich bei ihnen unterzuhaken. Ray war sehr dankbar für Andors Statur, dem es nicht allzu schwerfiel, die Belästigungen mit einem strengen Blick auf Abstand zu halten.

An der nächsten Kreuzung bogen sie rechts ab, hier wurde es etwas ruhiger. Ray stöhnte innerlich. »Ich habe echt keine Lust mehr, Andor!«

»Stehst du nicht auf Frauen? Hier gibt es auch Männer. Oder bist du Asexuell?«

Ray zeigte die Zähne. »Zum einen geht dich das einen Scheiß an, zum anderen bin ich nicht scharf darauf, hier unentwegt von Prostituierten angebaggert zu werden, die mir gegen Geld alles vorheucheln würden.« Er bevorzugte eine Frau, die ebenso Spaß daran hätte wie er. Mit dieser Einstellung stand er offensichtlich ziemlich allein in dieser Gegend.

»Umso besser, dann sparen wir die Kohle.«

Trotz der Fopperei glaubte Ray nicht, dass bei Andor das Geld so locker saß, dass er es ohne Hintergedanken für eine heiße Nacht ausgeben würde. Dafür hätte er kaum darauf bestanden, ihn mitzunehmen, und sogar noch für teure Kleidung bezahlt. Nein, da steckte mehr dahinter.

Er folgte ihm missmutig in eins der Etablissements namens *Roter Schwan*. Die stickige, mit süßlichem Parfüm getränkte Luft konnte man beinahe schneiden. Die Musik hämmerte monoton in den Schläfen, die Beleuchtung war spärlich, sodass auch betagtere Angebote nicht zu kritisch betrachtet werden konnten. Rote und violette Laserstrahlen tanzten ruckartig zum Rhythmus über den Boden und an den Wänden.

Andor führte ihn zu einem freien Tisch nahe an der Bühne, auf der fünf leicht bekleidete Frauen und drei ähnlich nackte junge Männer an Stangen tanzten. Alle Sessel waren mit rotem Samt bespannt, der jedoch schon stark abgenutzt und fleckig war. Woraus die diversen Flecken bestanden, wollte Ray nicht wissen. Er setzte sich nur widerwillig.

»Schau nicht so, als kaust du auf einer Kakerlake herum«, schimpfte Andor. »Entspann dich und genieß die Show!«

»Wie lange bleiben wir hier?«

»Bis ich sicher bin.«

»Sicher bei was?«

Er wies mit dem Kinn auf die Bühne, schwieg aber.

Ray beobachtete die Darbietung, während Andor, ohne zu fragen, zwei Whisky für sie bestellte. Die Bewegungen der Tanzenden waren nicht dilettantisch, das musste Ray zugeben. Die geschmeidigen und sehr attraktiven Frauenkörper wanden sich zur Musik, als wären sie aus Gummi. Auch die Männer waren derart beweglich, dass Ray beinahe Schmerzen fühlte beim Anblick. Etwas sagte ihm jedoch, dass Andor mehr auf die weiblichen Tänzer fokussiert war.

Nach und nach verteilten sich die Tänzer an die Tische und zeigten den geifernden Gästen diverse Einblicke auf ihre Körperteile. Ray fand es erstaunlich, wie geschickt sie dabei den gierigen Händen auswichen, sich aber dennoch die bunten Magnetbänder an die Metallpailletten des Strings stecken ließen, die man an der Theke käuflich erwerben konnte. Je nach Farbe einen gewissen Betrag wert. Nicht unklug, wie Ray fand. Natürlich wollte niemand so offensichtlich als geizig auffallen, sodass bald schon wesentlich mehr teure goldene Bänder an den Slips wehten als grüne und die billigsten blauen traute sich gar keiner anzubringen. Sie lagen zwar bei einigen auf dem Tisch, aber gewedelt wurde damit nicht. Was auch dadurch beeinflusst wurde, dass sich die Hüftschwünge der Darbietenden eher in Richtung derer bewegten, die mit den wertvolleren Fähnchen lockten.

Eine Rothaarige stach Ray als außergewöhnlich talentiert ins Auge. Es war, als konnte sie jede Bewegung erkennen, noch bevor der Grabscher selbst wusste, was er vorhatte. Sie wich jedem geschickt aus wie ein Fisch, den man einfach nicht zu fassen bekam. Mit diesem Necken weckte sie offenbar den Ehrgeiz und das Verlangen des Publikums und an ihrem Tanga baumelten bald die meisten goldenen Schleifen.

»Erkennst du es?«, riss Andor ihn aus seinen Gedanken. Sein Boss wirkte wider Erwarten weder geifernd noch erregt, sondern ähnelte vielmehr einem Forscher, der interessiert seine Resultate begutachtet.

»Was meinst du?«

»Wie geschickt sie die Gäste manipuliert.«

»Die Rothaarige?«

»Klar, wen sonst?«

Ray wusste, was Andor meinte. Diese Frau strahlte solch eine Persönlichkeit und Anziehung aus, dass sie die einzig reale Person im ganzen Club zu sein schien.

»Ich denke, diese Art Menschenkenntnis ist beinahe schon überlebenswichtig in diesem Job«, versuchte er, es sich zu erklären.

»Das alleine ist es nicht.«

»Was dann?«

Andor kippte seinen Whisky hinunter und stand auf. »Ich habe genug gesehen, komm, lass uns beginnen!«

Ray war nicht wenig verwundert über das Verhalten. Der Kerl warf ihn auch jedes Mal aus der Bahn. Er leerte ebenfalls sein Glas in einem Zug. Der rauchige Alkohol brannte ihm in der Kehle, aber er begrüßte das leichte Gefühl, das sich kurz darauf in seinem Kopf breitmachte. Viel Erfahrung mit Alkohol hatte er bisher nicht gehabt. Für Andor hingegen musste das halbe Glas wie ein Schluck Wasser gewesen sein.

Ray folgte ihm in respektvollem Abstand zum hinteren Bereich, der mit einem roten Seil abgetrennt war. Jetzt wurde es interessant.

Andor zog sein Sakko zurecht und schritt schnurstracks auf den gefährlich aussehenden Mann im schwarzen Anzug zu. Ray vermutete, dass er nun den Lakaien oder gar Bodyguard eines Superreichen spielen musste, warum sonst diese Aufmachung? Mit unbeteiligter Miene, aber neugierig gespitzten Ohren verfolgte er das Geschehen.

Andor nickte dem Kerl selbstbewusst zu, dem er in Muskelmasse in nichts nachstand.

»Haben Sie eine Einladung für diesen Bereich?«, fragte der Wachhund streng.

Andor zupfte wie beiläufig an seinem Kragen und zeigte dabei den goldenen Siegelring an seinem Ringfinger. »Noch nicht, aber Seeker empfiehl euch mir. Ich wäre an einem privaten Treffen mit einer der Tänzerinnen interessiert.« Er winkte mit dem Kinn zur Bühne.

Der Mann hob die Brauen. »Ich glaube nicht, dass eine der Damen heute Abend noch frei ist.«

»Leider fliegen wir morgen schon weiter, vielleicht lässt sich eine halbe Stunde einrichten? Die Zeit ist egal.« Er zog eine Karte aus der Innentasche seines Sakkos. »Ich würde Seeker ungern eine falsche Empfehlung unterstellen.«

»Ich werde das checken.« Der Wachmann nahm die Karte entgegen und schaute zu Ray. »Eine Person oder Doppelbelegung?«

»Eine Person genügt.«

Ray hatte Mühe, keine Miene zu verziehen. Dieses Gespräch war für seinen Geschmack widerlich menschenverachtend.

Der Mann verschwand, kam aber nach wenigen Minuten zurück. »Kommen Sie mit, dann schauen wir, wer und wann.« Er öffnete die rote Abtrennung. »Das ist nur für zahlende Kundschaft!«, fügte er mit einem scharfen Blick auf Ray hinzu.

Andor drehte sich zu ihm. »Geh zurück aufs Schiff, das kann etwas dauern«, raunte er ihm ins Ohr. »Ich melde mich, wenn was ist.«

Ray zögerte. Es wäre ja nicht das erste Mal, dass der Kerl nach einer seiner Exkursionen wie durch den Reißwolf gedreht wieder auftauchen würde, und dieser

Bodyguard vor ihnen wirkte nicht, als kannte er sowas wie Gnade. »Wieso hast du mich dann überhaupt mitgenommen?«, flüsterte er zurück.

»Weil jemand Wichtiges nie irgendwo alleine auftauchen würde, das hätte unglaubwürdig ausgesehen. Geh jetzt!« Andors Blick war bestimmt.

Ray nickte folgsam.

Als er aus dem Club trat, wirkte die Luft in der Gasse wesentlich erfrischender als zuvor. Er lief so schnell wie möglich zur Shuttlestation, erleichtert, dass sich die Menge in der Hauptstraße etwas verteilt hatte. In der Bahn setzte er sich tief durchatmend auf einen der freien Plätze und war froh, dem Ganzen entflohen zu sein.

***

Mitten in der Nacht schreckte Ray von einem ratternden Laut auf. Ein vertrautes Geräusch. Die Luke. Andor? Er blinzelte und schaute auf sein Pad. Es war zwei Uhr früh Ortszeit und auch für seinen persönlichen Biorhythmus noch mitten in der Nacht.

Trotz allem stand er auf und ergriff sein Messer. Wer wusste schon, mit welchen Typen Andor sich wieder angelegt hatte. Das Schloss der Pax war zwar mittlerweile modernisiert und auf ihre Handabdrücke programmiert, aber dafür musste sie sich nicht zwangsläufig noch am Körper befinden. Es war möglich, das zu ändern, indem der Scanner den Puls registrierte, und Ray nahm sich fest vor, das bald zu tun.

Barfuß und nur mit T-Shirt und Boxershorts bekleidet, trat er auf die kalten Metallplatten des Ganges. Ein gut gelaunter und unversehrter Andor kam ihm entgegen. In seinem Arm hielt er die rothaarige Frau, der sie am Abend auf der Bühne begegnet waren. Auch im grellen Licht des Flurs wirkte sie sehr attraktiv, noch mehr in dem roten Abendkleid als in Tanga und Tasseln zuvor. Ihr porzellanfarbiger Teint unter der welligen, orangeroten Mähne, die nur leicht überschminkten Sommersprossen und die eindrucksvollen grünen Augen hatten durchaus etwas Anziehendes. Ihr Alter war aufgrund des Make-ups schwer zu schätzen, Ray vermutete Anfang oder Mitte dreißig, vielleicht sogar jünger.

Als Andor ihn halbbekleidet und mit dem Messer in der Hand vor sich stehen sah, grinste er breit. »Ich bin es nur. In dem Aufzug schreckst du keinen Einbrecher ab.«

Ray ließ das Messer sinken. »Mietet euch bitte ein Zimmer auf der Station dafür, die Wände hier sind zu hellhörig.«

»Was du wieder denkst! Das ist Vivian, sie fliegt mit uns.« Jetzt erst erkannte Ray die große Reisetasche, die um Andors Schultern hing.

»Was?« Ray schnappte nach Luft. »Ich habe ja nichts gesagt, als du mit dem Jungen ankamst, aber eine Prostituierte? Die Pax ist doch kein Vergnügungsdampfer!«

»Nein, das ist diese Rostlaube wirklich nicht«, bemerkte die junge Frau schnippisch und warf ihre offenen Haare in den Nacken.

»He!«, warnte Ray. »Du bist nicht gerade in der Situation, mein Schiff zu beleidigen.«

»Sie will auch abhauen«, sagte Andor. »Sie möchte von hier fort, also habe ich ihr angeboten, mit uns zu kommen.«

Ray hob die Brauen. »Du hilfst ihr für gewisse Gegenleistungen, nehme ich an?«

Andor grinste. »Klar, sie kann uns beim Babysitten helfen.«

»Dich oder den Jungen?«

Andor stöhnte theatralisch. »Hör auf zu zicken, du Spaßbremse!«, schimpfte er gespielt gekränkt. »Ist doch ganz nett, mal eine Frau an Bord zu haben, oder?« Er zog Vivian an der Hüfte näher an sich heran. Die lächelte mit rotgeschminkten Lippen zurück, doch es wirkte auf Ray gekünstelt.

»Na prima!« Er verdrehte die Augen. »Du bist mir ein schönes Vorbild für Laif!«

»Hey, ich rette Menschen, dich eingeschlossen. Ist das so schlimm?«

Ray wurde immer gereizter, sowohl der Schlafmangel, als auch, wie Andor ihn ständig überging, zehrte an seinen Geduldsfäden. »Soll ich ein Schild mit *Heilsarmee* drauf draußen anbringen, damit auch jeder mitbekommt, wie *selbstlos* du bist?«

Andor hob die Hand. »Zu spät, jetzt sind wir voll. Zu schade aber auch.« Er zog Vivian an ihm vorbei zu seiner Kabine.

Ray atmete tief durch und fuhr sich mit der freien Hand über das Gesicht. Seinetwegen konnte Andor machen, was er wollte, aber die Tatsache, dass diese Vivian höchstwahrscheinlich einer dieser Nachkommen der Sekte in Andors Sammelalbum war, ließ einige Warnlampen in ihm leuchten.

Er versuchte, noch ein wenig zu schlafen, doch es klappte nicht. Und das nicht nur aufgrund der eindeutigen Geräusche aus der Nachbarkabine. Von wegen uneigennützig!

Er wälzte sich hin und her und begann erneut, Li zu vermissen. Wie gern würde er sie wiedersehen und in seiner Nähe wissen. In Sicherheit. Soweit es hier möglich wäre. Er zwang sich, an etwas anderes zu denken, und grübelte über Andor und sein kurioses Verhalten. So sehr er sich auch bemühte, konnte er keine Verbindung zwischen ihm, Laif, dieser Vivian und dem Juno-Schiff herstellen. War er vielleicht auf der völlig falschen Fährte, was Andors Pläne betraf?

Schließlich gab er es auf, erhob sich, duschte, zog seine gewohnten Klamotten an, und ging in den Aufenthaltsraum zum Frühstücken. Er machte sich einen Kaffee und bestrich eine Scheibe des Weißbrots, das sie gestern eingekauft hatten, mit Marmelade. Die Stille war angenehm. Er kam zu dem Schluss, Andor zur Rede zu stellen. So konnte es nicht weitergehen. Diese Heimlichtuerei zehrte an seiner Kraft.

Umso erfreuter war er, als wenig später Andor allein den Raum betrat. Er wirkte entspannt und zufrieden, obwohl auch er kaum oder gar nicht geschlafen haben musste. Ray konnte sich allerdings den Grund der guten Laune denken, hatte ihn schließlich mit anhören müssen.

»Guten Morgen«, begrüßte Andor ihn. »Ich hätte nicht gedacht, dass schon einer wach ist.« Er setzte sich mit einer Tasse dampfenden Kaffee zu ihm an den Tisch.

Ray sah ihn ernst an. »Andor?«

»Ja?« Er hob beinahe provokant die Brauen, als ahnte er, dass dieses Gespräch kein Smalltalk werden würde.

Ray kam direkt zum Punkt. »Was bezweckst du?«

»Worauf spielst du an?« Auf einmal eine ahnungslose Unschuldsmiene.

Ray schnaubte genervt. »Andor, ich bin nicht blöd. Ich will endlich eine klare Antwort und komm mir nicht mit Nächstenliebe, das kauf ich dir nicht ab.«

Sein Boss atmete tief durch, beinahe stöhnend, nahm dann aber schweigend einen Schluck aus der Tasse.

»Du hast uns nicht aus Zufall ausgewählt.« Ray beschloss, all seine Karten auf den Tisch zu legen, um weiteres Herumdrucksen zu verhindern. »Zumindest Laif und Vivian nicht. Du hast den Forschungsbericht von Professor Thaer gelesen und auch, dass er seit Jahren in der Isolation gelebt hatte. Irgendwie hast du von Laif und seinen Implantaten gewusst. Du hast ihn allein deswegen gerettet, nicht wahr? Dann der plötzliche Ausflug zu dem Vergnügungsmond, nachdem du über diese Empathie-Sekte recherchiert hattest? Die dazu passenden Berichte in den Foren über eine diesbezüglich äußerst fähige Frau fraglicher Herkunft, die ihr Talent als Flittchen vergeudete. Derart begabt, dass es auf die illegalen Genexperimente dieser gewissen Sekte hindeutete? Was ein Glück für dich, dass sie gerade wegwollte und dich attraktiv genug für einen Lift fand.«

Andors Blick verfinsterte sich. »Kannst du jetzt auch noch Gedanken lesen oder hast du wieder geschnüffelt bei mir? Verflucht, wie gut muss ich meine Daten noch schützen, damit du aufhörst, deine Nase dahin zu stecken, wo sie nicht hingehört?«

Rays Muskeln spannten sich an, er beschloss, nicht weiter auf den verbalen Angriff einzugehen. »Was bezweckst du?«

»Ich bin auf der Suche nach etwas und ihr alle seid mir da mehr oder weniger zufällig über den Weg gelaufen.«

»Ich kam also alleine zu dieser Ehre, dich zu begleiten, weil ich ein Schiff hatte?«

Andor hob das Kinn. »Sicher nicht deswegen. Du bist ein guter Bastler. Es hat mich gleich beeindruckt, welche Extras du in dieses Schiff gebaut und dass du es überhaupt so flugtüchtig gemacht hast. Doch noch mehr hat mich deine Intuition und Spürnase beeindruckt – tut es noch immer. Du kannst meiner Sache sehr nützlich sein. Außerdem bist du Adventiv, je verschiedener die Crew, desto mehr Vorzüge.«

Ray schüttelte den Kopf. »Gut, bei mir würde ich dir den Zufall sogar abkaufen. Die Pax hat auf dich sicher wie ein Schiff gewirkt, das man problemlos klauen könnte. Aber die anderen wurden von dir doch absichtlich aufgegriffen. Laifs Schicksal hast du nach eigenen Angaben monatelang verfolgt und auch die Daten über Vivian wurden nicht an einem Tag gesammelt. Also heraus damit!« Ray hob auffordernd die Augenbrauen.

Andors Miene blieb ausdruckslos. »Wie du mal wieder korrekt geschlussfolgert hast, Detektiv Blondie, verfolge ich ein Ziel. Mein Konzept ist von größter Wichtigkeit.«

»So? Und dürfen wir dieses ominöse Vorhaben auch erfahren, wenn wir schon die Hauptrollen darin besetzen?«

»Jeder von euch kann gehen, wenn er will!«

Ray lachte trocken auf. »Das sieht dir ähnlich! Bietest mir großzügig an, von meinem eigenen Schiff gehen zu können, wenn ich nicht mitspiele.«

Andor hob dazu nur die Brauen und nahm einen erneuten Schluck Kaffee.

»Ich möchte gerne wissen, wozu ich benutzt werde«, drängte Ray.

»Na schön, du Nervensäge«, brummte Andor und stellte die Tasse ab. »Vorher gibst du ja eh keine Ruhe. Wie gesagt, es geht eigentlich gar nicht um euch.«

»Wenn wir alle nur ein praktisches Nebenprodukt sind, was suchst du wirklich?«

»Ich suche nach einer Art Schlüssel ... nein, sagen wir einer genetischen Besonderheit. Leider hab ich sie bisher nicht gefunden.«

Ray horchte auf. *Schlüssel.* Er erinnerte sich an den rot markierten Ordner in Andors Datei. »Du hast geglaubt, Laif oder Vivian trügen diese Besonderheit in sich? Aber dem ist nicht so? Woher weißt du das? Hast du heimlich einen Gentest bei ihnen gemacht, oder was geht hier ab?«

»Vergiss es!« Andor winkte genervt ab, als bereute er, das erzählt zu haben. Dass er nicht auf seine Fragen einging, war für Ray Antwort genug. »Ich weiß nicht einmal, ob es die überhaupt gibt, vielleicht sind es nur Gerüchte. Der Fund hätte nur meine Suche erleichtert und ich habe gelernt, keinen Hinweis zu ignorieren, sei er auch noch so skurril.«

»Welche Suche?«

»Sagt dir das Juno-Schiff etwas?«

Ray zuckte doch leicht zusammen, obwohl er damit gerechnet hatte. »Schon davon gehört«, sagte er so abfällig wie möglich.

Andor musterte ihn mit einem triumphierenden Lächeln. »Du weißt mehr darüber, als du zugibst.«

»Nichts Besonderes.« Ray wich seinem scharfen Blick aus.

»Rede!«

»Eine Freundin von mir hat sich damit beschäftigt oder besser deren Mutter.«

»Blondie, Blondie!« Andor lehnte sich im Stuhl zurück und pfiff anerkennend durch die Zähne. »Ich weiß, dass die Adventive führend in Sachen Juno-Forschung sind, aber du bist ja tatsächlich ein Glücksgriff in jeder Beziehung. Ich sage es frei heraus: Ich suche das Schiff.«

Ray seufzte. »Wie jeder Geheimdienst dieses Sonnensystems.«

Andor ließ sich von dem spöttischen Tonfall nicht beirren. »Exakt. Leider kam es kurz nach der Entdeckung zur Abspaltung Adventivas von der Erde und eurer idiotischen Forderung, auf dem nach einem Kriegsgott benannten Planeten eine Kolonie errichten zu dürfen. In dem Trubel des folgenden Krieges sollte das Schiff dann in Sicherheit gebracht werden und verschwand.«

»In Sicherheit? Es sollte vor uns versteckt werden, obwohl wir ebenfalls Anspruch darauf hatten. Das Team der Archäologen damals bestand zu achtzig Prozent aus Adventiven. Ohne uns wäre das Schiff nie als das erkannt worden, was es war, und womöglich irgendwo in einem Museumskeller verstaubt.«

»Da hörte ich was anderes, aber das spielt keine Rolle. Regierungen lügen und Historiker beschönigen zu ihren Gunsten. Fakt ist, dass es verschwand und niemand weiß, wohin. Vermutlich wurden alle die Personen, die von dem Ort wussten, bei ihrer Rückkehr vom Krieg überrascht und getötet, ohne ihr Wissen weiterzugeben.«

Ray nickte verbissen. »Das ist das einzige, wobei man sich einig ist.«

»Seit Jahrzehnten suchen nun offizielle und private Geheimdienste von Erde und Mars danach – und wer weiß, was noch alles. Ich habe mein halbes Leben alle Informationen über den Verbleib des Schiffes von jedem Sektor des Sonnensystems gesammelt.«

»Vielleicht hat das Schiff unser System längst verlassen, mal darüber nachgedacht?«

»So blöd waren die nicht, es durch das All zu schubsen. Dass es noch keiner gefunden hat, erscheint mir nicht ungewöhnlich. Unser Sonnensystem ist groß. Wenn es zum Beispiel in einen der Gesteinsbrocken des Saturnrings eingebaut wurde, könnten es auch unsere Scanner aufgrund der Strahlung nicht entdecken.«

»Ich wusste doch, dass du einen Schlag weghast. Wer sagt denn, dass ausgerechnet wir es finden?«

»Ich bin da recht guter Dinge.«

»So?«

»Ja, spotte nur, meine neueste Quelle ist heißer als unsere Sonne. Es gibt einen Datenträger, der die Zerstörung eines terranischen Forschungsschiffes ... he! Du zuckst schon wieder! Schlechte Angewohnheit, mein Freund. Du bist nicht der einzige gute Beobachter hier. Was weißt du darüber?«

Ray biss sich in Gedanken auf die Zunge. Er wollte Andor nicht noch mehr Hinweise geben.

»Los, raus damit, Blondie! Du kannst mir vertrauen.«

Ray lachte spöttisch auf. »Der war gut!«

»Hey, dein Argwohn kränkt mich zutiefst.« Andor setzte eine Schmerzensmiene auf und griff sich an sein Herz. »War ich nicht immer wie eine Mutter zu dir gewesen und habe dich an meinem Busen genährt?«

»Hör auf mit dem Scheiß!«

»Im Ernst, ich werde mich hüten, meine Informanten auszuplappern.«

Ray atmete tief durch. »Ich kenne jemanden, der weiß, wo der verlorene Datenstick ist, falls du mit dem Forschungsschiff die Styx meinst.«

Andors Augen weiteten sich. »Was? Wo? Wer?«, japste er wie ein Karpfen an Land.

Insgeheim amüsierte es Ray, den muskulösen Terraner einmal offensichtlich überrascht zu haben, aber die Situation war zu ernst, um sich darüber zu freuen. Sollte er ihm von Li berichten oder besser nicht? »Ich will diese Person, die ihn in Verwahrung hat, nicht in Gefahr bringen«, sagte er leise. »Sie steckt ohnehin schon ziemlich tief in der Scheiße.«

»Das glaube ich gerne, wenn das stimmt, was du sagst.« Andor schüttelte den Kopf und lehnte sich zurück, als wolle er Ray im Ganzen betrachten. »Wow, ich glaube, ich träume gerade. Sämtliche Geheimdienste suchen nach diesem verfluchten Datenträger und du sitzt einfach so vor mir und weißt, wo er ist? Wo ist diese hochbegehrte Person? Bei uns wäre sie sicher.«

»Hör auf mit deinem *sicher*, du raffgieriger Geier! Wenn, dann wird es alleine ihre Entscheidung sein.«

Erneut das Gefühl, einen Fehler begangen zu haben. Andererseits sorgte er sich sehr um seine Freundin und würde sie wirklich gern außer Gefahr wissen. Er war überzeugt, dass Lis Leben tatsächlich hier auf der Pax weniger gefährdet wäre als irgendwo anders in diesem Sonnensystem ... und sie wäre nicht allein. Bei ihm.

»Das ist klar.« Andor sah ihn an, als könne er sein Glück nicht fassen. »Das war echt ein Hauptgewinn, dass ich damals gerade dein Schiff geklaut habe. Die Götter des Universums waren mir hierbei wohlgesonnen, wie es scheint. Blondie, ich könnte dich gerade abknutschen.«

»Nee, lass mal, ich steh da nicht drauf«, wehrte er ab. »Ich kann dir auch nichts versprechen. Ich weiß nicht, ob es mir möglich sein wird, sie ausfindig zu machen. Ob sie danach auch noch mitkommt oder dir hilft, musst du mit ihr ausmachen.«

Andor winkte ab. »Mach dir hierbei keine Sorgen, du kennst doch meinen Charme.«

»Der absolut widerstehlich ist.« Ray rollte die Augen. »Sie hat im Übrigen medizinische Kenntnisse und ist eine sehr gute Pilotin.« Zumindest war sie das damals auf der Akademie gewesen, aber er wollte auch Li selbst als Person wertvoll für Andor machen, nicht nur wegen des Datenträgers. Der Gedanke, sie in seiner Nähe zu haben, fühlte sich wundervoll an.

»Wir müssen diese Frau bekommen. Beschaff sie mir!«

»Ich weiß nicht einmal genau, wo sie sich zurzeit aufhält.«

»Dann hock nicht faul herum, sondern finde es heraus!«

Ray blieb sitzen und betrachtete Andor skeptisch. »Eines würde mich noch interessieren.«

»Was denn?«

»Was hast du vorhin damit gemeint, dass du Laif und Vivian aus einem Verdacht heraus ausfindig gemacht hast?«

»Ich suchte lange nach einer gewissen Person, die einzigartig sein soll. Eine genetische Besonderheit aufgrund menschlicher Manipulation, wie du korrekt gemutmaßt hast. Ich habe mich jedoch von Gerüchten täuschen lassen und denke immer mehr, dass es eine urbane Legende ist.« Er winkte ab. »So oder so bereue ich sicher nicht, Laif und Vivian an Bord zu haben, auch wenn sie nicht das sind, was ich vermutet hatte.«

Ray runzelte die Stirn. »Was ist mit mir? Hättest du mich ausgeliefert, wenn ich nicht in dein perfektes Team gepasst hätte?«

Andor lachte. »Nein, natürlich nicht, ich hätte dich deiner Wege ziehen lassen. Meine Güte, da hätte ich viel zu tun, wenn ich jeden Versager unseres Sonnensystems würde vernichten wollen.«

Ray erhob sich und ging ohne ein weiteres Wort hinaus. Zurück in seiner Kabine schaltete er den Computer ein. Wo sollte er mit seiner Suche beginnen? Er glaubte nicht, dass Li auf dem Mars verhaftet worden war, dann hätte er sicher davon erfahren, denn sobald sie in Reichweite seiner Heimat waren, hörte er noch immer heimlich den Militärfunk ab.

Also musste sie es zur Botschaft geschafft haben, und die hätten sie zur Erde geschleust. Dort hatte sie gewiss ihren Platz an der Uni wieder eingenommen und sei es nur, um den Schein zu wahren. Wo hatte sie gesagt, dass sie eingeschrieben gewesen war? In Brüssel? Er loggte sich in die Daten der genannten Universität. Es gab nur eine in dieser Stadt, aber die war gigantisch. Warum zur Hölle hatten sie damals keine Nummern ausgetauscht? Es wäre kein Problem für ihn gewesen, einen abhörsicheren Alias für beide auf ihren Pads einzurichten.

Er wusste allerdings auch nicht, wie sehr sie nach ihrem Aufenthalt auf dem Mars kontrolliert worden war. Mit einem scheinbaren adventiven Spionageprogramm auf dem Pad wäre sie gewiss in Erklärungsnot gekommen.

Nun hieß es recherchieren. Die eingetragenen Studenten des medizinischen Studiengangs sollten doch zu finden sein. Wie war nochmal Lis vollständiger Name gewesen? Sein Gesicht hellte sich auf, als er den Namen vor sich auf der Liste der Medizinstudenten las:

Lilith Sakura.

Volltreffer.

6. Wiedersehen

Wenige Tage später stand Ray vor dem Studentenwohnheim nahe der medizinischen Fakultät und beobachtete die Menge an Menschen, die in das und aus dem Gebäude spazierten. Es war ein sonniger Tag im Oktober. Die vielen Bäume auf dem parkähnlichen Gelände standen in rotem und gelbem Laub, das der kühle Herbstwind in Wirbeln über den Schotterboden wehte. Der Duft von feuchter Erde und Regen drang in seine Nase. Hier roch es gänzlich anders als in Andors Weinberg, was ihn faszinierte. Auf dem Mars gab es zwar auch Jahreszeiten, aber keine solch drastischen Unterschiede in Flora und Fauna. Unter den Kuppeln waren Geruch und Bepflanzung immer gleich, lediglich der Sonneneinfall änderte sich.

Er musste nicht lange warten, bis er Li entdeckte. Sie trug eine dicke, schwarze Jacke und blaue Jeans. Sein Herz schlug ihm bis zum Hals, als er sich ihr näherte. Es hatte etwas von ihrer letzten Begegnung auf dem Mars, nur dass er ihr diesmal auf einem sonnigen Weg eines herbstlichen Parks auflauerte und nicht in einer dämmerigen, roten Gasse. Er folgte ihr unauffällig, bis sie sich etwas von der Menschenmenge entfernt hatte, und tippte sie dann leicht an der Schulter an.

Li fuhr herum und riss die Augen auf. »Ray!« Sie hielt sich keuchend die Hand auf die Brust. »Musst du mir einen solchen Schrecken einjagen?«

Er schmunzelte. »Schreckhaftigkeit ist die Mutter des schlechten Gewissens.«

»Oh, Ray!« Wie einem Impuls nachgebend, fiel sie ihm um den Hals. »Ich bin so froh, dich lebendig zu sehen.«

Ray erschrak kurz über die unerwartete Reaktion, drückte sie aber fest an sich. Er genoss den Körperkontakt. »Ich auch.«

Sie löste sich von ihm und sah sich um. Zum Glück waren sie auf einem zu dieser Zeit nur spärlich genutzten Weg. »Was zur Hölle machst du hier? Wie kommst du auf die Erde? Bist du auf der Flucht? Brauchst du Unterschlupf?«

Er schüttelte den Kopf. »Nein. Ich bin tatsächlich völlig legal hier. Hab einen Job als Privatchauffeur.«

»Wirklich?«

Ray nickte. Er betrachtete sie und lächelte. »Es tut gut, dich zu sehen!«

Li lächelte ebenfalls. »Lass uns zu mir gehen, ich wohne direkt hier im Studentenheim.«

»Ich weiß.«

»Warum wundert mich das nicht bei dir?« Ihr klares Lachen wärmte sein Inneres. Es tat so verdammt gut, sie wiederzusehen. Ein vertrautes Gesicht in der Fremde, auch wenn sie in seiner Heimat ebenfalls fremd gewesen war.

Er folgte ihr in das Gebäude. Zum Glück schienen die wenigen Menschen, denen sie begegneten, Li nicht zu kennen oder sich zumindest nicht für ihr Leben zu interessieren. Sie gingen ohne einen Gruß an ihnen vorbei. Ray erleichterte das. Er wäre ungern aufgefallen oder einer Person in Erinnerung geblieben. Das Wissen über das Kopfgeld hatte dazu geführt, dass er die Freiheit eines offenen Himmels gar nicht mehr so verlockend fand.

Li führte ihn in ein sehr modern eingerichtetes Einzimmerapartment und schloss hinter ihnen die Tür. »Willst du was trinken?«, fragte sie.

Ray hatte ein seltsames Déjà-vu, nur mit vertauschten Rollen. »Nein, danke.« Er sah sich um. Trotz der geringen Größe war der helle Raum mit dem hohen Fenster penibel aufgeräumt. Ein kompletter Gegensatz zu seiner Bude damals im Marsghetto. »Wie geht es dir?«

»Ganz gut. Ich versuche, so wenig wie möglich aufzufallen. Habe dadurch auch nicht viele Freunde hier. Aber das sind wir ja gewohnt, oder?« Sie lächelte, doch es wirkte gezwungen.

»Also hast du es zur Botschaft geschafft damals? Haben die denn gar nicht nach dem Chip gefragt?«

»Nur indirekt. Die Polizisten hier haben mich natürlich intensiv über den Unfall und die Forschungsarbeit meiner Mutter befragt, aber mehr auch nicht. Ich bin natürlich nicht naiv, ich denke schon, dass auch unser Geheimdienst von den Aufzeichnungen meiner Mutter Wind bekommen hat, wie der eure. Aber außer die Tochter der Forscherin zu sein, habe ich mir ja nichts zuschulden kommen lassen. Gefunden haben die nichts bei mir. Ich hoffe, die denken, es ging alles mit der Explosion verloren.« Sie sah ihn an. »Erzähl, was ist passiert damals? Als du nicht wiederkamst und sich immer mehr Polizeiflieger näherten, bin ich schnell weg und zur Botschaft, wie besprochen. Ich hatte keine Ahnung, was ich sonst hätte tun können.« Es klang nach einem schlechten Gewissen und Ray spürte den Drang, es ihr zu nehmen.

»Das war auch sehr gut so. Ich bin Admiral Steele begegnet.«

Li riss die Augen auf. »Steele? Ich mochte diesen schleimigen Narzissten nie, der manipuliert einen bis hin zum Psychoterror. Wie bist du dem entkommen?«

Ray presste die Lippen zusammen. Ihre Worte trafen ihn mehr als gedacht. Er hatte dem Admiral einst vertraut und in ihm einen Mentor gesehen. Sollte das alles Manipulation gewesen sein und die Freundlichkeit nur gespielt? Er wollte es nicht glauben. Aber nun war es ohnehin egal, er war auch bei ihm in Misskredit gekommen. »Er hat wohl nach dir gesucht, fand aber mich. Ich konnte fliehen, als er einen Funkspruch erhielt und kurz abgelenkt war. Aber eben nur zur Pax und sofort weg. War um Haaresbreite.«

»Ich bin froh, dass du es geschafft hast. Dass wir beide es geschafft haben.«

»Ich auch.«

»Wie hast du mich ausfindig gemacht?«

»Das war nicht schwer, nachdem du offensichtlich zur Uni zurück bist.«

»Weiß dein Arbeitgeber, dass du mich besuchst? Hast du Urlaub bekommen?«

»Nicht ganz. Ich habe ihm von dir erzählt und er würde dich gerne kennenlernen.«

»Was?« Li wurde schlagartig blass und wich einen Schritt zurück.

Ray hob beschwichtigend die Arme. Mit solch einer Reaktion hatte er nicht gerechnet. »Ganz unverbindlich.«

Li riss die Augen auf. »Wieso will er das? Was interessiert den an mir? Hat das was mit dem Datenstick zu tun? Du hast hoffentlich niemandem davon erzählt?«

Die Angst vor ihm in ihrem Gesicht zu sehen, fügte Ray beinahe körperliche Schmerzen zu. Was musste sie als Trägerin dieses verfluchten Sticks durchmachen, dass sie derart paranoid reagierte? »Li! Wie lange willst du das noch durchziehen? Du musst endlich eine Entscheidung treffen.«

Ihr Blick verfinsterte sich und sie verschränkte die Arme. »Und wer ist diese Entscheidung, bitte schön?«

»Das sind meine Freunde«, erklärte Ray so beruhigend wie möglich.

Li hob die Brauen. »Freunde? Hier auf der Erde? Auch noch mehr als einer? Du als Adventiv?«

»Sie fliegen mit mir auf der Pax«, druckste er. »Wir sind so eine Art Crew geworden. Mein Boss wohnt auf dem südamerikanischen Kontinent.«

»Ich spüre kein Bedürfnis, andere Menschen kennenzulernen, Ray. Es tut mir leid, aber ich kann und darf das nicht. Das würde alles nur noch komplizierter machen, als es schon ist. Und ein Boss bedeutet immer eine gewisse Abhängigkeit.«

»Du kennst mich, ich würde es in keiner Hierarchie aushalten. Aber wir sind irgendwie alle Einzelgänger, das schweißt uns zusammen.«

Li ließ sich erschöpft auf dem Bett nieder. »Ich weiß nicht ...« Sie fuhr sich mit den Händen über das Gesicht. Die Tatsache, dass seine alte Freundin die Fassade derart schnell fallen ließ, ließ ihn vermuten, dass sie am Ende ihrer Kräfte war. Er wusste selbst, wie mürbe ein ewiges Verstecken einen machen konnte. Diese Erkenntnis bestärkte ihn in seiner Entscheidung, sie zu überreden.

»Komm mit und sieh sie dir völlig unverbindlich an. Ich möchte, dass sich meine wenigen Freunde kennenlernen.«

Sie blickte ihn durch die Finger an. »Ich brauche etwas Zeit, Ray.«

Er nickte. »Du bekommst alle Zeit der Welt von mir. Ehrlich gesagt, bin ich einfach nur froh, dich gefunden zu haben. Wir bleiben von nun an einfach in Verbindung, okay?«

Sie atmete tief durch und ließ ihre Hände sinken. »Okay. Wie erreiche ich dich?«

»Ich gebe dir meine Kontaktdaten, aber lass mich erst ein Sicherheitsprogramm auf deinen Computer installieren. Ich muss noch eine Zeit weiter im Untergrund bleiben.« Zumindest bis Steele das Interesse an ihm verlieren oder er offiziell Asyl bekommen würde. Noch besaß er nur eine Arbeitserlaubnis und wurde geduldet.

»Ich verstehe, bedien dich!« Sie öffnete den Laptop vor ihm auf dem Tisch und gab das Kennwort ein.

Ray machte sich gleich ans Werk, stoppte aber nach wenigen Klicks und runzelte die Stirn. Verflucht! Er drehte sich zu Li. »Weißt du, dass du ein Spionageprogramm auf deinem Rechner hast?«

»Was?« Erneut der panische Blick.

»Ja«, sagte er trocken und wandte sich wieder dem Bildschirm zu. »Es kann den Standpunkt orten und deine Mails lesen. Warte ...« Er ging in das Unterprogramm. »Es kam vor zwei Wochen mit einer Audionachricht von einer Frau Dr. Bharahi.«

Li gab einen keuchenden Laut von sich. »Das ist unsere Dekanin.«

Ray hob die Brauen. »Die Uni selbst überwacht dich? Oder meinst du, es kommt von der Regierung?« Auf einmal war er froh, dass sie damals keine Kontaktdaten ausgetauscht hatten. So gab es keine Verbindung zu ihm.

»Aber, ich verstehe nicht ...« Sie rang nach Luft, noch immer blass.

»Offenbar haben die dir die Geschichte der unwissenden Tochter nicht abgekauft oder sie überwachen dich nur für alle Fälle.« Er selbst war es gewohnt, vom Staat auf Schritt und Tritt überwacht zu werden. Das war kein Geheimnis auf Adventiva und diente angeblich der Sicherheit. Für jemanden von der Erde musste es jedoch ein Schock sein, besonders in Lis Situation. Ihre komplette Tarnung könnte auffliegen und sie müsste sich einigen Fragen stellen.

Lis Mimik versteinerte. »Ich muss weg. Grüße deine Freunde von mir, ich komme nicht mit.« Sie ergriff ihren Mantel und rannte nach draußen.

Ray zögerte nicht und eilte ihr hinterher. »Li!«

Sie achtete nicht auf ihn, lief aus dem Gebäude und den nun in der beginnenden Dämmerung mit Laternen beleuchteten Weg entlang zum Parkplatz der Uni, auf dem einige Shuttles standen.

Ray holte sie ein und ergriff sie an den Schultern. »Warte! Bitte!«

Sie drehte sich um und sah ihn mit wütenden Augen an, die jedoch verräterisch glänzten. »Lass mich! Lasst mich bitte alle in Ruhe! Ich kann nicht mehr!«

»Wo willst du hin?«

»Fort von hier.«

»Das beantwortet nicht meine Frage!«

Sie stutzte, dann schien sie zu realisieren, was Ray
meinte.

»Du kannst nicht immer nur weglaufen, ohne Ziel«,
fuhr er fort. »Ich denke wirklich, dass es dir guttut,
wenn du mit uns auf die Pax kommst.«

»Hör doch auf! Auch ihr wollt mich nur zu einem
Zweck.«

»Das stimmt nicht. Ich möchte dich in meiner Nähe,
weil ich mich um dich sorge. Weil wir Freunde sind, zumindest hoffe ich das. Du könntest in aller Ruhe nachdenken, ohne die ständige Angst im Nacken, beobachtet zu werden.«

Sie schniefte, eine Träne rann aus ihrem Auge, die sie
schnell wegwischte. »Vertraust du ihnen?«

Ray blutete das Herz, sie so zu sehen. Er wollte so gern
tröstend den Arm um sie legen, traute sich aber nicht.
Er hatte keine Erfahrung mit körperlicher Nähe zu anderen und fürchtete, sie zu verschrecken. »Nicht völlig«, gab er zu. »Aber ich vertraue kaum einem Menschen.«

Li holte ein Tuch hervor und tupfte sich Augen und
Nase trocken. »Danke für deine Ehrlichkeit. Ich vertraue dir.« Sie sah den Weg hinunter zum Parkplatz
und atmete tief durch. »Ich werde mitkommen. Mir
bleibt wohl kaum eine andere Möglichkeit.«

Ray fiel ein Stein vom Herzen. »Dann los, packen wir
deine Sachen. Den Computer lassen wir einfach stehen.«

»In Ordnung.« Sie atmete tief durch, als kostete es
Überwindung. »Wo sind deine Freunde?«

»Sie warten in einer Bar auf mich, ganz öffentlich.«
»Kein Trick?«

Ray sah sie vielsagend an. »Du bist schon zu lange auf der Flucht«, schimpfte er. Dieses Misstrauen schmerzte ihn mehr, als er zugeben wollte. »Langsam wirst du wirklich paranoid!«

»Entschuldige, ich bin einfach vorsichtig.«

»Du solltest wissen, dass ich dich nie hintergehen würde, Li. So wie ich es bei dir weiß.«

Li nickte betreten. »Gut.«

Sie gingen zurück in das Apartment und Li packte ihre Sachen in eine Tasche. Ray überprüfte in der Zeit ihr Pad, das sie immer bei sich trug, aber das war glücklicherweise sauber.

Li schulterte ihre Tasche und sie betraten den Flur. Sie schaute noch einmal sehnsüchtig zurück in ihre Wohnung. Ihr altes Leben. Ray nahm seinen Mut zusammen und legte behutsam den Arm auf ihre Schultern. Li lehnte sich mit glänzenden Augen an ihn. Er streichelte sie über den Oberarm und wusste sehr gut, was sie gerade empfand. Erneut entwurzelt. Aus der Heimat vertrieben.

Er nahm ihr die Tasche ab und sie folgte ihm schweigend durch die Straßen. Ein wenig fühlte sich Ray bei der Stille, als würde er einen Gefangenen zum elektrischen Stuhl führen, dennoch wagte er nicht, ihre Gedanken zu unterbrechen. Der Schock, von der eigenen Regierung heimlich überwacht und ausspioniert zu werden, musste sie tief getroffen haben.

Laute Musik und warme, leicht verbrauchte Luft empfingen sie, als sich die Tür zur Bar vor ihnen öffnete. Ray merkte, wie Lis Schritte langsamer wurden und ihr Körper verspannte, während sie sich durch den

Dunst einen Weg bahnten. Er hoffte inständig, das Richtige zu tun. Sie in Gefahr zu bringen, würde er sich nie verzeihen.

Er führte sie zu einem der hinteren Tische, an dem die anderen ihnen bereits interessiert entgegen schauten, und richtete sich an Andor. »Das ist Li, ich habe dir von ihr erzählt«, stellte er sie mit einem warnenden Blick vor. »Li, das sind meine Freunde, Andor, Vivian und Laif.«

Li betrachtete die Gruppe stumm mit angespannter Miene.

»Freut mich, dich kennenzulernen.« Andor lächelte mit strahlend weißen Zähnen unter der dunklen Hautfarbe und machte eine Geste zu den beiden freien Stühlen. »Bitte! Setz dich zu uns!«

»Danke.« Li folgte der Aufforderung und nahm noch immer sichtlich misstrauisch neben Vivian Platz, die freundlich lächelnd zur Seite rutschte. Ray setzte sich auf den anderen Stuhl, stellte ihre Tasche neben sich ab und zwinkerte ihr beruhigend zu. »Das sind meine Freunde, von denen ich dir erzählt habe. Nun weißt du auch, wo ich mich in letzter Zeit so herumtreibe.«

»Und was treibt ihr?«

»Allerlei Unfug«, sagte Andor und senkte die Stimme, dass es beinahe im Lärm der Bar unterging. »Aber im Grunde sind wir auf der Suche nach dem Juno-Schiff.«

»Ich verstehe«, meinte Li kühl.

Ray merkte, wie seine Freundin innerlich abblockte. »Hey, hör dir die Sache doch wenigstens mal an«, sagte er schnell. Er ärgerte sich darüber, dass Andor gleich mit der Tür ins Haus gefallen war und sie so vielleicht verschreckt hatte.

Ihr Kopf schoss zu ihm wie der eines Vogels. »Musst du Gott und der Welt von meiner Situation erzählen?«, fuhr sie ihn an.

»Du kannst das Schiff nicht alleine suchen«, erklärte Andor ruhig. Nun bekam er den zornig funkelnden Blick ab.

Ray beruhigte dieser Umstand. Li ließ ihre Maske fallen, die Sache war auf dem Tisch und keiner musste sich mehr verstellen. Er dankte Andor nun doch im Stillen für dessen Direktheit.

»Ich will dieses verdammte Geisterschiff gar nicht finden«, pflaumte sie ihn mit dem altbekannten Temperament an. »Abgesehen davon sind die Informationen noch immer zu unvollständig.«

»Auch ich habe viel darüber gesammelt, wenn wir uns zusammentun ...«

»Nein!«

»Li«, sagte Ray streng. »Du willst den Stick niemandem geben und du willst ihn nicht für dich selbst nutzen. Was willst du sonst tun? Ihn mit ins Grab nehmen? Der Wunsch kann schnell erfüllt werden, auf kurz oder lang wird einer der Geheimdienste dich erwischen.«

Lis Hände auf der Tischplatte ballten sich zu Fäusten. »Du verstehst das nicht«, sagte sie leise. »Meine Mutter ... es war ihre Lebensaufgabe ...«

»Eben darum hättest *du* es verdient, das Schiff zu finden.«

»Auch das ist eine Lebensaufgabe.«

»Ich bin da recht guter Hoffnung«, sagte Andor und lehnte sich im Stuhl zurück.

Li schüttelte den Kopf. »Ihr wisst doch gar nicht, worum es geht. Ich weiß nicht, ob man das Schiff überhaupt aufspüren sollte.«

»Li!« Ray atmete tief durch. »Wäre es nicht besser, wenn du es tust, anstelle irgendeiner Regierung?«

»Du wärst sicher bei uns«, erklärte Andor.

»Ich weiß nicht. Was habt ihr damit vor? Es auf dem Schwarzmarkt zu Geld machen?«

»Auf keinen Fall. Ich möchte es behalten, vielleicht nutzen.«

Ihre Augen verengten sich. »Nutzen? Wofür?«

Andor machte eine beschwichtigende Geste. »Sicher nicht als Waffe.«

Sie presste die Lippen zusammen und schwieg.

»Hey«, mischte sich Vivian ein. »Ich spüre deinen Konflikt und wie alleine du bist. Warum kommst du nicht einfach mit auf die Pax? Keiner verlangt etwas von dir, Ray ist auch dabei. Fliege mit uns, lerne uns kennen und du kannst immer noch entscheiden, was du mit dem Datenträger machen willst. Aber du wärst sicher und nicht mehr gejagt.«

Li sah ihn an. »Ich habe nichts zu verlieren, oder?«

Ray legte seine Hand auf ihre Faust, die sich bei der Berührung löste. »Eben! Du bist sicher bei uns, versprochen!«

Sie schenkte ihm ein schwaches Lächeln. »Ich bin wirklich froh, dass du hier bist.«

Diese Worte wärmten Rays Innerstes. Noch immer ein seltenes Gefühl für ihn, aber unsagbar schön.

»Na, dann lasst uns unser neuestes Mitglied feiern«, verkündete Andor heiter und winkte einen Kellner herbei. »Die Runde geht auf mich. Was wollt ihr? Ich nehme den Single Malt Whisky.«

Vivian schürzte die Lippen. »Für mich den Sex-on-the-Beach-Cocktail.«

Der Kellner blickte fragend zu Li. »Ich nehme einen Gin Tonic. Das brauche ich jetzt.«

»Für mich eine Cola, bitte«, sagte Laif.

»Für mich auch«, meinte Ray. Der Kellner nickte und ging. Als Ray Andors Blick bemerkte, schaute er streng zurück. »Einer von uns muss schließlich noch das Schiff fliegen.«

»Von einem Glas wirst du uns hoffentlich nicht gleich gegen einen Berg steuern, du Streber.«

Ray versuchte erst gar nicht, hier zu diskutieren.

Als die Getränke gebracht wurden, tippte sich Laif mit dem Finger ans Kinn. »Da fällt mir was anderes ein. Dein Schiff hat doch nur vier Kojen. Wo soll Li schlafen?«

»Vivian kann bei mir pennen«, warf Andor ein.

»Bis ihr zwei euch wieder verkracht«, erwiderte Ray. »Nein, Li kann in meine ziehen. Ich schlafe erst mal auf einer Notpritsche im Maschinenraum. Vielleicht kann man später noch was anbauen.«

»Was ein Umstand, Ray, das ist doch Blödsinn«, sagte Andor ernst. »Es hat mehr Sinn, wenn Viv zu mir zieht. Falls ihr wiedermal was nicht passt, kann sie ja die Notpritsche nehmen.« Er grinste.

»Das wollen wir mal sehen, wer von uns dann die Koje verlassen muss«, erwiderte Vivian scharf.

»Dann bist du also einverstanden, Herzchen?«

»Vollidiot!«

Li betrachtete die beiden und richtete sich dann mit erhobenen Brauen an Ray. »Sind die immer so?«

»Nein. Normalerweise reißen sie sich nicht derart zusammen.« Er lächelte schwach und hob sein Glas. »Prost!«

»Auf unser neues Crewmitglied«, tönte Andor.

Das Gefühl der Gemeinschaft, das Ray beim Klingen der Gläser überkam, ließ ihn jeden Groll vergessen. Nun war Li wieder in seiner Nähe. Besser konnte sein Leben kaum werden.

Auf dem Weg zum Schiff gingen Li und er ein Stück hinter den anderen her. Die Luft des klaren Nachthimmels roch eisig, als würde der Winter bald Einzug halten in diesen Breitengraden. Ray wollte Li am liebsten an sich drücken oder zumindest ihre Hand in seine nehmen, ihre Finger und Wärme spüren, hielt aber die Distanz zu ihr. Er wollte sie nicht bedrängen und mehr, als ihre Tasche für sie zu tragen, wagte er nicht. Li war gerade von ihm aus ihrem Zuhause gerissen und in diese Gruppe gelotst worden. Das Risiko, sie nun noch mit zu viel Zuneigung zu verschrecken und noch einmal zu verlieren, war zu groß.

»Weißt du denn sicher, was sie vorhaben und ob du denen trauen kannst?«, raunte sie ihm zu.

»Ich denke, Andor weiß es selbst nicht. Er ist beinahe versessen mit der Suche nach dem Schiff, aber ich glaube nicht, dass er wirklich damit rechnet, es jemals zu finden. Ich denke, er braucht etwas, an das er sich festbeißen kann, und ihn reizt die Herausforderung.«

»Wenn es nicht klappt, dann gehe ich wieder.«

»Dann komme ich mit dir.«

»Das würde mich freuen.« Ihr Lächeln wärmte sein Herz.

Wenige Minuten später standen sie vor der Pax. Die anderen waren bereits hineingegangen.

»Jetzt kann ich sie dir endlich zeigen«, scherzte Ray. »Irgendwie bin ich heute weniger stolz darüber.«

Li lächelte. »Ganz so schlimm kann sie nicht sein, wenn sogar Vivian und Andor noch keinen Protest einlegen.«

»Vivian nimmt, was sie kriegen kann, und Andor ist zu geizig, um ein neues Schiff zu bezahlen, solange das alte noch nicht komplett auseinandergefallen ist.«

Sie lachte. »Ich bin echt gespannt auf die nächsten Tage.«

»Ich auch.« Nicht nur das, er freute sich auch darauf.

Sie gingen hinein und Ray verschloss die Luke.

»Wenn die beiden Mädels da sind, geht's los«, hörten sie Andor sagen, als sie die Brücke betraten.

»Wieso beide, ich bin doch schon hier?«, fragte Vivian hörbar verwundert.

»Ich meinte doch Li und Blondie.«

»Du mich auch«, brummte Ray.

Andor drehte sich um und grinste. »Na also, dann können wir starten.«

»Zu dir?«, fragte Ray und setzte sich an das Pilotenpult.

Andor seufzte theatralisch. »Wie immer zu mir. Zu dir wäre auch schwierig. Ich hörte, deine Eltern wären gegen unsere Beziehung, stimmt das, Darling?« Er zog einen Schmollmund. Ray schüttelte nur seufzend den Kopf und startete den Antrieb.

7. Die Suche

Auf dem südamerikanischen Kontinent war es noch früher Abend, als Ray drei Stunden später mit der Pax auf dem Gelände aufsetzte, aber dennoch bedeutend wärmer als in Brüssel. Vivian und Laif machten ähnlich große Augen wie Ray damals beim Betrachten des Grundstücks.

»Wow«, staunte der Junge auf dem Weg zum Gebäude. »Wohnen viele Menschen hier auf der Erde so nobel?«

»Nur die oberen Zehntausend.« Vivian hakte sich bei Andor unter und strahlte ihn an. »Bisher bereue ich nichts.«

»Ganz so ist es nicht«, winkte Andor bescheiden ab. »Gehobene Mittelklasse, aber sicher nicht superreich. Das Anwesen ist eine alte Hazienda und hat historischen Wert, sodass ich es relativ günstig bekam, unter der Bedingung, es in Schuss zu halten. Für all das habe ich lange geackert und ansonsten lebe ich recht sparsam. Das ist mein Refugium und mein einziger Urlaubsort, da genieße ich den Luxus.«

Im Haus zeigte Andor den anderen den Gästebereich. Sie konnten unter den sechs Zimmern frei wählen.

Laif unterdrückte ein Gähnen.

»Wir sollten versuchen, noch eine Weile durchzuhalten, sonst sind wir die Nacht hellwach«, bemerkte Andor. »Auf, kommt ins Wohnzimmer.« Er wies seinen Roboter an, Soft Drinks und Snacks zu bringen, und sie ließen sich alle auf der Couch nieder.

»Wie lange bleiben wir hier?«, fragte Laif.

»Bis wir unser nächstes Ziel wissen.« Andor sah zu Li. »Hast du den Datenträger dabei?«

Li zog die Schultern hoch und blickte beinahe hilfesuchend zu Ray. Er nickte ihr beruhigend zu. Sie griff, wie er erwartet hatte, um ihren Hals, hangelte die Goldkette entlang und holte das Amulett unter der Bluse hervor. Es war ein goldenes Herz mit einem roten Edelstein in der Mitte, der wie ein Tropfen geformt war. Ray musste an einen Blutstropfen denken. Sie holte eine Haarnadel aus ihrem Zopf, bog diese zurecht und öffnete damit das Amulett.

Andor pfiff durch die Zähne, als ein winziger Datenträger daraus hervorkam. »Nicht schlecht. Was man direkt vor Augen hat, übersieht man am leichtesten.«

Li reichte ihm den Stick. »Ich habe allerdings keine Ahnung, wie gut er gesichert ist.«

»Hast du ihn nie ausprobiert?«, fragte Ray.

»Nein. Ich habe, ehrlich gesagt, versucht, seine Existenz zu verdrängen. Nachdem du das Programm auf meinem Rechner entdeckt hast, bin ich auch froh darüber.«

Andor nahm ihn entgegen und schob ihn in seinen Laptop. Er versuchte, die Dateien zu öffnen, doch es kam nur eine Passwortanfrage. Er schaute zu Li, die jedoch ratlos den Kopf schüttelte. Dann blickte er mit erhobenen Brauen zu Ray.

»Du brauchst meine Hilfe?«, fragte Ray provokant.

»Schaffst du es oder nicht?«

»Lass mal sehen.« Er nahm den Laptop auf seinen Schoß. Nach einigen Minuten rieb er sich die Augen. »Das wird heute nichts mehr, fürchte ich.«

»Wie lange?«

»Vier Stunden. Vielleicht fünf.«

Andor schnaubte frustriert. »Okay. Morgen.«

Ray bleckte die Zähne. »Du musst dich nicht bedanken, ich mach das gerne für dich. Gerade, wenn du mich derart höflich darum bittest.«

Andor sah ihn streng von der Seite an. »Willst du im Garten übernachten?«

Li setzte sich auf und hielt die offene Hand vor Andor hin. Der runzelte fragend die Stirn. Ihre dunklen Augen funkelten den muskulösen Mann vor sich finster an. »Wenn du nicht nett zu Ray bist, nehme ich den Datenträger wieder zurück und gehe.«

Andor hob die Brauen und Ray hätte bei dem Blick fast losgeprustet.

»Nun? Was ist?«, fragte sie mit todernster Miene.

Andor sah Li eine Zeit stumm und ausdruckslos an, dann erhob er sich, trat vor den Sessel, auf dem Ray saß, und ging vor ihm auf die Knie, die Hände an sein Herz gedrückt. »Verehrtester Herr Fähnrich Vandenberg. Ich entschuldige mich untertänigst für mein unflätiges Verhalten. Hättet Ihr die unermessliche Güte, einem erbärmlichen Terraner, wie ich es einer bin, bei einer für dumme Menschen schier unlösbaren Aufgabe Ihre gnädige Hand zu leihen? Ihr besäßet meinen aufrichtigsten Dank!«

Während Vivian sich kaum halten konnte vor Lachen, betrachtete Laif die Szene staunend mit offenem Mund.

Ray runzelte die Stirn und rieb sich dann wie gedankenversunken das Kinn. Er genoss die vertauschten

Rollen. »Was mich mehr zufriedenstellen würde, als Ihr Dank, Herr Winter, wäre eine Gehaltserhöhung.«

Andor erhob sich und strich den Anzug glatt. »Vergiss es!«

Li blickte fragend zu Ray, der schmunzelnd abwinkte. »Lass ihn. Es tat schon gut, ihm mal eine Entschuldigung herauszulocken. Danke dafür.« Eine Steigerung von nichts wäre noch immer nichts und Ray fühlte sich recht wohl in dieser Gruppe.

»Gut, das wäre geklärt.« Andor schaute völlig unbeteiligt auf die Uhr. »Dann lasst uns den Tag beenden. Morgen in aller Frühe kann unser Blondschopf dann loslegen.«

***

Ray schlief tatsächlich sehr gut, was nicht nur an dem luxuriösen Gästezimmer und der Ruhe lag. Er hatte sich im Stillen immer um Li gesorgt und war unheimlich beruhigt, sie nun in seiner Nähe zu wissen.

Am nächsten Morgen wachte er früh auf, doch er hatte es ohnehin aufgegeben, sich nach der ständig wechselnden Ortszeit oder gar dem Stand der Sonne zu richten. Sie hatten auf der Pax ihren eigenen Rhythmus gefunden.

Nach einem reichhaltigen Frühstück setzte er sich an den Computer.

Als Vivian drei Stunden später als letzte von allen ins Wohnzimmer kam, hatte er es geschafft.

Andor, der ihm die halbe Zeit über die Schultern geschaut hatte, klatschte fröhlich in die Hände. »Perfekt, das ging schneller als erwartet.«

»Ich war gestern zu müde.«

Andor hörte nicht darauf und schob ihn zur Seite. »Lass mich mal schauen.« Er tippte sich durch die Daten. »Okay, wir haben hier neun Ordner mit etlichen Unterordnern, die wiederum mit zahlreichen Dokumenten gefüllt sind. Die Bezeichnungen sind ebenfalls lediglich Zahlen und Buchstaben. Das wird Wochen dauern, bis wir uns da durchgelesen haben.«

Li trat vor. »Darf ich mal sehen?« Andor gab den Stuhl frei und sie setzte sich vor den Laptop. »Meine Mutter hatte ein eigenes System genutzt, um Dateien zu sortieren. Sie nutzte Abkürzungen aus der Proteinbiosynthese.« Sie schob die Ordner in die richtige Reihenfolge und öffnete den ersten. Es erschienen etliche Unterordner mit scheinbar chaotischer Zahlenfolge. »Die Zahlen stehen für gewisse Enzyme. Ich kenne den Code, aber alles per Hand einzeln eingeben wäre Tortur.«

»Dafür gibt es Programme, das ist keine Problem«, sagte Ray. »Wenn du mir die Codierung nennst, kann ich was installieren.«

»Super«, lobte Andor. »Die perfekte Teamarbeit, das liebe ich! So haben wir immerhin eine kleine Hilfe. Aber dennoch sind es etliche Daten zum Durchsuchen.«

»Damit wirst du eine Zeit beschäftigt sein.«

Im Laufe des Tages bemerkte Ray, wie still Li geworden war. Sie mied die anderen mit einem Male und zog sich stets in ihr Zimmer zurück.

Als er sah, wie sie am Abend in der Küche mit einem Lappen den Tresen wischte, trat er zu ihr.

»Andor hat intelligente Maschinen dafür, du musst hier nicht putzen.«

»Ich brauche das ab und zu zum Nachdenken. Außerdem leben wir hier schließlich auf Andors Kosten.«

Ray grinste. »Darüber brauchst du dir ganz bestimmt keine Gedanken zu machen. Wenn er keinen absoluten Vorteil von uns hätte, würden wir in Hotelzimmern hocken, für die wir selbst aufkommen müssten.«

Sie schwieg und wrang den Lappen in der Spüle aus.

»Isst du heute Abend wenigstens mit uns zusammen? Laif wollte etwas kochen.«

»Nein. Ich nehme mir ein Brot mit auf mein Zimmer«, wich sie aus.

Ray schüttelte den Kopf. »Du sitzt immer nur in deinem Raum, so lernst du die anderen nicht kennen.«

»Ich weiß nicht, ob ich das überhaupt möchte«, antwortete sie leise. Sie drehte sich zu ihm und sah ihn ausdruckslos an. »Glaubst du an Schicksal, Ray?«

Ihr Blick gab ihm eine Gänsehaut. »Was meinst du?«

»Glaubst du, es existiert eine Art vorbestimmter Weg, den man nicht umgehen kann, oder gibt es nur wahnsinnig seltsame Zufälle? Kann man sein Leben selbst bestimmen oder nicht?«

»Hat das was mit deiner Mutter zu tun?«

»Ich kann es dir nicht sagen, noch nicht. Ich weiß nur nicht, ob wir das Richtige tun. Glaubst du, ich habe überhaupt die Möglichkeit, in dieser Sache frei zu entscheiden?«

Ray irritierten ihre Fragen. Lis Vergangenheit schien besser versteckt und behütet als die heimlichen Uran- und Plutoniumvorräte seiner Regierung. Was hatte sie als Terranerin auf dem Mars gemacht? Dazu diese Geschichte vom angeblichen adventiven Vater, die irgendwie auch nicht passte.

»Ich persönlich glaube nicht an Schicksal, denn man hat immer die Möglichkeit zu entscheiden«, sagte er. »Aber keiner von uns kann in die Zukunft blicken. Man muss den Weg erst gehen, um zu sehen, was passiert. Ob es der falsche war, weiß man immer erst hinterher.«

Li schwieg.

»Komm mit ins Wohnzimmer«, schlug er vor. »Diese ewige Grübelei bringt doch nichts.«

Sie betrachtete den Wischlappen in ihrer Hand. »Okay, ich komme mit.«

Die nächsten Tage lasen sie sich abwechselnd durch die Dokumente. Sobald dem einen die Augen müde wurden, machte ein anderer weiter. Nach den gemeinsamen Abendessen trugen sie dann ihre Ergebnisse bei einem Glas Wein zusammen. Auch Li gesellte sich dazu und taute auf, was Ray sehr freute. Andor nahm alles als Audioaufnahme auf, um es später zu einem Gesamtbild zusammenzufügen, wie er sagte.

Ray fühlte eine innere Zufriedenheit wie selten. Dies alles glich einem Luxusurlaub, den er nur aus der Werbung kannte. Wenn er keine Schicht hatte, spazierte er mit Li durch den Weinberg oder spielte mit Laif und Vivian ein Brettspiel.

Morgens ging er regelmäßig Joggen, wobei er den weiten Himmel über sich genoss und die klare Luft tief in seine Lungen atmete. Das Schweben seiner Füße über den Grasboden löste ein unbeschreibliches Gefühl der Freiheit aus, das ihn beinahe in einen Rausch versetzte.

Nach dem Lauf schwamm er einige Runden in dem Pool des überdachten Innenhofes der Hazienda. Er wollte seine körperliche Verfassung wieder auf den Stand vor seiner Flucht aus der Militärschule bringen.

In der professionell ausgestatteten Küche konnte Laif seinem Hobby nachgehen und bereitete fast jeden Abend ein anderes Essen für sie zu. Von schlichten Eintöpfen zu raffinierten Pastagerichten. Auch an Desserts mangelte es nicht. Jeden Tag schwebten neue duftende Aromen durch das Haus und es war schön zu sehen, wie Laif bei jedem Lob der anderen mehr aufblühte. Li und Vivian halfen ihm immer öfter in der Küche und auch Ray, der mit einem anständigen Essen immer einen Lieferservice verbunden hatte, wagte sich an die Zubereitung der Nahrungsmittel. Bald wurde das gemeinsame Kochen zu einem abendlichen Event, auf das er sich jedes Mal freute.

Lediglich Andor zog sich in sein Büro zurück oder verbrachte Stunden in seinem Fitnessraum, wenn er nicht selbst am Computer saß. Er schien kein großes Interesse an einem geselligen Zusammensein zu haben und wahrhaftig besessen von diesem ominösen Schiff zu sein.

Ray hingegen wünschte sich, dieses Relikt niemals zu finden, dass er ewig hier mit seinen Freunden leben könnte und selbst Steele ihn irgendwann vergessen würde. Insgeheim wusste er jedoch, dass solch ein Glück nur temporär war in seiner Situation, daher genoss er diese wundervolle Zeit mit allen Sinnen. Er speicherte die Momente in dem geistigen Refugium ab, das er bereits als Kind in seinem Kopf angelegt hatte, und zu dem er in schlimmen Situationen Zuflucht suchte.

Wenn die Schmerzen zu groß wurden, blendete er die Realität aus und holte sich diese Bilder, Gefühle und Gerüche in Erinnerung. Klammerte sich daran fest wie an einen Rettungsring, der ihn vor dem Ertrinken bewahrte. Dieses sättigende Auffüllen des ursprünglich eher karg eingerichteten Raums gab ihm das Gefühl, für das Schlimmste gewappnet zu sein.

»Hier steht, dass wohl nie einer das Innere des Schiffes betreten hat, da es ein Energiefeld gab«, las Laif eines Mittags aus den Aufzeichnungen vor.

»Wie haben sie es dann transportieren können?«, fragte Li.

Ray freute es, wie begeistert sie mittlerweile mit rätselte. Sie schienen alle dieses Geheimnis lüften zu wollen.

»Wahrscheinlich nur geschleppt, keine Ahnung.«

Vivian verzog den Mund. »Aber dann können wir es auch nicht betreten.«

»Die Energiereserven sind heute doch schon lange aufgebraucht«, warf Andor ein. »Und wenn nicht, bekommen wir das Ding sicher geknackt. Ich vertraue da auf Ray.«

»Und wenn es nur ein ödes Wrack ist?«, fragte Vivian.

»Dann spenden wir es einem Museum und verdienen uns eine goldene Nase mit Interviews, Promi-Shows und unseren Biografien.« Andor grinste breit.

Die nächsten Tage regnete es draußen, sodass sie alle bis spät zusammen im Wohnzimmer saßen, Musik hörten und Wein aus dem Keller tranken. Andor selbst hatte sich an diesem Abend wie so oft nach einem Training im Fitnessraum in sein Zimmer zurückgezogen.

Vivian kam gerade mit einem Glas eingelegte Gurken aus der Küche zurück.

Ray hob die Brauen. »Du bist hoffentlich nicht schwanger.«

Sie lachte. »Nein, keine Sorge, das weiß ich zu verhindern. Ich habe immer Lust auf Essig, wenn ich angetrunken bin. Keine Ahnung, warum.« Sie drehte an dem Deckel, gab aber schließlich auf. »Puh, das ist fest.«

»Lass mich mal.« Laif nahm ihr das Glas ab und öffnete es mit links ohne jegliche Anstrengung.

Li hob die Brauen. »Das ist die künstliche Hand, oder?«

Er nickte betreten. »Ja. Die Kraft ist nicht schlecht, aber ich wünschte dennoch, ich hätte das nicht.«

»Wieso?«, fragte Vivian. »Du hast es dir nicht ausgesucht, aber so kannst du es erst recht zu deinem Vorteil nutzen. Zu ändern ist es eh nicht mehr.«

Laif schwieg.

»Wir haben es uns alle nicht ausgesucht«, versuchte Ray, ihn aufzumuntern. »Ich kann nicht einmal sagen, dass mein Aussehen oder Geschlecht zufällig waren, nein, es war von meinen Eltern so gewollt. Das ist schon ein komisches Gefühl. Man hat eine gewisse Erwartung zu erfüllen.«

Li sah ihn an. »Wow. Der psychologische Druck auf die Kinder, dass sie einem vorherbestimmten Wunsch ihrer Eltern standhalten müssen, war mir nie so bewusst.«

»Bei euch wird auch das Geschlecht ausgewählt?«, fragte Laif interessiert.

Ray nickte. Das Gefühl, die bestellte Qualität seiner Eltern nicht erfüllt zu haben, lastete tatsächlich wie ein schweres Joch auf seinen Schultern. »Die Embryonen werden immer auf Schäden überprüft. Im Gegensatz zur Aussortierung der Mängel ist der Wunsch nach einem bestimmten Geschlecht freiwillig, aber die meisten nehmen das in Anspruch. Allerdings gibt es Regeln, damit es ausgewogen bleibt. Natürlich setzte mein Vater alles daran, einen Jungen genehmigt zu bekommen, um Himmels Willen kein Mädchen!« Er lachte trocken und drehte sein Weinglas in der Hand. »Ich habe schon öfter überlegt, wie viele meiner potentiellen Schwestern als Embryonen wohl getötet wurden, nur weil sie nicht das Wunschgeschlecht hatten, oder ob ich der erste ohne Defekt gewesen war.«

Laif schüttelte sich. »Das ist echt gruselig. Da wird einem das Leben schon vorherbestimmt von anderen, bevor man überhaupt geboren wird.«

Ray verzog den Mund. »Ich bin dennoch eine Enttäuschung für meinen Vater. Eine Tochter hätte seine Vorstellungen vielleicht besser erfüllt.«

Li kuschelte sich an ihn. »Für mich bist du keine Enttäuschung, im Gegenteil. Du bist einfach zu schlau geworden für diesen Kerl. Da hat er sich ins eigene Bein geschossen mit der Auslese.«

Ray genoss die Wärme ihres Körpers, doch das ungute Gefühl blieb. »Er hatte etwas bestellt, das er nicht bekommen hat. Ich bin kein guter Soldat.«

»Dafür bist du ein guter Mensch. Ich weiß schließlich, wie es bei euch abgeht.«

Vivian sah auf. »Du warst selbst eine Zeit auf dem Mars, oder? Wie kam es dazu?«

Ray spürte, wie Li verspannte. Er befürchtete, sie würde sich erneut in ihr Schneckenhaus zurückziehen, um was auch immer zu schützen, doch zu seiner Verwunderung lockerte sich ihre Haltung und sie atmete tief durch. »Ich kam durch ein wissenschaftliches Austauschprogramm zum Mars und besuchte eine Militärschule für zwei Jahre. Doch ich war ein unsicherer Teenager und kam mit der ungewohnten Strenge und den vielen Regeln auf Adventiva nicht klar. Sogar die Prügelstrafe ist dort völlig legal, könnt ihr euch das vorstellen? Kinder werden kleingehalten ohne jegliche Entfaltungsmöglichkeit. Sie müssen die Erwartungen an sie erfüllen und parieren. Ich verspürte Heimweh und wollte nicht mehr mitspielen.« Li lächelte schwach. »Ich habe Ray in einer Strafzelle kennengelernt«, sagte sie mit leiser Stimme. Die Erinnerung ließ sein Herz schneller schlagen. »Wir waren nebeneinander eingesperrt. Im Stillen bewunderte ich immer, dass er sich ebenfalls nicht in eine Form pressen ließ, obwohl er in dieses System hineingeboren wurde und es nicht anders kannte.«

Ray warf ihr einen erstaunten Blick zu. »Echt jetzt? Du hast das bewundert?« Dass jemand sein damaliges Bocken einmal als etwas Positives sehen würde, hätte er nie für möglich gehalten.

Li lachte. »Schau nicht wie eine Kuh, Ray! Du musst endlich lernen, auch mal ein Kompliment anzunehmen. Lügen zu erkennen, obwohl man mit ihnen aufgewachsen ist, fordert einen hohen Grad an Intelligenz und die Fähigkeit zur Einsicht. Du besitzt beides. Die haben dich nur niedergedrückt und als einen Versager beschimpft, weil sie Angst vor cleveren Kindern haben, die ihre Methoden hinterfragen und anzweifeln könnten.«

Ray schluckte hart. Es fiel ihm tatsächlich schwer, das Kompliment zu genießen, so groß es aus Lis Mund auch war. Er war so etwas nicht gewohnt. Allerdings erkannte er auch, wie geschickt sie den Fokus wieder von sich und ihrer Vergangenheit weg gelenkt hatte, ließ es aber unerwähnt.

Vivian fischte eine Gurke aus dem Glas. »Sei froh, dass du nicht allzu lange Zeit in dieser Kolonie genetischer Freaks verbringen musstest, Li.« Sie steckte sich das Gemüse in den Mund.

Ray seufzte innerlich. Dieses Vorurteil hatte auch Andor ständig benutzt, sodass er den Drang verspürte, es richtigzustellen. »Auf Adventiva findet keine genetische Manipulation statt, Viv. Es werden nur die Embryonen selektiert, also das beste Material, das bei der entsprechenden Paarung möglich ist, herausgefiltert.«

Vivian winkte mit einer Miene voller Desinteresse ab. »Wie du meinst. Bis auf Li und Andor sind wir wohl alle etwas anders.«

Ray erinnerte sich, dass Vivians Mutter selbst ja genetisch manipuliert wurde. Ihr schien die Tatsache aber, im Gegensatz zu ihm, nicht das Geringste auszumachen.

»Wusstest du, dass du von dieser Sekte abstammst?«, fragte Laif.

Vivian zuckte die Schultern. »Nicht zu Beginn. Ich hab erst als Teenager erfahren, dass meine Mutter eines der Versuchskinder gewesen war. Sie war die totale Esoterik-Tante und psychisch labil. Sie schaffte es aber dennoch, immer unter dem Radar zu bleiben, war natürlich überzeugt, dass sie auserwählt wäre und die Regierung Ihresgleichen nur einsperren würde, weil diese angeblichen Kriegstreiber Angst vor zu viel Empathie hätten. Ich wurde auch normal geboren, erfuhr aber später, dass sie wohl eine Spermaprobe aus der Sekte ergattert hatte, um sich selbst damit zu befruchten.«

»Dann sind deine Empathie-Gene noch stärker ausgeprägt als ihre?«

»Vielleicht, wer weiß. Aber zumindest bin ich nicht so irre.«

»Weißt du das?«, scherzte Ray. »Deine Mutter dachte ja auch, sie wäre normal.«

»Ich würde nie mein Kind an Menschenhändler verkaufen!«

Laif riss die Augen auf. »Deine eigene Mutter hat dich verkauft? Aber ich dachte, diese Sekte wäre friedlich und wollte eine bessere Welt. War das nicht der ursprüngliche Sinn des Ganzen?«

Sie nickte. »Ja, anfangs. Bis es fanatisch wurde, wie so oft. Die Vernünftigen merkten bald, dass es eine ergebnislose Träumerei war, und gaben sich geschlagen. Die Bekloppten blieben. Die Sekte löste sich auch nie wirklich auf, sondern blieb im Geheimen bestehen, infiltriert von weniger einfühlsamen Führern, die ihre eigenen Ziele verfolgten. Sie erkannten, dass man mit empathischen Personen in gewissen Bereichen viel Geld verdienen konnte. Die psychische Labilität ließ eine Eigenverantwortung oft nicht zu, also konnte man diese Menschen gut steuern und für sich arbeiten lassen. Meine Mutter ging regelmäßig zu deren Treffen und wurde immer mehr bearbeitet, mich der Organisation zu überlassen. Für Geld allerdings, soweit ging die Aufopferung dann doch nicht«, fügte sie in zynischem Ton hinzu. »Die erkannten wohl bald mein Potential im Rotlichtbezirk und lernten mich da an. Da war ich sechzehn.« Sie nahm einen großen Schluck aus dem Weinglas.

Li hielt sich die Hand vor den Mund. »Wie schrecklich.«

Vivian schüttelte abwehrend den Kopf. »Anfangs war es unschön, aber die Anstellung im *Roten Schwan* war nicht übel. Da gibt es schlimmerer Jobs.«

»Echt jetzt?« Li riss ungläubig die Augen auf.

»Natürlich. Wenn ich sehe, wie sich einige den Buckel krumm ackern für wenig Lohn. Da nehme ich lieber das.«

»Ich könnte das nicht«, flüsterte Li. »Da würde ich lieber irgendeinen Scheißjob annehmen und mir die Hände wund arbeiten für einen Hungerlohn, als meinen Körper zu verkaufen.«

»Lebe erst mal eine Zeit wie ich, dann siehst du die Schönen und Reichen, die nicht wissen, wohin mit ihrem Geld. Und ich soll mich totarbeiten? Was sollen diese keuschen Sprüche? Wer würde sich keinen Millionär angeln? Ich denke, jeder würde dafür seine Moralvorstellungen über Bord werfen.«

Li schüttelte vehement den Kopf. »Das glaube ich nicht. Da müsste es schon um mein Leben gehen ... oder das eines geliebten Menschen.«

Ray betrachtete seine Freundin und spürte, dass er genau wie sie empfand und dasselbe sagen würde. Aber er wollte Vivian nicht mit zu vielen Gegenargumenten in die Enge drängen.

Die warf ihre rote Mähne in den Nacken. »Jetzt komm mir nicht mit den Sprüchen, wie *Geld ist nicht alles* oder so!«

»Nein«, sagte Li mit ernster Miene. »Geld hilft einem sicherlich weiter, aber solange ich eine Arbeit habe und ganz gut über die Runden komme, wäre ich finanziell zufrieden. Ich bin nicht neidisch. Die viel Geld haben, haben entweder Glück gehabt oder es sich verdient. Ich gönne es ihnen.«

»Pah! Ich würde mir mittlerweile auch einiges gönnen.«

Li lächelte schwach. »Wir können es uns nicht immer aussuchen.«

»Eben, daher werde ich immer jede Chance ergreifen.«

»Egal wie widerlich?«

»Egal wie widerlich«, bestätigte Vivian.

»Dann hast du das alles freiwillig gemacht?«, fragte Ray neugierig. Er konnte sich nicht wirklich vorstellen, mit den oft unangenehmen Ausdünstungen und Körperflüssigkeiten von fremden Menschen in Kontakt zu kommen. »Ist das nicht wirklich eklig gewesen bei einigen?«

»Ich hatte ziemlich schnell den Stand, dass ich Freier ablehnen durfte, wenn sie mich anwiderten. Seitdem war es freiwillig, ja. Zumindest die ersten Jahre. Es ist wie ein Rausch, fast eine Droge, bei so engem Körperkontakt die Emotionen zu teilen. Wenn ich mich gehenließ, konnte ich nicht mehr unterscheiden, ob es sich um meine Erregung oder die des Freiers handelte. Das machte es nicht schlimm, im Gegenteil, es gab Zeiten, da konnte ich kaum genug davon bekommen.

Auch das Gefühl der Kontrolle über die anderen. Ich konnte ihre Emotionen in jede Richtung lenken, in der ich sie haben wollte. Sie waren mir völlig ausgeliefert und selbst der stärkste Macho wurde zu Wachs in meinen Händen. Das hat was, das kann ich euch sagen!« Ihre Augen blitzten gefährlich. »Und der Verdienst war nicht schlecht.«

»Wieso gibst du sowas dann auf?« Ray war ehrlich neugierig. Er fand diese Erzählung spannend, es war eine völlig neue Weltsicht für ihn.

»Als ich merkte, wie es zur Sucht wurde und ich den Boden zur Realität verlor, wollte ich kürzertreten. Doch die oberste Chefin verneinte, da ich einfach zu beliebt war bei wichtigen Stammkunden. Dieser emotionale Druck blockierte meine Empathie und der Rausch blieb aus. Ich ging sozusagen unfreiwillig auf kalten Entzug. Die Arbeit wurde zur Qual. Ich wusste auch, dass der angebliche Schutz mehr eine Freiheitsberaubung war, und beschloss, mit dem nächstbesten Freier zu fliehen, der mich mitnehmen würde. Leider mangelte es an denen, da zu oft eine Partnerin zu Hause wartete.«

»Da kam dir Andor gerade recht?«

»Ja. Leider etwas zu recht. Ich will jetzt gar nicht mehr weg von euch. Vom Regen in die Traufe.« Sie zwinkerte.

Li lachte. »Ich behaupte mal, von Andor kann man nicht dauerhaft süchtig werden.«

Aber durchaus abhängig, dachte Ray, sagte es aber nicht laut.

Am nächsten Tag ging Ray ins Wohnzimmer, um Vivian am Computer abzulösen. Sie saß mit dem Rücken zu ihm auf dem Hocker und scrollte durch die Fotos der alten Dokumente. Trotz des kühlen Wetters draußen trug sie ein bauchfreies Shirt und eine derart knappe Hose, dass Ray sich zwingen musste, nicht auf ihren wohlgeformten Po zu starren. Überhaupt waren ihre weiblichen Formen ideal proportioniert. Vivian besaß eine erstaunlich gute Figur dafür, dass sie keine achtzehn mehr war, sondern eher Mitte dreißig. Ihre welligen roten Haare fielen wie immer offen über ihre Schultern. Nur selten sah man sie mit einem Zopf. Trotz allem würde sie Li niemals das Wasser reichen können, fand Ray, ganz gleich, wie perfekt das Äußere schien.

»Ich glaube, ich habe etwas gefunden. Sei ein Schatz, Ray, und hol die anderen.« Sie rief das, ohne sich umzudrehen, obwohl er ohne Schuhe auf dem Teppich keinen Laut von sich gegeben hatte. Nach kurzer Verwunderung, erinnerte er sich an ihre Empathie. Hatte sie ihn kommen gespürt? Womöglich gar seine Gedanken erahnt und wie er ihren Körper gemustert hatte? Das wäre ihm mehr als unangenehm.

»Mach ich«, bestätigte er rasch und ging.

Als sich alle versammelt hatten, zeigte Vivian ihnen die Textauszüge der Dokumente. »Hier steht, dass Lis Mutter das Versteck eines weiteren Relikts der Juno ausfindig gemacht hat, allerdings nicht das Schiff selbst.«

Ray beobachtete im Augenwinkel, wie Li versteifte, doch in ihrem Gesicht war keinerlei Regung zu lesen.

»Ich ahne, was es für ein Gegenstand ist«, sagte Andor, er war sichtlich aufgeregt und verlagerte sein Gewicht von einem Fuß auf den anderen. »Das wäre ein extrem wichtiger Fund! Wo genau soll es sein?«

»Laut ihren Unterlagen irgendwo in Europa.«

»Die haben auch auf der Erde was gefunden? Warum ist darüber nichts bekannt?«, fragte Ray betont skeptisch.

»Nicht gefunden, wohl im Krieg dort versteckt. Es ist eins der Relikte vom Mars.«

Andor beugte sich zum Bildschirm. »Wo in Europa?«

»Es gibt seltsamerweise keine Koordinaten. Im Norden wohl.«

Ray schaute ebenfalls auf den Text. »Moment!« Er wies auf einen der Namen in dem Dokument. »Dr. Sabine Federstein soll es damals dort versteckt haben? Sie war Adventive und würde ganz sicher keinen Kontinent der Erde in Betracht ziehen.«

»Was meinst du damit?«, fragte Li.

»Na, überlegt doch mal! Wo gibt es noch ein Europa?«

»Ich verstehe nicht ...«

»Jupiter!«, fiel Laif ein. »Europa ist der zweitinnerste Mond Jupiters.«

»Exakt.«

»Es heißt hier aber klar, dass das Relikt *in* Europa versteckt wurde, nicht *auf* Europa«, warf Vivian ein.

Für Ray war das kein Widerspruch. »Vielleicht in einem der Gletscher. Es ist ein Eismond.«

»Aber er ist innen mit flüssigem Wasser gefüllt, da finden tektonische Bewegungen statt, die alles zerquetschen könnten«, sagte Laif.

Andor winkte ab. »Das Schiff vielleicht, aber ein Relikt kann klein sein.«

»Es heißt auch, dass es nicht das Schiff selbst ist«, stimmte Li zu.

»Zumindest ist der Jupitermond wahrscheinlicher als der Erdkontinent«, erklärte Ray.

Laifs Augen weiteten sich. »Dann könnte es doch ...« Er drehte sich zum Computer und zeigte auf den Namen des Ordners. »Schaut mal, das ist mir vorhin in meiner Schicht aufgefallen. Die Nummern unseres aktuellen Ordners passen nicht zu den anderen. Ich habe erst gedacht, dass Dr. Sakura vielleicht die Koordinaten dort versteckt hatte, aber sie gehören zu nichts auf der Erde. Erst recht nicht zum Kontinent Europa. Wenn jedoch der Mond gemeint ist ...«

»... dann schauen wir gerade auf die genauen Koordinaten des Verstecks«, beendete Ray den Satz.

Andor nickte. »Einen Versuch ist es allemal wert. Gut, dass ich extra noch Raumanzüge für uns alle bestellt habe, da gab es nämlich auch keine auf der Pax.« Er blickte schulmeisterlich zu Ray. »Keinen einzigen.«

»Hey, zum einen war mein Aufbruch damals recht übereilt, zum anderen war mein Frachter niemals für Expeditionen auf unbesiedelte Himmelskörper gedacht«, verteidigte er sich.

»Einen Raumanzug pro Person musst du immer besitzen«, tadelte auch Li. »Aus Sicherheitsgründen. Was, wenn Reparaturen an der Hülle anstehen oder die Lebenserhaltung ausfällt?«

Ray hob abwehrend die Arme. »Ich hatte es auf der Liste.«

»Darum habe ich mich ja nun gekümmert.« Andor klatschte in die Hände. »Auf, lasst uns alles zusammenpacken. Nächster Stopp: Jupiter.«

Ray seufzte. »Warum habe ich das Gefühl, dass wir im Kreis fliegen?«

»Das hat unser Sonnensystem so an sich, hier dreht sich alles im Kreis.«

Sie packten ihre Sachen zusammen und füllten die Vorräte der Pax auf. Laifs Bitten folgeleistend, installierte Andor sogar die kleine Küche und den Kühlschrank seines Gartenhäuschens in dem Aufenthaltsraum der Pax. Ray war froh, den langen Flug nicht wieder mit trockenen Rationen überleben zu müssen.

8. Auf Europa

Trotz der ungewohnten Enge zu fünft auf dem nicht gerade geräumigen Frachter stellte sich diese Reise in Richtung Jupiter als weitaus angenehmer heraus als die erste allein mit Andor. Ray genoss die Zeit mit Li und auch die anderen wuchsen ihm immer mehr ans Herz.

Die Pax fühlte sich für ihn bald wie ein Zuhause an. Die klappernden und klopfenden Geräusche, das Zischen und Scheppern, das man oft nicht deuten konnte, hätten Vielen vielleicht Angst eingejagt so mitten im tödlichen Vakuum des Alls. Ray war dies alles vertraut, er würde sich womöglich mehr Sorgen machen, wenn es urplötzlich still wäre auf dem Schiff und die Maschinen reibungslos laufen würden.

Selbst Andors Keuchen beim Hantel-Stemmen jeden Abend, das er in der Nachbarkabine hörte, weckte bald ein familiäres Gefühl in ihm. Lediglich, wenn er die Nacht mit Vivian verbrachte, musste Ray sich Ohrstöpsel anziehen oder seine Musik lauter stellen. Aber auch das wurde eins der Dinge, an die er sich gewöhnen konnte. Er fühlte sich wie in einer Wohngemeinschaft auf diesem kleinen Schiff. Früher hatte er andere Menschen immer gemieden, nun wollte er den Trubel um ihn herum nie mehr missen.

Als er mit Li zusammen zum Aufenthaltsraum ging, befanden sich bereits Vivian und Laif dort. Andor hatte Dienst auf der Brücke.

Vivian sah von ihrem Pad auf, auf dem sie wahrscheinlich wieder einen dieser Krimis gelesen hatte, die sie so mochte, und winkte ihnen freudig zu. Laif hingegen stand an einem der Fenster und schaute hinaus zu den Sternen. Er regte sich nicht, schien völlig in seine Gedanken versunken zu sein.

Li ging zu ihm. »Was gibt es da zu sehen?«

Der Junge schwieg, er schien mit sich zu ringen.

Ray trat hinzu und erkannte, wo sie sich befanden. »Wir passieren die Raumstation, auf der er gelebt hatte.«

Laif nickte. »Mein ehemaliges Zuhause. Es wirkt so fremd.«

»Vermisst du es?«

Er schüttelte beherzt den Kopf. »Nein.«

Vivian sah auf. »Wie lange warst du eigentlich bei diesem Irren?« Ihre Stimme klang leise und ungewohnt sanft. Sie musste Laifs inneren Schmerz noch deutlicher spüren, als Ray ihn sah.

»Ich bin in einem Heim auf der Erde aufgewachsen. Mit etwa sechs Jahren adoptierte Ulrich mich. Aber in die Raumstation zogen wir erst viel später. Dort war ich vier Jahre lang gefangen.«

Vivian kam nun zu ihnen. »Das Heim gab seine Schützlinge an einen Psychopathen?«

Laif drehte sich zu ihnen um, die hellbraunen Augen geweitet. »Anfangs war er das noch nicht«, sagte er hastig, beinahe verteidigend. »Er war ein angesehener Wissenschaftler und hatte mir das Leben gerettet mit seinem endokrinen Implantat. Es war sein großer Durchbruch damals. Ich habe einen Gendefekt, meinem Körper fehlt ein spezielles Enzym und die Spendengelder reichten nicht für die teuren Substitutionen, also wurde dem Antrag auf mich als Versuchsprojekt stattgegeben.«

Li stutzte. »Die riskierten deine Gesundheit für ein Experiment, obwohl es bereits Medikamente gibt?«

Laif zog die Schultern hoch. »Die teuren Medikamente standen nicht immer ausreichend zur Verfügung und ganz ohne ging es mir echt übel. Ulrich adoptierte mich und war zuerst auch wirklich wie ein Vater zu mir. Ich habe ihn sehr gemocht.« Er schluckte. Vivian legte die Hand auf seine Schulter und er lehnte sich an sie. Ray war froh, dass sie da war. Auch er hatte den Drang, Laif zu trösten, wusste aber nicht, wie.

Vivians Zuneigung schien Laif den Mut zu geben, weiter zu erzählen. »Wir wohnten anfangs auf der Erde und ich ging da zur Schule. Ich hatte auch Freunde, obwohl ich ständig im Krankenhaus gewesen war. Doch irgendwann hat er sich verändert. Ulrich hatte keinen Erfolg mehr mit seinen Implantaten, zu viel ging schief, es gab wohl auch einen Toten. Er hatte dann keine Zuschüsse und keine Dummies oder Versuchsorgane mehr bekommen. Aber er wollte nicht aufgeben und machte privat weiter. Irgendwann hatten wir kein Geld mehr und er verkaufte sein Anwesen in Neuseeland, beantragte die Rente von der Universität, an der er doziert hatte, und zog mit mir auf diese ausrangierte Forschungsstation. Da hatte ich schon Angst vor ihm.«

»Wurde er auch auf andere Weise gewalttätig?«, fragte Li leise.

Laif schüttelte heftig den Kopf. »Nein, das nie. Er sorgte gut für mich und war mir gegenüber auch immer freundlich. Was echt schlimm war, war die ständige Angst. Ich hab nie gewusst, ob es ein normaler Tag wurde, oder ob er wieder eine Operation an mir plante. Ich hab mich jede Nacht in meinem Zimmer eingeschlossen, aber das nutzte nichts. Er gab mir nicht einmal die Möglichkeit, mich zu wehren oder einfach nur Nein zu sagen. Er setzte mich immer heimlich unter Narkose, wenn ich schlief, ohne dass er sich vorher irgendetwas anmerken ließ.« Die Worte klangen gefasst, kamen aber ohne Pause, als wollten sie nach langer Zeit endlich hinaus.

Ray verpasste das Gehörte eine Gänsehaut. Er erinnerte sich daran, was Andor und er im Labor beobachtet hatten. Der Blick des Professors und wie er Laif dabei wie einem braven Hund über den Kopf gestreichelt hatte. Nein, kein Haustier, ein Nutztier. Umsorgt, aber gehalten für einen Zweck und persönlichen Vorteil. Ray wusste selbst sehr gut, wie sich stetige Furcht anfühlte, aber zumindest hatte er es immer kommen gesehen und sich mental vorbereiten können, einige Male schaffte er es auch, zu fliehen oder sich zu verstecken. Aber abends ins Bett zu gehen und nicht zu wissen, ob er noch mit allen Körperteilen aufwachte, musste der blanke Horror gewesen sein.

Li wirkte ähnlich mitgenommen. »Ist der Schule nichts aufgefallen?«

Laif zuckte die Schultern. Seine Mimik war weiterhin ausdruckslos, als erzählte er lediglich von einem Buch, das er mal gelesen hatte. »Solange ich der Schule regelmäßig meine Testergebnisse zugeschickt hab und die Prüfungen virtuell ablegte, fiel keinem was auf. Wenn ich nach einer Operation mal wieder nicht teilnehmen konnte, dann meldete er mich krank.«

»Aber konntest du keine Nachricht an Freunde oder das Jugendamt schicken? Oder irgendwie mit einer Lieferdrohne fliehen?«, fragte Li.

Ray schwieg dazu. Er konnte dem Jungen nichts vorwerfen. Auch er war nicht auf den Gedanken gekommen, seinen Vater anzuzeigen oder sich jemandem anzuvertrauen.

Laif schüttelte den Kopf. »Anfangs schien ja alles okay, er hat sich erst so nach und nach verändert. Als ich gemerkt hab, was abging, war es schon zu spät. Ich hatte keine Freunde mehr, die mich vermissen würden, und für private Nachrichten war der Computer gesperrt. Selbst wenn ich unbemerkt hätte fliehen können, wohin überhaupt? Ulrich hat mir eingeredet, dass ich als Freak nie mehr unter normalen Menschen leben könnte, und ich hab ihm das geglaubt.« Er seufzte. »Dank euch weiß ich jetzt, dass das gelogen war.«

»Das würde ich nicht unterschreiben«, brummte Ray. »Wir sind alle nicht normal.«

Laif lächelte schwach. »Doch, es ist so, danke. Dennoch würde ich gerne wissen, ob Ulrich noch lebt.« Sein Blick wanderte wieder zum Fenster. »Irgendwie war doch mein Vater und ich denke mir manchmal, er könnte vielleicht alles einsehen und wieder so wie früher werden.«

»Unwahrscheinlich in dem Alter«, sagte Li in festem Ton, als wäre sie sich absolut sicher. »Bei einer Anzeige wäre er wahrscheinlich in die Neurologie eingeliefert worden. Und selbst wenn er wieder normal geworden wäre, in deine Nähe dürfte er nach seinen Taten garantiert nicht mehr.«

Laif nickte und sah weiter hinaus. »Ich mache uns jetzt erstmal was zu essen«, sagte er, den Blick nicht vom Fenster nehmend, als drückte eine unsichtbare Hand sein Gesicht in diese Richtung.

***

Gute zwei Wochen später landete Ray die Pax exakt bei den von Lis Mutter genannten Koordinaten auf dem Jupitermond.

Sie trafen sich vor der Schleuse und stiegen in die Raumanzüge, mit denen Andor den Frachter ausgerüstet hatte. Es waren wohl die Besten auf dem Markt. Sie ließen sich wie normale Kleidung tragen, lagen eng an und waren unerwartet bequem. Auch die Helme, die man öffnen und zurückklappen konnte, waren kompakt und durchsichtig, sodass sie das Blickfeld nicht begrenzten.

»Die Anzüge passen sich automatisch der Gravitation an, aber es ist dennoch gewöhnungsbedürftig, also springt nicht gleich von Bord«, warnte Andor.

Sie zogen den Helm über den Kopf und gingen in die Schleuse. Als sie auf die graue Eisdecke des Mondes traten, fühlte Ray doch die fehlende Anziehung. Seine Schuhe klebten zwar durch die magnetische Anpassung am Boden, doch sein Oberkörper schwankte und er hatte Mühe, die Balance zu halten. Den anderen ging es nicht viel anders. Li und Vivian fingen sich als erste, Andor hingegen musste sich einige Zeit an den Pfeilern der Pax festhalten, bis er den Dreh heraus hatte.

Ray betrachtete die Umgebung, die nur spärlich von ihren Lampen an Helm und Handschuhen erhellt wurde. Die Schwärze des Alls über ihnen gab ihm das Gefühl, winzig und unbedeutend zu sein. Dennoch erfüllte ihn die Gewissheit, es als schwächliches Säugetier allein durch Technik und Vorstellungsvermögen bis hierher geschafft zu haben, mit gewissem Stolz. Vor ihnen sah er den riesigen Jupiter mit seiner einzigartigen horizontalen Marmorierung aufsteigen. Neben ihm standen Li, Vivian und Laif, die alle drei den malerischen Anblick in sich aufzusaugen schienen. Andor hingegen holte sein Pad hervor und scannte die Umgebung. Laut den Koordinaten müsste sich das Versteck innerhalb weniger Meter von ihnen befinden.

»Zum Glück sind wir nicht am Südpol«, hörten sie Andor über die Kopfhörer im Helm reden. »Dort gibt es gefährliche Fontänen aus Wasserdampf.«

»Irgendwie hatte ich mir das Eis hier heller vorgestellt«, bemerkte Vivian.

»Das ist ja kein reines H_2O, sondern enthält viele Mineralien und andere Partikel«, erklärte Laif. »Dazu kommen die Ablagerungen, auch Regolith genannt.«

»Unser wandelndes Lexikon wieder. Du hattest wirklich nicht viele Freunde, oder?«

»Hör auf damit, Vivian«, tadelte Li. »Man kann sich auch mit Freunden für etwas interessieren.«

»Der Junge hat halt Grips im Gegensatz zu dir«, gab nun auch Andor seinen Senf dazu.

»Hört beide auf!« Lis Stimme klang deutlich genervt.

Ray sah zu Laif, der seinen Blick stumm erwiderte. Er zwinkerte ihm zu und der Junge lächelte zurück. Er machte sich schon länger nichts mehr aus den Sprüchen der anderen, was Ray beruhigte.

»Lasst uns nach einem Eingang suchen«, sagte Andor. »Es muss in einem der Gletscherwände hier sein, haltet nach künstlich wirkenden Löchern Ausschau.«

Sie leuchteten die Umgebung ab. Die Eisschicht des Mondes war rau und hügelig. Einige tiefe Krater zogen sich durch seine Oberfläche. »Passt auf, wo ihr hintretet«, warnte Ray. »Hier geht es stellenweise steil nach unten.«

»Ich habe was gefunden!«, hörten sie Vivians Stimme. Sie folgten ihrem Signal und standen bald vor einer gletscherartigen Steilwand.

Vivian richtete ihren Strahler an eine Stelle der Erhebung. Ein großer Brocken Eis stand vor der ansonsten glatten Wand, er war offensichtlich nicht auf natürliche Weise dorthin gekommen.

»Sehr gutes Auge, Viv!«, lobte Andor.

Ray betrachtete die Stelle genauer. An einer Seite des Brockens war ein Spalt zu erahnen, als wäre er vor langer Zeit bereits ein Stück zur Seite geschoben worden. Aber gewachsenes Eis und Schneeverwehungen hatten es erneut geschlossen.

Andor trat zu dem Eisblock und versuchte, ihn zur Seite zu kippen, musste aber aufgeben. »Hier brauchen wir wahrscheinlich Werkzeug.«

»Lass mich mal versuchen«, sagte Laif.

»Du?« Vivians Stimme klang hörbar überrascht. »Nichts für ungut, aber wenn Andor es nicht schafft …«

»Denk an seine künstliche Hand«, bemerkte Ray.

»Schon, aber das hier ist kein Gurkenglas. Die kräftige Hand nutzt bei dem schmächtigen Körper nichts.«

»Wir packen alle mit an!«, sagte Ray. »Laif kann seine Hand in den Spalt stecken und versuchen, es auseinander zu drücken.«

Andor nickte. »Klingt nach einem Plan von mir. Auf, alle zusammen!«

Sie stemmten sich mit aller Kraft gegen den Eisblock, der sich nur sehr schwerfällig bewegte. Laif spreizte die Finger und vergrößerte den Spalt so weit, dass Andor mit dem Fuß dagegen treten konnte, indem er sich selbst an der Eiswand abstützte. Der Block löste sich weit genug, um in den Spalt leuchten zu können.

Ray erkannte im Strahl der Lampe eine etwa einen Meter hohe und sechzig Zentimeter breite Auskerbung im Eis. »Es ist kein Eingang, sondern endet nach zwei Metern vor einer Eiswand. Das diente offenbar nur einem Versteck. Aber ich sehe nichts.«

Andor ließ sich neben ihm auf die Knie nieder und leuchtete ebenfalls mit seinem Arm in die Ritze. »Dr. Sakura war bereits hier gewesen«, brummte er.

»Was? Das kann nicht sein«, rief Li beinahe verteidigend aus. »Sie war zu jung, um damals dabei gewesen zu sein.«

»Nicht, um das Relikt hier zu verstecken, aber danach. Sie hat es hier gefunden und höchstwahrscheinlich mitgenommen. Daher sah man auch noch die später wieder zugeschneite Öffnung.«

»Wie kannst du so sicher sein?«, fragte Ray.

»Simple Logik«, erklärte Andor. »Die Koordinaten waren auf ihrem Datenträger, also hat sie gewusst, dass hier das Relikt liegt. Wenn sie auch nur halb so versessen war wie ich – und Lis Erzählung nach war sie noch schlimmer – dann hätte sie nach diesem Verdacht keine Kosten oder Mühen gescheut, hierher zu kommen. Dass sie jedoch in aller Ruhe den Job auf der Styx angenommen hatte, bedeutet, dass sie längst hier gewesen war. Entweder sie hat das Relikt gefunden oder wie wir eine leere Höhle vorgefunden. Aber sie war hier. Ganz sicher.«

»Dann hat sie es gefunden«, bestätigte Ray.

»Wieso glaubt du das?«, fragte Vivian.

»Ansonsten hätte sie etwas in ihren Daten vermerkt oder den Ordner gelöscht, weil unstimmig. Zudem wäre es nicht ihr einziger Trip gewesen und die Stelle bei den Koordinaten sieht nicht aus wie sonderlich stark durchwühlt.« Ray zeigte auf den Schacht. »Hier gibt es nur ein künstlich aufgehacktes Loch. Mehr nicht. Keinen weiteren Hinweis auf eine Suche.«

»Du hast recht«, bestätigte Andor. »Es gab vor ein paar Jahren mal Gerüchte, dass ein Juno-Relikt mit genetischer Besonderheit gefunden wurde. Aber es hätte auch eine der tausend Lügen sein können.«

»Aber warum hat sie es dann nicht bekannt gemacht?«, fragte Vivian. »Diese Entdeckung hätte ihr Ruhm, Ansehen und viel Geld eingebracht. Ist das nicht das, was alle Wissenschaftler wollen?«

Andor winkte ab. »Es war aber nicht das Schiff, nur ein uninteressantes Relikt. Sie hielt die Entdeckung vielleicht geheim, da sie hoffte, damit selbst das eigentliche Objekt der Begierde vor allen anderen finden zu können.« Er drehte sich zu Li. »Hast du eine Idee, wo sie so etwas versteckt haben könnte?«

Li hob die Schultern. »Nein. Keine Ahnung.« Diese Antwort kam zu schnell für Rays Geschmack und sie blickte Andor nicht in die Augen, das erkannte er in dem beleuchteten Visier. Erneut hatte er das seltsame Gefühl, dass seine Freundin mehr wusste, als sie zugab.

Andor atmete laut durch. »Dann war das wohl erstmal eine Niete. Weitere Wochen vergeudet. Na, gut, dass ich brav gewartet habe, als die Geduld verteilt wurde. Auf, zurück zum Schiff.«

»Wohin jetzt?«, fragte Ray, als sie sich alle aus den Raumanzügen geschält hatten. »Zurück zur Erde?«

Andor schüttelte den Kopf. »Lasst uns die Daten nochmal in Ruhe durchgehen, bevor wir uns entscheiden.«

Sie gingen gemeinsam auf die Brücke. Andor setzte sich an einen der beiden Sessel vor dem Pilotenpult, die anderen blieben stehen. Laif holte das Pad hervor, in dem der Chip mit den gesammelten Daten steckte. Sie hatten eine Tabelle erstellt, die alle groben Hinweise ordnete.

»Zeig mal«, sagte Vivian und nahm ihm das Pad ab.

»Vielleicht hat sie das Relikt irgendwo versteckt?«

Li verzog den Mund. »Wieso erst finden und dann wieder verstecken? Das ergibt doch keinen Sinn.«

»War in Dr. Sakuras Tagebüchern nicht die Rede von diesem Bild?«, fragte Laif.

Ray horchte auf. »Ein Bild?«

»Ja.« Vivian schien Feuer und Flamme zu sein. »Die Stellen hatte ich gelesen gehabt. Laut den Aufzeichnungen soll das Bild von einem Dr. Amir Moradi gefertigt worden sein, der wohl das Versteck-das-Schiff-Team damals mit seiner Kollegin Dr. Sabine Federstein leitete. Da er ansonsten nicht malte, war Lis Mutter überzeugt, dass dieses einen Hinweis enthält.«

Li nickte. »Sie konnte es aber nicht ausfindig machen. Ich erinnere mich noch daran, dass sie stundenlang auf ein Foto des Kunstwerks gestarrt hat, aber nichts fand.«

»Was war das für ein Gemälde?«, fragte Laif.

»Es war wohl kein Gemälde als solches, sondern ein digital gemaltes Bild auf Leinwand gedruckt in einem Goldrahmen. Es besteht lediglich aus wirren Farben und Formen, ähnlich der Mandelbrot-Menge.«

Andor lehnte sich im Sitz zurück und rieb sich das Kinn. »Der Hinweis ist vielleicht nicht das Bild selbst, sondern im Rahmen oder auf dem Rücken.«

»Also müssen wir es aufspüren?«

»Ich kenne da einen Kunsthändler, der uns weiterhelfen könnte.«

»Wie heißt er?«, fragte Vivian.

»Er möchte nicht bekannt werden.«

»Ach, *so* ein Kunsthändler ist das.«

Ray stöhnte auf. »Andor!«

»Hey!« Andor riss wie zur Verteidigung die Arme hoch. »Wenn es einer weiß, dann er. Und, keine Sorge, er kann es sich nicht leisten, seinen guten Ruf zu verlieren.«

»Okay. Suchen wir den *Unbekannten* mit dem *guten Ruf*«, sagte Ray mit deutlichem Zynismus und setzte sich an das Pilotenpult. »Kurs?«

»*Neutrale Zone.*«

Ray verdrehte die Augen. »Welch eine Überraschung.«

9. Neutrale Zone

Nach zwei Wochen Flug steuerte Ray die gigantische Raumstation an, vor der wie gewohnt starker Betrieb herrschte. Einen ganzen Tag mussten sie ausharren, bis eine Andockrampe für Gäste frei geworden war. Dazu noch ein gutes Stück entfernt vom Hauptbezirk.

Sie warteten im Aufenthaltsraum auf Andor, der erst einige Minuten später durch die Tür trat.

»Herzlichen Glückwunsch zu Geburtstag!«, tönte er und ging mit ausgebreiteten Armen auf Laif zu.

»Was?«, rief Li aus. »Laif hat heute Geburtstag? Das wusste ich gar nicht.«

»Ich auch nicht«, sagte Ray. Geburtstage hatten ihn nie sonderlich interessiert. Er wusste nicht einmal den von Li.

Vivian schaute mit funkelnden Augen zu Andor. »Warum sagst du uns nichts? Wir hätten eine Feier geplant.«

»Nun wisst ihr es und feiern gehen können wir heute eh.« Andor lächelte breit. »Unser Junge ist fünfzehn, wie die Zeit vergeht. Mir kommt es vor, als haben wir uns erst vor wenigen Monaten das erste Mal gesehen.«

Laif runzelte die Stirn. »Wir kennen uns erst wenige Monate, Andor.«

Andor ignorierte ihn, griff in die Sakkotasche und holte ein kleines Kästchen mit einer gelben Schleife hervor. »Ich habe was für dich.«

Laif riss erstaunt die Augen auf. »Echt? Für mich? Danke! Was ist das?« Er nahm das Päckchen entgegen und drehte es mit begeisterter Miene in den Händen.

»Mach es auf!«

Er löste die Schleife und hob den Deckel. Ein Datenträger kam zum Vorschein.

»Das ist eine Rezeptsammlung inklusive Videos und Schulung von so einem ziemlich berühmten Koch. Ich hab mich erkundigt. Die gibt es nirgendwo frei zugänglich, nur zu kaufen.«

Laifs Augen weiteten sich. »Von Marc Wang? Wahnsinn! Danke, Andor!« Er umarmte ihn.

Andor drückte den Jungen lachend an sich und klopfte ihm auf den Rücken. »Schon gut, ist ja nicht ganz ohne Eigennutz. Ich genieße deine Künste.«

Laif umschloss das Geschenk mit seinen Händen, als wäre es ein wertvoller Schatz. »Ich bringe es gleich in Sicherheit.« Er stand jedoch nicht auf und ging, sondern schob stattdessen den Daumennagel seiner künstlichen Hand hoch.

Vivian hielt sich entsetzt die Finger vor das Gesicht. »Iiih, was machst du da?«

Auch Li hob die Schultern und schüttelte sich fröstelnd.

Laif grinste breit. »Ich habe herausgefunden, dass sich jeder Fingernagel hochklappen lässt und man kleine Dinge darunter verstecken kann. Das findet dann auch kein gewöhnlicher Scanner, sicherer als jeder Ort hier auf dem Schiff und ich hab es immer bei mir. Total cool.«

Auch wenn Ray den Anblick des hochgeklappten Fingernagels ebenfalls unangenehm fand, freute er sich, dass Laif solchen Spaß an seiner neuen Hand bekam und das ehemals verhasste Körperteil langsam zu akzeptieren schien.

»Na dann los!« Andor klatschte in die Hände. »Lasst uns feiern gehen.«

Ray stutzte. »Hier auf dieser Station?«

»Klar, wo sonst?«

Nicht lange danach führte Andor sie die überfüllten Gänge der Raumstation entlang zu einer Bar mit Nachtclub, die zwar edel und teuer, aber nicht gerade für Familien geeignet zu sein schien.

»Wollen wir wirklich da rein?«, fragte Li mit leiser Stimme. »Der Laden sieht nicht sonderlich jugendfrei aus.«

»Quatsch.« Andor winkte ab. »Wir feiern schließlich Laifs Geburtstag und der soll endlich ein Mann werden, nicht so ein Weichei wie Ray.«

»Ach?«, schnappte Ray. »Und sowas wie du ist ein echter Kerl?«

»Du bist wie immer ein guter Beobachter.«

Ray schwieg dazu und biss die Zähne zusammen. Andors Sprüche waren manchmal schwer zu ertragen. Besonders, wenn sie ihn an seinen Vater erinnerten, der ihn stets einen Schwächling und Versager geschimpft hatte.

»Ray ist nun wirklich alles andere als ein Weichei«, kam Li ihm zu Hilfe. »Er ist Adventiv, die sortieren Weicheier schon als Embryonen aus.«

»Er sieht dennoch so aus mit den halblangen Haaren. Wahre Adventive haben einen Militärschnitt. Drei Millimeter max.« Er schlug die Fersen zusammen und salutierte. »Jawohl, Sir!«

Ray schnaubte. »Fick dich doch ins Knie, du Dunkelziffer!«

Li seufzte. »Jugendgefährdender als ihr beide ist dieses Etablissement wohl wirklich nicht.«

»Vielleicht möchte ich ja gar kein Mann werden«, warf Laif ein.

Andor beehrte ihn mit einem undefinierbaren Seitenblick. »Wie meinst du das?«

Der Junge wurde blass unter der getönten Haut und winkte ab. »Nichts.«

Vivian legte ihren Arm über seine Schultern. »Höre nicht auf den Macho, du kannst sein, wer und was immer du willst, hörst du? Lass dir da bloß nichts von anderen einreden.«

»Klar«, spottete Andor. »Sei, was du willst. Mann, Frau, ein Massenmörder, eine Bachstelze ... such es dir einfach aus, ist ja ein freies Sonnensystem!«

Vivian verdrehte die Augen. »Du weißt ganz genau, wie ich das gemeint habe.«

»Auf! Da drüben ist ein freier Tisch. Laif kann sich ja mit dem Rücken zur Bühne setzen, wenn ihn weibliche Rundungen abschrecken.«

»Sei nicht immer so ein Arschloch!«, fauchte Vivian.

»Ach, *ich* darf nicht sein, was ich will, oder was?«

Vivian pustete sich eine Strähne aus der Stirn, erwiderte aber nichts mehr.

Auf dem Weg zum freien Tisch kam ihnen ein Mann in den Fünfzigern mit gestutztem Bart und grün gefärbten, kurzen Haaren entgegen. Er trug einen teuren, goldfarbenen Anzug mit schwarzem Hemd und, trotz der spärlichen Beleuchtung, eine verspiegelte Sonnenbrille. Ray erkannte an dem unübersehbaren Logo auf den Bügeln, dass es sich um eine Datenbrille dieser sehr teuren Marke handelte. Auch seine beiden Begleiter, die ihn flankierten, wirkten wie aus dem Katalog einer Sicherheitsfirma. Die anderen Gäste gaben dem Trupp wie unbewusst Raum, als wichen sie einer Stolperfalle aus.

Ray wollte schnell und ohne Aufsehen an diesem Bonzen vorbei, als er aus den Augenwinkeln bemerkte, wie er und Andor Blicke tauschten.

Vivian hingegen fielen fast die Augen aus dem Kopf. »Du kennst den?«, flüsterte sie aufgeregt, als sie vorbei waren, und umklammerte Andors Arm.

»Nein. Wer war das?« Es klang ehrlich.

Vivian stutzte und auch Ray überlegte, ob er sich den Blickkontakt der beiden nur eingebildet hatte. »Das ist Frank Faeser von *FF Enterprises*. Bestimmt der reichste und mächtigste Mann des ganzen Sonnensystems!«

»Na und?«, fragte Andor mit einer derart gleichgültigen Miene, dass es gekünstelt wirkte.

Vivian schnappte nach Luft. »Mensch, das ist eine Berühmtheit.«

»Das fehlt uns noch, wir haben ohnehin schon mehr Aufmerksamkeit, als mir lieb ist.«

»Du hast doch keine Ahnung! Du bist so ... so *weltfremd*.« Vivian ließ ihn beleidigt los und ging davon.

»Was ist denn mit der los?«, fragte Laif.

Andor winkte ab. »Die zickt mal wieder rum. Wir sind ihr zu gewöhnlich.« Er setzte sich an den Tisch.

»Wieso das?«, fragte Laif, der sich ebenfalls auf einem der Stühle niederließ, allerdings so, dass er die Bühne im Blick hatte.

»Das ist so bei manchen Menschen, da musst du dich dran gewöhnen«, erklärte Andor. »Vivian ist besessen darauf, mal reich und berühmt zu werden, und wir sind ihr eben nicht das geeignete Sprungbrett dafür.«

Ray setzte sich gegenüber von ihm neben Li. Ihm ging die Begegnung nicht aus dem Kopf. Andor neigte schließlich öfter dazu, Dinge vor ihnen geheim zu halten. Könnte dieser Frank Faeser der Kunsthändler sein, von dem Andor gesprochen hatte und den er hier treffen wollte? Solche Typen führten ja oft ein Doppelleben. Er nahm sich vor, später einige Erkundigungen über den Kerl im Netz einzuholen.

»Ich will gar nicht berühmt sein«, sagte Laif. »Vielleicht reich, aber auch nicht so sehr, dass es auffallen würde, nur eben so, dass es genügt.«

»Unser gutes Kind, bescheiden wie immer, ich bin gerührt«, spottete Andor und klopfte ihm auf die Schulter.

»Wer hat denn von uns die meiste Kohle«, sagte Ray schnippisch. »Ich will nicht wissen, mit welchen kriminellen Geschäftchen du so schnell so viel Geld gemacht hast und wo es überall heimlich angelegt ist, Herr Winter.«

Andor verengte die Augen, dann grinste er breit. »Wenn du was aufs Maul willst, Blondie, sag es frei heraus!« Er warf einen Blick auf seine Uhr. »Ich habe gerade Zeit, wir können kurz vor die Tür.«

Ray schüttelte abfällig den Kopf. »Das sieht dir ähnlich, jeder unangenehmen Frage mit Gewalt auszuweichen.«

»Mir wäre Berühmtsein zu anstrengend«, warf Li ein. Ray wusste, wie sehr Konflikte sie stressten. »Du kannst nie so sein, wie du wirklich willst, du wirst ständig erkannt und beobachtet, darfst dir nichts erlauben, sonst kommt es fünfmal so übertrieben in jeden Boulevard-Nachrichten und musst immer auf dein Äußeres achten. Danke, nein.« Sie wusste immerhin, genau wie Ray auch, wovon sie redete.

»Nun, für Vivian wäre das alles kein Problem.« Andor grinste. »Sie *ist* so. Sie müsste sich weder zusammenreißen, noch verstellen. Nur darauf achten, dass nicht irgendjemand ihr später mal ihre Vergangenheit auftischt.«

Wie gerufen kam Vivian zurück an den Tisch.

Andor drehte sich zu ihr und hob die Brauen. »Wo hast du gesteckt?«

»Ich habe mich nur schön gemacht«, erwiderte sie kühl.

»Ach wirklich? Wäre mir gar nicht aufgefallen.«

»Vielleicht war es in einer Region meines Körpers, die du heute bestimmt nicht mehr zu Gesicht bekommen wirst!«, konterte sie bissig.

Andor machte ein Geräusch, von dem Ray nicht erkannte, ob es ein Lachen oder ein Räuspern war. »Da du gerade stehst, kannst du gleich was zu trinken für alle holen, hier ist Selbstbedienung.«

»Ich komme mit«, sagte Li schnell, bevor Vivian etwas einwenden konnte, und stand auf. »Was wollt ihr?«

»Kommt darauf an, wer zahlt«, brummte Ray. »Ich gebe hier bestimmt nicht mein Geld für teuren Alkohol aus.«

Andor seufzte theatralisch. »Meine Güte, ihr Spaßbremsen! Hier, nehmt meine Karte, ich schalte sie für Dreißig frei. Bringt eine Flasche Rotwein für alle und irgendwas Jugendfreies für Laif. Ein bisschen Fingerfood wäre auch okay, aber bleibt unterm Limit.«

Ray lachte. »Solange du deine Karte Li gibst und nicht Vivian, besteht da keine Gefahr.«

»Mich würde der auch nicht wiedersehen, wenn er mir das Teil geben würde. Das Limit zu knacken, ist einfach.« Vivian warf ihre roten Haare in den Nacken. »Komm, Li, wir gehen und lassen die Kerle lästern!«

Es wurde ein angenehmer Abend. Sie tranken Wein, aßen Knabbereien und Vivian gelang es sogar, Li und Laif ein paar Mal auf die Tanzfläche zu locken. Ray fühlte sich als gesuchter Deserteur noch zu unwohl, von den Beistehenden beobachtet zu werden und vielleicht zu viel Aufmerksamkeit zu erregen, und Andor machte sich offensichtlich nichts aus Tanzen.

Als er einige Zeit später von einem Toilettengang zurück zum Tisch wollte, sah er Andor mit einem älteren Mann in einer Ecke stehen. Der Kerl wirkte wie jemand, dem man ungern im Dunkeln begegnete. Obwohl er schmal und hochgewachsen war, wiesen seine Oberarme drahtige Muskeln auf und auf jedem Knöchel hatte er einen Totenkopf tätowiert. Seine untere Gesichtshälfte war von einem grauen Vollbart verdeckt und die Augen leuchteten unnatürlich grün, Ray tippte auf fluoreszierende Kontaktlinsen. In seiner Hemdtasche steckte eine dieser verspiegelten Datenbrillen, die auch Vivians »*Berühmtheit*« getragen hatte.

Ray trat neugierig näher. Der Mann sah ihn und riss die Augen auf. Andor drehte sich ruckartig um, entspannte seine Haltung aber, als er Ray hinter sich bemerkte.

»Der gehört zu mir«, raunte er dem Kerl beruhigend zu. »Hast du die Informationen?«

Der Mann nickte und machte eine Kopfbewegung in Richtung der Sitzecke, wo die anderen saßen. »Du hast da ja 'nen hübschen Jungen dabei.«

Andors Augen verengten sich. »Was meinst du damit?«

»Mein Boss würde einiges bezahlen für so einen. Mehr, als du dir vorstellen kannst. Du hättest ausgesorgt. Würdest auch die Informationen kostenlos bekommen.«

Andor trat ruckartig vor. Völlig unbeeindruckt von dessen Aussehen, packte er den Typen am Kragen und stieß ihn von sich weg, dass er strauchelte und mit den Rücken gegen die Metallwand donnerte. »Verschwinde, du perverses Schwein! Sonst zertrümmere ich dir deine schleimige Visage!«

Ray brachte vor Schreck kein Wort heraus.

»Hey, komm runter!« Der Typ strich sein Hemd glatt und hob beschwichtigend die Arme. »Ich wollte es ja nur erwähnen, völlig unabhängig von unserer Sache. Wir würden auch dafür sorgen, dass sein Verschwinden nicht zu dir zurückverfolgt werden kann.«

Andor holte aus und schlug dem Mann mit der Faust gegen das Kinn, dass dieser zu Boden fiel. »Sag deinem

Arschloch von Boss, das Geschäft ist geplatzt. Und jetzt mach, dass du wegkommst, du Scheißkerl, sonst vergesse ich mich.«

Der Mann erhob sich stöhnend und wischte sich mit den Handrücken das Blut von der Lippe. »Verfluchter Zwinger-Nigger! Das wirst du bereuen!« Er ballte drohend die rechte Hand.

»Noch einen Ton und du gibst nie wieder einen Laut von dir!«, zischte Andor durch zusammengepresste Zähne. Er trat mit erhobenen Fäusten auf den Mann zu. Der Typ sah über Andors Schulter zu Ray, der ebenfalls in Stellung ging, und kam offenbar zu dem Schluss, dass sich ein Kampf gegen zwei nicht lohnen würde. Er warf ihnen noch einen Fluch an den Kopf und verschwand in der Menge.

Andor wischte sich mit einem Tuch das Blut von den Handknöcheln und drehte sich zu Ray um. »Gehen wir zurück zu den anderen.«

Ray nickte. Er empfand eine gewisse Hochachtung für Andors Reaktion und hätte ihn ohne zu zögern unterstützt.

»Was ist denn mit dir los?«, fragte Vivian erstaunt, als Andor mit energischen Schritten zu ihrem Tisch kam und den wunden Knöchel seiner rechten Hand rieb.

»Nichts, wir haben nur eben eine weitere Verschwendung wertvollen Sauerstoffs getroffen.«

»Mitten ins Gesicht«, fügte Ray grinsend hinzu.

Andor nickte verbissen. »Kommt, lasst uns von hier verschwinden!«

Li runzelte die Stirn. »So schlimm, dass du eine Kneipe verlässt? Was war das für ein Kerl?«

»Es gibt einige wenige Dinge, die mich ernsthaft auf die Palme bringen.«

»Einige *wenige*?« Vivian lachte spöttisch auf.

»Die Betonung liegt auf *ernsthaft*. Ihr Püppchen wollt nicht herausfinden, was das bedeutet!«

Ray glaubte ihm das sofort. Dennoch blieb das bangende Gefühl im Magen. War mit diesem Boss, von dem der Kerl gesprochen hatte, gar der milliardenschwere Frank Faeser gemeint? Ray wollte lieber nicht wissen, mit welchen Mächten sich Andor angelegt hatte. Irgendwann würden diese ganzen Spielchen ihm noch über den Kopf wachsen. Schließlich war Andor nur ein kleiner Einzelkämpfer – ohne eine Horde an Bodyguards mit Waffenarsenal hinter sich wie dieser superreiche Konzernchef.

Auf dem Weg nach draußen mussten sie sich durch die Menge zwängen, denn etliche neue Gäste drängten sich in die Bar. Neben dem Ausgang fiel Ray eine Gruppe hellhäutiger Männer und Frauen auf, die alle auffällig blonde Haare hatten. Zwei der Männer trugen ärmellose Shirts und Ray erkannte, dass sie die adventive Flagge auf ihre Oberarme tätowiert hatten: die gelbe Doppelhelix im roten Kreis auf blauem Hintergrund. Absichtlich in den drei Grundfarben gehalten, ungemischt und rein, wie die Adventive sich selbst sahen. Diese Kerle waren offenbar wahre Patrioten. Ray kannte solche »Wächter« von seiner Heimat, die oft von Rassismus und Xenophobie nur so strotzten, hätte aber nicht gedacht, dass es auch Gruppierungen außerhalb des Mars gab. Dies waren wohl eher terranische Nachahmer, die es gern sein würden. Er schämte sich für diese Kerle und war bemüht, schnell und unbemerkt an ihnen vorbeizugehen.

Kurz vor dem Ausgang trat einer der Blonden wie zufällig zur Seite und rempelte Andor mit der Schulter an. »Hey, wasch dich mal, du schwarze Ratte!«, zischte er im Vorbeigehen und seine Kumpels lachten höhnisch auf.

Andor ballte die Fäuste und wollte sich auf ihn stürzen, doch Ray ging kurzerhand dazwischen. »Denk an Laif und die Mädels!«, raunte er ihm ins Ohr. Sie durften die anderen nicht in eine haltlose Schlägerei verwickeln.

Bevor Andor reagieren konnte, drehte sich Ray zu dem eher schmächtig gebauten Sprecher, der kaum volljährlich zu sein schien. Ohne seine Gruppe hätte so einer sich nie getraut, einen Mann wie Andor auch nur anzuschauen. In Ray stieg eine Wut und Verachtung gegenüber dem Typen auf, die er gar nicht bei sich kannte. Als stünde er einer jüngeren Version seines Vaters gegenüber.

Er trat so dicht vor ihn, dass sich ihre Gesichter beinahe berührten, und sah ihm fest in die Augen, die tatsächlich blaue Kontaktlinsen trugen. »Bete, dass deine Träume nie wahr werden!«, zischte er in drohendem Ton.

Etwas in Rays Blick schien den Jungen einzuschüchtern. Las er darin, dass er genau wusste, wovon er sprach?

Die erbärmliche Kopie seiner Landsleute warf ihm einen halbherzigen Fluch an den Kopf und drehte sich zu seinen Kumpanen, die ebenfalls keine Anstalten machten, weiter auf Konfrontation zu gehen. Ray blickte nur verächtlich zurück. Diese Hampelmänner hatten keine Ahnung, was sie sich wünschten. Sie würden wahrscheinlich schon nach einer Woche auf dem strengüberwachten Mars heulend zu ihren Eltern zurück rennen.

»Scheiß Adventivschweine«, schimpfte Andor, als sie aus dem Lokal traten. »Die sind alle gleich!«

»Verbohrte Terranerratte«, warf Ray bissig zurück. Noch immer brannte die Wut in ihm, die ihn erschreckte. So kannte er sich nicht. War er drauf und dran, wie sein Vater zu werden, oder erwachte nun endlich der Drang in ihm, sich aus dieser erlernten Hilflosigkeit zu reißen und freizukämpfen?

Vivian lächelte schwach. »Alle Männer sind toxisch, egal, wo sie geboren wurden oder wie sie aussehen.«

»So wie ihr Weiber«, tönte Andor.

Laif grinste. »Jeder hat sein Feindbild, aber wir haben sie sogar gemeinsam an Bord. Cool.«

Andor warf ihm einen vielsagenden Blick zu. »Sollen wir für dich noch einen Professor anheuern?«

Laif wurde bleich. »He, das ist nicht witzig.«

»Sei nicht so empfindlich, du Mimose.« Andor grinste frech. »Wer um sich schlägt, muss auch einstecken können. Gerade du solltest dich an Anfeindungen gewöhnen, wenn du weiter so tuntig bleibst.«

»Hört jetzt auf damit!«, schrie Li wütend. »Alle!«

»Alles gut«, sagte Laif ungewöhnlich gelassen. »Er will mich ja nur *abhärten*.« Er sah sie schief an. »Hast du denn eine Personengruppe, die du hasst?«

»Li?«, rief Andor spöttisch aus. Er schien noch immer frustriert über den geplatzten Deal und im Austeil-Modus zu sein. »Die Diplomatin in Person ist doch auf Kuschelkurs mit jedem. Bloß nicht auffallen.«

»Ich hasse grundsätzlich keine Gruppen«, erwiderte Li patzig und hob das Kinn. »Wenn, dann verachte ich Individuen beziehungsweise deren Handlungen.«

»Ja klar!« Andor lachte trocken auf. »Welch leuchtendes Idol von Fairness und Gerechtigkeit in unserer bescheidenen Mitte!«

»Ich boxe dir gleich in deine bescheidene Mitte, wenn du nicht endlich die Klappe hältst!«, fauchte Li.

Ray musste laut lachen bei der unerwarteten Schlagfertigkeit. Es freute ihn auch zu sehen, wie seine Freundin langsam auftaute und Kontra gab.

Andor grinste und klopfte ihr anerkennend auf die Schulter. »Na, also, geht doch. Weiter so!«

Der Weg zu ihrer Andockrampe führte durch einen nur spärlich beleuchteten Gang, in dem sich zu dieser Zeit keine anderen Passanten mehr aufhielten. Ray begrüßte es, sich nach der Aufregung noch einmal die Beine vertreten zu können. Sie alle brauchten es, um etwas Dampf ablassen.

Niemand sprach, während sie die metallene Röhre entlang schlenderten, an deren Wände ihre Schritte widerhallten. Alle wirkten müde und auch Ray spürte, wie das Adrenalin in seinen Adern verebbte. Er grübelte über das erlebte Gespräch nach. Er war sich sicher, dass der Kerl, von dem Andor seine Informationen haben wollte, für diesen Frank Faeser arbeitete, und der Blickkontakt in der Bar nicht eingebildet gewesen war. Pädophiles Arschloch hin oder her, aber sollte man sich mit solch einem Typen anlegen? So sehr er Andors Reaktion vorhin auch achtete, so sehr ärgerte es ihn, dass er überhaupt Kontakt zu derartigen Lackaffen herstellte. Andor ging seiner Ansicht nach zu große Risiken für dieses verfluchte Schiff ein, von dem man nicht einmal wusste, für was es gut wäre.

Kaum hatte er den Gedanken zu Ende gedacht, tauchten vier schwarz gekleidete Männer vor ihnen auf. Li und Vivian, die vor ihnen gingen, stoppten erschreckt, sodass Laif beinahe in ihre Rücken rannte.

Andor drängte sich nach vorn und stellte sich schützend vor die beiden Frauen. Ray wusste, dass er seine T-Gun nicht dabeihatte, Schusswaffen waren verboten auf der Station. Aber auch die Gestalten vor ihnen waren nur mit Schlagstöcken und Holzknüppeln ausgestattet, wie Ray erleichtert feststellte. Selbst für Kriminelle schien es schwierig zu sein, die Scanner zu umgehen. Überhaupt sah er kaum einen Menschen mit einer Schusswaffe, der nicht zur Polizei oder Armee gehörte. Aber ohne diese scharfen Kontrollen würde das weite Sonnensystem sicher schnell in eine Anarchie driften, regiert von kriminellen Banden.

»Was wollt ihr?«, fauchte Andor unbeeindruckt von den Schlagwaffen.

Ray erkannte in dem vorderen Mann den Bärtigen mit den fluoreszierenden Kontaktlinsen vor dem Klo in der Kneipe. Die aufgeschlagene Lippe von Andors Hieb leuchtete rot im dumpfen Licht des Ganges. Auch die anderen hatten diese grünen Augen, die Ray sofort an die gleichfarbigen Haare Frank Faesers erinnerten. Ein unangenehmer Geruch nach altem Schweiß ging von ihnen aus.

»Ich soll euch allen nette Grüße von meinem Boss mit auf den Weg geben«, höhnte er und zog sich einen Schlagring über die Totenkopf-Knöchel.

Ray ballte die Fäuste, sein Puls beschleunigte sich. Wenn diese Kerle ihnen unmaskiert gegenübertraten, standen sie entweder über dem Gesetz oder wussten, dass es keine Anzeige geben würde. Besonders Leichen taten sich schwer bei so etwas. Er sah aus den Augenwinkeln zu den anderen. Laif wirkte trotz seiner hellbrauen Haut aschfahl im Gesicht, Vivian starr vor Entsetzen und Lis Mimik war völlig ausdruckslos, wie die einer Wachsfigur. Ray würde auf keinem Fall zulassen, dass ihr etwas geschah.

Andor hob drohend die Faust und seine Kaumuskeln arbeiteten. »Da du es wahrscheinlich nicht mehr hören kannst, wenn ich gleich mit dir fertig sein werde, sage ich es jetzt: richte deinem Scheißkerl von Boss aus, dass ich mit pädophilen Schweinen, wie er einer ist, keine Geschäfte mache, verstanden?«

Der Mann lachte gackernd. »Du wirst nie wieder irgendetwas machen können, du schmutzige Zwingerratte! Du wirst in nur wenigen Minuten ein sabberndes Gemüse sein. Mein Boss will den Jungen, also wird er ihn bekommen. Aber vorher schlage ich dein Hirn zu Brei und deinen blonden Gespielen da ebenfalls. Mit den Frauen werden wir noch etwas Spaß haben und dann sicher auch was Brauchbares finden.«

Andor stieß einen wütenden Schrei aus und stürzte sich auf den Sprecher. Der war so perplex, dass der erste Kinnhaken saß. Seine bulligen Lakaien reagierten sofort. Einer prügelte auf Andor ein, ein anderer griff nach Laif, der mit einem erschreckten Schrei auswich.

Ray warf sich mit aller Kraft gegen den Kerl. Der Mann strauchelte, fing sich aber rasch wieder. Ray spürte einen dumpfen Schlag von hinten gegen seine Rippen brettern, begleitet von einem pochenden, altbekannten Schmerz. Mit geballten Fäusten fuhr er herum. Der Kerl mit dem Holzknüppel bäumte sich vor ihm auf. Er sah, wie ein weiterer Li packen wollte, und blinde Wut überkam ihn. Er wollte zu ihr, wurde aber von dem Kerl gestoppt, der ihm den Knüppel nun in die Magengrube hieb. Scharfe Säure schoss ihm in den Mund. Der Schmerz aktivierte seinen antrainierten Kampfgeist. Ray wich dem nächsten Schlag aus und rammte dem Angreifer seinen Ellenbogen in den Bauch, dass dieser stöhnend die Luft ausstieß. Mit einer halben Drehung schlug er dem Kerl mit der Faust gegen den Kiefer. Der brennende Schmerz in seinen Knöcheln trieb ihn nur weiter an.

Aus den Augenwinkeln sah er zu Li und erkannte erleichtert, dass sie kaum Probleme zu haben schien, ihren Angreifer auf Distanz zu halten. Sie war noch besser im Kämpfen geworden als damals auf der Akademie. Vivian hingegen war mehr mit ausweichen beschäftigt, wobei ihr die Empathiefähigkeit sicher half.

Er sah einen Knüppel auf sein Gesicht zurasen und wich zurück. Gerade rechtzeitig. Die Waffe streifte nur sein Jochbein, anstatt mit voller Wucht gegen seinen Schädel zu prallen, dennoch ließ der feste Schlag schwarze Flecken vor seinen Augen tanzen. Noch in der Bewegung schaffte Ray es, seinem Angreifer den Schlagstock aus der Hand zu treten.

Im selben Moment war Li neben ihm. Sie hob den Knüppel auf und schlug ihn dem Angreifer über den Kopf, dass ein krachender Laut erklang und das Muskelpaket zu Boden ging.

Ray wollte ihr gerade danken, als ein weiterer Mann hinter Li auftauchte und ein Messer zog. Bevor er reagieren konnte, holte der Mann aus und stach sie von hinten in den Rücken. Li riss entsetzt die Augen auf und sackte mit einem erstickten Schrei zu Boden. Ray schoss das Blut in den Kopf. Li! Nein! Schwarze Flecke tanzten vor seinen Augen. Messer oder nicht, er stürzte sich brüllend auf den Mann. Der schien darauf vorbereitet, wich ihm aus und zückte erneut die Waffe, deren Klinge noch rot von Lis Blut war. Ray blieb dennoch vor Lis zusammengesackten Körper, er würde sie bis aufs Blut verteidigen und wenn er selbst dabei draufging.

Als der Mann gerade den nächsten Schwung machen wollte, war Laif plötzlich neben ihm, das noch so kindlich wirkende Gesicht hart und entschlossen. Er packte das Gelenk des Angreifers mit seiner linken Hand und drückte zu. Der Mann schrie vor Schmerzen auf und die Finger öffnete sich zitternd. Das Messer fiel scheppernd auf den Metallboden. Ray bildete sich ein, das Krachen von Knochen zu hören.

Laif wirkte über sich selbst erschrocken und ließ schnell los. Der Angreifer sank auf die Knie und starrte keuchend auf seine rechte Hand, die wie bläulich verfärbt am zertrümmerten Gelenk baumelte. Ray kümmerte sich nicht weiter um ihn, sondern zog Laif, der entsetzt auf sein Opfer blickte, von dem Mann weg. Er sollte sich dieses Bild nicht einprägen.

Er drehte sich zu Li und zuckte erschrocken zusammen. Sie hatte sich aufgerichtet, hielt sich mit schmerzverzerrter Miene die blutende Stelle am unteren Rippenbogen, aber schien nicht lebensbedrohlich verletzt.

»Li«, keuchte er, mehr bekam er nicht heraus.

Seine Freundin winkte ab. »Alles gut, er hat mich zum Glück nur gestreift. Das heilt wieder.«

Ray blinzelte irritiert, das hatte anders ausgesehen, aber vielleicht hatte der Schock seine Wahrnehmung verzerrt. Die Blutung war tatsächlich nur gering.

Er betrachtete die Szene. Andor hatte gerade den letzten der Angreifer niedergeschlagen. Der Bärtige lag langgestreckt auf dem Bauch, den Kopf unnatürlich zur Seite gedreht und das Gesicht in einer Blutlache. Ob er noch lebte, konnte Ray nicht sagen.

Andor drehte sich um, seine Augen erfassten die Situation, bevor er sie ansah. »Seid ihr ok?« Sein Atem ging rasselnd. Die anderen nickten. »Dann los, zum Schiff! Bevor einer von denen wieder aufwacht.«

Ray wollte Li unterwegs stützen, doch die winkte hastig ab.

Kaum hatten sie die Luke hinter sich geschlossen, atmete Ray auf. Jetzt erst spürte er die Prellungen an seinen Rippen und das Pochen unter dem linken Auge. Es gab keine offenen Verletzungen, aber jeder Atemzug schmerzte. Sie alle waren schweißgebadet. Lis Mimik wirkte verzerrt, aber sie schien tatsächlich nicht ernsthaft verletzt worden zu sein, was Ray noch immer irritierte. Er sah den Mann noch ausholen und gezielt mit aller Kraft zustechen, wie konnte er sie da nur gestreift haben? Spielte ihm seine Erinnerung einen Streich?

Hatte sein Gehirn vor Angst um sie das Geschehen anders visualisiert, als es wirklich gewesen war? Er schüttelte die Gedanken ab. Li war heil bei ihnen, das war alles, was zählte.

Vivian und Laif waren beide verschont geblieben. Andor hatte es am schlimmsten erwischt. Sein Hemd war zerrissen, ein Auge geschwollen und er blutete aus Nase und Mund.

Ray betrachtete ihn von oben bis unten. »Du siehst heute noch so aus wie bei unserer allerersten Begegnung, wie machst du das nur?« Er konnte sich den Spruch nicht verkneifen.

Andor musste trotz der offensichtlichen Schmerzen schmunzeln. »Das ist nur eine Frage der inneren Einstellung«, lallte er durch die aufgeschlagenen Lippen.

»Ich kann da gar nicht drüber lachen«, rief Vivian empört aus. »Das hätte ganz übel enden können! Wer zur Hölle war das?«

»Schläger.« Andor holte ein Tuch hervor und wischte sich das Blut vom Mund.

»Ach was.«

Andor grinste schief. »Die dachten, die hätten ein leichtes Spiel mit uns. Aber ihr wart großartig. Ernsthaft. Ich hatte nicht so schnell mit einem Sieg gerechnet. Li, ich staune, was für eine Furie in dir steckt.«

Li wirkte nicht erfreut über das Kompliment, sondern vielmehr, als schämte sie sich dafür.

»Laif war auch großartig«, versuchte Ray, den Fokus von ihr zu nehmen, und bemerkte ihren dankbaren Seitenblick. »Er hat mich vor einer Stichverletzung verschont und mir wahrscheinlich das Leben gerettet.«

Laif zog die Schultern hoch, als erschauerte er. »Ich wollte gar nicht so fest zudrücken. Dieses Gefühl, wie die Knochen brachen, vergesse ich nie!«

»Glaube mir, der Kerl hat das mehr als verdient!«, sagte Andor. »Der wird nicht einmal eine Lehre draus ziehen, sondern weiter andere Menschen auf Befehl foltern.« Er klatschte in die Hände. »Auf, die Nacht ist noch jung! Wir machen uns jetzt frisch, schlucken ein paar Schmerztabletten und feiern den Rest von Laifs Geburtstag hier, was meint ihr?«

Alle nickten. Auch Ray wollte den Abend noch nicht beenden, so aufgedreht würde er ohnehin nicht schlafen können.

Nur wenige Minuten später trafen sie sich im Aufenthaltsraum. Ray hatte sich ein neues Shirt angezogen, da das andere nicht nur verschwitzt war, sondern auch einige Blutflecken der Angreifer aufwies. Er war froh, diesen Abend nicht den teuren Anzug von Andor getragen zu haben. So schnell würde er sich keinen neuen leisten können und eine gute Garderobe konnte man sicher immer mal gebrauchen.

Vivian und Li breiteten ein paar Decken aus und sie setzten sich alle in dem Gemeinschaftsraum der Pax auf den Boden. Ray spürte dankbar die Wirkung der Medikamente, die den Schmerz verschwinden ließen, und auch Li bekam wieder Farbe ins Gesicht.

Andor füllte Becher mit Rum und verteilte sie an alle bis auf Laif, der abwinkte und sich eine Flasche Saft holte. »Na dann, nochmal alles Gute zum Geburtstag, Laif«, tönte er und hob den Becher. Sie stießen gemeinsam an. »Tut mir leid, dass die geplante Feier so abrupt endete.«

Laif zuckte die Schultern. »Hier ist es viel schöner als in der Bar. Und eine Extraeinlage Spannung gab es ja auch. Das ist mein bester Geburtstag bisher.«

»Im Ernst? Wie traurig ist das denn?«, fragte Vivian.

»Ich meinte die Gesellschaft damit, nicht, was passiert ist.«

Vivian lachte mit frecher Miene. »Ich doch auch.«

Sie saßen noch eine Weile gemeinschaftlich auf der Decke und redeten über dieses und jenes. Ray hörte mehr zu, als dass er sich an den Gesprächen beteiligte. Er spürte, wie die Medikamente die Wirkung des Alkohols verstärkten und sich sein Verstand benebelte. Es war trotz des gerade Erlebten schön, hier so eng mit seinen Freunden zu sein. Besonders Li. Er bewunderte diese Frau jeden Tag mehr. Ihren Humor, ihre Schönheit, ihren unverschämt aufreizenden Kampfgeist vorhin. Sein Verlangen nach ihr stieg mit dem Rausch des Alkohols beinahe ins Unerträgliche. Warum war er nur so feige, was Frauen anging? Vor allem bei denen, für die er wirklich etwas empfand. Er nahm allen Mut zusammen und rückte näher an sie heran. Sein Herz zersprang beinahe in seinem Brustkorb vor Glück, als sie sich ebenfalls an ihn lehnte. Die Wärme ihres Körpers an seinem zu spüren, erfüllte ihn mit einem derartigen Glücksgefühl, dass es beinahe schmerzte. Doch einen Arm um sie zu legen, wagte er nicht. Nicht hier vor den anderen. Er war es nicht gewohnt, Nähe und Zuneigung zu zeigen oder zu erhalten. Diese aufwallenden Emotionen verunsicherten ihn bis ins Mark. Was, wenn er sie mit einer zu direkten Annäherung verschreckte oder sie seine Gefühle nicht erwiderte? Wie würden sie sich hier auf dem beengten Schiff aus dem

Weg gehen können? Da blieb er lieber vorsichtig und wartete ab, bis er wirklich sicher war.

»Kann ich euch etwas fragen?«, meinte Vivian nach einer kurzen Zeit der Stille, die Ray nicht als unangenehm empfunden hatte.

»Was denn?«, fragte Li.

»Habt ihr schon einmal darüber nachgedacht, euch umzubringen?«

Ray zuckte bei der Frage zusammen. Besonders zuträglich für die Romantik war diese nicht.

Li wurde ebenfalls blass. »Wie kommst du denn darauf?«

»Willst du dich umbringen?« Laifs Stimme überschlug sich.

»So schlimm ist unsere Gesellschaft nun auch nicht«, bemerkte Ray trocken, in einem eher schwachen Versuch, die düstere Stimmung etwas aufzuhellen.

Vivian lächelte darüber, doch es wirkte gezwungen. »Nein, keine Angst, nichts läge mir ferner. Heute zumindest.«

Laif zog die Schultern an. »Ich habe mal daran gedacht.« Er sagte es ganz leise.

Vivian sah ihn an. »Wie weit bist du gegangen?«

»Es blieb dabei.« Er schüttelte den Kopf und blickte auf seine Finger, die miteinander rangen. »Bevor ich dafür den Mut aufgebracht hätte, wäre ich wahrscheinlich eher bei einer Operation gestorben.«

Vivian sah zu Li, die den Kopf schüttelte. »Nein. Ich habe nie über so etwas nachgedacht. Ich hatte eine recht gute Kindheit.«

Ray betrachtete sie und Li wich seinem Blick aus. So viel in den Erzählungen aus ihrer Vergangenheit passte nicht wirklich zusammen. Irgendwann musste er sie darauf ansprechen, aber nicht hier und jetzt.

Vivian blickte zu Ray. »Und du?«

»Ich?« Ray sah überrumpelt zu ihr und fuhr sich mit der Hand über das angeschwollene Jochbein. Auch die Prellungen an den Rippen weckten eine gewisse Nostalgie. »Nein, im Gegenteil. Die Angst davor, dass mein Vater mich irgendwann umbringen würde, gab mir die Kraft abzuhauen. Ich wollte nicht sterben, dann hätte ich nur seine Meinung über mich bestätigt, ich wollte am Leben bleiben.« Es erstaunte ihn, wie leicht diese Worte über seine Lippen kamen.

»Dein Vater hat versucht, dich umzubringen?«, fragte Laif sichtlich erschrocken.

Ray presste die Lippen zusammen und nickte. »Er verprügelte mich und meine Mutter regelmäßig. Der General ist ein Arschloch, der es genießt, Gefangene zu verhören, da er da seine sadistische Ader ausleben kann.«

»Was ist mit deiner Mutter? Lebt sie noch bei ihm?«

Ray konnte nur nicken. Es schnürte ihm die Kehle zu, wenn er nur daran dachte, wie es ihr jetzt ging. Allein bei dem Scheißkerl.

»Und du, Andor?«, fragte Vivian leise mit ausdrucksloser Miene.

»Nein«, sagte er und nahm einen Schluck aus dem Becher. »Ich habe diesem verfluchten Kuttenträger zu oft ins knochige Gesicht schauen müssen, war aber nie scharf darauf, ihm zu folgen. Ich denke, um sich den Tod zu wünschen, muss man leer sein, gefühllos. Das war ich nie, ich wollte kämpfen und um mich beißen.« Er ballte die Faust, sodass man seine blutigen Knöchel erkennen konnte. »Ich wollte diese Welt nicht verlassen, ohne es allen gezeigt zu haben.«

Li sah zu Vivian, ihr Blick nahm einen mitleidigen Ausdruck an. »Hast du es richtig versucht?«

Vivian umklammerte ihren Becher und nickte. »Ich habe davor sehr oft darüber nachgedacht. Irgendwann wurde aus dem Nachdenken ein Planen. Es war kein Kurzschluss, ich hatte alles genau überlegt. Den Ort, den Zeitpunkt, dass auch keiner mich finden würde – was mir ohnehin nicht geholfen hätte, im *Luna Red* hätte man mich höchstens ausgeraubt, als in ein Krankenhaus zu bringen.« Sie lachte trocken auf.

»So gut war deine Planung offenbar nicht gewesen«, bemerkte Andor trocken. »Was ging schief?«

Vivian seufzte. »Ich wurde beschissen. Die Droge, die ich besorgt hatte, war nicht so stark wie behauptet. Ich wachte etliche Stunden später wieder auf, mit den schlimmsten Kopfschmerzen meines Lebens, und alles war genauso beschissen wie immer.« Sie lächelte verkrampft. »Wenn es nicht so traurig wäre, wäre es fast witzig.«

Eine bedrückende Stille folgte. Ray überlegte, ob er etwas sagen sollte, fand aber keine Worte.

Andor erhob sich. »Ich geh schlafen«, sagte er knapp, nahm eine der Flaschen mit und ging.

Ray erkannte, wie sich Vivians Augen mit Tränen füllten, doch bevor ihm eine Idee kam, was er tun könnte, rutschte Li zu ihr und drückte sie fest an sich. »Oh, Viv«, flüsterte sie.

Laif blieb wie Ray stumm sitzen. Er schien dasselbe zu denken. Vivian öffnete ihr Herz und Andor ging und ließ sie sitzen! Wie kaltherzig konnte man als Freund und Liebhaber denn sein?

»Warum macht er das?«, fragte Vivian flüsternd in die beklemmende Stille hinein. Sie holte ein Taschentuch hervor und wischte sich die Tränen ab.

Li hielt noch immer einen Arm um ihre Schultern. »Er schafft es nicht«, sagte sie leise. »Kannst du das nicht spüren? Er will keine Schwäche zeigen.«

»Ich verkrafte das nicht mehr.« Vivian schluchzte. »Diese hoffnungsvolle Nähe und dann wieder ein Wegrennen und alleine lassen! Durch meine Empathie werde ich ununterbrochen mit seinen Stimmungsschwankungen bombardiert. Das zieht mich nur runter. Ich habe schon genug mit meiner eigenen Störung zu tun, ich kann nicht noch den Dachschaden eines anderen ausbaden.«

»Ich kann dich da gut verstehen«, sagte Li sanft. »Du kannst heute Nacht bei mir schlafen, wenn du magst.«

Ray blickte auf den Becher Rum in seiner Hand. Auch er verstand sie. Mehr als er wollte.

10. Kurswechsel

Die nächsten Tage wich Ray Li aus. Er wusste selbst nicht, warum ihre Nähe ihn auf einmal ängstigte. Er fürchtete, zu viel von sich zu entblößen und sich zu verletzlich und angreifbar zu machen. Dieser eine Abend kam ihm im nüchternen Zustand vor wie ein Traum. Nicht real. Er war sich nicht mehr sicher, ob er sich das Anlehnen nur eingebildet hatte wie die Messerattacke und wollte auf keinen Fall das Risiko eingehen, Li als Freundin zu verlieren.

Er verbrachte die Tage mit Laif im Maschinenraum und zeigte ihm, wie man die Recyclinganlagen wartete und die Systeme überprüfte. Die Wissbegierde des Jungen war eine erfrischende Ablenkung.

Als Ray später Andor auf der Brücke ablösen wollte und sich ans Pilotenpult setzte, stutzte er bei der Anzeige. Bisher hatte er geglaubt, sie würden zurück zur Erde fliegen, aber die Koordinaten sagten etwas anderes.

Er drehte sich zu seinem Boss, der gerade im Begriff war, die Brück zu verlassen. »Warum hast du den Kurs geändert?«

Andor winkte ab. »Ich habe doch noch einen Tipp erhalten, wo sich das Bild befinden könnte.«

»Was? Von wem?«

»Das kann ich dir nicht verraten, aber es ist eine sehr heiße Spur.«

»Und du vertraust dem Informanten?«

»Etwas.«

Ray betrachtete die Anzeige mit gerunzelter Stirn. »Der Kurs bringt uns verdammt nah an den Mars heran.«

»Keine Sorge, ich habe alles im Griff.« Er drehte sich zur Tür. »Sag Bescheid, wenn wir uns den Koordinaten nähern, dann übernehme ich und gebe das Ziel ein.«

»Warum diese Geheimhaltung?«

»Ich musste es dem Kerl versprechen. Ihr werdet es verstehen, wenn wir da sind.«

Das gefiel Ray ganz und gar nicht, doch er gab sich geschlagen. Bisher hatte Andor schließlich immer fair gespielt, also sollte er ihm vertrauen.

Am nächsten Morgen nach dem Frühstück rief Andor alle zu sich auf die Brücke.

Ray stellte sich mit überkreuzten Armen vor ihn. »Wird das jetzt die große Enthüllung, wohin wir fliegen?« Sie waren für seinen Geschmack gestern Abend schon zu dicht an adventivem Raum gewesen, um gut schlafen zu können.

Andor nickte. »Wir sind bald da. Aber keine Panik, auf dieser Strecke gibt es keine Patrouillen.«

Ray ahnte Schlimmes bei diesen Worten und stürzte zum Pult. Er schnappte nach Luft. »Die Koordinaten führen uns direkt nach Deimos! Bist du wahnsinnig? Wir müssen sofort umdrehen.« Er wollte sich setzen und schnell wenden, doch Andor hielt ihn mit einem festen Griff um den Oberarm zurück.

»Hör mir zu. Ich hab deine Tarnung eingeschaltet, wir wirken wie ein normaler Frachter. Alles gut.«

Rays Muskeln verkrampften sich. »Du verstehst nicht, Deimos ist Selbstmord! Da ist eine ...« Bevor er den Satz beenden konnte, blinkte die Anzeige neben ihm Rot auf und der Annäherungsalarm ertönte mit monotonem Piepen. Ein Schiff näherte sich ihnen mit direktem Flug.

Andor sah es ebenfalls aus seiner Position und lockerte den Griff. Ray setzte sich ans Pult und rief die Daten ab. »Scheiße verflucht!« Vor seinen Augen tanzten schwarze Flecken. Hastig tippte er auf dem Display herum. Er musste den Kurs wechseln und mit vollem Antrieb fort von dem Schiff.

»Was ist?«, fragte Li mit ängstlicher Stimme.

Andor knirschte mit den Zähnen, seine Selbstsicherheit schien verflogen. »Wir haben Besuch. Ein adventives Militärschiff. Fuck.«

Ray keuchte. Die Anzeigen verschwammen vor seinen Augen. »Verflucht, Andor! Du weißt, was mir da blüht!« Die aufsteigende Verzweiflung schnürte ihm den Brustkorb zu. Seine Finger zitterten beim Steuern. Nein! Nicht wieder zurück! Es war alles umsonst!

Auf Andors Stirn bildeten sich Schweißtropfen. »Halt die Klappe, was kann ich dafür? Mein Informant galt als vertrauenswürdig. Er hatte keine Verbindung zu ... scheiße, vielleicht doch!«

»Wieso der Marsmond?« Ray ließ seine Arme auf das Pult sinken, er hatte alle Kraft verloren. Der Antrieb der Pax ließ die Wände vibrieren, aber der von den Wasserstofftanks verursachte Schub war auch im Orbit ohne großen Widerstand zu gering. Es würde nicht reichen, ein Militärschiff abzuhängen. Er hoffte, sie wären noch nicht als ein interessantes Ziel entdeckt worden und die Flucht würde gelingen. Andor zuckte die Schultern, doch es wirkte nervös. »Mein Informant sagte, dass es ein Archiv auf Deimos gäbe, kaum überwacht, dort könnte das Bild sein.«

Ray schwankte zwischen Wut und Verzweiflung. »Da hätte ich dir sofort sagen können, dass das Schwachsinn ist. Auf Deimos befindet sich eine unserer geheimen Militär- und Abhörstationen. Jeder Millimeter dort ist vom Nachrichtendienst besetzt, da hängt sicher kein altes Bild und ein Archiv gibt es schon gar nicht! Du bist in eine beschissenen Falle getappt!« Was auch bedeutete, dass hier jemand wusste, dass sie kämen. Ray schnürte es die Kehle zu. Aus dem Militärgefängnis würde er nie wieder entkommen können. Er ahnte, welche Art von Therapie sie bei ihm anwenden würden.

Andor wirkte zerknirscht. »Das wusste ich nicht.«

»Warum zum Teufel fragst du mich dann nicht? Ich war die ganze Zeit vor deiner Nase und stamme sogar noch vom Mars, falls du das noch nicht bemerkt hast!« Sein Herz raste. Zorn und Frustration ließen seinen gesamten Körper zittern. Nicht nur ihre verfluchte Situation, auch die Tatsache schmerzte, dass Andor ihm offenbar noch immer weniger vertraute als einem seiner bescheuerten Informanten. Warum hatte er bis zur letzten Minute gewartet? Hatte Andor wirklich gedacht, er würde sie alle verraten, wenn er die Zeit dazu hätte?

»Ray hat recht«, warf Li ein. Sie wirkte ähnlich aufgebracht. »Deine Alleingangsaktionen nerven. Wie sollen wir dir vertrauen, wenn du uns ständig umgehst? Vivian hätte vielleicht erkennen können, dass der Kerl lügt.«

»Ich hätte gerne geholfen«, sagte Vivian. »Erst sagst du, du willst mein Talent, dann nutzt du es nicht einmal, wenn es drauf ankommt.«

»He, was soll das hier?«, rief Andor empört aus. »Aufstand der frustrierten Weiber?«

»Die beiden haben recht«, sagte Ray leise. »Ich hab langsam die Schnauze voll von deinen heimlichen Aktionen.« Er wagte es nicht, auf die noch immer blinkende Anzeige zu schauen oder auch nur über ihre Situation nachzudenken. Alles wurde taub in ihm. Es war vorbei. Sie würden nicht mehr entkommen können.

»Du könntest uns wirklich vorher informieren, wenn du ein solches Risiko eingehst«, meinte auch Laif mit leicht bebender Stimme.

»Okay, okay!« Andor riss die Arme in die Luft. »Ich gebe zu, ich habe Mist gebaut! Großen Mist. Ich bin es eben nicht gewohnt, im Team zu arbeiten. Mein Fehler. Lyncht mich meinetwegen dafür, aber bitte später, jetzt haben wir keine Zeit für Meutereien.«

Ein Ruck ging durch das Schiff und Vivian gab einen erschreckten Laut von sich. »Was war das?«

Ray überprüfte die Anzeige. »Die haben uns im Magnetstrahl, dagegen kommt der Antrieb nicht an.« Er boxte zornig auf die Steuerung. Es war vorbei. Die anderen würden vielleicht noch mit heiler Haut davonkommen, aber sein Leben war verwirkt.

»Können wir uns nicht irgendwie freischießen?«, fragte Vivian mit bebender Stimme.

»Die Pax ist ein Frachter und kein Kriegsschiff. Unsere Kanonen kitzeln die höchstens, und wenn die dann niesen, sind wir in Schutt und Asche.« Es gab kein Entkommen.

»Wir werden gerufen«, sagte Laif leise, der vor der Kommunikation stand.

»Ignorieren! Die können mich mal kreuzweise!«, rief Andor. Er rieb sich über den rasierten Kopf, auf dem einige Schweißtropfen herunter rannen.

Ray starrte wie taub auf die Konsole vor sich. Das Militärschiff kam immer näher, bis es das Anzeigefenster völlig ausfüllte.

»Die ziehen uns an sich heran?«, fragte Vivian, die über seine Schultern schaute. Sie flüsterte die Worte, als fürchtete sie, im anderen Schiff gehört zu werden.

Ray nickte verbissen. »Ja, mit einem Magnetstrahl an die Andockluke. Dann brechen die unsere Verriegelung auf, öffnen die Tür und marschieren hier ein, in voller Montur und bewaffnet.« Er kannte die Prozedur.

Andor schnaubte. »Na, dann bis gleich bei den Blondinen.« Er holte das Pad hervor, entnahm den Datenträger und reichte ihn Laif, der sichtlich verschreckt wirkte. »Schnell, verstecke ihn in deiner künstlichen Hand, sicher ist sicher, die durchsuchen gewiss das Schiff.«

Laif nickte. Er nahm den Stick zitternd entgegen und schob ihn unter den Nagel seines linken Ringfingers. Ray konnte das nicht ansehen, ohne dass ihm die eigenen Fingernägel stechend schmerzten. Aber Laif schien nichts zu spüren.

»Keine Sorge«, meinte Andor. »Ich hole uns da wieder raus, wäre nicht das erste Mal!«

Ray lehnte sich zurück und schloss die Augen. Die anderen vielleicht. Ihn sicher nicht.

Das Schiff ruckte und kurz darauf hallte ein metallenes Kratzen durch die Gänge. Weitere Laute folgten.

Stiefelsohlen im Gleichschritt über den Stahlboden, das Klacken von Gewehren, die gezogen und eingeschaltet wurden, leises Zischen der Luftfilter an den Masken, falls mit Giftgas angegriffen werden würde ... Ray kannte diese Geräusche alle und verabscheute sie gleichermaßen.

Er öffnete erst die Augen, als die Schritte auf der Brücke einmarschierten und hinter ihm verhallten. Zehn adventive Soldaten in schwarzen Uniformen mit Gasmaske und gezücktem Gewehr umringten sie. Solch eine Spezialeinheit wäre kaum nötig gewesen. Seine Freunde wirkten wie eine Gruppe eingeschüchterter Kaninchen, auf die Kanonen gehalten wurden. Vollkommen unterlegen. Erbärmlich.

»Aufstehen und mitkommen!«, befahl einer der Männer. Seine Stimme klang unter der Maske dumpf. »Und keine Tricks! Hände da, wo ich sie sehen kann!«

Ein anderer sprach in sein Funkgerät. »Endzweck gesichert, kein Widerstand.«

Ray verdrehte innerlich die Augen. Was für ein Wichtigtuer!

Sie wurden aus der Pax in das Militärschiff geführt. Drei Offiziere erwarteten sie.

Der Adventiv mit dem Kapitänsrang an der Uniform stellte sich mit strenger Miene vor Ray. »Fähnrich Vandenberg?« Als sein Blick auf die zivile Kleidung und die halblangen Haare fiel, verzog er abfällig den Mund. »Gegen Sie liegt ein Haftbefehl vor wegen Verrats. Eine Schande für unsere Kolonie!«

Ray hielt seinem Blick stand, auch wenn es schwerfiel. »Meine Freunde haben nichts verbrochen«, sagte er leise.

»Das halte ich für ein Gerücht.« Der Kapitän blickte mit angewidert verzogenem Mund zu Andor, als hätte er einen räudigen Hund vor sich. »Herr Winter hier ist mir durchaus bekannt. Persönlich sogar. Welch eine *angenehme* Überraschung.«

»Rümpfe deine Nase, solange sie noch heil ist, du Arschloch!«, zischte Andor gewohnt diplomatisch. »Bevor ich dieses Schiff verlasse, werde ich das ändern, das ist ein Versprechen.«

Der Kapitän lächelte kalt. »Ich freue mich schon auf Ihre Folter. Ihre Schreie werden Balsam für meine Seele sein.«

»Als ob ihr Wichser eine hättet.« Andor spuckte vor ihm auf den Boden.

Die Soldatin neben ihm holte aus und schlug Andor mit der Faust gegen die Rippen, sodass der sich mit unterdrücktem Stöhnen zusammenkrümmte.

Ray schloss kurz die Augen. Widerstand war zwecklos, das wusste er nur zu gut, aber Andor blieb unverbesserlich. Er hoffte, dass der Kerl für die anderen alles nicht noch schlimmer machen würde mit seinem bockigen Verhalten. Diese sture Verbohrtheit, die sie alle erst in diese ausweglose Situation gebracht hatte. Vielleicht war Andor es gewohnt, sich den Kopf blutig zu hauen, aber diesmal riss er noch Li, Vivian und Laif mit hinein, was Ray ihm in diesem Moment nicht verzeihen konnte.

Der Kapitän schüttelte den Kopf und sah beinahe vorwurfsvoll zu Ray. »Statt der Karriere Ihres ehrenwerten Vaters zu folgen, treiben Sie sich also mit solchen Figuren herum, Fähnrich? Beschämend.« Er richtete sich an seine Leute. »Führt sie ab, jeden in eine Einzelzelle!«

Ray ballte die Fäuste. Nun hatten sie nicht einmal mehr die Gelegenheit, sich auszutauschen.

***

Ray saß bereits Stunden auf der Pritsche, ohne dass sich jemand blicken ließ. Es gehörte zur Routine des adventiven Militärs, ihre Gefangenen zappeln zu lassen, um sie mürbe zu machen, dessen war er sich bewusst. Diese Hilflosigkeit und frustrierende Ungewissheit einmal mit eigener Haut zu spüren, war jedoch etwas ganz anderes, als nur darüber zu lernen. Er wollte nicht allein mit seinen Gedanken sein. Seiner Sorge um Li, der Wut auf Andor und nicht zuletzt der Angst um sich selbst. Sogar ein Verhör wäre ihm gerade willkommener. Auch wenn ihm das Innere einer Arrestzelle nicht unbekannt war, war es eine neue Situation. Hier ging es um Hochverrat, keine bloße Ordnungswidrigkeit oder Befehlsverweigerungen.

Die metallene Tür glitt mit einem zischenden Laut zur Seite. Ray blickte auf. Sein Herz setzte einen Schlag aus, als er Admiral Steele seine Zelle betreten sah. Es war lange her, als er ihm das letzte Mal begegnet war. Damals in der Gasse des Armenviertels. Kurz bevor er feige die Flucht ergriffen hatte.

Er sprang auf und stand aus alter Gewohnheit stramm. »Sir.« Er konnte es nicht verhindern, zu sehr fühlte er sich in dieser Gefängniszelle in seine Zeit der Militärschule zurückversetzt. Der Gehorsam gegenüber den Vorgesetzten war ihm jahrelang eingetrichtert worden und ins Blut übergegangen. Steele gehörte zumindest zu den fairen Ausbildern. Dieser Mann hatte sich stets bemüht, Ray zu helfen und zu verhindern, dass er auf die falsche Bahn geriet. Die, auf der er sich nun befand.

»Stehen Sie bequem, Vandenberg!«, kam der Befehl und Ray öffnete die Beine und verschränkte die Hände auf dem Rücken.

Er musste einen klaren Kopf bewahren, doch bereute den Reflex nicht. Zumindest konnte es nicht schaden, erst einmal den artigen Soldaten zu spielen.

Steele nahm das mit zufriedenem Nicken zur Kenntnis. »Ach, Raynald, Junge.« Die Enttäuschung in der Stimme des alten Mannes schmerzte. »Ich hatte so hohe Erwartungen an dich.«

Ray biss die Zähne zusammen und schwieg. Er starrte auf die glatte Metallwand vor sich, in der sich die grellen Deckenlampen reflektierten. Innerlich baute er eine Mauer auf, er durfte sich nicht einschüchtern lassen.

»Du hast deiner Mutter mit deiner Flucht das Herz gebrochen.«

Ray zuckte ungewollt zusammen. Diese Worte glichen einem eisigen Stich in seinem Brustkorb, der ihn beinahe in die Knie sacken ließ.

Steele musterte ihn mit ausdrucksloser Miene. »Du weißt, dass sie tot ist? Sie hat sich das Leben genommen, nachdem du die Kolonie und sie im Stich gelassen hast.«

Tot? Nein! Der Schutzwall brach. Mutter! Die einzige Person aus seiner Kindheit, der er vertraut hatte, die ihn verstehen konnte. Seine Mutter, die ihn vor den Fäusten seines Vaters zu retten versucht hatte, auch wenn sie dann selbst verprügelt worden war. Tot!

Schwarze Flecken tanzten vor seinen Augen. Alles drehte sich. Er schwankte wie ein angeschossenes Tier und konnte sich gerade noch auf die Pritsche setzen, bevor seine Beine nachgaben. Ein Bild erschien vor seinem Geist. Die Frau mit den blonden, wallenden Haaren, dem klaren Lachen, das, wenn auch selten, so ansteckend war und jedes Herz erwärmen konnte – bis auf das ihres Mannes – existierte nicht mehr. Ihre Stimme würde nie mehr ertönen. Er würde sie nie wiedersehen, nie mehr ihr Lachen hören oder ihre sanfte, schützende Umarmung spüren können. Leblos. Tot.

Sein Körper fiel in sich zusammen und er starrte stumm vor sich auf den Boden, die Unterarme auf den Knien liegend.

»Nun, es erleichtert, mich zu sehen, dass dich diese Information nicht kalt lässt«, erklang die Stimme des Admirals. »Vielleicht besteht noch Hoffnung.«

Ray sah auf. Die blonden Haarsträhnen fielen vor seine Augen und ließen den Anblick des Admirals wie durch Gitterstäbe erscheinen. Sein Innerstes fühlte sich taub an. Leblos. Als hätte der Mann ihm gerade den Todesstoß versetzt.

Steele trat näher und warf seinen Schatten auf ihn. Ray fühlte sich wie ein hilfloser Vogel mit gebrochenen Flügeln, der vor einer Katze kauerte.

»Was ist mit meinem Vater?«, seine Stimme glich einem Krächzen. Er musste mit Gewalt die Tränen zurückhalten, die sich immer wieder in seine Augen kämpfen wollten. Seine Mutter war tot! Er würde sich nie bei ihr entschuldigen und die Gründe seiner Flucht verdeutlichen können.

»General Vandenberg erfreut sich bester Gesundheit.«

Es klang höhnend in Rays Ohren. Das Schicksal konnte solch ein Arschloch sein! Er biss die Zähne zusammen. Sein Vater würde ihn umbringen, bekäme er ihn in seine Finger. Er würde ihn wie Steele auch für den Tod seiner Frau verantwortlich machen.

Admiral Steele setzte sich neben ihn auf die Pritsche. Die Nähe dieses autoritären Mannes weckte ein Unwohlsein in Ray. Am liebsten wäre er ein Stück weggerutscht. Doch er verharrte in der Position.

»Mir ist durchaus bewusst, dass dein Vater mit seinem oft recht ungezügelten Verhalten eine Teilschuld an deiner Flucht trägt.«

Ray schaute aus den Augenwinkeln zu ihm, den Kopf noch gesenkt. Der Blick der graublauen Augen traf seinen und wurde ungewöhnlich sanft. Was sollte das? Erst versetzte er ihm den Todesstoß und nun machte er auf gut Freund?

Steeles Stimme wurde eindringlicher. »Ich habe recherchiert und Einblick in deine Krankenakte gefordert. Deine vielen *Unfälle* als Kind, die mit viel Druck und Geld vertuscht wurden. Ich gebe zu, einige der Einträge verpassten selbst mir eine wahre Gänsehaut.« Er hob seine Hand und legte sie auf Rays Schulter. Doch das wohl beabsichtigte Gefühl des Trosts blieb aus. Rays Körper verspannte sich, alles in ihm wollte abhauen, dieser Situation entfliehen. Er fühlte sich gefangen und bloßgestellt. Als riss man ihm die Kleidung vom Leib und trieb ihn nackt auf einen überfüllten Markt. Er wollte diese Wunden nicht öffnen.

»Es waren wohl nicht nur bloße Schläge«, fuhr Steele mit leiser Stimme fort, »sondern regelrechte Folterungen. Narben von Verbrennungen, Wasser in Lunge wie nach Ertrinken, ausgekugelte Gelenke ...«

Nein! Aufhören! Dieser Mann durfte dies alles nicht wissen! Niemand durfte es. Es waren normale Prügel gewesen, alles andere musste ein Geheimnis bleiben. Ray wollte sich die Hände über die Ohren halten und seinen Schmerz hinausschreien, doch er blieb reglos sitzen. Gehorchte. Das hatte sein Vater zumindest geschafft. In seinem Kopf kreisten die Emotionen wild umher wie Papierflieger im Sturm. Unhaltbar und leicht zu zerfetzen.

»Wenn man den Ärzten glauben kann, hat diese Flucht dir wahrscheinlich das Leben gerettet.« Steele atmete tief durch. »Warum bist du nicht zu mir gekommen? Verdammt, Junge! Du hättest dich mir anvertrauen können. Ich wäre für dich da gewesen. Stattdessen desertierst du und wirst zum Verräter deines Volkes.« Er seufzte schwer. »Auch ich habe als Vertrauensperson versagt, wie es scheint.«

Ray wich dem vorwurfsvollen Blick aus, erneut fühlte er sich schuldig und wusste nicht einmal, wofür. Er hatte dies alles so erfolgreich verdrängt und wollte nicht erneut in den emotionalen Wirbel der Erinnerungen gesogen werden. Steele hatte gezielt in die offene Wunde geschlagen und ihm jegliche Kraft zum Widerstand genommen.

Der Admiral zog seinen Arm zurück, doch der Druck auf seinen Schultern blieb. Als lag dort eine eiserne Kette.

»Was ich dir bereits bei unserer letzten Begegnung sagte, stimmt noch immer. Ich halte dich für einen sehr klugen und aufgeweckten jungen Mann mit viel Potential. Alleine deine Flucht war spektakulär clever. Du ahnst nicht, was dein Vater alles in die Wege leitete. Er nutzte alle nur möglichen Verbindungen, aber von dir fehlte jede Spur. Dass ich dich damals gefunden hatte, verdanke ich lediglich einem günstigen Zufall, keineswegs meiner Spürnase.«

Ray biss die Zähne zusammen. Ja, im Fliehen und Verstecken hatte er Übung. Nur deswegen lebte er noch. Er wusste, dass mit diesem günstigen Zufall Li gemeint war. Nun hatte Steele beide auf einen Streich gefasst. Statt sie zu sich in Sicherheit zu bringen, hatte Ray seine Freundin nur mehr in Gefahr gebracht. Er schloss verzweifelt die Augen.

Der Admiral stand auf. »Deine Spuren danach haben wir natürlich mithilfe unserer Quellen verfolgt. Offenbar hast du dich die letzten Wochen unter andere Menschen gemischt, ihr Vertrauen gewonnen und Einblicke bekommen, an die wohl kaum ein Adventiv herankommt.«

Ray sah auf und runzelte skeptisch die Stirn. »Was wollen Sie damit andeuten?«

»Ich denke, dass du ein Opfer der Umstände warst und eine Chance verdient hast, und habe beschlossen, mich für dich einzusetzen«, erklärte er beinahe feierlich.

Ray richtete sich auf der Pritsche auf und musterte den Admiral. »Gegen gewisse Gegenleistungen, nehme ich an?«

»Natürlich.« Steele nickte. »Ich sage es freiheraus: Ich will dich und deinen Intellekt auf unserer Seite! Du wirst uns helfen, an Informationen zu kommen.«

»Ich werde meine Freunde nicht hintergehen, Sir.«

»Deine Freunde interessieren mich nicht. Gut, Lilith Sakura ist uns natürlich bekannt und dein dunkelhäutiger Begleiter hier ebenfalls. Auch seine Suche.« Er hob das Kinn. »Kapitän Johnson will Herrn Winters Kopf auf einem Silbertablett, doch ich kann ihn diesbezüglich zurückpfeifen. Das wäre der Aktion nicht zuträglich.«

»Aktion?«

»Höre mein Angebot. Du bist Adventiv. Einer von uns. In deinen Genen und deinem Herzen wirst du das immer sein, davon bin ich felsenfest überzeugt. Wir haben als Gesellschaft versagt, eines unserer Kinder – unser wertvollstes Gut – zu schützen, und du musstest aufgrund dessen fliehen. Ich biete dir daher eine Möglichkeit, ungestraft nach Hause zurückzukehren. Im Gegenzug werde ich das Leben deiner Freunde retten. Ich lasse euch fliehen und lösche zudem dein Kopfgeld, wenn du uns in Zukunft Informationen lieferst. Einfach bei eurer Reise die Augen und Ohren offenhalten, hier und da jemanden befragen, wenn wir etwas wissen wollen. Dazu regelmäßige Updates eurer Suche. Das ist alles.«

Ray wurde heiß und kalt. »Suche?«

»Verkaufe mich nicht für dumm, Raynald! Ich weiß, dass Marcy Sakura führend in der Juno-Forschung war und auch, dass alle Informationen darüber seit der Havarie der Styx verschollen sind, während ihre Tochter, die das Unglück auf wundersame Weise überlebte, sich zufälligerweise mit Herrn Winter zusammengetan hat, der bekannt dafür ist, wie ein Besessener nach dem Schiff zu suchen. Hier muss man nicht einmal rechnen können, um eins und eins zusammenzuzählen.«

»Sie wollen das Schiff«, stellte Ray nüchtern fest und erhob sich ebenfalls. »Ich soll für Sie spionieren. Meine Freunde verraten.«

»Ein Verräter bist du bereits, Junge!« Die Stimme des Admirals wurde scharf, als hätte er nicht mit Rays Schlussfolgerung gerechnet. Vielleicht störte es ihn auch, dass er, der Fähnrich, nun wieder vor ihm stand, anstatt wie gewohnt unter ihm zu kauern. »Egal, aus welchem Grund, du bist desertiert und hast dein Volk verraten. Dieser Fleck wird ewig auf deiner Seele lasten.«

Ray wich seinem Blick aus.

»Ich biete dir hier die Möglichkeit einer Generalamnestie sowie das Leben deiner Freunde. Für ein lächerliches Schiff. Ansonsten werden sie alle drei morgen durch meine eigene Hand sterben und du kommst vor das Militärgericht. Ist es das wert? Überlege es dir und überlege gut!«

Ray sah nicht auf. Er wollte nicht in diese eisblauen, eindringlichen Augen schauen, die ihm stets das Gefühl gaben, tief in seine Seele blicken zu können. Zu tief. Er drehte sich zur Seite und starrte hartnäckig auf seine geballten Fäuste hinunter. Nach einigen Sekunden der Stille spürte er, wie sich eine schwere Hand kurz auf seine Schulter legte, und hörte wenig später, wie der Admiral die Zelle verließ.

Erneut ließ man ihn schmoren. Er sorgte sich um seine Freunde, hatte keine Ahnung, wie es ihnen erging. Machte Kapitän Johnson seine Drohung wahr und folterte Andor? Taten sie womöglich den Frauen etwas an? Ray traute den Soldaten alles zu. Selbst wenn sie die anderen auch nur warten ließen wie ihn, wäre es eine Qual. Besonders für Laif, der durch sein erlebtes Trauma sicher unter Ängsten und Albträumen litt in dieser Arrestzelle, in die von außen jeder Zugang hatte. Die alte Furcht, irgendwo anders aufzuwachen, nachdem er eingeschlafen war. Statt in einem Operationssaal wäre es hier wohl eine Verhörzelle. Ray wollte sich gar nicht ausmalen, was der arme Junge gerade durchmachte.

Es gab kein Entkommen. Die einzige Person, die seinen Freunden jetzt noch helfen konnte, war er. Das war eine unumstößliche Tatsache, ob er es wahrhaben wollte oder nicht. Vielleicht könnte er zum Schein auf das Angebot eingehen, um zumindest vom Schiff zu kommen?

Ray wälzte sich die gesamte Nacht hin und her und machte sich unendliche Vorwürfe. Er fühlte sich schuldig. An seiner Situation, dem Tod seiner Mutter und der prekären Lage, in der sich die anderen nun befanden. Besonders Li. Nicht, weil er es wirklich an all dem war, da widersprach ihm sein Verstand. Dennoch konnte er diese Empfindung der Schuld nicht abschalten, die seit frühester Kindheit tief in seinen Geist eingebrannt worden war. Sie fraß an ihm wie eine hungrige Motte, bis der schützende Stoff über seiner Seele völlig auseinanderfallen würde.

Irgendwann musste der Schlaf ihn übermannt haben, denn am Morgen wurde er unsanft von einem Wachmann wachgerüttelt. Bevor er richtig zu sich gekommen war, stieß man ihn aus der Zelle und in einen Vernehmungsraum. Ray kannte das Design und den leicht metallischen Geruch nur zu gut. Ein steril wirkender Raum, in dem nur ein kalter, stählerner Stuhl stand, auf den er nun gedrückt und fixiert wurde. Die metallenen Fesseln an den Armlehnen waren mit Elektroden verbunden. An der Decke befand sich eine Lampe, die zum Glück ausgeschaltet war. Ray wusste, dass sie genug Lux hatte, um einen Menschen durch die geschlossenen Augen zu blenden. Ein Teil der Folter.

Die Soldaten verließen den Raum und schlossen die Tür.

Ray saß endlose Minuten in der Finsternis, allein mit seinen Gedanken. Das Herz schlug ihm bis zum Hals. Jeden Moment würde die Lampe angehen und ihn blenden. Dann kämen die Fragen aus den Lautsprechern und die Schmerzimpulse, die in voller Intensität jeden Menschen in den Wahnsinn treiben konnten. Ein klassisches adventives Verhör.

Die Lampe über ihm ging an und wurde langsam heller. Ray schloss schnell die Augen. Sein Puls raste.

Durchhalten! Er durfte nicht schwächeln, immerhin war er unter Soldaten, die wie er darauf gedrillt waren, Folter standzuhalten. Der Lichteinfall intensivierte sich nicht und Ray wagte es, die Augen zu öffnen. Er zuckte vor Schreck zusammen. Vor ihm stand Kapitän Johnson mit zynischem Grinsen im Gesicht. Ray bemühte sich, seiner strengen Miene mit festem Blick zu begegnen, auch wenn ihm das Herz bis zum Hals schlug. Die Vorstellung, wie Andor sein Versprechen wahrmachte und dem Kerl mit einem Fausthieb die spitze Nase brach, half dabei.

»Wie ist es Ihnen gelungen, den Mars zu verlassen?«

Ray ballte die Fäuste unter den Fesseln und wich dem Starren nicht aus. Er konnte nicht glauben, dass das Militär an den harmlosen Hehlern im Marsghetto interessiert war. War das ein Test von Steele, wie leicht er zu brechen wäre? Nun, von ihm würde der Kerl sicher nichts erfahren. Er hatte schon mehr als das erduldet in seinem Leben.

»Heraus mit der Sprache! Hatten Sie Hilfe von auswärts? Wir haben Hinweise in Ihrem Apartment gefunden, die auf eine zweite Person hindeuten.«

Ray blieb stumm. In Gedanken flüchtete er sich bereits in sein geistiges Refugium.

»Nun, Sie haben es nicht anders gewollt.« Der Kapitän drückte mit dem Finger auf die Steuerung vor sich.

Als der erste Schmerzimpuls durch Rays Körper schoss, nahm er ihn kaum wahr, er befand sich nicht mehr in dem Raum. Er joggte durch die Freiheit der Weinberge, den Wind in den Haaren, und tauchte in das kühle Wasser von Andors Pool. Die Schmerzen wurden intensiver und seine Muskeln verkrampften.

Er schloss die Augen und bemühte sich, seine hektischen Atemzüge zu beruhigen. Er gab keinen Laut von sich. Statt auf diesem Stuhl zu sitzen, spazierte er mit Li die Reben entlang, durch deren Blätter das Tageslicht Muster auf den Erdboden zeichnete. Lis schwarze Haare glänzten in der Sonne und ihr Lachen erfüllte die Luft.

»Wenn Sie nicht reden, holen wir den Jungen!«, drohte Johnson von weit weg. »Der wird sicher schnell einknicken!«

Nein! Ray keuchte und wurde in die Gegenwart gerissen. Sofort spürte er die Schmerzen durch seine Nervenstränge feuern. Sein gesamter Körper brannte und sein Kopf fühlte sich an wie ein Dampfkessel kurz vor dem Zerbersten. Schweiß brach aus jeder Pore.

Nicht Laif! Er wollte etwas sagen, doch es kam nur ein Krächzen aus seiner Kehle.

»Halt!«, ertönte eine strenge Stimme.

Die Impulse stoppten. Ray rang nach Luft. Seine angespannten Muskeln lockerten sich und er sackte im Stuhl zusammen. Langsam öffnete er die Augen und sah Admiral Steele eintreten.

»Überlassen Sie ihn mir, Kapitän!«

»Jawohl, Admiral.« Johnson machte auf dem Absatz kehrt und ging flotten Schrittes hinaus.

Steele stellte sich vor Ray und betrachtete ihn. »Es tut mir leid, wenn ich etwas spät bin, Johnson neigt zum Übereifer. Hättest du mir gestern schon geantwortet, wäre es nicht so weit gekommen. Wie lautet deine Entscheidung?«

Ray senkte den Blick und hörte seine eigene schwere Atmung. Er fühlte sich zu keinem klaren Gedanken fähig, sah nur Laif auf diesem Stuhl sitzen, das Gesicht angstverzerrt. Nein, sie durften das dem Jungen nicht antun.

»Ich werde es tun.« Es gab keine Alternative. Er durfte die anderen nicht in Gefahr bringen. Wenn er zum Schein mitspielte, könnten sie zumindest heil vom Schiff. Danach konnte er noch immer überlegen, wie er da wieder rauskam.

Steele lächelte zufrieden. Er löste die Fesseln und half ihm auf.

Ray bebte am gesamten Körper von den Schmerzen, aber auch vor Erleichterung, es früher als befürchtet hinter sich zu haben. Ihn irritierte das Verhalten des Admirals. Wenn er nur seine Antwort hatte haben wollen, warum ließ er ihn dann erst an diesen Stuhl fesseln und foltern? War es, um hautnah zu demonstrieren, was mit ihm und den anderen geschehen würde, weigerte er sich? Dass Steele als oberster Befehlshaber hiervon zu spät erfahren hatte, glaubte Ray eher weniger. Lis Worte kamen ihm in Erinnerung und ihre Einschätzung, dass Steele ein manipulativer Narzisst wäre. Er verdrängte diese Gedanken rasch. Es spielte keine Rolle mehr.

»Willkommen zu Hause, mein Junge!« Ohne Vorwarnung drückte er ihn an sich.

Rays Magen zog sich bei der Berührung und dem scharfen Geruch des Aftershaves zusammen. Es fühlte sich nicht angenehm an, sondern falsch. Er fürchtete, einen gewaltigen Fehler begangen zu haben. Aber welche Möglichkeit hätte er? Wieder allein. Im Gefängnis oder ewig auf der Flucht. Dazu die Gewissheit, schuld an dem Tod der einzigen Personen zu sein, die er je Freunde genannt hatte.

Der Admiral klopfte ihm auf den verschwitzten Rücken und löste sich dann. »Ich wusste, du wirst mich nicht enttäuschen.« Er holte einen Injektor aus seiner Jackentasche und ergriff mit der linken Hand Rays rechte Schulter.

Ray schreckte zurück. »Ein weiteres Implantat?«

Der Admiral ließ nicht los, sein Daumen bohrte sich unter Rays Schlüsselbein. »Natürlich, wir sind schließlich um deine Sicherheit bemüht. Deine Zusage war ernst gemeint, oder nicht?«

»Doch, ja.« Ray beäugte das Gerät von der Seite, als wäre es eine Giftspritze. »Aber genügt es nicht, meinen vorhandenen Chip zu reaktivieren, Sir?«

»Leider hat es sich gezeigt, wie leicht diese alten Modelle zu hacken sind. Mit diesem hochmodernen Implantat bist du rundum abgesichert. Wir haben die Möglichkeit, dich zu orten und deine Vitalwerte zu messen. Solltest du in Gefahr schweben, kommen wir dir schnell zu Hilfe. Selbst wenn wir nur noch deine Leiche bergen könnten, würden wir dich blutig rächen. Wir lassen unsere Leute nicht im Stich. Keine Sorge, das tut nur kurz weh.« Mit einer gekonnten Bewegung setzte er das Gerät an Rays Hals und drückte ab, bevor dieser noch einen Einwand geben konnte.

Ray zuckte zusammen, aber nicht aufgrund des leichten Brennens, das er nach der Tortur kaum wahrnahm. Wesentlich unangenehmer war der Druck im Magen. Schwäche überkam ihn. Er fühlte sich wie zusammengeschlagen und in einen Käfig gesperrt, den er nie mehr verlassen konnte. War diese Form der Kontrolle doch genau das, was ihn zur Flucht verleitet hatte, und nun lag er erneut in Ketten. Mehr als je zuvor.

»Was, wenn man das Ding in mir entdeckt?« Seine Stimme klang heiser.

»Keine Sorge, es besitzt eine organische Hülle und kann mit normalen Scans nicht detektiert werden.« Steele lächelte. Vielleicht sollte es aufbauend wirken, doch für Ray war es ein dämonisches Grinsen. »Ohne einen speziell codierten Detektor kann man es auch nicht wieder entfernen. Das obliegt ganz allein uns.«

Ray schloss die Augen. Auch dieser Ausweg blieb ihm verwehrt. Er war dem Militär ausgeliefert. Für ewig.

Steele steckte das Gerät ein und holte das Pad aus seiner Tasche, das die Soldaten Ray vor dem Arrest abgenommen hatten. »Wir haben dir hier ein Programm installiert, über das du mir jederzeit eine verschlüsselte Nachricht schicken kannst. Ich erwarte in regelmäßigen Abständen eine Rückmeldung, verstanden? Ansonsten kommen wir persönlich vorbei.« Der Admiral sah ihn streng an. »Du hast die einmalige Gelegenheit, vom Verräter zum Staatshelden zu werden. Versaue es nicht!«

Ray nahm das Pad entgegen und steckte es ein. »Wie kommen meine Freunde frei, Sir?« Er fühlte sich innerlich tot und ferngesteuert, wie ein Roboter.

»Du verhilfst ihnen zur Flucht, so ist es am glaubwürdigsten. Du schaffst es, gegen dreizehn Uhr deine Zellentür zu öffnen und die Wache zu überfallen. Nimm dessen Waffe, sie wird nur mit Betäubungsmunition bestückt sein, und schieß euren Weg frei zur Andockrampe Fünf, an der sich dein Frachter befindet. Die Dockung von der A73 wird sich ohne Schaden für die Pax lösen. Wie das geschieht, musst du deinen Freunden ja nicht verraten.«

»Aber mein Schiff könnte diesem hier niemals entkommen. Wie soll das glaubhaft wirken?«

Steele lächelte kalt. »Ich weiß, weswegen ich deinen Grips auf unserer Seite möchte.« Er nickte. »Ja, leider werden wir auf euch schießen müssen. Aber ich habe einen Plan. Wir fliegen dicht an der Grenze und ein Schiff von der Erde patrouilliert gerade in der Nähe. Setzt einen Hilferuf ab, sie werden euch sicher hören.« Seine Mimik war siegessicher. Natürlich, er hatte schließlich den flüchtigen Fähnrich Vandenberg zurückerobert. Mit Körper und Seele.

Ray biss die Zähne zusammen und nickte.

»Haben Sie alles verstanden, Fähnrich?«

Er ignorierte das Brennen im Magen und stand stramm. »Jawohl, Sir.«

Steele lächelte zufrieden. »Ich weiß, dass du mich nicht enttäuschen wirst, mein Junge.« Er machte Anstalten zu gehen, drehte sich aber vor der Tür noch einmal um. »Willkommen zurück!« Diesmal erreichte sein Lächeln auch die Augen.

Ray fühlte sich, als greife der Admiral in seine Eingeweide und zermalmte diese mit eiserner Faust.

Zurück in der Zelle schaute Ray unentwegt auf die Uhr. Das gereichte Essen rührte er trotz des leeren Magens nicht an, seine Kehle war wie zugeschnürt und der Geruch der Erbsensuppe bereitete ihm Übelkeit. Sein

Pad auf weitere Spyware oder Hinweise auf Downloads zu untersuchen, wagte er nicht. Die Arrestzellen waren mit Kameras bestückt. Das musste warten. Er glaubte es nicht, denn mit seinem neuen Implantat wäre das kaum den Aufwand wert.

Er konzentrierte sich nur auf die bevorstehende Flucht. Er musste Li und die anderen in Sicherheit bringen, alles andere war nebensächlich. Dann würde sich schon eine Lösung finden. Irgendwie. Die Andeutung Steeles, dass er ihn rächen würde, ging ihm nicht aus dem Kopf. Die Worte brannten sich in sein Gedächtnis wie die Schmerzimpulse des Folterstuhls. War das eine unterschwellige Drohung, um ihn von einem Suizid abzuhalten? Wollte er damit andeuten, dass er seine Freunde jagen und töten würde, sollte Ray diesen Ausweg für sich vor dem Finden des Schiffs wählen?

Um Punkt 13 Uhr trat er an seine Zellentür. Sie öffnete sich, ohne dass er das Schloss in irgendeiner Weise manipulieren musste. Der Soldat davor drehte sich um. Ray griff nach dessen T-Gun im Gürtel, doch sie rutsche aus seiner Hand und fiel scheppernd zu Boden. Schnell hob er sie auf. Obwohl ihm seine Bewegungen lähmend vorkamen, stand die Wache mit Händen hinter dem Rücken verschränkt da und wartete, bis er die Waffe auf ihn richtete. Der offensichtlich in den Plan eingeweihte Soldat verzog keine Miene und Ray fühlte sich erbärmlich. Es hätte noch gefehlt, dass er die T-Gun für ihn aufgehoben hätte! Mit glühendem Kopf deutete er auf die Zelle und die Wache trat hinein. Ray seufzte still und verriegelte die Tür. Er war froh, dass die anderen dieses peinliche Schauspiel nicht mit angesehen hatten.

Er schaute sich hektisch um. Keine weitere Wache weit und breit. Vier der acht Arrestzellen waren verschlossen. Ray öffnete die erste.

Li sah erschreckt auf. Als sie ihn erkannte stürzte sie in seine Arme. »Ray!«

Er vergrub sein Gesicht in ihren Haaren und wünschte sich, diesen Moment für immer festhalten zu können. Doch der war zu schnell vorbei. Sie löste sich von ihm und sah ihn ängstlich an. »Was ...?«

»Ich konnte das Schloss austricksen«, log er hastig. »Die Wache hockt in meiner Zelle. Lass uns die anderen befreien und so schnell wie möglich abhauen.«

Li nickte und öffnete mit ihm zusammen die anderen drei Zellen. Vivian jauchzte fröhlich, während Laif wie befürchtet einem verängstigten Kaninchen glich. Ray war erleichtert zu sehen, dass sie zumindest körperlich unversehrt schienen. Er sagte ihnen kurz das Gleiche und Andor klopfte ihm lobend auf die Schulter. Ganz dicht an der Stelle, an die Steele den Chip implantiert hatte. Das Kompliment schmeckte bitter.

Sie stürmten aus dem Vorraum. Andor schlug die Wachen davor nieder, bevor Ray schießen konnte.

Sie rannten den Gang entlang, den sie gestern gekommen waren, zurück zum Schiff. Es war ungewöhnlich wenig Personal hier, wie Ray zynisch feststellte. Doch ganz so offensichtlich ließ Steele es nicht aussehen, kurz vor der Rampe kam ihnen Kapitän Johnson mit zwei Soldaten entgegen. Ray zögerte nicht und schoss sie nieder, in der Hoffnung, die Waffe war wirklich nur auf Betäubung eingestellt. Ein Alarm ertönte.

»Schnell!« Ray öffnete hektisch die Andockluke zur Pax.

»Warte!« Andor ging zu dem bewusstlosen Johnson. Er holte aus und trat ihn so heftig gegen dessen Gesicht, dass man die Nase brechen hörte. »Versprochen ist versprochen.«

Ray stöhnte innerlich, doch leid tat es ihm um den Kerl nicht, im Gegenteil. »Komm jetzt, du Idiot!«

Auf dem Weg zur Brücke spürte Ray trotz allem das Adrenalin durch seine Adern rauschen. Er setzte sich ans Pult und schaltete auf vollen Schub. Die Pax löste sich problemlos von den Andockklemmen des Adventivschiffes. Den anderen schien dieser Umstand zum Glück nicht aufzufallen.

Nach wenigen Minuten hörten sie einen krachenden Laut durch das Schiff hallen, die Erschütterung ging durch die gesamte Hülle. Mehrere Warnlampen leuchteten auf.

»Was war das?«, rief Vivian schrill.

»Die feuern auf uns«, erklärte Andor »Aber wohl nur ein Warnschuss.«

Rays Puls raste. Steele wusste nicht, in welchem desolaten Zustand sich seine Pax befand. Selbst der leichteste Tritt in den Hintern könnte die Hülle sprengen. Er scannte hektisch die Umgebung.

»Da ist ein Militärschiff der Solarflotte in der Nähe.« Die Erleichterung in seiner Stimme war sicher nicht zu überhören. »Ich sende einen Notruf an die.«

»Aber das ist ein adventives Schiff«, presste Li hervor. »Die dürfen sich nicht in interne Angelegenheiten einmischen.«

»Ihr seid Mitglieder des Solarbunds und die werden einen Notruf nicht ignorieren, sondern dem erst einmal nachgehen.«

Andor nickte, auch sein Atem ging schwer. »Uns bleibt kaum eine andere Möglichkeit.«

»Sie antworten.« Ray atmete erleichtert durch. »Wir dürfen andocken.«

»Was machen die Marsmenschen?«, fragte Andor.

»Halten Abstand.«

»Gut.«

Ray lenkte das Schiff zur Andockstelle und schaltete den Antrieb ab. Sie gingen rasch den Gang entlang und Ray vernahm einige neue Geräusche, wie Vibrieren und Zischen, aus den Röhren und Schaltungen der Pax, die ihm nicht gefielen. Er hoffte, dass sein Schiff nicht allzu schwer beschädigt war.

Als sie die Luke der Pax öffneten, sahen sie die Bezeichnung des terranischen Schiffs auf dessen Hülle. Im Gegensatz zu den adventiven Militärschiffen, die nummeriert waren, hatten die des Solarbunds Namen.

»Du meine Güte!« Li hob erschreckt die Hand vor den Mund. »Das ist die *Charon*.«

Bevor einer der anderen etwas sagen konnte, glitt die Tür zur Seite und mehrere Soldaten in den blauen Uniformen der Solarflotte empfingen sie dahinter mit gezogenen Waffen.

11. Urteil

Andor hob beschwichtigend die Arme und trat durch den Eingang auf die Soldaten zu. »Tut uns aufrichtig leid, dass wir hier so hereinplatzen«, sagte er in ruhigem, höflichem Ton. »Kein Grund, alarmiert zu sein. Wir planen keine Invasion, wir mussten nur ein paar aufdringliche Gastgeber loswerden.«

»Wir bitten um Asyl!«, rief Laif schrill. Ray fiel auf, dass der Junge seit der Gefangennahme kein Wort mehr von sich gegeben hatte.

Vivian legte ihm beruhigen die Hände auf die Schultern. »Alles gut, wir sind nun in Sicherheit.«

Der vordere Offizier mit dem Rang eines Leutnants, ein noch recht jung wirkender Mann mit heller Haut, braunen Haaren und blauen Augen, schien der Leiter des Trupps zu sein. Er runzelte abschätzend die Stirn beim Anblick des offensichtlichen Nicht-Adventiven. »Was meinen Sie damit?«

»Wir wurden von Adventiven gefangen genommen«, berichtete Andor höflich. »Der Junge hat einen ziemlichen Schrecken bekommen. Sie wissen ja, wie diese Monster nicht-blonde Gefangene behandeln. Jedes Pigment zu viel wird bestraft.«

Ray blieb im Hintergrund und verzog den Mund bei diesen Worten. Er fühlte sich schon elend genug, da schmerzten derartige Seitenhiebe gegen seine Kultur nur noch mehr.

»Wir haben es geschafft zu fliehen«, fuhr Vivian fort.

Li trat nun hinter Andor nach vorn. »Hallo Lukas«, sagte sie lächeln. »Wie geht es Ihnen?«

Der Offizier erstarrte. »Lilith?«

»Ja, das Universum ist wirklich klein.« Sie schmunzelte. »Dass wir ausgerechnet die Charon erwischen … Das sind Freunde von mir. Wir sind wirklich nur durch einen dummen Umstand in diese Situation geraten.«

»Nun.« Der Leutnant steckte die Waffe weg und seine Begleiter taten es ihm gleich. »Dann will ich Ihnen das mal glauben, Sie scheinen seltsame Umstände ja anzuziehen. Ich werde Kashani benachrichtigen. Gehen Sie so lange in die Krankenstation und lassen sich durchchecken, Sie kennen ja den Weg. Ich gebe Dr. Mendes Bescheid.«

»Danke.«

Der Leutnant schüttelte nur lächelnd den Kopf und ging.

»Du kennst den Typen?«, fragte Andor verblüfft. Auch Ray spitzte die Ohren.

Li nickte. »Das ist Leutnant Lukas MacPherson, wir duzen uns privat sogar. Meine Mutter hatte einige Jahre auf der Charon als Biologin gearbeitet. Das Schiff patrouilliert regelmäßig in dieser Zone und brachte mich auch damals zurück zur Erde, als ich in die Botschaft geflohen war.«

Andor grinste. »Na, gut, dass wir dich an Bord haben.«

Ray hingegen biss die Zähne zusammen. Er erinnerte sich an das Gespräch mit Steele. Wenn dieses Schiff hier regelmäßig Streife flog, musste der Admiral es kennen, auch dessen Besatzung. Er war über alles bis ins Detail informiert, was an seiner Grenze vor sich ging. Hatte er auch gewusst, dass Lis Mutter auf diesem

Schiff gearbeitete hatte und dessen Nähe deswegen für ihre Flucht gewählt?

Die Ärztin lächelte, als die fünf die Krankenstation betraten. »Ich hätte nicht gedacht, Sie so bald schon wiederzusehen, Frau Sakura. Was macht Ihr Studium?«

Li begrüßte sie ebenfalls freundlich, ging aber auf die Frage nach ihrer Ausbildung nicht ein. Dr. Mendes holte einen medizinischen Scanner hervor und begann, die Vitalwerte der vier zu überprüfen.

Es dauerte nicht lange, bis eine Frau in den Fünfzigern mit mittelbrauner Haut und silbergrauen, kurzen Haaren zu ihnen trat. Sie hatte ein sympathisches Lächeln, strahlte aber durch ihre aufrechte Haltung Autorität und Entschlossenheit aus. »Willkommen auf der Charon«, begrüßte siefreundlich. »Ich bin Kapitänin Kashani. Frau Sakura, schön Sie zu sehen. Da bin ich ja mal auf die Erklärung gespannt.«

Li lächelte. »Guten Tag, Kapitänin Kashani. Darf ich Ihnen meine Freunde vorstellen? Andor Winter, Raynald Vandenberg, Vivian Fling und Laif Thaer.«

Andor trat vor und reichte der Kapitänin höflich die Hand. »Ich gebe zu, es war mein Verschulden«, erklärte er. »Ein hochrangiger adventiver Offizier hegt eine persönliche Fehde gegen mich und meine Freunde gerieten ins Kreuzfeuer.«

»Ich weiß, die werten Kollegen der A73 haben bereits Ihre Auslieferung verlangt.«

Ray horchte auf. Steele spielte seine Rolle glaubwürdig. Wenn die nach der Flucht einfach weitergeflogen wären, hätte das verdächtig gewirkt.

»Bitte, schicken Sie uns nicht zurück, Kapitänin!«, flehte Laif. Er schien wirklich traumatisiert von der Gefangennahme.

»Keine Sorge«, sagte Kashani. Ihre sonore Stimme wirkte beruhigend. »Im gemeinsamen Friedensabkommen haben die Adventive auf jegliche Auslieferung von Bürgern des Solarbunds verzichtet. Die Tatsache, dass sie es lediglich forsch forderten, ohne Drohungen oder dem Stellen eines Ultimatums, sagt mir, dass sie diese Sache bei Weigerung unsererseits nicht mehr weiterverfolgen werden.«

Andor atmete erleichtert auf. »Danke, Kapitänin, wir stehen in Ihrer Schuld.«

»Wie sieht es mit Deserteuren aus?«, fragte Ray vorsichtig.

Kashani blickte zu ihm, als hätte sie ihn erst jetzt bemerkt, und runzelte die Stirn. »Was mei-«

»Er ist Adventiv«, erklärte Mendes, die Ray gerade scannte. Er verzog den Mund. Dieser verfluchte Chip. Aber offenbar wurde Steeles neue Variante nicht erkannt, das hätte ihn in ziemliche Erklärungsnot gebracht.

Betretene Stille folgte.

»Darf ich vorstellen?«, unterbrach Andor diese feierlich. Er legte eine Hand auf Rays Schulter. »Das ist mein Kumpel Raynald. Adventiv, Deserteur, netter Kerl. Noch Fragen?«

Ray warf ihm einen dankbaren Blick zu. Diese rettende Geste hätte er nicht von ihm erwartet.

Kashanis Blick wechselte zwischen ihnen hin und her. Schließlich seufzte sie leise. »Nein, mich wundert nichts mehr hier.« Sie sah zu Li. »Besonders nicht, wenn Sie dabei sind.«

Li lächelte und hakte sich bei Ray unter, um ihre Freundschaft zu ihm ebenfalls deutlich zu machen. »Fähnrich Vandenberg hat uns zur Flucht verholfen, ihn würde bei Auslieferung eine hohe Strafe erwarten.«

Ray drückte dankbar ihre Hand.

Kashani nickte verstehend. Sie richtete sich wieder an Andor. »Sie haben sich meines Wissens auf der Erde nicht strafbar gemacht. Wir werden ihre persönlichen Daten überprüfen und Sie in ein sicheres Gebiet eskortieren.«

»Danke«, sagte Andor. »Nur nicht zu viele Details lesen, das schadet den Augen.« Er grinste breit.

Die Frau sah ihn vielsagend an. »Das lassen Sie mal meine Sorge sein.«

Sie gingen zurück auf die angedockte Pax, auf der sie auch weiterhin übernachten würden. Es erschien auch Ray sicherer; wer wusste schon, inwieweit die Schiffe des Solarbunds mit Kameras und Mikrofonen ausgestattet waren?

Auf der Brücke rieb Andor seine Hände zusammen. »Die nächsten Tage werden wir wohl an der Charon kleben bleiben«, brummte er missmutig.

»Immerhin sicher«, sagte Laif.

»Das wird sich zeigen.«

Ray stutzte. »Du bist doch Terraner, oder? Das sind deine Leute.«

Andor warf ihm einen finsteren Blick zu. »Ich traue dem Militär nicht. Das sind niemals *meine Leute*, ob Solarbund oder nicht. Das müsstest du doch am besten nachvollziehen können.«

Ja, das konnte er in der Tat. Aber Andors Worte gaben ihm ein ungutes Gefühl. Er hatte immer gedacht, dass der Solarbund weniger gefährlich sei. Immerhin schrieben sie es sich auf die selbstverherrlichende Brust, den Frieden wahren zu wollen und für Einheit und Gerechtigkeit einzustehen. War dem nicht so? Oder war Andor einfach zu sehr gegen diese Ideale? Letzteres schien wahrscheinlicher.

Li verschränkte die Arme vor ihrer Brust und zog die Schultern hoch, als wäre ihr kalt. »Was machen wir jetzt?«

»Warten, bis die uns freigeben.« Andor straffte die Schultern. »Auf, lasst uns die Gastfreundschaft voll ausnutzen und was Essen. Ich hab Hunger.«

Li nickte. »Ich führe euch zum Aufenthaltsraum der Charon, da gibt es wegen der unterschiedlichen Dienstzeiten rund um die Uhr ein Büffet.«

Sie ging flott voran und schien sich sicher und wohl zu fühlen, die anderen folgten. Ray hingegen zuckte innerlich zusammen, sobald ihnen ein Soldat in der dunkelblauen, terranischen Uniform begegnete. Genau die Erscheinungen, die ihm von klein auf als Feindbild suggeriert worden waren. Er fühlte sich mehr als nur fehl am Platz.

In der geräumigen und sehr modern eingerichteten Kantine befand sich auch dieser Leutnant MacPherson an einem der Tische. Als er sie eintreten sah, stand er auf, ging direkt auf Li zu und verwickelte sie in ein Gespräch. Die Freude in ihrem Gesicht, als der nur wenige Jahre ältere und nicht unattraktive Mann sie ansprach, gab Ray einen Stich. Auf Adventiva war Li allein gewesen, ohne viele Freunde und sozusagen von ihm abhängig. Hier war es umgekehrt, dies war ihr Zuhause und ihre Kultur.

Andor gesellte sich mit Vivian zu den beiden und mischte sich in die Unterhaltung ein. Wahrscheinlich, um neue Beziehungen zu knüpfen, mutmaßte Ray.

Selbst Laif traf eine Gruppe junger Kadetten und wurde zu einem Spiel eingeladen, was er erfreut annahm. Der Junge brauchte solche Tage.

Ray hingegen zog sich mit einem Erfrischungsgetränk in eine stille Ecke zurück. Er fühlte sich überflüssig und hatte keine großen Ambitionen, sich auf einem Militärschiff der Solarflotte zu unterhalten oder irgendwelche Bekanntschaften zu knüpfen. Er wollte lieber nicht auffallen und nicht gesehen werden.

Er blickte aus dem Fenster zu den Sternen. Der Mars war nur noch als roter Punkt zu erkennen. Seine Heimat. Nein, er hatte keine mehr. Nicht dort. Mit dem Chip, den Steele ihm verpasst hatte, würde er auch hier keine neue finden. Sein Leben war verwirkt. Er wünschte sich, die Ärztin hätte das neue Implantat entdeckt, dann wäre er aufgeflogen und der ganze Mist wäre vorbei und erledigt gewesen. Ob er sie nach einem tieferen Scan fragen sollte? Der Solarbund würde sich gewiss alle zehn Finger nach der adventiven Technologie lecken. Aber er würde als Spion verhaftet werden und seine Freunde wären in Gefahr. Nein, solange sie hier auf einem erneuten Militärschiff waren, konnte er es ihnen nicht beichten. Es wäre zu gefährlich und noch waren sie zu nah am Mars.

Wie vom Teufel gerufen, trat Dr. Mendes mit einem Heißgetränk in der Hand an seinen Tisch. »Darf ich mich zu Ihnen setzen?«

Ray sah sie mit erhobenen Brauen an. Die Frau war in den Vierzigern, hatte leicht gebräunte Haut, hellbraune Locken, die bereits einige graue Strähnen aufwiesen und zu einem Zopf zusammengebunden waren, grüne Augen und ein schmales Gesicht mit einem auffällig langen Mund und großer Nase. Keine besonders gute genetische Auslese, würde sein Vater sagen. Aber was war schon gutes Aussehen bei einem miesen Charakter wie dem des Generals.

Er zuckte schweigend die Schultern. Besonders begeistert war er nicht davon, Smalltalk halten zu müssen, aber sie wegzuschicken, würde gewiss viel Aufmerksamkeit auf ihn ziehen.

»Danke.« Die Ärztin nahm freundlich lächelnd ihm gegenüber Platz und stellte den Becher vor sich auf den Tisch. Es roch nach schwarzem Jasmintee. »Wie geht es Ihnen?«

Ray runzelte die Stirn. »Fragen Sie jeden Ihrer Patienten nach Dienstschluss nach deren Befinden?«

»Wenn es mich interessiert, ja.«

»Schön, mir geht es gut.« Zumindest körperlich, nicht seelisch.

Der Blick ihrer grünen Augen traf seinen. »Warum sind Sie fort aus der Kolonie? Es muss doch sehr einsam hier für Sie sein.«

Ray verzog den Mund. Dieser beinahe mitleidige Ausdruck einer Offizierin machte ihn wütend. »Der Mars ist ein sehr angenehmer Ort zu leben«, erklärte er kühl. »Solange man denkt und tut, was von einem erwartet wird. Leider teilten die Regierung und ich nicht die gleichen Ansichten.« Er sah Dr. Mendes ernst an. »Ich möchte nicht unterdrückt werden, weder physisch noch mental, weder von anderen, noch von mir selbst. Alles, was ich will, ist, frei denken und leben zu können in einem Sonnensystem, das groß genug ist für alle Menschen. Ist das so schwer zu verstehen?«

Die Ärztin lächelte. »Nein, das ist es nicht.«

»Warum wundern Sie sich dann so darüber?«

»Ich war lediglich neugierig, entschuldigen Sie.«

»Bin ich derart interessant?«

Dr. Mendes streckte ihren Rücken durch. »Zugegeben ja. Man hat so wenig Gelegenheit, sich mit einem Adventiv zu unterhalten. Wir wissen nicht viel über diese Kolonie unserer eigenen Spezies und was wir an Informationen bekommen, kommt entweder von der Propagandamaschine oder von den wenigen Flüchtigen, die allerdings meist ebenfalls nichts sagen oder eine solche Abneigung zu ihrer Heimat entwickelt haben, dass es einseitig erscheint.«

»Was lässt Sie vermuten, dass es bei mir anders sei?«

»Sie sind ein Fähnrich. Bisher gab es niemals einen Flüchtigen aus dem Militär. Das ist ein Novum.«

In Ray schrillten innerlich die Alarmanlagen. »Ich werde sicher nicht aus dem Nähkästchen unserer Armee plaudern.«

»Meine Güte, nein!« Die Ärztin hob abwehrend die Hand. »Das habe ich selbstverständlich nicht gemeint. Meine Neugier auf die Menschen, deren Wurzeln uns verbinden, ist rein anthroposophischer Natur.«

Er nickte missmutig. »Nun gut, dann stellen Sie Ihre Fragen.« Anders würde er diese aufdringliche Person wohl nicht loswerden. Sie gehörte dem Militär an, er musste sehr vorsichtig sein, was er sagte.

»Gibt es denn mehr Adventive, die so denken wie Sie?«, nahm sie sein Angebot zügig an.

Ray hob die Schultern. »Keine Ahnung, es ist nicht besonders gesundheitsfördernd, das bekanntzugeben.« Er nahm einen Schluck aus seinem Glas. Es schmeckte nach Limonade, nur weniger süß. Die Kohlensäure prickelte auf der Zunge.

»Ich habe gehört, dass Sie bereits vor dem Vorfall hier auf der Lunabasis gemeldet waren. Wie haben Sie es denn geschafft, die Kolonie zu verlassen?«

Erneutes Schrillen der Alarmglocken. Natürlich würden sie Nachforschungen anstellen, aber so schnell hatte er es nicht erwartet. Diese lästige gründliche Bürokratie. Andererseits hatte er ja offiziell eine Anstellung bei Andor. »Wird das doch ein Verhör hier?«, fragte er freiheraus. »Ich nahm Ihre vorherige Entschuldigung aus Höflichkeit an, es sollte jedoch keine Aufforderung sein, mich weiter zu löchern. Nur weil ich mich von meinen Leuten abgewendet habe, bedeutet das nicht, dass ich jetzt den Solarbund anhimmele.«

Dr. Mendes zuckte leicht zusammen, als hätte sie eine Ohrfeige erhalten. »Das ist wohl die oft zitierte Direktheit der Adventive, die ich gerade abbekomme. Ich entschuldige mich erneut.« Sie sah ihn etwas betreten an. »Können Sie denn je wieder zurück?«

Ray schüttelte den Kopf. »Leider nicht, selbst als Zivilist gilt man als Deserteur, wenn man die Kolonie verlässt. Falls Sie auf die Idee kommen sollten, mich dem adventiven Militär zu übergeben, würde das wohl mein letzter Flug werden.« Zumindest wäre das gestern noch so gewesen.

»Da haben Sie viel geopfert.« Erneut diese überzogene Anteilnahme, die Ray die Galle aufsteigen ließ. Er konnte damit umgehen, erniedrigt oder beschimpft zu werden, aber Mitleid ertrug er nicht.

»Mich hielt nicht mehr viel dort und ich habe gute Freunde hier.« Er wurde sich schmerzlich bewusst, wie sehr das stimmte ... gestimmt hat. »Heimat ist nicht immer Heimat, manchmal ist es auch nur ein Ort, in dem man geboren wurde.« Er atmete tief durch.

»Das muss schwer für Sie sein.«

Ray wich ihrem Blick aus. Einerseits hielt diese Frau ihn vom Grübeln ab, was er begrüßte, andererseits regte diese Befragung Skepsis in ihm. Das anerzogene Misstrauen gegenüber Soldaten der Erde steckte noch immer tief in seinen Genen. Ein erneutes Brennen an der Einstichstelle von Steeles Chip tat sein Übriges.

Sein Blick schweifte zur Tür und er sah Laif, der gerade zurück in den Aufenthaltsraum kam. Er wollte ihm zuwinken, als sich ein Mann vor den Jungen stellte.

»Hallo, du bist Laif Thaer?«, hörte Ray ihn sagen. Was wollte der Kerl?

Ohne die Ärztin weiter zu beachten, stand er auf und ging auf die beiden zu, die Ohren gespitzt.

»Ich bin Dr. Benjamin Miller, der Psychologe auf diesem Schiff, mein Fachgebiet ist Traumabewältigung«, stellte er sich vor. »Darf ich kurz mit dir reden?«

»Was wollen Sie von mir?« Laifs Stimme zeigte deutlich, was Ray dachte. Ein offizieller Seelenklempner der Solarflotte war ihm nicht geheuer.

»Keine Angst, ich würde dir nur gerne ein paar Fragen stellen, wir haben etwas widersprüchliche Informationen über dich erhalten.«

Ray verzog den Mund. Sie hatten also bei ihnen allen geschnüffelt.

Miller breitete einen Arm aus. »Wollen wir nicht irgendwo hingehen, wo es bequemer ist?«

»Ich möchte nicht mit Ihnen reden«, erklärte Laif und machte Anstalten, an ihm vorbei zu gehen.

Miller versperrte ihm den Weg. »Wir brauchen lediglich Gewissheit darüber, was auf der Raumstation geschehen ist, bevor noch jemand des Mordes verdächtigt wird.«

Ray erschrak. Hieß das, der Professor war tot? Er erkannte, wie auch Laif das Blut aus dem Kopf wich, und stellte sich beschützend neben den Jungen.

»Haben Sie nicht gehört?«, fuhr er den Psychologen scharf an. »Laif möchte nicht mit Ihnen sprechen. Das sollte genügen.« Innerlich wurde ihm heiß und kalt. Jetzt saßen sie alle im Sog der Justiz, die Freiheit war dahin.

Miller betrachtete ihn mit gerümpfter Nase. »Fähnrich Vandenberg, vermute ich? Der Adventiv?«

»Interessant, dass Sie sich als angeblicher Fachmann offenbar des Schubladendenkens bedienen.«

Die Miene des Mannes vereiste. »Ich würde mich gerne mit dem Jungen unterhalten«, sagte er in höflicherem Ton.

»Was wollen Sie wissen?«, klang Andors Stimme hinter ihnen. Er stellte sich zwischen Laif und dem Arzt. »Andor Winter mein Name. Ich kann Ihnen sicher ebenso helfen.«

Ray atmete erleichtert auf. Als Adventiv strahlte er hier gewiss weniger Glaubhaftigkeit aus als ein eindeutiger Terraner. Auch Vivian war gekommen, hielt sich aber im Hintergrund.

Miller bemühte sich sichtlich, Haltung zu wahren. Mit einem solchen Widerstand hatte er offenbar nicht gerechnet. Die Chance, den Jungen allein zu verhören, war dahin. »Was ist auf Professor Thaers Station geschehen? Wir wissen, dass Professor Thaer Laifs Vormund war und man ihn vor einigen Wochen ohne den Jungen tot auf der Raumstation gefunden hat. Seine Aufzeichnungen und Datenbanken enthüllten einen entsetzlichen Missbrauch an dem Kind und wir würden gerne erfahren, was davon der Wahrheit entspricht.«

Andor hob das Kinn. »Alles und mehr. Ihr verehrter Professor war ein geistesgestörtes Monster.«

Miller seufzte. »Das habe ich befürchtet.«

»Darf ich fragen, an was er verstorben ist? Bei unserer letzten Begegnung erfreute er sich noch bester Gesundheit.«

Das stimmte nicht so ganz, erinnerte sich Ray. Es konnte durchaus sein, dass jemand in dem Alter eine Taserladung nicht überlebte.

»Einiges deutete auf Suizid hin. Ich hoffte, von dem Jungen mehr darüber zu erfahren.«

Ray atmete innerlich auf. Selbsttötung klang plausibel. Er musste damit gerechnet haben, dass sein Adoptivsohn sich den Behörden stellte und alles aufflog. Er sah Laifs bleiches Gesicht und legte den Arm um seine Schulter. Er spürte, wie der Junge leicht bebte. Ray

drückte ihn fester an sich und Laifs Haltung entspannte.

Bevor Andor etwas dazu sagen konnte, trat Li in Begleitung von MacPherson und Kapitänin Kashani zu
ihnen. Die drei lachten und schienen sich offenbar gut
unterhalten zu haben, was Ray einen erneuten Stich
versetzte.

Bei der angespannten Situation in der Gruppe ver-
stummte Li und betrachtete die Szene stirnrunzelnd.
Die Kapitänin hingegen richtete sich direkt an Andor.
»Da gab es ja einiges zu lesen über Sie.«

Andor hob die Brauen. »Ich bin nicht besonders stolz
darauf, glauben Sie mir.«

»Das wäre zu hoffen«, sagte Kashani streng, fuhr
dann aber etwas freundlicher fort. »Sobald Ihr Schiff
wieder flugtüchtig ist, dürfen Sie Ihrer Wege ziehen.«

»Vielen Dank, Kapitänin.«

»Sie wollen sie einfach gehen lassen?«, fragte Miller
sichtlich überrascht.

»Warum sollte ich das nicht, Dr. Miller?« Kashani
wirkte verwundert. »Herr Winter ist zwar aktenkun-
dig, aber er hat alles abgesessen und wird nicht gesucht.«

»Was ist mit dem Jungen?«

Andor zeigte die Zähne. »Was soll mit ihm sein?«

»Er ist noch minderjährig«, erklärte der Psychologe.

»Na und? Wir passen schon auf ihn auf.«

Miller drückte den Rücken durch, doch vor Andor
wirkte der schmächtige Arzt wie ein Zahnstocher neben einem Baumstamm. »Er ist minderjährig und Sie
sind nicht sein gesetzlicher Vormund.«

»Sein gesetzlicher Vormund hat ihn verstümmelt und misshandelt«, knirschte Andor.

Ray sah, dass sein cholerischer Boss kurz vorm Platzen war, und hoffte, er würde diese Sache nicht zu Laifs Ungunsten versauen.

»Haben Sie etwas mit Professor Thaers Ableben zu tun?«, fragte Miller streng. Seine braunen Augen funkelten. Im Beisein seiner Vorgesetzten schien er neuen Mut zum Widerstand gefunden zu haben.

»Nein. Das hat offensichtlich sein Gewissen ganz alleine erledigt.« Andor zeigte drohend mit dem Finger auf Miller. »Haben Sie auch nur einen Finger krumm gemacht, als dieser seinen Schutzbefohlenen über Jahre hin gefoltert hatte?«

»Sie hätten das alles der Justiz überlassen können, anstatt sich da einzumischen. Sie können von Glück sagen, wenn wir hier kein Verfahren einleiten.«

»Dann hätte es noch Wochen gedauert, bis Laif erlöst worden wäre, wenn überhaupt«, zischte Andor, er musste sich sichtlich zurückhalten.

Laif verfolgte die Diskussion mit versteinerter Miene. Ray ahnte, wie ihm zumute war, und ließ seine Hand weiter auf dessen Schulter ruhen. Er hoffte, ihm so etwas Kraft geben zu können.

Der eigentliche Fachmann schien das hingegen nicht zu bemerken, sondern war zu sehr in seiner Rechtfertigung gegenüber Andor gefangen. »Gerade darum braucht er professionelle Betreuung. Er muss nun zusätzlich noch den Tod seines Vormundes verarbeiten. Der Junge braucht erfahrene Pflegeeltern und psychiatrische Behandlung.«

»Was ein Quatsch«, rief Andor aus. »Was Laif braucht, sind Freunde und Vertraute, bei denen er sich sicher fühlt, keine sterile Couch und Ärzte, für die er nur ein weiterer Termin ist.«

»Sie haben keinerlei Ausbildung auf diesem Gebiet, im Gegensatz zu mir. Der Junge muss sein Trauma verarbeiten.«

»Er muss gar nichts verarbeiten«, schnaubte Andor wütend. »Er ist eine Zeit durch Scheiße gestiefelt, na und? Das sind wir alle! Er sollte lernen, sich den Dreck abzuschütteln und weiter zu gehen, anstatt alles wieder und wieder durchzukauen und eingeredet zu bekommen, wie gestört er sei. Wenn er Hilfe braucht, werden wir sie ihm nicht verweigern, doch solange er sich glücklich und normal bei uns entwickelt, lasst ihr gefälligst eure sauberen Solarbundpfoten von ihm und reißt ihn nicht erneut aus seiner vertrauten Umgebung, kapiert?«

Miller verschränkte die Arme und hob beinahe triumphierend das Kinn. »Nun, mit dieser Einstellung wird es mir nicht schwerfallen, Ihnen den Jungen zu entziehen.«

»Der *Junge*, von dem Sie immer sprechen, hat übrigens einen Namen«, ging Li mit strengem Tonfall dazwischen, bevor Andor reagieren konnte. »Interessiert Sie das überhaupt, Dr. Miller? Oder wollen Sie ihm der einfachheitshalber gleich eine Fallnummer vergeben?«

Millers Blick schoss zu ihr. »Was wollen Sie damit andeuten?«

»Ich denke, Sie haben mich schon verstanden, Dr. Miller. Warum reden Sie nicht zuerst einmal mit Laif und fragen ihn, was er davon hält, anstatt über seinen

Kopf hinweg über ihn zu streiten? Er ist schließlich kein kleines Kind mehr und sehr wohl in der Lage, seine Situation einzuschätzen.«

»Ich bemühte mich ja um ein Gespräch, er verweigerte es«, tönte Miller beinahe patzig.

»Nicht alleine«, warf Laif fest ein. Ray spürte, wie sich sein schmächtiger Körper erneut verspannte. »Ich sage es gerne hier vor Zeugen: Ich möchte nicht in eine Familie, sondern hier bei meinen Freunden bleiben, bei denen ich mich sehr wohl fühle.«

Millers Blick wanderte zu Rays Arm, der noch immer auf Laifs Schulter ruhte, und er schüttelte den Kopf. »Das klingt für mich wie unter Einfluss. Wir werden sehen, wie die Richter entscheiden, ich setze noch heute den Antrag auf.« Mit diesen Worten ließ er sie stehen.

Li blickte mit gehobenen Brauen zur Kapitänin, der diese Unterhaltung sichtlich unangenehm war.

»Das sieht alles nicht so gut aus«, erklärte Kashani ernst. »Ich verstehe ja Ihre Einwände, Frau Sakura, aber Herr Winter mit seinem Aggressionsproblem und dem uns bekannten Vorstrafenregister, der Laifs Vormund sein soll? Dazu noch eine Ex-Prostituierte und ein Adventiv. Nichts für ungut, aber das sind nicht gerade ideale Voraussetzungen.«

Auch der Leutnant schüttelte den Kopf. »Mensch, Lilith, wie stellst du dir das vor?«, sagte er leise. »Da nützt der beste Anwalt nichts.«

Li richtete sich mit flehendem Blick an MacPherson. »Das sind doch alles nur haltlose Vorurteile. Andor ist fürsorglich wie ein Vater, wenn er aggressiv ist, dann nur protektiv, und der Zusammenhalt der Gruppe gibt Laif Sicherheit und Selbstvertrauen. Er wird behandelt wie jeder andere, ohne Spott und ohne Mitleid. Er fühlt sich verstanden und akzeptiert, nicht als verstörter Außenseiter wie in einer normalen Familie. Diese Gruppe ist die beste Therapie, bitte glaub mir das, Lukas, ich weiß, wovon ich spreche.«

Der Leutnant schüttelte den Kopf. »Damit werden wir keinen Richter überzeugen können.«

»Und wenn ich ihn adoptiere?«

Kashani schüttelte den Kopf. »Dann wird er dennoch mit bei Ihren Freunden leben, das Gericht ist nicht blöd. Außerdem ist Ihr Altersunterschied zu gering für eine ernstzunehmende Adoption.«

»Warum muss er überhaupt einen Vormund haben? In drei Jahren ist er achtzehn und offiziell volljährig auf der Erde, dann würde er ohnehin wieder zu uns kommen, was soll das Herausreißen überhaupt?«

»Es ist das Gesetz und zum Schutz Jugendlicher gedacht.«

MacPherson berührte Lis Arm. »Warten wir erst einmal ab. In solchen Fällen wird eine KI hinzugezogen und es geht bekanntlich recht schnell, wahrscheinlich haben wir den Vorentscheid morgen schon. Dann könnt ihr noch immer Einspruch einlegen und vor Gericht ziehen.«

Li nickte betreten.

Sie gingen wortlos zurück zur Pax. Laif ließ sich mit sichtlich betrübtem Gesicht auf das Sofa im Aufenthaltsraum sinken, Li und Vivian setzten sich neben ihn. Vivian legte den Arm um Laif und drückte ihn fest an sich. Ray fiel auf, dass auch sie ungewöhnlich stumm und blass war. Ihre Empathie zwang sie, die Gefühle ihrer Freunde intensiv mitzuerleben.

Er setzte sich mit Andor den anderen gegenüber auf die Sessel. Die bedrückende Stimmung legte sich wie eine schwarze Wolkendecke über sie alle.

»Warum musste auch noch so ein Wichtigtuer auftauchen?«, seufzte Li. »Kashani ist supernett, sie hätte uns alleine nie einen Stein in den Weg gelegt.«

»Ich fühle mich mehr als unwohl auf einem Schiff der Solarflotte«, brummte Ray.

»Nicht nur du«, sagte Andor.

»Immerhin seid ihr normale Menschen. Ich bin es so leid, mich hier ständig zu verkleiden oder für meine Herkunft entschuldigen zu müssen.«

»Sei doch froh, dich fürchten sie wenigstens im Geheimen«, erwiderte Andor. »Aus dem Zwinger zu kommen, ist auch kein Spaß.«

Li sah auf. »Du warst im Zwinger?«

Andor nickte brummend. »Ich wurde dort hineingeboren. Der Weg nach draußen lief dann nur über die sogenannte schiefe Bahn.« Er grinste breit. »Erklärt einiges, was? Dr. Miller würde sicher ganz feucht werden bei Aufarbeitung meiner Vergangenheit.«

»Was ist dieser Zwinger?«, fragte Ray. Er hatte das Wort schon öfters in Zusammenhang mit Andor gehört.

Andor hob die Brauen. »Du als Adventiv müsstest das doch ganz genau wissen.«

Ray runzelte verständnislos die Stirn. »Nie gehört.«

»Es war ein umgrenzter und überwachter Bezirk, der auf dem nordamerikanischen Kontinent der Erde errichtet wurde«, erklärte Li. »Dort lebten Sozialfälle und

Straftäter, die in die Gesellschaft integriert werden müssen, ohne selbige zu gefährden.«

»Ein Freiluftknast sozusagen?«

Li nickte. »Die Menschen sollten in einer überwachten Gemeinschaft normaler leben als in einem gewöhnlichen Gefängnis. Sie wurden versorgt und unterrichtet. Eine Idee, die anfangs mal gut gemeint war.«

»Der Weg zur Hölle ist gepflastert mit guten Absichten«, zischte Andor.

»Der Zwinger hat sich verselbstständigt und zu einer Parallelgesellschaft gewandelt«, fuhr Li unbeirrt fort. »Er wurde vor zweiundzwanzig Jahren schließlich als gescheitert geschlossen.«

»Aber dann hast du dir doch nichts vorzuwerfen«, sagte Laif leise.

Andor schnaubte. »Gerade deswegen. Ständig dieser bemitleidenswerte Blick der selbsternannten Psychologen: Oh, das arme Zwingerkind, so gelitten unter unserem System! Nur deswegen ist er so zornig«, äffte Andor bissig. »Seid nett zu ihm, überschüttet ihn mit der Zuneigung, die er nie erleben durfte. Diese Kinder sind so benachteiligt worden und haben so viel durchgemacht! Das kotzt einen wirklich an, da möchte man denen am liebsten aufs Maul hauen und zeigen, wie friedlich und hilflos man ist.«

Ray musste laut lachen bei dem Ausbruch. »Dich auf der sozialen Erde! Schade, dass ich das nicht erlebt habe.«

Andor lachte ebenfalls. »Sei froh darüber, damals war ich sehr jung und hatte noch weniger Selbstbeherrschung als heute, ob ihr's glaubt oder nicht.«

»Ich kann mir denken, dass du es mit Absicht ausgereizt hattest. Je nachsichtiger die waren, desto toller hast du es getrieben, hab ich recht?«

»So in etwa. So weiß ich aber, dass diese Psychologen auch nur mit Wasser kochen und nicht immer korrekt liegen.«

Vivian hob die Brauen. »Wie wild warst du denn?«

Andor winkte ab. »Das lassen wir lieber hier, ich war jung und zornig, wie gesagt. Nicht, dass ihr noch zu Schandtaten verleitet werdet. Aber ich sehe heute ein, dass ich etwas übertrieben hatte.«

»Jaja, die Reue steht dir ins Gesicht geschrieben«, spottete Ray. »Aber wieso dachtest du, ich müsste das alles wissen? Ich höre zum ersten Mal davon. Wir erfahren ohnehin nur Bruchstücke von dem, was auf der Erde abgeht.«

Andor musterte ihn mit ernster Miene. »Der Zwinger wurde von der Adventiven Partei propagiert und durchgesetzt. Damals, als ihr noch einen hohen Einfluss im Parlament der Erdregierung hattet, bevor wir euch endlich in den Arsch getreten und ihr euch zum Mars verpisst habt. Ich wuchs in einer eurer stinkenden Hinterlassenschaften auf.«

»Oh.« Ray war wie vor den Kopf gestoßen. Davon stand nichts in ihren Geschichtsbüchern. Er ahnte, welche Menschen bevorzugt in solch ein Gefängnis verfrachtet worden waren. Sicher keine hellhäutigen Blonden. Kam daher Andors Abneigung seiner Kultur und seinen Landsleuten gegenüber? Er wollte sich rechtfertigen, schloss den Mund aber wieder. Es war nicht sein Vergehen und Andor wusste das mittlerweile. Kein Grund, das Thema weiter breitzutreten. Erneut spürte er das unangenehme Stechen im rechten Halsbereich.

»Und jetzt?«, fragte Laif. Als sich alle Blicke auf ihn richteten, zog er die Schultern hoch. »Ich habe Angst.«

Vivian drückte ihn an sich. »Wir warten erst einmal ab. Aber du brauchst dich nicht fürchten, es ist ja nicht, dass du ins Gefängnis sollst, nur in eine Familie.«

»Aber ich weiß, dass ich mich da nicht wohlfühlen werde.« Er blickte auf seine Finger. »Es ist so, ich … ich weiß nicht einmal, ob ich mich überhaupt als der *Junge* fühle, der ich immer genannt werde.« Seine Stimme wurde so leise, dass Ray die letzten Worte kaum verstehen konnte.

»Laif, sieh mich an!« Vivian nahm in an den Schultern und drehte ihn zu sich. Er blickte vorsichtig auf. »Mach dir deswegen keine Gedanken. Auf der Erde ist die sexuelle Orientierung eines Menschen völlig nebensächlich, da wird sicher keiner versuchen, dran herum zu therapieren. Diesbezüglich bin ich auch nicht *normal*.«

Jetzt waren alle Augen auf Vivian gerichtet.

Andor runzelte die Stirn. »Das wäre mir aber neu. Oder bist du so eine verdammt gute Schauspielerin?«

Viv lachte. »Ja, das auch. Ich stehe auf Männer, keine Sorge, aber eben nicht nur. Vielleicht liegt es an der Empathie. Ich kann mich sehr gut in alle Geschlechter hineinversetzen und genieße sozusagen die Erregung aller gleich stark.« Sie zwinkerte.

Laif hielt sich die Hände vor die Ohren. »Zu viel Information!«

Vivian lächelte sanft. »Du hast ohnehin noch genug Zeit, dich zu entscheiden. Wenn du ein anderes Pronomen bevorzugst, sag Bescheid.«

Ray war sich nicht sicher, was sie damit meinte. Sollten sie den Jungen als ein Mädchen ansprechen? Oder gab es noch eine andere Bezeichnung? Er sagte jedoch nichts dazu, ihm schwirrte zu sehr der Kopf von dem Gehörten. Solche Dinge waren auf dem Mars ein absolutes Tabu, und worüber man nicht sprach, das gab es offiziell auch nicht.

»Es gibt allerdings einen anderen äußerst wichtigen Grund, warum Laif unbedingt bei uns bleiben muss«, erklärte Andor. »Wenn die Wissenschaftler spitzkriegen, was mit ihm alles gemacht wurde, dann lecken die sich doch alle zehn Finger nach ihm. Von einem Testlabor ins nächste.«

Ray nickte verbissen. Ja, das stand für ihn außer Frage. Egal, wie die Gesetze aussahen, die Geldgeber würden immer einen Weg finden, einen Nutzen aus solch einer Sache zu ziehen. Wenn es um Wissen und Macht ging, blieb die Menschlichkeit immer auf der Strecke.

Laif schluckte hart. »Bitte lasst mich nicht zurück!«

Andor nickte. »Das haben wir auch nicht vor. Du stehst unter unserem Schutz, zumindest bis du Volljährig bist. Dann darfst du selbst entscheiden, was du von dir so alles preisgeben willst.«

Ray runzelte die Stirn. Das mit den vielen Sexualitäten war ihm als Adventiv zwar neu, wenn auch ziemlich egal. An die Implantate und deren Fähigkeiten hatte er hingegen nicht mehr gedacht. Erneut überlegte er, ob Andor einen normalen Jungen auch derart beschützen würde. Ganz uneigennützig agierte der Kerl ja nie. Was hätte sein Vater gesagt? Wenn man solchen Menschen die Hand gab, blieb immer etwas kleben.

»Lasst uns abwarten, was die überhaupt entscheiden«, unterbrach Andor die betretene Stille. »Wenn es wirklich soweit kommen sollte, dass die dich uns wegnehmen wollen, brauchen wir einen Plan B.«

»Und der wäre?« Ray konnte seine Skepsis kaum verbergen. »Abhauen? Wohin? Dann könntest du nicht einmal zu deinem Anwesen zurück und vielleicht frieren die auch deine Finanzen ein.«

Andor winkte ab. »So schnell geht das auch nicht, ich habe da einige Absicherungen getroffen.«

»Dennoch, irgendwann kann man nicht mehr fliehen. Unser Sonnensystem ist begrenzt und die Flugweite der Pax erst recht.«

»Lass das mal meine Sorge sein. Wenn wir das Schiff finden, schaut keiner mehr auf kleine Vergehen.«

Vivian seufzte. »Wenn!«

Ray presste die Lippen zusammen. Dann würde der Ärger erst losgehen. Für sie alle. Doch das wusste nur er.

Den Rest des Tages verbrachten sie auf der Pax und reparierten die Schäden des Beschusses. Netterweise stellte MacPherson ihnen alles an Werkzeug und kleineren Ersatzteilen zur Verfügung und Ray begrüßte die Ablenkung. Sich auf die verschmorten Schaltkreise konzentrieren zu müssen, war besser, als über die Situation zu grübeln. Nicht nur Laifs, auch seine eigene. Es fiel ihm nach dem Handel mit Steele schwer, seinen Freunden in die Augen zu schauen.

Als sie am Tag darauf beim Frühstück im Aufenthaltsraum saßen, eilte Dr. Miller in Begleitung der Kapitänin herbei.

»Ich habe den Gerichtsbeschluss erhalten«, tönte er mit einem überheblichen Grinsen und kam vor ihrem Tisch zum Stehen.

»Erst einmal guten Morgen«, sagte Li in deutlich provokativem Ton. Auch die anderen schauten den Psychologen wenig begeistert an.

Andor erhob sich schweigend und stellte sich vor ihn, der daraufhin einen Schritt zurückwich. In Millers Gesicht spiegelte sich jedoch der Triumph wider. Er fuchtelte mit einem Pad vor Andors Nase. »Die KI hat meinem Gutachten zugestimmt. Laif wird auf die Erde gebracht und kommt in eine Pflegefamilie. Zu meinem persönlichen Bedauern wird auf ein Verfahren gegen Herrn Winter wegen Kindesentführung verzichtet. Zur Schonung des Jungen. Sie sind frei zu gehen.«

»Ich werde ohne Laif nirgendwohin gehen«, sagte Andor streng.

Auch Ray erhob sich. »Laif will bei uns bleiben, ist seine Meinung denn völlig wertlos hier? Sie behaupteten doch, es geht um sein Wohl.«

Miller atmete tief durch. »Der Junge kennt nur Sie, er spricht hierbei nicht seinen Willen aus, sondern die Angst vor Neuem«, erklärte er geduldig. »Sie sind für ihn Befreier, doch es ist ein Verkriechen. Er sieht sich abhängig von Ihnen, daher ist es umso wichtiger, dass er in eine normale Familie auf der Erde kommt, damit er sich altersgemäß entwickelt.«

»Das ist doch pürierte Solarbundscheiße!«

»Andor, halt dich zurück!« Ray umgriff warnend seinen Oberarm, die angespannten Muskeln unter dem Hemd fühlten sich bretthart an. Andor warf ihm einen finsteren Blick zu, riss sich aber nicht los.

Die anderen standen nun ebenfalls vom Tisch auf und stellten sich vor Miller.

»Laif ist die meiste Zeit seines Lebens normal aufgewachsen«, sagte Li. »Die Jahre danach waren traumatisch, aber auch aufgrund Kälte und Isolation. Hier mit uns hat er Freunde, die zu ihm halten und ihm Deckung geben, das ist einer Familie gleichzusetzen. Er gewinnt wieder Vertrauen in sich selbst und auch in andere. Er ist alt genug, um über sein Leben entscheiden zu können, wenn Sie ihn hierbei entmündigen, wie soll er jemals auf seine eigene Meinung vertrauen?«

»Sie wollen doch nicht behaupten, dass diese Ihre Freunde hier eine normale Familie und Therapie ersetzen könnten?«, fragte Miller in abfälligem Ton. »Schauen Sie sich doch an! Eine Bande von Herumtreibern und Kriminellen.«

»Jetzt gehen Sie entschieden zu weit, Sie selbstverherrlichendes Arschloch!« Andor sprang zornig nach vorn und schien kurz davor, Miller am Kragen zu packen. Ray warf sich gegen ihn wie ein Rugbyspieler. Auch wenn er dieses Kraftpaket nicht lange würde aufhalten können.

»Andor, nicht!«, bat Laif mit verzweifelter Miene, die Ray einen Stich ins Herz versetzte. »Du machst es nur schlimmer!«

»Das genügt!«, rief Kashani streng, die einen Schritt hinter dem Doktor stand und nun vor trat. »Dr. Miller, ich bin wirklich enttäuscht von Ihnen. Sie haben erreicht, was Sie wollten, da besteht kein Grund, als Sieger auch noch beleidigend zu werden.«

Der junge Arzt zuckte bei der verbalen Ohrfeige seiner Vorgesetzten zusammen. »Es tut mir leid, ich habe über die Stränge geschlagen. Glauben Sie mir, ich will nur das Beste für das Kind.«

Laif schluckte und sah zu Boden. Sein Gesicht schien unter dem natürlichen Teint jegliche Farbe verloren zu haben. Ray erkannte sich selbst in ihm wieder. Jedes Mal, wenn er nach einer Flucht geschnappt worden war und zurück zu seinem Vater gebracht werden sollte.

Vivian legte behutsam den Arm um den Jungen und Laif lehnte sich hilfesuchend an sie.

Miller würdigte sie keines Blickes mehr. Er verabschiedete sich von der Kapitänin und ging hinaus. Alles andere sollten offenbar seine Vorgesetzten regeln.

Andor schien ähnliche Gedanken zu haben. »Der muss wohl seine Hosen wechseln«, murmelte er so leise, dass nur Ray es hören konnte.

Kashani blickte zu Laif und ihre Miene wurde trüb, dennoch bewahrte sie Haltung. »Wir werden in den nächsten Tagen an einer Raumstation anlegen«, erklärte sie in sanftem Ton. »Sie können entweder noch so lange an Bord bleiben oder mit Ihrem eigenen Schiff weiterreisen. Laif wird mit zu den zuständigen Behörden müssen. Keine Sorge, wir werden uns gut um ihn kümmern.«

»Ich möchte aber nicht in eine fremde Familie«, flüsterte Laif den Tränen nahe.

Die Kapitänin atmete tief durch. »Es tut mir wirklich leid. Ich bin mir auch nicht ganz sicher, ob es in dieser Situation das Richtige ist, aber ich bin auch kein Profi auf dem Gebiet und maße mir nicht an, hier entscheiden zu können. Wir müssen uns an die Gesetze halten.« Sie schenkte ihm ein aufmunterndes Lächeln, das leicht gezwungen wirkte. »Es ist nur für drei Jahre und deine Freunde können dich jederzeit besuchen kommen. Siehe es als Lebenserfahrung.«

Laif blickte zu Boden. In diesem Alter klangen drei Jahre wie eine Ewigkeit, das wusste Ray.

»Auf, machen wir die Pax startklar«, erklärte Andor knapp, ohne die Kapitänin auch nur eines Blickes zu würdigen.

Laif wollte folgen, doch Kashani hielt ihn zurück. »Es tut mir leid, aber ich denke, es ist besser, wenn du dich gleich von deinen Freunden verabschiedest und eine Kabine hier auf dem Schiff beziehst, ansonsten müssten wir die Pax überwachen. Du verstehst?« Sie warf einen strengen Blick zu Andor.

Der plusterte die Wangen auf. Ray drückte ihm warnend den Arm und er hielt sich zähneknirschend zurück.

Vivian riss sich als erste los und küsste Laif auf die Wange. »Sei stark, mein Engel, vergiss uns nicht!«

Li nahm ihn in die Arme und Laif hatte sichtlich Probleme, die Tränen zurückzuhalten.

Danach umarmte Andor ihn heftig. Ray sah, dass er dem Jungen etwas ins Ohr flüsterte und der daraufhin nickte.

Auch Ray drückte ihn kurz an sich und klopfte ihm aufmunternd auf den Rücken. Er wollte ihm noch Mut zusprechen, traute sich aber nicht. Ein wenig hoffte er sogar, dass Laif zur Erde ging, denn dort wäre er sicher vor Admiral Steele.

Nach der Verabschiedung gingen sie zurück zur Pax. Die Stimmung war bedrückend, Laif fehlte ihnen schon jetzt.

Andor ließ sich jedoch nicht beirren und schmiedete bereits einen neuen Plan. »Wir müssen schnell handeln, bevor die Laif noch unter scharfe Bewachung setzen. Wir holen ihn auf die Pax und hauen ab.«

»Wie willst du das bewerkstelligen?«, fragte Ray. »Die werden Laif kaum auf unser Schiff marschieren lassen und uns hinterherwinken.«

»Wir machen die Pax ganz normal flugtüchtig und tun so, als fügen wir uns. Kurz vor dem Start schmuggeln wir Laif an Bord.«

»Wie das?«, fragte Vivian.

»Der Junge kann ohne Luft überleben. Wir bitten die um Vorräte und packen ihn in einen der Wassercontainer. So fällt es hoffentlich erst auf, wenn wir weit genug weg sind, und selbst dann müssten die uns alles erst einmal nachweisen.«

Li verdrehte die Augen. »Klingt nach einem Kinderspiel.«

Andor grinste breit. »Eben.«

Ray war nicht überzeugt. »Was, wenn uns einer bemerkt? Wir haben nur die eine Waffe des adventiven Soldaten, die noch auf der Pax ist.« Andors T-Gun hatten Steeles Leute einkassiert, dieser Tausch war beinahe amüsant. »Die stellen doch sicher eine Wache vor Laifs Kabine ab.«

»Das glaube ich nicht«, sagte Li. »Er ist ja kein Gefangener und sie wollen Laif gegenüber erst recht nicht bedrohlich wirken. Eher werden die streng überprüfen, was wir uns hier an Bord holen.«

Andor nickte. »Gut, ich melde der Kapitänin, dass wir in vier Stunden mit der Pax starten. Ray, kannst du eine sichere Verbindung zu Laifs Pad herstellen? Er soll uns sagen, wo er ist, und in seiner Kabine bleiben, bis wir ihn holen.«

Ray nickte. »Mach ich.«

Andor beantragte eine Zuweisung von Nahrungs- und Wasservorräten. Ray wunderte sich darüber, dass Kashani nicht einmal Geld von ihnen dafür verlangte. Sie behandelte sie übermäßig freundlich, mehr als zuvor. Wahrscheinlich nagte das schlechte Gewissen an ihr oder Sozialhilfen waren im Budget der Solarflotte vorhanden, was wusste er schon darüber.

Wenige Minuten vor dem geplanten Start trafen sie sich wieder auf der Pax.

»Jetzt wird es ernst«, sagte Andor.

Li atmete tief durch. »Ich hoffe, wir schaffen das.«

»Hey«, sagte sein Boss aufmunternd. »Wir sind erst kürzlich von einem adventiven Militärschiff geflohen, das ist ungleich schwerer.«

Ray presste die Lippen zusammen. Wenn die wüssten!

Er informierte Laif über ihren Plan und sie teilten sich auf. Vivian und Li sollten dafür sorgen, dass der

Abschnitt vor Laifs Kabine leer blieb. Li, die fast alle Besatzungsmitglieder noch persönlich kannte, hatte vor, auf jeden direkt zuzugehen, der die falsche Richtung einschlug, und sich mit ein paar Anekdoten aus ihrer Zeit zu verabschieden. Vivian hingegen wollte ihre Empathie einsetzen, um auf die speziellen Wünsche der Soldaten und Soldatinnen einzugehen, wie sie sagte.

Andor und Ray hatten den letzten Container mit Wasser geholt und schoben ihn wie zufällig an Laifs Kabine vorbei. In solch einem fremden Schiff konnte man ja mal vom Weg abkommen. Niemand war zu sehen. Sie klopfen an und Laif öffnete schnell und ließ sie samt Container ein. Die Tür schloss sich hinter ihnen.

Ray blickte zu dem Jungen, der stumm vor ihnen stand, nur in T-Shirt und Boxershorts gekleidet, wie besprochen. »Bist du bereit?«

Laif nickte.

»Und du kannst wirklich in sowas überleben?« Ray zeigte zu dem dunklen, luftdicht abgeschlossenen Behälter.

Er nickte erneut. »Mindestens drei Stunden.«

»Es ist finster da drinnen! Und schwankt wahrscheinlich.«

Andor schnaubte. »Jetzt red ihm noch Platzangst ein, du Depp!«

Laif hob die Hände. »Alles gut, ich schaffe das.« Er reichte Ray sein Pad, der es einsteckte. »Die Klamotten lasse ich hier.«

Andor hob den Deckel des Containers. Es roch leicht nach Chlor. »Schnell, da rein! Wir wissen nicht, wie lange die Frauen ihre Ablenkung durchhalten.«

Laif holte tief Luft und stieg in den gefüllten Wasserbehälter, der daraufhin überschwappte. Als Ray sah, wie der Junge unter Wasser tauchte, ohne dass irgendwelche Luftblasen aufstiegen, wurde ihm mehr als mulmig zumute. Andor war da rigoroser und verschloss den Container. Er ergriff ein Laken vom Bett und wischte den Behälter trocken, so gut es ging, damit sie keine verdächtige Spur hinter sich herziehen würden. Dann rollten sie den Wagen aus der Kabine und in den noch immer leeren Gang. Soweit so gut. Ray textete den Frauen, dass sie nun zur Pax könnten.

Wie erwartet standen vor der Luke Soldaten und überprüften alle Kisten, die sie dort abgestellt hatten.

»Das hier ist der letzte Container«, verkündete Andor, als sie sich den Männern näherten. »Sie können die Tür nun öffnen.«

»Was ist da drinnen?«

»Trinkwasser.« Ray musste sich bemühen, ein ernstes Gesicht zu wahren. Von dem Wasser würde er nun nicht mehr trinken wollen, das wäre höchstens noch zum Waschen zu gebrauchen.

Der Soldat nickte. »Aufmachen!«

Li blickte empört auf. »Muss dieser Ton sein, Herr Lindgren? Wir sind doch keine Verbrecher.«

»Bitte öffnen Sie den Container«, wiederholte der Soldat monoton.

»Der Container ist von Ihnen und bei jedem Öffnen wird das Wasser kontaminiert«, sagte Ray.

»Dafür gibt es Reinigungstabletten, ich muss da reinschauen.«

Andor öffnete die Luke des dunklen Behälters einen Spalt, er war so voll, dass das Wasser ihnen fast entgegen schwappte. »Genügt das? Wir haben keine Wertsachen da reingeworfen, Ehrenwort!«

Lindgren neigte den Kopf. Er schaute nicht von oben hinein, sondern schien die Wasseroberfläche zu betrachten. Nicht dumm, dachte Ray, er hielt sicher nach einem Luftschlauch oder Blasen Ausschau. Doch die Flüssigkeit war spiegelglatt. Laif musste sich mit Armen und Beinen gegen die Wand gestemmt haben, um unten am Boden zu bleiben. Er hoffte, der Junge hielt das lange genug durch.

Nach langen nervenzehrenden Minuten richtete sich der Soldat wieder auf. »Okay, Sie können es versiegeln. Tut mir leid«, sagte er an Li gerichtet. »Befehl ist Befehl.«

»Natürlich, ich verstehe das. Ich wünsche Ihnen noch alles Gute. Vielleicht sehen wir uns ja nochmal wieder.«

Der Mann lächelte. »Gerne. Guten Flug!«

Kaum hatten sie die Rampe der Charon verlassen, schaltete Ray den Antrieb auf vollen Schub. Die Wände der Pax vibrierten bedrohlich. Er musste dringend seine Reparaturen fortsetzen. So, wie sie es sich mit allen Mächten des Sonnensystems verscherzten, würden sie wohl noch einige Zeit auf diesem Frachter wohnen müssen.

Wenig später kamen Vivian und Li zusammen mit Laif auf die Brücke. Ray war froh, den Jungen trotz allem lebendig zu sehen. Laif hatte sich neue Sachen angezogen, aber noch triefnasse Haare. Er strahlte über das ganze Gesicht. »Ist euch klar, dass ihr jetzt Kidnapper seid? Und das alles wegen mir, danke!«

»Kein Problem, Kleiner, ich hab doch gesagt, wir lassen dich nicht zurück«, sagte Andor und gab ihm einen freundlichen Klaps auf die Schulter. »Außerdem hat man mir schon Schlimmeres nachgesagt.«

»Möchtest du den Chip wieder haben?« Laif hob den Finger seiner künstlichen Hand.

»Nein, lass ihn erst einmal dort stecken, wenn er dich nicht drückt oder kitzelt, ich denke, das ist am Sichersten.«

»Okay. Ich spüre das gar nicht.« Er grinste. »Ich bin echt froh, hier bei euch zu sein.«

»Als ob die auch nur irgendein Recht auf dich hätten«, sagte Vivian.

Ray nickte zustimmend. »Außerdem waren die es, die dich dem Irren unterstellt haben, wer weiß denn, was da jetzt auf dich gewartet hätte.«

Li hingegen war sichtlich eingeschüchtert. »Ich fühle mich nicht besonders wohl dabei. Auch nicht damit, Kapitänin Kashani hintergangen zu haben«, sagte sie. »Sie ist ein guter Mensch. Auch, wenn ich sicher bin, dass Laif bei uns gut aufgehoben ist, denke ich doch, dass das Gesetz, was wir gebrochen haben, kein schlechtes ist. Vielleicht hätten wir Einspruch einlegen und den Richter überzeugen können.«

»Ich denke nicht. In ihren Augen sind wir schlechter Umgang.« Ray zuckte die Schultern. »Ist auch in gewisser Weise nachvollziehbar.«

»Wenn wir wenigstens eine Anhörung gehabt hätten!«

»Li.« Er legte den Arm um sie. »Sie kennen uns nicht. Sie haben Laifs Fall und Verhalten aus standardisierten

Lehrbüchern, können aber nicht am eigenen Leib nachvollziehen, wie ihm zumute ist. Wir können es.«

»Warum glauben sie uns dann nicht?«

Ray lächelte. »Weil wir ja diejenigen sein könnten, die falsch liegen. Überlege doch: Sie haben Andors Strafakte mit Persönlichkeitsprofil von damals, haben von Vivians Vergangenheit gehört und kennen den stereotypen Adventiv, wie er im Geschichtsbuch steht. Wer sind wir zu beurteilen, was das Beste für den Jungen ist?«

Li lächelte schwach. »Du hast mal wieder recht. Aber solange Laif hier so glücklich ist und so viel Selbstbewusstsein entwickelt, ist es mir egal, ob wir ihn in ihren Augen verderben.«

»Das ist die richtige Einstellung«, tönte Andor.

»Wo geht es nun hin?«, fragte Ray und setzte sich an das Pult. »Wir können kaum zurück zur Erde. Zumindest nicht legal. Andors Anwesen wird sicher bald durchsucht werden.«

»Es gab noch einen Hinweis auf den Saturnmond Titan«, sagte Andor.

Ray stutzte. »Warum bist du dem nicht zuerst nachgegangen?« Er hoffte, seinen Tonfall vorwurfsvoll genug klingen zu lassen. Das hätte ihnen und besonders ihm eine Menge Mist erspart.

»Und nochmal so lang unterwegs sein wie zum Jupiter? Das ist zudem ein verflucht gefährlicher und teurer Flug dahin«, verteidigte sich Andor. »Der ganze Spaß kostet mich eh schon fast mein gesamtes Vermögen. Und euch Obdachlose muss ich auch durchfüttern die ganze Zeit.«

»Ich höre wohl nicht recht?« Li stemmte empört die Hände in die Hüften. »Das ist dein ureigenes Vorhaben, Andor. Wir sind nur aufgrund deines Drängens hier und ich habe dir immerhin den Datenträger gebracht, für den du auf dem Schwarzmarkt dein letztes Hemd gegeben hättest.«

Andor lehnte sich grinsend im Stuhl zurück. »Ich zahle es ja, musst nicht feuerspeien. Aber der Tipp über Deimos klang einfach besser.«

»Günstiger!«

»Ja, ich habe mich locken lassen, verflucht, ich sehe es ja ein. Wieder eine Lektion erlernt. Da steckte sicher das pädophile Schwein dahinter.« Er überkreuzte die Arme vor der Brust.

»Kommst du denn jetzt überhaupt noch an dein Geld?«, fragte Vivian. »Die frieren doch sofort die Konten von geflüchteten Straftätern ein.«

Andor nickte. »Zum Glück habe ich noch ein von der Erde unabhängiges Notfall-Konto, das aber nicht ewig reicht. Sicher ahnt keiner, dass wir in Richtung Saturn fliegen. Bis die merken, was Sache ist, sind wir hoffentlich außer Reichweite des Radars.«

»Wie lange dauert der Flug dahin?«, fragte Vivian.

»Bei der momentanen Planetenstellung etwas weniger als zehn Wochen, wenn die Maschinen durchhalten«, antwortete Ray. Er hoffte, in der Zeit die noch nötigen Reparaturen durchführen zu können. Eine Panne irgendwo im Nirgendwo wäre mehr als ungünstig. Trotzdem war er froh, den Mars weit hinter sich lassen zu können. Bei der Entfernung war eine direkte Kommunikation aufgrund der Zeitverschiebung schwierig. Das gab ihm eine kleine Verschnaufpause.

12. Alte Bekannte

Nachdem sie Jupiter passiert hatten, begann der Flug durch die Weiten des Alls zum Saturn.

Während Laif seine Kochkünste weiter erprobte und Vivian die Inneneinrichtung des Frachters in ihrem Sinne verschönerte, hatte Ray die vergangenen Tage genutzt, um die Schäden der Pax zu beseitigen. Dank des Raumanzugs konnte er auch die Einschläge in der Hülle von außen einigermaßen flicken, sodass erst einmal keine Gefahr von Rissen mehr drohte. Li half ihm bei diesen Aktionen und überwachte von innen seine Lebenserhaltung.

Er war froh über die Ablenkung. Wie schon als Kind war die Bastelei nun erneut sein Zufluchtsort vor der Realität. Die Konzentration auf seine Arbeit hielt ihn vom Grübeln ab und er musste den anderen nicht zu häufig begegnen. Das schlechte Gewissen nagte an ihm. Zu oft überlegte er, wie er es den anderen sagen könnte, fand aber keine Gelegenheit. Das Risiko war kaum abwägbar. Mit dem Implantat wusste Steele immer, wo er sich befand, und wenn Ray nicht gehorchte, würde er ihn früher oder später erwischen und die anderen eiskalt hinrichten, ohne auch nur eine Sekunde zu zögern. Mit der Pax waren sie keine Gegner für ein Militärschiff. Nein, das war dieses verfluchte Juno-Wrack nicht wert. Ray glaubte auch nicht daran, dass sie es überhaupt je finden würden, wozu die Freunde dann unnötig in Gefahr bringen?

Auch wenn die Reise vom Gasriesen zum Ringträger bei ihrer derzeitigen Stellung nur noch etwa vier Wochen dauerte, war diese Strecke nicht umsonst als gefährlich verschrien. Hier gab es keine öffentlichen Raumstationen mehr und außer einigen automatisierten Frachtern kaum Flugverkehr. Bei einem Defekt oder Notfall wären sie für längere Zeit auf sich allein gestellt. Aufgrund der riesigen Umlaufbahnen der äußeren Planeten änderten sich die Flugstrecken dorthin stetig. So lagen einige Routen lange Zeit desertiert und wurden erst dann wieder beflogen, wenn sich der Saturn wieder näherte. Diesem Umstand zufolge hielt sich nicht wenig lichtscheues Gesindel an diesen Strecken auf. Von Piraten, die direkt angriffen, bis hin zu Plünderern, die sich über verlassene Wracks und Geisterschiffe hermachten.

Als er allein im Maschineraum einige Systeme überprüfte, meldete sein Pad einen Nachrichteneingang. Ray blickte darauf und sein Herz klopfte schneller. Steeles installierter Messenger! Verflucht. Rasch sah er sich um, dass ihn auch niemand beobachtete, und trat in eine versteckte Ecke. Er musste sowohl seinen Fingerabdruck, als auch einen Irisscan hinterlassen, damit sich die Nachricht entschlüsselte.

Ich hörte, es verlief alles nach Plan?

Sobald die Worte lange genug zum Lesen sichtbar waren, verschwanden sie. Steele ging kein Risiko ein.
Ray tippte die Antwort ein.

Nicht ganz nach Plan, aber wir sind wieder unterwegs.

Du entfernst dich sehr weit von unseren Satelliten, was ist euer Ziel?

Das also war der Grund der Nachricht.

Saturn

schrieb er zurück.

Es geht um das Schiff.

Wenn du zu lange außer Reichweite bleibst, schicken wir einen Aufklärer, verstanden?

Ray knirschte mit den Zähnen.

Ja, Sir.

Ich erwarte deinen Bericht!

Das Display wurde schwarz und Ray schmiss das Pad zornig in die Ecke. Sein Blick fiel auf die Spiegelung der Wartungsklappe vor ihm. Seine eigene leicht verzerrte Gestalt löste nur mehr Wut in ihm aus. Ekel und Abscheu gegen sich selbst. Sein gesamtes Leben war geprägt von Flucht und Gehorsam, Schuldgefühlen und Selbstverletzung. Er wollte kein gefügiger Soldat mehr sein, mit dem man machen konnte, was man wollte.

Ray griff nach dem Messer in seinem Gürtel, trat näher an die Verspiegelung und hielt die Klinge an seinen Hals. Dort, wo Steele den Injektor angesetzt hatte. Er musste diesen verfluchten Chip loswerden. Irgendwie. Wie tief konnten diese Dinger unter die Haut wandern? Bis zur Halsschlagader? Er drückte die Messerspitze langsam tiefer. Ein leichter Schmerz folgte und ein Blutstropfen quoll hervor.

Ein Alarm ertönte. Ray erwachte wie aus einem Schlaf. Li! Sie war allein am Pilotenpult.

Er steckte das Messer ein, hob sein Pad auf und rannte durch den Gang zur Brücke. Schnell wischte er sich das Blut mit einem Tuch ab. Den Schnitt am Hals verdeckte er, so gut es ging, mit dem Kragen seines Shirts. Wenn jemand fragte, hätte er sich bei den Wartungsarbeiten verletzt.

»Was ist los?«, fragte er

»Der Annäherungsalarm«, sagte Li. Sie war zum Glück zu nervös, um auf ihn zu achten. »Ein Schiff befindet sich auf Kollisionskurs mit uns.«

»Weiche ihm aus!«

»Das habe ich schon versucht, aber die gleichen immer wieder ihre Flugbahn an unsere an.«

»Lass mich mal schauen.« Er setzte sich an das Pult daneben und überprüfte die Daten. »Kleiner, wendiger Frachter mit maßgeschneiderten Kanonen und keine Registrierung.« Er blickte auf. »Piraten, wie es aussieht. Das ging ja flott.«

Li zog die Schultern hoch, als fröstelte sie. »Na prima. Vom Regen in die Traufe. Aber wir haben doch nichts, was die als wertvoll erkennen könnten. Vielleicht können wir verhandeln, funk die mal an.«

»Kann ich nicht ohne Registrierungsnummer, wir müssen warten, bis die sich melden.« Er rief stattdessen Andor über dessen Pad an.

Es dauerte eine Weile, bis Andors Gesicht auf dem Display erschien. Er sah aus, als kam er gerade aus der Dusche. »Was gibt es?«

»Wir sind in eine Straßensperre geraten. Piraten, denke ich.«

»Okay, ich bin gleich da. Bleib stehen und lass die heran, keine Provokation zeigen!« Das Display wurde schwarz.

Li blickte zu ihm. »Was hat er vor? Sollen wir uns denen so einfach ausliefern?«

Ray stieß einen Seufzer aus. »Uns bleibt kaum eine andere Möglichkeit, deren Bewaffnung ist der unseren weit überlegen.«

Ein trällernder Laut ertönte vom Pult, sodass Li zusammenzuckte. Sie starrte auf die Anzeige mit aufgeschreckt erhobenen Fingern, als säße da eine giftige Spinne. »Die rufen uns an.«

»Alles gut, ich übernehme.« Ray nahm den Ruf entgegen und das Gesicht eines bulligen, asiatisch aussehenden Mannes mittleren Alters erschien auf dem Bildschirm der Konsole. Er trug schwarze Kleidung aus Kunstleder und alle sichtbaren Körperteile waren bis auf das Gesicht mit bunten Tattoos überdeckt. »Einen wunderschönen guten Tag, wünsche ich«, sagte er breit grinsend. »Was treibt euch in diese gottverlassene Gegend?«

»Wir sind auf dem Weg nach Titan«, antwortete Ray wahrheitsgemäß. »Leider können wir mit keiner wertvollen Fracht dienen. Fragt doch auf dem Rückweg noch einmal nach, okay?«

Li warf ihm einen entsetzten Blick zu.

»Oha! Ein Komiker.« Der Pirat grinste. »Wir würden uns gerne persönlich davon überzeugen, wenn es genehm wäre.« Er lehnte sich so im Stuhl zurück, dass man mehrere Schusswaffen und Messer in Gurten unter der Lederjacke ausmachen konnte.

»Wenn Sie so höflich darum bitten, können wir das schwer ablehnen«, knirschte Ray. Er versuchte, äußerlich ruhig zu bleiben, begann aber zu schwitzen. Was, wenn diese Typen nicht nur an materiellen Dingen interessiert waren?

»Ich sehe, ihr seid schlaue Kerlchen«, tönte der Pirat. »Schaltet euren Antrieb aus und lehnt euch zurück, wir kümmern uns um den Rest. Wenn ihr euch ruhig verhaltet, geht die Sache schnell und schmerzlos über die Bühne.«

Endlich kam Andor auf die Brücke und stellte sich neben Ray. »Hallo Seeker! Schön, dich zu sehen«, sagte er feierlich an den Typen gerichtet.

Ray hob erstaunt die Brauen. Hatte er diesen Namen nicht schon einmal erwähnt? Damals im *Roten Schwan?*

Die Augen des Piraten weiteten sich. »Die Eisenfaust Andor. Ich glaub's nicht! Dass du verfluchter Gauner noch lebst, muss ein echt kranker Scherz des Universums sein.«

»Lass die Sprüche und komm an Bord, dann können wir das unter Männer regeln.«

»Ich freu mich drauf.«

Als der Bildschirm schwarz wurde, starrte Ray Andor an. Auch Lis Blick war auf ihn gerichtet.

»Schaut nicht so, ich lebe nun einmal gut zwei Jahrzehnte länger als ihr Jungspünde, da lernt man zwangsläufig ein paar Menschen kennen.«

Ray runzelte die Stirn. »Wie gut kennt ihr euch denn?«

»Leider etwas zu gut. Freundschaft würde ich es nicht nennen, aber gegenseitiger Respekt ist da, hoffe ich. Was nun passiert, hängt gänzlich von Seekers Laune ab. Den Typen sollten wir nicht unterschätzen.« Seine Mimik wurde ernst. »Li, hat er dich zu Gesicht bekommen?«

Sie schüttelte den Kopf. »Ich denke nicht.«

»Dann gehst du bitte zu Laif in die Kabine und ihr bleibt da drinnen und regt euch nicht, okay? Sag Vivian, sie soll uns an der Andockrampe treffen, sie kann uns mit ihrer Empathie sicher aushelfen. Ray, du kommst mit mir, unsere Gäste begrüßen.«

Li fingerte nervös an ihrer Halskette herum. »Was meinst du, wollen die von uns?«

»Das werden sie uns hoffentlich sagen. Geh jetzt!«

Li ging zu den Kabinen und Ray folgte Andor zur Luke. Vivian kam hinzu, während das Piratenschiff andockte.

Als sich die Türen öffneten, standen vier Piraten davor, drei Männer und eine Frau, alle bis auf die Zähne bewaffnet, tätowiert und in der schwarzen Lederkleidung. Der Kapitän war etwas kleiner, als es auf dem Bildschirm den Anschein gemacht hatte, aber nicht weniger furchteinflößend. Ein Geruch von mit billigem Deo übertünchten Schweiß und scharfem Alkohol stach Ray in die Nase.

Seeker grinste mit schiefen Zähnen und breitete die Arme aus. »Andor, du verfluchter Mistkerl, ich freu mich tatsächlich, dich noch am Stück zu sehen.«

Andor lächelte ebenfalls und umarmte ihn. Beide waren ähnlich muskelbepackt, nur dass Seeker gut einen Kopf kleiner war und keinen Hals mehr zu haben schien. Aber auch seine Begleiter sahen aus, als gehörten sportliche Betätigungen zu ihrer Tagesordnung.

»Nanu, kein Einzelkämpfer mehr?« Seeker betrachtete erst Vivian und dann Ray von oben bis unten. »Wen hast du denn da angeheuert? Die Frau verstehe ich, aber der blonde Schönling passt ja so gar nicht zu dir.«

»Das sind Vivian und Ray«, stellte Andor vor. »Ich habe beide aus einer brenzligen Situation geholt.« Er zwinkerte und Seeker nickte verstehend. Offenbar signalisierte das eine gewisse Abhängigkeit und dass er den beiden somit vertrauen konnte. »Komm doch mit in die Kantine auf einen Drink, da können wir reden.«

»Das nehmen wir gerne an, was, Leute?« Er drehte sich zu den anderen, die nur stumm nickten und keine Miene verzogen. »Ben, Ted und Sally dienen meiner Sicherheit«, fuhr er erklärend an Andor gerichtet fort. »Nicht, dass du noch ein paar weitere Crewmitglieder mit Schusswaffen hinter den Tresen versteckt hast. Nichts für Ungut.«

»Ich verstehe. Die können mit, dein Sicherheitsgefühl geht natürlich vor.« Andor machte eine einladende Geste und sie folgten ihm zum Aufenthaltsraum.

Während der Kapitän und Andor vorliefen, spürte Ray die Blicke der anderen auf sich haften, deutlich mehr als auf Vivian. Sie hatten dunkle Haare und getönte Hautfarbe und Ray fühlte sich mehr als unwohl. War es sein Aussehen oder stuften sie ihn lediglich als größeres Risiko ein als Vivian? Sah man es ihm an, Adventiv zu sein, oder könnte er als blonder Terraner durchgehen? Ray hoffte, Andor würde seine Herkunft für sich behalten.

In der Kantine holte Andor drei Flaschen Rum und sieben Gläser, die er vor ihnen auf dem Tisch verteilte.

Seeker griff sofort zur Flasche und schenkte sich ein. »Nun sag schon, was treibt dich hierher? Handel?«

Andor nickte. »Ich bin auf der Suche nach einem historischen Bild.«

»So, bist du unter die Kunsthändler gegangen?« Sein kehliges Lachen klang verschleimt. »Da wirst du hier am Arsch des Sonnensystems nicht viel finden. Frag Faeser auf der *Neutralen Zone!*«

Andors Augen verengten sich und seine Kaumuskeln arbeiteten bei der Nennung dieses Namens. »Das Schwein hat mich in eine Falle gelockt. Wir konnten um Haaresbreite entkommen.«

Auf Seekers Miene machte sich Verblüffung breit. »Tatsächlich? Hast du *den* etwa verärgert?«

Andor winkte lässig ab. »Keine Ahnung, ich hab ihn nur einen perversen Scheißkerl genannt oder so etwas in der Art.«

Seeker lachte wieder rasselnd und leerte sein Glas in einem Zug. »Das sieht dir ähnlich! Immer mit dem Kopf gegen die Wand, ohne nachzudenken, selbst wenn es die vergoldeten Wände reicher Ärsche sind.« Er schaute grinsend zu Vivian. »So war er schon als Halbwüchsiger.«

Vivian stutzte. »Sie kennen sich bereits derart lange?«

Seeker zeigte seine Zähne. »Ja, sehr lange. Gingen gemeinsam durch Dick und Dünn, damals auf der Erde, und drehten manch einen Coup zusammen. Hat uns nur irgendwann im Stich gelassen und den Boss an die Bullen verpfiffen, die verräterische Ratte.« Seine Mimik wurde schlagartig ernst.

Ray begann zu schwitzen. Das klang weniger günstig.

Andor blieb äußerlich ruhig. »Ich hatte gute Gründe dafür.«

»Jetzt sei nicht so nachtragend, du weißt genau, dass ich meine Befehle hatte damals! Ach ja, die alten Zeiten.« Seeker schenkte sich neu ein und sein Ausdruck wurde schwärmend. »Aber man verzeiht sich gegenseitig ja in einer guten Beziehung, was, Andor?«

Der nickte stumm und prostete ihm zu. Beide leerten die Gläser. »Du hast nicht zufällig einen Tipp für mich?«

Seeker betrachtete ihn eine Weile. »Wahrscheinlich schon. Aber ganz alleine deswegen, weil ich diesen Lackaffen Faeser nicht ausstehen kann. Alleine die Vorstellung, wie das verzogene Bübchen geschaut haben musste, als er von einer ehemaligen Zwingerratte beleidigt wurde, versüßt mir den Tag! Ich bin froh, dass seine Rache erfolglos blieb.« Er lehnte sich vor, schenkte sich erneut von dem Rum nach und prostete Andor zu. Der füllte sein Glas ebenfalls wieder und stieß an. »Fragt nach Titus. Ein Händler auf Titan. Wenn einer dort sich mit Kunst auskennt, dann ist er das. Sagt dem, Seeker schickt euch, das öffnet die erste Tür.«

Ray hob die Brauen. »Titus auf Titan?«, murmelte er.

Seeker klopfte ihm lachend auf die Schulter, dass er zusammenzuckte. »Genau. Cooler Zufall, was?«

Ray glaubte nicht an Zufälle.

»Kann man dem trauen?«, fragte Andor.

»Absolut. Das versichere ich dir.«

Andor blickte aus den Augenwinkeln zu Vivian, die entschieden nickte. Ray atmete innerlich auf. Der Kerl schien zumindest überzeugt davon zu sein.

Auch der Rest des Treffens verlief zum Glück friedlich. Seeker und Andor tranken zusammen fast eine komplette Flasche leer, lachten und tauschten alte Geschichten aus, während die anderen nur einmal anstießen. Die begleitenden Piraten behielten zwar penibel die Umgebung im Blick, entspannten sich aber im Laufe des Abends merklich. Mit einer Attacke aus dem Hinterhalt rechnete keiner mehr.

Schließlich erhob sich Seeker schwankend und rülpste laut. Ein säuerlicher Geruch erfüllte den Raum und mischte sich unter die bereits vorhandenen Aromen aus Alkohol, Schweiß und alten Socken. »Jetzt muss ich aber weiter. War schön, dich mal wieder gesehen zu haben.« Er umarmte Andor, der sich ebenfalls erhoben hatte, mit einem Schulterklopfen.

»War nett«, bestätigte Andor.

Seeker nahm die beiden noch vollen Flaschen vom Tisch und steckte sie rechts und links in seine Jackentaschen.

Andor ließ das unkommentiert. »Werde ich noch auf Probleme stoßen auf der Strecke?«

Seeker schüttelte den Kopf. »Nein, das ist unser Einzugsgebiet, ich sage meinen Leuten Bescheid.«

»Danke.«

»Keine Ursache. Hau einfach Frank eine von mir aufs Maul, wenn du ihn mal wieder triffst.«

Andor grinste. »Mit dem größten Vergnügen!«

Seeker nickte Ray und Vivian zu und winkte seinen Leuten, ihm zu folgen.

Als die Piraten das Schiff verlassen hatten, atmete auch Andor durch. »Na, das lief doch besser als erwartet.«

»Ihr habt zusammen Dinge gedreht auf der Erde?«, fragte Vivian mit erhobener Augenbraue.

Andor seufzte. »Das ist eine gefühlte Ewigkeit her. Wir sind als naive Jugendliche in so eine kriminelle Bande gerutscht. War verdammt hart, da wieder rauszukommen. Das hätte mich fast den Kopf gekostet.«

»Hast du es dir deswegen mit ihm verdorben?«, fragte Ray. Er war mehr als neugierig auf Andors Vergangenheit, von der sie noch kaum etwas wussten.

Andor verzog den Mund. »Ja und nein. Als ich Seeker im Alkoholrausch meine Zweifel beichtete, verriet er mich kurzerhand an den Boss. Der befahl ihm, mich um die Ecke bringen. Seeker versuchte es, doch ich wehrte mich und wir prügelten aufeinander ein.«

Das konnte sich Ray bildlich vorstellen.

»Er besiegte mich damals«, fuhr Andor leiser fort, als weckte diese Erinnerung starke Emotionen in ihm, die er aufgrund des Alkoholpegels nicht zurückhalten konnte, »brachte es aber nicht über sich, es zu beenden, und ließ mich fliehen. Um nicht von beiden Seiten gesucht zu werden und wieder einigermaßen friedlich vor mich hinleben zu können, stellte ich mich der Polizei. Ich wollte endlich mit dem ganzen Scheiß abschließen und ein normales Leben führen. Ich entging einer härteren Strafe, indem ich mit den Bullen kooperierte. Besonders viel Liebe zu der Bande, die mir an den Kragen wollte, gab es da eh nicht mehr. Dennoch nagte das

Gewissen gegenüber meinem damals besten Freund an mir. Kurz vor der Razzia warnte ich Seeker, sodass der rechtzeitig fliehen konnte. Unsere Beziehung ist durch das gegenseitige Verraten und Retten etwas ... ambivalent.«

»Und die Bande?«, fragte Ray.

»Die sind seitdem Geschichte. Der Boss sitzt heute noch hinter Gittern und lötet wahrscheinlich Platinen am Fließband.« Er blickte zu Vivian. »Was hast du bemerkt?«

»Seeker traut dir nicht, aber er mag und respektiert dich. Seine Abneigung gegen diesen Frank Faeser war jedoch enorm. Er riss sich zwar zusammen, aber es flammte regelrechter Hass auf ihn in seinem Geist auf.« Sie verzog den Mund. »Ich schäme mich fast, dieses Ekel mal so bewundert zu haben.«

»Was ist mit diesem Titus?«

»Dem vertraut Seeker wohl völlig. Da waren nur positive Gefühle. Der Tipp war auch ernst gemeint, er ist sich sicher, dir damit weitergeholfen zu haben.«

Andor küsste Vivian auf die Wange. »Danke, du bist ein Goldschatz!«

»Na endlich siehst du es mal ein!«

13. Das Grande Café

Ihr weiterer Flug verlief, wie von Seeker versichert, er-
eignislos. Ray wollte sich aber besser nicht ausmalen,
was ihm passiert wäre, hätte er damals einen Job auf
der Saturnroute angenommen. Wahrscheinlich wäre
die Pax heute eines der Wracks, an denen sie zwischen-
zeitlich vorbeiflogen. So gesehen hatte die Begegnung
mit Andor ihn vor einigem Unheil bewahrt ... und letzt-
endlich in neues gestürzt. Die Wunde rechts am Hals
brannte erneut. Andors Geschichte ließ ihn nicht mehr
los. Auch er wurde damals in eine Situation gedrängt,
seinen besten Freund verraten zu müssen. Doch er fand
eine Lösung aus der Klemme und warnte Seeker vor
der Razzia, auch auf die Gefahr hin, die eigene Freiheit
oder gar sein Leben zu verlieren.

Konnte man die beiden Umstände vergleichen?

Nein. Es ging hier nicht darum, sich einer kriminellen
Bande entgegen zu stellen, sondern der kompletten adventiven Armee. Ray hatte auch keinen Rückhalt der
Polizei hinter sich, sondern nur den seiner Freunde, deren Leben er aufs Spiel setzen würde. Sie hätten nicht
die geringste Chance gegen Steeles Soldaten, er würde
sie eiskalt hinrichten lassen und es beim Solarbund
durch irgendeine erfundene Anklage rechtfertigen,
wenn überhaupt.

Nein, er durfte es ihnen nicht einmal beichten. Andor
würde in seinem Übermut nur blindwütig nach vorne
stürmen und alle in Gefahr bringen. Er musste einen

Weg finden, das Ding heimlich loszuwerden, eine andere Möglichkeit sah er nicht.

Im Orbit des Saturns herrschte reges Treiben. Der Unterschied zum wochenlangen einsamen Flug war drastisch. Es schien, als erwachte man aus einem tiefen Schlaf. Von der Einsamkeit ins Getümmel.

Um die Gesteinsbrocken des Saturnrings war ein Netzwerk von Abraumhalden, Raffinerien und Baumaschinen errichtet worden, an denen die Frachter andocken konnten. Zahllose Shuttles flogen die Arbeiter von den Ringen zu den Wohnungen auf Titan und zurück. Ray kam es vor, als wurden sie in einen Ameisenhaufen geworfen. Er hätte nie gedacht, dass hier derart viele Menschen lebten, es erschien ihm wie eine neue Welt.

Andor bat um eine Landegenehmigung und sie wurden auf einen Besucherlandeplatz gelotst. Eiskalte, nach Schnee riechende Luft empfing sie, als sie ausstiegen. Es war ein eigenartiges Gefühl, ohne Raumanzug oder Kuppel einen anderen Himmelskörper als die Erde betreten zu können. Auch wenn es eine dunkle Eiswelt war, hatte man auf Titan eine erdähnliche Atmosphäre errichtet. Der Himmel über ihnen leuchtete jedoch nur in einem schwachen Türkisgrün und die Sonne war lediglich als ein winziger Tennisball über ihnen zu erahnen. Ray bedauerte es, dass sie von dieser Seite aus den Saturn nicht erkennen konnten. Trotz allem hatte er erneut das Gefühl der Weite und Freiheit, was womöglich auch an der eisigen und staubfreien Luft liegen mochte.

Sie gingen vom Landedeck geradeaus in das große, stählerne Gebäude mit verspiegelten Fenstern, das pyramidenförmig in den grünen Himmel ragte. Hier befanden sich Titans Touristeninformation und die Anmeldung für neue Arbeiter. Andor fand die Unterbringungskosten allerdings zu hoch und bezahlte lediglich die recht günstigen Gebühren für den Landeplatz. Sie würden also weiterhin in der Pax übernachten und essen. Als er sich am Schalter nach Titus erkundigte und Seekers Namen nannte, wurde ihm kommentarlos eine Karte mit einem Code zugesteckt.

Zurück im Schiff scannten sie diesen mit Andors Pad. Es erschien lediglich die Adresse eines Restaurants, ohne weitere Angaben oder auch nur einer Speisekarte. Man sollte einen der noch freien Termine auswählen und die Anzahl der Besucher und deren Daten angeben.

Andor betrachtete die Seite mit ausdrucksloser Miene. »Ich würde sagen, ich gehe mit Vivian alleine dahin«, sagte er.

»Warum nur ihr?«, fragte Li.

»Weil die unsere ID-Nummern wollen und vielleicht pro Person berechnen. Wer weiß, was der Spaß da kostet. Vivian kann schauen, ob der Kerl lügt. Mehr wären unnötige Ausgaben, ich komme hier verflucht dicht an mein Limit.«

»Dann zahle ich es meinetwegen selbst«, sagte Ray. »Ich möchte da mit und dir auf die Finger schauen. Nichts für ungut.« Sein strenger Blick sprach hoffentlich Bände.

»Ich komme auch mit«, erklärte Li.

»Ich bleibe freiwillig hier«, sagte Laif.

Andor seufzte theatralisch. »Okay, meinetwegen, dann sehen wir wenigstens wie zwei harmlose Pärchen aus. Am besten, wir machen uns hier so schick wie möglich für die *Date Night*, zieht eure besten Sachen an.«

Ray hatte ohnehin nur zwei Extreme zur Verfügung, war aber nun dankbar, dass ihm Andor neulich den teuren Anzug geschenkt hatte.

Eine Stunde vor dem Termin trafen sie sich an der Luke. Vivian und Andor hatten sich wie gewohnt herausgeputzt, aber als Ray Li sah, musste er sich zusammenreißen, sie nicht mit offenem Mund anzustarren. Sie trug ein eng geschnittenes Kleid aus schwarzer Seide, das mit japanisch anmutenden roten und goldenen Mustern bestickt war. Ihre vollen Lippen waren mit einem roséfarbenen Lipgloss bedeckt und das dezente Make-up unterstrich ihre natürliche Schönheit. Die schwarzen Haare waren hochgesteckt und mit Kirschblüten aus Seide verziert. Ray konnte kaum den Blick von ihr nehmen. Er bewunderte Li und wünschte sich so sehr, dass diese wundervolle Person, die nicht nur eine unerwartet taffe Kämpferin, sondern auch noch unheimlich sexy war, ewig an seiner Seite sein würde. Er spürte einen Stich in der rechten Halsseite, der ihn brutal in die Realität zurückriss. Alle seine Träume waren mit dem Chip in unerreichbare Weite gerückt. Er hatte keine Zukunft mehr, schon gar nicht mit ihr. Sie würde ihn bald verabscheuen ...

Li warf ihm ebenfalls einen erstaunten Blick zu. »Ich wusste gar nicht, dass du so schicke Klamotten besitzt.«

Ray lächelte verschämt. »Die hat Andor mir gekauft.«

»Der Anzug steht dir unheimlich gut. Er bringt deine leuchtend blauen Augen zur Geltung.«

Dieses Kompliment von ihr zu hören, ließ seinen Brustkorb schwellen, auch wenn er sich in seinen alten Klamotten um einiges wohler fühlte.

Sie machten sich auf den Weg. Ein Shuttle brachte sie durch eine schneebedeckte Röhre in das Zentrum, den Rest gingen sie zu Fuß. Zum Glück war auch hier ein beheizter Tunnel für Passanten angelegt.

Das Restaurant stellte sich als eine gut besuchte, aber eher abgelebte Kantine heraus, in der etliche Arbeiter saßen und das recht lecker aussehende Essen zu erschwinglichen Preisen genossen. Ray fühlte sich deutlich overdressed in seinem Anzug. Seltsamerweise schien das keinen der Anwesenden zu kümmern oder auch nur aufzufallen, obwohl sie selbst eher abgenutzte Arbeitskleidung trugen. Als sähen sie nicht selten Besucher hier, die sich besonders herausgeputzt hatten.

Als Andor dem Türsteher die Buchungsnummer nannte, winkte der eine junge Dame herbei, die sie freundlich anlächelte. »Folgen Sie mir!«

Sie führte die vier in einen Nebenraum und dort eine Treppe hinunter. Nach einem spärlich beleuchteten Gang trafen sie auf eine antik wirkende hölzerne Doppeltür.

Die Frau gab eine Nummer in das Zahlenschloss ein und die Türen öffneten sich automatisch. »Ich wünsche einen angenehmen Aufenthalt«, sagte sie und verschwand nach oben.

Ray blickte zu den anderen, die ebenfalls etwas verdutzt dastanden. Der Raum wirkte wie ein Gentlemen's

Club des vorletzten Jahrhunderts. Er war mit einem persischen Teppichboden ausgelegt, Tische und Bar aus dunklem Holz gefertigt und das warme, gelbliche Licht kam von Kristallkronleuchtern an der Decke. Selbst die Wände waren mit dunkelgrünem Stoff bedeckt. An einer Ecke stand ein Kamin, in dem ein echtes Feuer brannte, und leise Jazzmusik drang an ihre Ohren. Es roch ungewohnt nach Qualm und Holzpolitur. Ray fragte sich, wie man hier draußen an Brennholz kam. Sicher gab es das ein oder andere Arboretum, aber es musste dennoch ein Vermögen kosten. Er spürte sofort die angenehme Wärme, die von der Glut ausging, und auch das Knistern und Knacken der Holzscheite strahlte Gemütlichkeit aus.

Ein hellhäutiger Mann in den Fünfzigern mit grau melierten, dunklen Haaren trat ihnen lächelnd entgegen. Er trug ein teures, anthrazitfarbenes Sakko und eine Hose im Schottenrockmuster. Aus einer kleinen Tasche der ebenfalls karierten Weste ragte eine antike, silberne Uhr an einer Kette hervor. Sein Gesicht war bis auf einen schmalen Oberlippenbart glatt rasiert und hatte Lachfalten um die vornehmen Züge. Seine feingliedrige Statur und Bewegungen wirkten elegant, das Lächeln sympathisch. Überhaupt war er sehr gutaussehend für sein Alter und besaß einen nicht unerheblichen Charme.

»Willkommen im *Grande Café*«, begrüßte er sie. »Mein Name ist Titus O'Neill. Ich habe es mir zur Angewohnheit gemacht, meine uns empfohlenen Gäste bei ihrem ersten Besuch hier persönlich zu begrüßen. Nehmen

Sie doch Platz, dann unterhalten wir uns über ihre besonderen Wünsche und Anliegen an dieses Etablissement.«

Andor räusperte sich. »Ich danke vielmals für die Gastfreundschaft, Herr O'Neill. Aber wir sind nicht hier, um Ihr *Etablissement* zu besuchen.«

Was immer das auch war, dachte Ray.

Die Augenbrauen hoben sich, aber das Lächeln des Mannes verschwand nicht. »Herr Winter, nicht wahr? Ich habe Ihre Anfrage natürlich überprüft. Setzen wir uns doch.« Er streckte einladend den Arm in Richtung einer der Tische aus. »Herr Vandenberg? Die Damen?«

Ray zuckte bei der Nennung seines Nachnamens leicht zusammen, bemühte sich aber, äußerlich teilnahmslos zu bleiben.

Als sie sich in die runden, dunkelgrünen Ledersessel mit Nietenbeschlag setzten, klatschte O'Neill in die Hände und ein Service-Roboter rollte heran. »Was wollen Sie trinken? Meine Bar hat alles, was Ihr Herz begehrt.«

»Ich würde einen schottischen Whisky favorisieren.«

»Malt?«

Andor nickte sichtlich verwundert. »Sehr gerne.«

Der Mann blickte zu Ray, der nicht sicher war, was er von all dem halten sollte. »Ich nehme dasselbe.«

»Die Damen? Frau Sakura und Frau Fling?«

»Einen Gin Tonic bitte«, sagte Li. Sie wirkte ebenfalls eingeschüchtert, was gewiss Kalkül dieses Kerls war.

»Ich nehme einen Martini.« Vivian schien sich hingegen sofort wohl zu fühlen. Sie zwinkerte dem Gastgeber kokett zu. »Das passt so wundervoll hierher.«

O'Neill schmunzelte. Seine blaugrauen Augen ruhten einen Moment länger auf ihrem Körper, als höflich gewesen wäre. »Sie haben einen vorzüglichen Geschmack, Frau Fling. Ich genehmige mir ebenfalls einen«, sagte er zu dem Roboter, der daraufhin davon rollte.

»Was treibt Sie hierher?«, fragte er an Andor gerichtet. »Verstehen Sie das bitte nicht falsch, ich vertraue Seeker, aber er bringt mir normalerweise nur Kunden.«

»Was ist das hier?«

»Das wissen Sie nicht einmal?« O'Neill wartete, bis der Roboter die Getränke auf dem Tisch verteilt hatte. Er nahm sein Glas und hob es an. »Auf Ihr Wohl.«

Die anderen folgten seinem Beispiel. Obwohl Ray nur an dem Glas nippte, verteilte sich sofort ein Eichenaroma auf seiner Zunge. Auch Andor hob nach dem ersten Schluck andächtig die Brauen, es musste ein teures Getränk sein. Der Geschmack harmonisierte perfekt mit dem Geruch des Kaminfeuers. Ray schwenkte die bernsteinfarbene Flüssigkeit im Glas und fühlte sich in einen Film des 20. Jahrhunderts versetzt.

O'Neill lehnte sich zurück, das Martiniglas in der Hand, in dem eine einsame Olive schwamm. »Weswegen wurde ich Ihnen empfohlen?«

»Eine Kunstanfrage. Leider machten wir ungute Erfahrungen mit einem gewissen Frank Faeser«, erklärte Andor. »Mein alter Freund Seeker nannte daraufhin Ihren Namen.«

Ray verwunderte diese Anspielung, er erinnerte sich aber an Vivians Aussage. Vermutlich hoffte Andor, auch hier das Eis mit einem gemeinsamen Feind brechen zu können.

O'Neill hob die Brauen. »So?«

»Darf ich noch einmal fragen, was dies hier für ein Betrieb ist?« Andor bemühte sich sichtlich, höflich zu bleiben.

Ihr Gastgeber schmunzelte. »Es ist ein Exklusivclub für Treffen der besonderen Art. Wir haben Zimmer, die für jeden erdenklichen Geschmack bestückt sind, von zärtlich bis rau. Aber ich lege einen hohen Wert auf Volljährigkeit und Einvernehmen. Das sind die Dinge, die mich von meinem Kollegen – oder eher Konkurrenten – Frank unterscheiden.«

Ray atmete bei der Anspielung innerlich auf. Bingo!

Andor nickte. »Das ist ein nicht gerade unwichtiges Detail, muss ich sagen. Vielen Dank dafür.«

O'Neill winkte ab. »Auf derartige Zusatzeinnahmen verzichte ich gerne. Und sei es nur für einen besseren Schlaf. Wir können uns auch so nicht über einen Mangel an Interessenten beschweren.«

Sein Lächeln wirkte auf Ray nur noch sympathischer. Er kam nicht umhin zu überlegen, ob die erwähnten Zimmer ähnlich authentisch bestückt waren wie dieser Raum. Allein in diesem Vorzimmer passte jedes Detail, von der gedimmten Beleuchtung über die Einrichtung bis hin zur olfaktorischen Authentizität. Welche Ausstattung man auch immer wählte, würde es wohl ein wahres Erlebnis für alle Sinne sein.

Ihr Gastgeber hob sein Glas. »Nennen Sie mich Titus.«

Andor nickte. »Ich bin Andor. Bitte entschuldigen Sie, wenn wir Sie in die Irre geführt haben, Titus. Aber Seeker sagte mir nur, dass Sie uns bei unserer Suche helfen könnten. Er erwähnte den Club nicht.« Er lachte trocken. »Seine Art von Humor. Der stellt sich jetzt sicher mein Gesicht vor und macht sich in die Hose vor Lachen.«

Titus schmunzelte. »Ja, so kennen wir den Mann.« Er stellte sein Glas ab, lehnte sich wieder zurück und legte die Finger seiner Hände so aneinander, dass sie ein Dreieck formten. »Erzählen Sie mir etwas über sich.«

»Da gibt es nicht viel«, meinte Andor. »Zumindest nicht mehr, als man überall in Erfahrung bringen kann. Ich bin keiner, der irgendwo mitmischen oder im Weg herumstehen will.«

»Und Ihre Freunde? Ich muss zugeben, Sie sind eine doch recht ungewöhnliche Gruppe, der ich in dieser Konstellation niemals begegnete.« Sein Blick ruhte einen Moment auf Vivian und wanderte dann weiter zu Ray, allerdings mit einer etwas weniger wohlwollenden Miene.

Er seufzte innerlich. Natürlich hatte Titus ihre Daten überprüft, aber selbst wenn die Informationen noch nicht bis hierher durchgedrungen waren, war dieser Raum ganz sicher ebenfalls mit Scannern ausgestattet, die seinen normalen Chip auslesen konnten.

»Wir sind Freunde, die nicht viel auf Vorurteile oder politische Meinungen geben«, sagte Andor.

Ray nickte nur zustimmend, er wagte nicht, sich in das Gespräch einzumischen. Doch diese Worte von Andor zu hören, wärmte beinahe mehr als der Whisky.

»Und Ihr Vorhaben zusammen? Verzeihen Sie meine Penetranz, aber ich muss wissen, mit welchen Geschäften ich in Verbindung gebracht werden könnte.«

»Wir suchen nach dem Juno-Schiff.«

»Für wen?«

»Für niemanden. Für uns.«

»Private Schatzsucher also? Sie wissen, wie viele Ihre Leidenschaft teilen?«

Andor nickte.

»Und Sie streben noch immer danach?«

»Ja. Meine Freunde helfen mir bei den Nachforschungen.«

»Und was, wenn Sie es finden?«

Andor zuckte mit den Schultern. »Keinen Schimmer.«

»Der Weg ist also das Ziel?«

Als Andor dazu nichts sagte, lehnte sich Titus vor. »Es gibt schlimmere Zeitvertreibe. Wie kann ich Ihnen helfen?«

»Wir sind auf der Suche nach dem Kunstwerk eines gewissen Dr. Amir Moradi. Es soll sich hier auf Titan befinden.«

Titus hob die Brauen. »So?«

»Können Sie uns diesbezüglich helfen?«

Der Mann nippte an seinem Martini. »Vielleicht kann ich das. Es ist nichts dergleichen in meinem Besitz, aber eine Klientin von mir hat eine heimliche Sammlung in ihrem Keller.«

Li runzelte die Stirn. »Eine heimliche Sammlung von Kunstwerken?«

Andor warf ihr einen warnenden Blick zu, aber Titus wirkte amüsiert darüber.

»Titan hat seine eigenen Gesetze, Frau Sakura«, erklärte er völlig gelassen mit seinem charmanten Lächeln. »Wir leben zu weit vom Zentrum entfernt und kommen aus allen Regionen des Sonnensystems, sodass die Regierungen es bereits aufgegeben haben, hier einzugreifen. Wir sind sozusagen autonom und gehören nur auf dem Papier zum Solarbund.«

»Ich verstehe.«

»Dieser Mond gefällt mir immer mehr«, sagte Vivian und schlug die schlanken Beine übereinander, sodass das Kleid hinter ihr Knie rutschte.

Titus erwiderte ihr Lächeln. »Das freut mich zu hören, Frau Fling.«

»Nennen Sie mich bitte Vivian.« Sie zwinkerte ihm zu.

»Sehr gerne.«

Ray beobachtete dieses Flirten der beiden mit einer Mischung aus Sensationsgier und Unwohlsein. Plante Vivian etwas oder fand sie diesen Mann, der sicher gute zwanzig Jahre älter war als sie, wirklich so anziehend?

»Woher hat Ihr Kontakt das Bild?«, fuhr Andor etwas forscher dazwischen, als wohl höflich gewesen wäre.

Titus ging nicht auf den Tonfall ein und schenkte ihm seine volle Aufmerksamkeit. »Früher, als hier auf Titan noch der Tourismus florierte, gab es viele Aussteiger und Künstler. Die lokale Kunstgalerie war einst das Highlight des Mondes und die reichen Urlauber brachten zusätzlich noch ihre Schätze für die Ferienwohnungen mit. Ein Stück Heimat in der Ferne. Dann zerfiel alles und die Käufer verschwanden ähnlich schnell wieder wie die Künstler selbst. Einige Werke kamen offiziell auf den Markt, andere inoffiziell. Aber wenn sich das Bild tatsächlich auf Titan befindet, dann bei besagter Sammlerin. Für die normalen Arbeiter hier ist alles wertlos, was man nicht sofort zu Geld machen oder essen kann.«

»Könnten Sie den Kontakt herstellen?« Der Ärger schien verflogen und die Neugier geweckt.

»Wie sähe denn die Aufwandsvergütung aus? Schließlich sind Sie nicht einmal an der Miete eines meiner Zimmer interessiert.«

Andor seufzte und holte seine Karte aus der Innentasche des Sakkos hervor. »Wie viel verlangen Sie?«

Titus hob die Brauen. »Ich bin nicht auf Ihr Geld erpicht, Andor.«

»Auf was dann?«

»Wenn Sie so direkt fragen.« Sein Tonfall wurde ernst. »Ich möchte ein Date mit Vivian.«

»Was? Im Leben nicht, Sie ...«

»Andor!«, fiel Vivian ihm streng ins Wort. »Lass den Mann ausreden.«

Titus schmunzelte erneut. Er saß noch immer entspannt im Sessel, die Arme auf den Lehnen, und hatte nicht einmal mit der Wimper gezuckt bei Andors Ausbruch. »Nun kann ich mir vorstellen, warum Sie nicht mit Faeser arbeiten. Keine Sorge, wie ich bereits betonte, lege ich Wert auf Einvernehmen. Ich bitte lediglich um ein gemeinsames Abendessen. Es wird nichts geschehen, was nicht von beiden Seiten gewollt wäre.«

»Ich bin einverstanden«, sagte Vivian schneller, als Ray vermutet hätte. Aber sie wusste wohl von ihnen allen am besten, ob dieser Kerl es ehrlich meinte.

»Bist du sicher?« Li sah sie mit großen Augen an.

Vivian lächelte geheimnisvoll. »Sehr sogar.« Offenbar fand sie diesen Kerl tatsächlich mehr als nur attraktiv.

Andors Kaumuskeln arbeiteten. »Nun gut. Wenn Vivian es möchte.« Es kam gezwungen über seine Lippen.

»Sehr schön. Zeitlich richte ich mich ganz nach Ihrem Gusto.« Das Lächeln ihres Gastgebers wirkte triumphierend. Das war eindeutig ein Mann, der gewohnt war, das zu bekommen, wonach er verlangte.

Auf dem Weg zurück ging Andor mit energischen Schritten voraus. Ray folgte schweigend, während Vivian und Li einige Schritte hinter ihnen blieben. Die beiden Frauen hatten sich untergehakt und tuschelten miteinander.

Auf der Pax bekam Ray noch mit, dass Vivian mit einer Tasche in Lis Kabine ging. Offenbar würde sie diese Nacht bei ihr übernachten statt bei Andor. Auf das Stimmungsbarometer der nächsten Tage wollte er lieber nicht schauen.

Am nächsten Abend verabschiedete sich Vivian von ihnen, bevor sie sich mit Titus in seinem Club traf. Ray musste sich zusammenreißen, nicht anerkennend zu pfeifen, als er sie sah. Vivian war zwar stets auf ihr Äußeres bedacht, aber derart in Schale geworfen hatte sie sich bisher nie. Sie trug ein glänzendes grünes Kleid mit türkisem Chamäleoneffekt, das schmeichelnd ihre Rundungen betonte und sogar farblich dem Himmel über Titan glich. Der Lippenstift passte exakt zu ihren roten Haaren, die in eleganten Wellen ihr Gesicht umflossen und lockig auf den Schultern lagen. Die grünen Augen leuchteten unter dem dunklen Lidschatten und den verlängerten Wimpern. Eine blumige Wolke Parfum umgab sie.

»Absolut scharf!«, entfuhr es Ray.

Auch Laifs Augen weiteten sich. »Wow. Du siehst toll aus.«

Li küsste ihre Freundin auf die Wange. »Viel Spaß, Viv! Aber pass auf dich auf, bitte! Und übertreibe es nicht!«

Vivian zwinkerte. »Mach ich, keine Sorge. Ist ja nicht mein erstes Date.«

»Du scheinst dich ja richtig zu freuen.« Ray konnte sich diese Bemerkung nicht verkneifen. Wieso warf sie sich so einem Kerl nur derart vor die Füße? War es der berühmte Geruch des Geldes oder gab es wirklich eine sexuelle Anziehung?

»Hättest du es lieber, wenn ich mich nicht freuen würde?«, fragte Vivian in einem ernsteren Ton als erwartet. »Gönne mir das doch. Ich habe von Anfang an einen Draht zu Titus gehabt, eine empathische Verbindung.«

Laif horchte auf. »Meinst du, der stammt auch von eurer Sekte ab?«

Vivian neigte den Kopf zur Seite. »Ich weiß es nicht. Aber die Tatsache, dass er keine Zwangsprostitution betreibt, spräche dafür. Er würde das Leid seiner Opfer spüren.«

Ray erinnerte sich, dass genau das die ursprüngliche Idee der Sekte gewesen war: durch Empathie Leid zu verhindern. Dennoch blieb er skeptisch. »Wenn er denn die Wahrheit sagt.«

»Das tat er«, sagte Vivian mit Überzeugung. »Ich werde hoffentlich bald mehr wissen. Wünscht mir Glück!«

Bevor sie sich umdrehen konnte, kam Andor um die Ecke. »Was soll das?«, knurrte er deutlich missmutig, als er Vivian erblickte. »Wieso bretzelst du dich so auf für den Kerl? Das war nicht Teil des Deals.«

Vivians Mimik verdüsterte sich bei dem Tonfall. »Weil ich mal wieder schick ausgehen möchte mit jemandem, der das auch zu schätzen weiß.«

»Was soll das heißen?«

»Hey, ich mache das für dich und dein blödes Schiff, okay? Also lass mich es auch wenigstens genießen!« Sie warf ihre Haare in den Nacken und schritt so elegant und körperbewusst auf ihren hohen Schuhen durch die Luke, als wäre sie mit denen geboren worden. Draußen wartete bereits der von Titus bestellte Privathelikopter mit dem Piloten davor, der ihr die Tür öffnete und sie einsteigen ließ.

Andor drehte sich schnaubend um und verschwand in seiner Kabine. Wenn die Pax normale Türen gehabt hätte, wäre bestimmt ein Zuschlagen durch die Gänge gehallt.

Ray beschloss, ihm diesen Abend besser aus dem Weg zu gehen. Er hatte ohnehin etwas anderes vor.

14. Ausbruch

Als sich auch Li zurückgezogen hatte, nahm Ray seine Jacke und lief mit schnellen Schritten vom Schiff.

Er ging in das Empfangsgebäude und direkt zu dem Mann an der Anmeldung, der ihnen die Karte vom Grande Café überreicht hatte. Jemand, der wusste, dass sie mit Seeker und auch Titus Kontakt hatten.

Der Mann betrachtete ihn mit hoch gezogenen Brauen. »Sie wünschen?«

Ray atmete tief durch. »Guten Abend, ich wollte mich erkundigen, ob es in dieser Gegend vielleicht einen Arzt gibt, der seine Behandlungen nicht an die große Glocke hängt.«

Der Mann verzog keine Miene. »Jeder Arzt unterliegt der Schweigepflicht.«

»Ich meinte nicht nur das. Auch die Abwicklung.« Er räusperte sich. »Ich ... habe etwas Probleme mit meiner Versicherung zurzeit und würde die Sache gerne privat regeln. Ich brauche einen Mediziner, dem ich diesbezüglich vertrauen kann.« Ray hatte kein Problem damit, hier mit offenen Karten zu spielen. Er würde diesen Mond höchstwahrscheinlich nie wieder sehen und Zeit für umfassende Erkundigungen hatte er nicht. Dieser mehr oder weniger rechtlose Bezirk könnte seine allerletzte Möglichkeit sein.

Die Mimik des Mannes blieb professionell ausdruckslos. Schließlich griff er unter die Theke und reichte ihm eine weitere Karte mit einem Code. Da schien es ja für jede Situation etwas zu geben hier. Ray nahm sie stumm entgegen, nickte dem Mann dankbar zu und ging. Noch vor der Tür scannte er den Code. Es erschien ein Kontakt. Mehr nicht.

***

Es war nach ihrem Rhythmus früher Morgen, als Vivian zurückkehrte. Sie hatte äußerst gute Laune. Ray und Li empfingen sie an der Rampe.

Li sprang auf sie zu und packte sie am Arm. »Erzähl! Wie war es?«

Vivian strahlte über das ganze Gesicht. »Wundervoll. Titus ist so charmant, der gesamte Abend war ein Traum.« Sie gab einen sehnsüchtigen Seufzer von sich. »Er hat mir die schönsten Orte auf Titan gezeigt. Erst flogen wir zu einem Restaurant auf einem Aussichtsturm, von dem man den Saturn sehen konnte. Das war so romantisch! Wusstet ihr, dass es an den Polen Nordlichter gibt? Nur schwächer, weil die Sonne so weit weg ist, aber so wundervoll. Und wenn einer der Geysire aufsteigt, strahlen sie im Wasserdampf. Ich habe noch nie so etwas Schönes gesehen!«

»Da können wir wohl kaum gegen anstinken«, bemerkte Ray.

Vivian sah ihn an und lächelte. »Es war ein Traum, aber er ist vorüber. Titus ist nicht an einer Beziehung interessiert. Er hatte von meiner Empathie gehört und wurde neugierig. Aber mehr auch nicht.«

Ray verzog den Mund. Er wollte also niemandem etwas Einzigartiges lassen, was er selbst nicht versucht hat. Typisch Millionär.

»Aber mein Verdacht bestätigte sich«, erzählte sie weiter. »Er ist ebenfalls empathisch. Deswegen möchte er auch alle Kunden vorher kennenlernen, um zu sehen, ob sie es ehrlich meinen. Seine Fähigkeit ist aber lange nicht so ausgeprägt wie meine.«

»Habt ihr denn ...?« Li beendete die Frage nicht.

Vivian schmunzelte. »Das wird unser Geheimnis bleiben.«

»Hat er denn seinen Part des Deals erfüllt?«, fragte Ray. Er wollte nicht über die andere Sache nachdenken, die ihm zudem nichts anging.

Vivian nickte heftig. »Er organisierte ein Treffen mit dieser Sammlerin für morgen. Sie ist gewillt, ihre Kunst zu zeigen, aber nur einer Person.«

Li ballte aufgeregt die Hände. »Lasst mich gehen!«

Ray schüttelte den Kopf. »Was? Nein! Das ist viel zu gefährlich. Wir fragen morgen Andor.«

Sie sah ihn beinahe empört an. »Ich kann auf mich aufpassen und Titus vertraut ihr offenbar.«

Vivian nickte. »Er ist überzeugt davon, dass sie harmlos ist.«

»Mutter hat mir so oft ein Foto vom Kunstwerk gezeigt, dass ich es sofort erkennen würde.«

Ray gab sich geschlagen. »Okay.« Er rieb sich mit der Hand über den Nacken. »Aber ein Foto vom Bild wird uns nicht reichen und entwenden dürfen wir es nicht.«

»Dann mache ich auch eins von der Rückseite oder des Rahmens. Es wäre ein Anfang. Vielleicht finden wir mehr heraus, Mutter hatte nur zwei Augen und oft wird man betriebsblind.«

»Wir sollten es dennoch mit Andor abklären.«

»Wenn er sich bis dahin blicken lässt«, murrte Li. »An seine Kabinentür klopfe ich bei der Laune gestern ganz sicher nicht.«

Vivian biss sich auf die Unterlippe. »Kann ich noch eine Weile in deiner Kabine bleiben?«

Li nickte. »Natürlich, gerne!«

***

Andor stimmte wider Erwarten zu, dass Li zu der Sammlerin ging. Ray verwunderte das, aber seine Freundin so glücklich darüber zu sehen, freute ihn. Dennoch wäre er gern dabei gewesen, er vertraute diesem Titus nicht, ganz egal, was Vivian sagte. Li versprach, ihn so oft wie möglich über das Pad zu informieren, was passierte.

Sobald sie fort war, ging auch er vom Schiff, mit der Entschuldigung, sich die Beine vertreten zu wollen.

Er fuhr mit der Bahn zu der Adresse, die ihm von dem Kontakt genannt worden war. An der Zielhaltestelle erreichte ihn eine Textnachricht von Li. Er las sie mit einem Lächeln.

Ich sitze gerade in einem der skurrilsten Wohnzimmer, das du je gesehen hast. Vollgestopft mit wirren Artefakten und Kunstgegenständen. Die Frau ist über siebzig und ist gekleidet wie eine Diva aus den 1920iger Jahren. Sie erscheint etwas exzentrisch, aber nett. Sie bereitet uns gerade Tee in der Küche zu.

Halte mich auf dem Laufenden!

schrieb er zurück und hoffte, bei längerer Pause keinen Verdacht zu erregen.

Er war sich nicht sicher, wie lange die Prozedur dauern würde, sollte es denn klappen. Aber die Frau, die sich unter der Nummer gemeldet hatte, hatte durchaus positiv geklungen. Es wäre zu schön, um wahr zu sein. Selbst wenn der Chip Alarm schlagen würde, bis ein adventiver Aufklärer hier wäre, wären sie längst über alle Berge. Ray stellte sich vor, wie Steeles Lakaien in eine von Seekers Straßensperren gerieten, und grinste breit.

Der Weg führte ihn in eine heruntergekommene Gegend, die früher wohl mal zum Skigebiet gehört hatte. Einige Steinbauten mit ehemals aufgemaltem Fachwerkmuster und Fensterläden im Alpenstil, deren Farbe jedoch kaum noch auszumachen war. Ein zerfallener Lift, halb in Schneeverwehungen verborgen, und eine Art Arena, die wie eine ehemalige Eisbahn aussah.

Hier hörte die beheizte Unterführung auf. Frostiger Wind wehte wie winzige Eiskristalle in sein Gesicht und er musste den Kragen seiner Jacke hochstellen, um die Ohren zu schützen.

Der Himmel war in ein dunkles Grün getaucht. An einigen der abgewohnten Gebäude brannte noch Licht in den Fenstern und die ein oder andere Werbetafel flackerte mit den altersschwachen Straßenlaternen um die Wette.

Sein Pad lotste ihn zu einem der Gebäude mit mehreren Namensschildern. Ray drückte auf die von der Frau genannten Klingel mit *Dr. Thomas* darauf. Immerhin ein echter Akademiker, wenn es kein Pseudonym war.

»Hallo?«, erklang eine Frauenstimme.

»Wir haben telefoniert«, antwortete er.

»Kommen Sie herein.«

Die Tür glitt zur Seite und ein dunkler, nicht gerade einladender Flur, der Ray an ein Krankenhaus erinnerte, tauchte vor ihm auf. Ihm wurde es mulmig, doch es gab kein Zurück mehr. Er hoffte nur, nicht überfallen und getötet zu werden, denn dann wären seine Freunde in Gefahr vor Steeles *Rache*.

Am Ende des Ganges wartete eine relativ kleine, ältere Person auf ihn. Ray vermochte nicht zu sagen, ob diese männlich oder weiblich war. Die Person hatte ein kantiges Gesicht mit femininen Zügen, kurze Haare und breite Schultern. Der Körperbau wirkte schmal und androgen.

»Guten Tag, ich bin Dr. Thomas«, sagte die Gestalt und Ray war sich nicht mehr sicher, ob die Stimme wirklich so weiblich klang wie zuvor angenommen. »Treten Sie ein.«

Ray folgte ihr stumm in ein kleines Sprechzimmer.

»Wie kann ich Ihnen helfen?«

»Ich muss ein Implantat loswerden«, kam er zum Punkt.

Dr. Thomas betrachtete ihn. »Sie sind Adventiv?«

»Ja.«

»Dann dürfte es kein Problem sein, diese Ihre Chips entfernen wir regelmäßig, ein Routinejob. Sind Sie liquide?«

»Ich habe etwas Geld, falls Sie das meinen, aber es handelt sich nicht um den Standardchip.«

Sein Gegenüber runzelte die Stirn. »Was dann?«

»Ein moderneres Modell.«

»Da bin ich gespannt, setzen Sie sich.« Dr. Thomas holte ein Gerät aus der Tasche. »Wissen Sie, wo es implantiert wurde?«

Ray setzte sich auf den Lehnstuhl und zeigte mit der Hand an seine rechte Halsseite.

Die kleine Gestalt hielt das Gerät an die Stelle und runzelte die Stirn. »Sind Sie sicher? Mein Scanner erkennt nichts.«

»Sie brauchen einen Tiefenscan vom Gewebe. Es handelt sich um einen organisch getarnten Militärchip.«

Dr. Thomas zuckte mit den Augenlidern. »Ein Überwachungschip?«

Ray nickte. »So etwas in der Art.«

Das kantige Gesicht färbte sich dunkelrot. »Sind Sie des Wahnsinns? Verlassen Sie mein Haus! Sofort!«

Ray erhob sich irritiert. »Aber ...?«

Dr. Thomas starrte ihn an, als stünde dort ein feuerspeiender Drachen. »Diese Implantate sind nicht zu entfernen!«

Rays Kehle engte sich ein. »Kann man es nicht zumindest versuchen?«

»Begreifen Sie es nicht?« Dr. Thomas fuchtelte hektisch mit den Händen in der Luft herum. »Das adventive Militär kann dieses Teil in Echtzeit orten! Sie würden sehen, dass Sie in diesem Zimmer waren, als die Vitalsignale endeten. Sie werden hier auf der Matte stehen und mich entweder des Mordes an Ihnen oder der Beihilfe zum Desertieren beschuldigen und abführen!« Die kleine Gestalt entwickelte ungeahnte Kraft und stieß Ray den Gang hinaus. »Nein, ich werde ganz sicher nicht riskieren, gefoltert und getötet zu werden von Ihren fanatischen Landsleuten! Sie können von

Glück reden, wenn ich Sie nicht persönlich anzeige! Raus! Verschwinden Sie!« Ehe er einen klaren Gedanken fassen konnten, wurde Ray auf die verschneite Straße gestoßen. »Kommen Sie nie wieder!«, rief Dr. Thomas und verschloss die Tür vor Rays Nase.

Ray ballte die Fäuste und bemühte sich, den aufsteigenden Frust zu verdrängen. Er hatte das Gefühl, dieser verfluchten Chip schnürte ihm vom Hals aus die Kehle zu. Vor seinem geistigen Auge sah er Steele höhnisch grinsen.

Auf der Fahrt zurück sank jeder Hoffnungsschimmer in ihm. Das war der letzte Versuch des Aufbäumens, doch er wurde die Ketten nicht los. Dr. Thomas hatte recht. Es gab keinen Ausweg. Der Chip würde ihn verraten, ob in seinem Körper oder draußen. Und seine Freunde wären auf alle Fälle in Gefahr. Er konnte sich nicht als erbärmlicher Hampelmann mit dem mächtigen Militär anlegen, sondern ihr Leben nur retten, indem er Steeles Spiel mitspielte.

Er blickte auf sein Pad. Zu lange Zeit hatte er nichts mehr von Li gehört, was ihm ein ungutes Gefühl bereitete.

Alles okay?

textete er, als er zurück auf dem Schiff war, doch es wurde nicht einmal gelesen.

Er ging nervös im seiner Kabine auf und ab. Dem Frust folgte Sorge. Gut, die letzte Nachricht hatte harmlos geklungen und Li konnte mit ihrer Kampfkunst gestandene Männer überwältigen. Er sollte mehr Vertrauen in sie haben. Vielleicht zeigte diese Kunstsammlerin ihr gerade ihr gesamtes Inventar, da wäre es unhöflich, ein Pad hervorzuholen und zu texten. Aber wollte sie nicht ein Foto machen? Dabei könnte sie zumindest ein Emoji schicken auf die Schnelle. Er würde noch eine halbe Stunde warten und dann Andor Bescheid geben.

Auf einmal vibrierte sein Pad. Endlich! Er stürzte zum Tisch und hob es auf. Die Enttäuschung war jedoch groß. Andor hatte in ihre Gruppe geschrieben, dass alle auf die Brücke kommen sollten. Mit mehr Anführungszeichen, als nötig gewesen wäre. Rays Herz setzte einen Schlag aus. Hatte er von Li gehört? War ihr etwas zugestoßen? Er bestätigte, steckte das Pad ein und ging los.

Auf der Brücke waren Laif und Vivian bereits versammelt. Er sah die beiden fragend an, doch sie wirkten ähnlich unwissend.

In dem Moment stampfte Andor schnaubend in den Raum, wie ein wütender Stier. »Du bescheuerte Kuh!«, brüllte er in Richtung Vivian.

Ray zuckte erschreckt zusammen. »Sag mal, spinnst du? Was ist denn in dich gefahren?«

Andor ignorierte ihn. »Ich habe gerade einen netten Anruf von deinem Schwarm Titus bekommen«, schimpfte er und sah zu den anderen. »Vivian hat ihm von der Fahndung nach mir erzählt. Wegen Kindesentführung. Wie klingt das denn, bitte schön? Was hast du ihm noch alles gesagt? Rede!« Er ging mit schnellen Schritten auf sie zu, dass Vivian aufstand und ängstlich hinter den Stuhl wich.

»Es ist mir so rausgerutscht«, rechtfertigte sie sich. »Ich habe ihm natürlich gesagt, dass wir Laif damit gerettet haben.«

»Wie verblödet bist du eigentlich?«, rief Andor zornig, er sah aus, als stiege gleich Qualm aus seinen Ohren.

»Die Fahndung ist ja kein Geheimnis.«

»Hier draußen schon, du dämliches Rind! Er hätte Tage gebraucht, um das zu erfahren, wenn überhaupt.«

»Ich ...« Vivian brach ab und schluckte, sie wich weiter vor dem kräftigen Mann zurück, dessen Muskeln deutlich hervortraten.

»Man darf solchen Typen nie ein Druckmittel in die Hand geben! *Du* solltest, wenn, dann den Kerl ausspionieren, nicht andersherum!« Andor riss die Arme hoch. »Aber du hast mal wieder wie gewohnt, ohne das Hirn einzuschalten, die Beine breit gemacht. Verflucht, der alte Wichser könnte dein Vater sein, schonmal darüber nachgedacht?«

Vivian schnappte hörbar nach Luft.

»Andor, reg dich ab!« Ray befürchtete, er würde gleich auf Vivian einschlagen. Ihm waren solche Szenen zu vertraut. »Wir können jetzt auch nichts mehr daran ändern, es war keine Absicht!« Er verstand diese Reaktion nicht, da mussten einige andere Emotionen hochkochen.

Laif stand nur eingeschüchtert da.

»Es war einfach Dummheit«, brüllte Andor. »Man muss einander vertrauen können, dass nichts ausgeplaudert wird! Selbst wenn man sich von alten Säcken das Hirn wegvögeln lässt. Heute ist es eine Fahndung, morgen vielleicht der Karten-PIN, also nimm diese hohle Nuss nicht in Schutz!«

Vivian lief von der Brücke.

Ray überlegte, ihr nachzugehen, entschied sich aber dagegen. Ihn wollte sie nach dieser Szene wohl nicht bevorzugt sehen. Er ahnte, dass Andors Ausbruch zum großen Teil auf Eifersucht basierte, verstand es jedoch nicht. Wenn er fürchtete, Vivian an diesen Titus zu verlieren, weshalb vergraulte er sie dann mit aller Gewalt?

Andor hingegen ignorierte das Verschwinden und sah sich um. »Wo ist Li?«

Schweigen.

»Wo ist Lilith? Mein Gott, sind hier alle verblödet? Wir müssen sofort los.«

»Sie ist noch nicht zurück.« Erneut die Sorge um sie.

»Was? Verdammt, ist das der Tag der dämlichen Weiber oder was?« Andor fuchtelte wild gestikulierend mit den Händen in der Luft herum, dass Laif zusammenzuckte und an die Wand wich.

Ray behielt die Nerven, auch wenn bei ihm bei derartigem Verhalten die Alarmglocken angingen, hatte es für ihn auch eine gewisse Routine. Er positionierte sich zwischen seinen Boss und Laif. Falls Andor wirklich durchdrehen sollte, hätte der Junge zumindest genug Zeit, in seine Kabine zu flüchten. Äußerlich blieb er ruhig, um die Situation auf keinen Fall zum Eskalieren zu bringen. »Die letzten zwei Stunden habe ich nichts mehr von ihr gehört, dabei wollte sie regelmäßig texten«, verteidigte er Li mit deutlicher Sorge. »Sie war noch nie unzuverlässig, vielleicht ist etwas passiert.«

»Ich kann dir sagen, was passiert ist!«, brüllte Andor. Seine Augen funkelten noch immer zornig. »Die dämliche Kuh hat sich ebenfalls einwickeln lassen, das ist passiert! Vielleicht fickt sie gerade diese Kunsthändlerin, das scheint hier auf Titan ja üblich zu sein!«

»Sag mal, geht's noch?«, hörten sie Lis empörte Stimme vom Eingang der Brücke. »Was ist denn in dich gefahren?«

Ray fiel ein Stein vom Herzen, sie heil zu sehen.

Andor fuhr herum. »Wo warst du so lange?«

Li ging nicht darauf ein, sie schien noch immer entsetzt über das Gehörte und stemmte die Hände in die Hüften. »Hast du mich gemeint eben?«

»Wen denn sonst? Ray, starte den Antrieb!«

Li schüttelte ungläubig den Kopf. »Was ist denn hier los? Seit wann hast du es so eilig? Kannst du mir mal erklären, was du für Zeug eingeschmissen hast, dass du dich aufführst wie ein aufgeplusterter Gockel?«

Andor atmete hörbar durch, wirkte aber noch immer so, als müsste er sich mit Gewalt zurückhalten, nicht alles kurz und klein zu schlagen. »Wird Zeit, dass Eure Durchlaucht sich zu uns gesellt. Vivian hat meine Fahndung ihrem umschwärmten Geldsack verraten, der natürlich nichts Besseres zu tun hatte, als es mir unter die Nase zu reiben. Sicher denkt er sich bald schon etwas aus, das ich für ihn tun soll, damit er uns nicht verpfeift. Solche Typen kenne ich, die wollen jeden unter ihrer Kontrolle haben. Das mache ich nicht noch einmal mit! Aber anstatt sofort starten zu können, bevor dem Scheißkerl was einfällt, mussten wir noch auf dich warten! Verdammt, könnt ihr Weiber nicht *einmal* etwas *nicht* auf den letzten Drücker machen? Ray, heb endlich ab, verflucht nochmal!«

»Ohne Koordinaten?«, fragte er barsch. »Ich weiß nicht einmal wohin.«

»Wohl kaum in Richtung Pluto, du Pfosten!«

Ray gab seufzend auf, setzte sich an das Pult und berechnete ihren Startschub in Richtung der *Neutralen Zone*. Das sollte erst einmal passen. Jede Kursänderung bremste sie aus und verbrauchte unnötige Energie.

Li sah sich um. »Wo ist Vivian?«

»Schmollend in der Koje, wo sonst? Wo du warst, ist interessanter!«

»Rege du dich erst einmal ab und zetere hier nicht herum wie ein frustriertes, altes Weib.« Li blieb ruhig und setzte sich an das zweite Schaltpult. »Ich habe das Bild gesehen und etwas sehr Hilfreiches herausgefunden, also fahr deinen Blutdruck wieder auf normal, dann erzähl ich es dir.«

Andor lehnte sich gegen die Konsole und verschränkte die Arme. »Okay. Ich bin unten. Rede!«

Li griff in die Tasche und holte ihr Pad hervor. Sie öffnete ein Foto darauf und reichte es ihm. »Sieh dir das hier an, bevor du wieder Funken sprühst.«

Er betrachtete das Bild interessiert. Mit zwei Fingern vergrößerte er es auf dem Display. »Was ist das?«

»Die Rückseite des Farbdrucks.« Andor öffnete den Mund, doch Li kam ihm zuvor. »Natürlich habe ich auch ein Foto von der Vorderseite, aber da steht etwas geschrieben, das uns weiterhilft.«

»Dann hat sie es dich anschauen lassen?«, fragte Ray.

»Nicht gleich, ich durfte es nicht berühren und ihre Augen hafteten daran wie Sekundenkleber, selbst beim Tee machen schaute sie ständig zu mir und dem Bild. Daher musste ich mir etwas überlegen.«

Andor war wieder völlig ruhig. Er ließ seinen Blick nicht von dem Pad. »Aber du hast es schließlich geschafft?«

»Ja. Da mir aber nichts Besseres einfiel, hab ich um immer mehr Tee gebeten und sie in etliche Gespräche verwickelt, bis sie endlich auf die Toilette ist – die Frau hat eine enorme Blase, ich musste in der Zeit dreimal.« Sie schmunzelte. »Als sie weg war, nutzte ich die Gelegenheit und schaute mir das Bild genauer an. Als ich die Notiz auf der Rückseite sah, habe ich sie sofort fotografiert. Danach konnte ich endlich aus diesem Gruselkabinett verschwinden.«

Ray hob anerkennend den Daumen. »Gut gemacht!«

»Was steht da denn?«, fragte Laif, der sich vorsichtig genähert hatte und nun versuchte, über Andors Schulter einen Blick auf das Foto zu ergattern.

»Ich habe es auf dem Weg hierher im Shuttle studiert«, erzählte Li, »und vermute, es ist ein Link zu einem Decodierungsprogramm, das offenbar die Farben und Strukturen des Bildes in Text umwandelt. Die Mandelbrot-Form brachte mich auf den Gedanken.«

Ray öffnete erstaunt den Mund.

»Es muss so sein. Das ist die Lösung, nach der Dr. Sakura die ganzen Jahre gesucht hatte«, flüsterte Andor ruhig, den Blick nicht vom Display abwendend. »Und wir haben es gefunden.« Er sah auf. »Li, du hast den Vogel abgeschossen!«

»Du nimmst das *dämliche Kuh* und was du noch so angedeutet hast also zurück?«

»Das eine ja. Das Tier lass ich mal prophylaktisch stehen, auf irgendeine Situation hat es sicher gepasst.«

Li warf ihm einen vielsagenden Blick zu. »Ich kann das Foto auch verkaufen, wenn du weiterhin so *nett* bist. Die adventive Regierung ist sicher sehr scharf darauf.«

Bei dem Kommentar zuckte Ray innerlich zusammen.

»Nee, lass mal, Süße«, sagte Andor. Seine Augen weiteten sich enthusiastisch. »Ein Traum wird wahr.«

»Noch sind wir nicht am Ziel und es ist erst einmal nur ein Verdacht.« Ray war dieser Fanatismus unheimlich. Er fürchtete, Andor würde bei einem Rückschlag völlig durchdrehen. »Ich setze mich nachher gleich an dieses Programm, mal sehen, was es wirklich taugt.«

Li stand auf. »Ich dusche erst einmal.«

Nach knapp zwei Stunden wollte Ray die Steuerung des Schiffs an Andor übergeben und sich um die Decodierung des Bildes kümmern, als Li sichtlich aufgebracht auf die Brücke stürzte. »Vivian ist weg!«

»Was?«, rief Andor aus. »Wie weg?«

»Na weg! Ich hab mich gewundert, dass ihre Sachen fehlen, dachte aber, sie sei wieder zu Andor gezogen. Nach dem Duschen schrieb ich ihr auf dem Pad, bin aber danach kurz eingenickt und die Zeit vergessen. Als ich aufwachte, hatte sie den Text nicht gelesen, also klopfte ich an Andors Kabine. Aber keiner öffnete. Ich habe das ganze Schiff durchsucht. Nichts.«

»Bei mir war sie seit dem Treffen mit dem Lackaffen nicht mehr«, sagte Andor sichtlich irritiert. »Und die Kabine ist abgeschlossen.«

»Wann soll sie denn das Schiff verlassen haben?«, fragte Laif.

»Wenn, dann wahrscheinlich noch vor dem Start vorhin«, überlegte Ray. »Sie wird kaum mit einem Raumanzug aus dem fliegenden Schiff gehüpft sein.«

Lis Kopf schoss zu Andor. »Du hattest doch gesagt, sie sei in der Kabine!«

Der riss verteidigend die Arme hoch. »Ich dachte, in deiner. Woher soll ich wissen, dass sie mal nicht ihre gewohnte Routine abzieht?«

»Was hast du getan?«

»Er hat sie echt übel angebrüllt«, sagte Ray. »Eine Flucht könnte ich ihr danach nicht verdenken.«

Andor schwieg, doch seine Kaumuskeln arbeiteten.

Laif schluckte. »Wo ist Vivian?«

»Hör auf, so dämliche Fragen zu stellen, sehe ich aus wie ein Orakel?«, fuhr Andor ihn an. »Verstehe einer die blöden Weiber! Scheiße ist das!« Ihn schien das mehr mitzunehmen, als er zugeben wollte.

Ray hoffte, dass er sich zumindest etwas schuldig fühlte. »Warum so sauer? Du hast es endlich geschafft, sie zu vergraulen, du müsstest doch glücklich sein.«

»Was hab ich damit zu tun?«, fauchte Andor.

Ray lachte trocken auf. »Na, das braucht dir ja wohl keiner zu erklären nach dem Verhalten vorhin.«

Andor knirschte mit den Zähnen. »Sie muss zurück!«

»Warum?«, fragte Li kühl. »Sie ist offenbar bewusst gegangen und alt genug, über ihr Leben selbst zu bestimmen.«

»Wir können sie nicht auf dem Saturn lassen! Ganz bestimmt ist sie zu diesem Schleimer Titus, der sich doch einen Dreck um die schert, sondern nur originelles Futter für seinen Club sucht. Bei dem verfällt sie

ruckzuck wieder in ihr altes Schema und wird rückfällig. Wenn sie irgendwann doch ihren Stolz überwindet
und nach Hilfe ruft, dauert es Monate, bis wir sie erreichen.«

»Du sorgst dich um sie?« Lis Stimme klang sanfter.

»Verdammt, ich liebe diese verfluchte Schlampe!«

Ray horchte auf. »Was?«

»Ich werde das nicht wiederholen. Wir müssen umkehren und Vivian finden, kapiert?«

»Was heißt wir?«, fragte Li streng. »Das wirst ganz alleine du tun. Du wirst sie suchen und dich bei ihr entschuldigen, diesmal wird dir keiner von uns die Drecksarbeit abnehmen!«

»O Mann, mal wieder Zickenterror«, murmelte Andor
wütend und verließ die Brücke.

Li blickte zu Ray. »Was machen wir jetzt?«

»Wir fliegen zurück«, entschied er und gab die Koordinaten ein. Andor hatte zumindest damit recht, dass
sie Vivian nicht allein so weit weg vom hellen Zentrum
des Sonnensystems zurücklassen durften. Erst recht
nicht als Ex-Prostituierte in einer mehr oder weniger
rechtsfreien Zone. Er ging davon aus, dass Vivians Reaktion ein unüberlegter Kurzschluss gewesen war, den
sie womöglich schnell bereuen würde. Selbst wenn sie
sich noch immer von Andor trennen wollte, wären ihre
Chancen, ein selbstbestimmtes Leben aufzubauen, auf
der Erde ungleich höher.

Nach ihrem Rhythmus war es schon mitten in der
Nacht, als sie den Saturnmond erneut anflogen. Ray
spürte langsam die Müdigkeit aufkommen und war

froh, dass Li bei ihm geblieben und ihn ab und zu beim Fliegen abgelöst hatte.

Er textete Andor über das Pad. Ihn direkt anzurufen, wagte er nicht. Nicht lange danach ertönten energische Schritte im Gang vor der Brücke.

»Was soll die Störung?«, hallte Andors heisere Stimme, als er zu ihnen trat. »Verdammt, kann man hier nicht mal in Ruhe schlafen?«

»Verzeihung, dass ich dich aus deinem bequemen Bett hole, nachdem ich hier mehrere Stunden für dich hin- und hergeflogen bin«, empfing ihn Ray zynisch.

»Schnauze!« Andor schwankte leicht und hielt sich die Finger gegen die Schläfen, als dröhnte sein Kopf.

»Du solltest in der Situation nicht trinken, Andor«, bemerkte Li in vorwurfsvollem Ton.

Andor sah sie zornig mit rotunterlaufenen Augen an. »Du bist die Letzte, von der ich Anweisungen brauche«, donnerte er. »Ich mache, was ich will, kapiert?«

»He, lass Li in Ruhe!« Zumindest war das eine Bestätigung, dass er wirklich betrunken war.

»Halt's Maul, Blondschopf!« Andor holte einen Flachmann aus seinem Sakko und öffnete ihn.

Ray seufzte laut. »Hast du nicht schon genug von dem Zeug? Wir landen gleich auf Titan, willst du Vivian besoffen suchen?«

Andor drehte seinen Kopf ruckartig wie ein Vogel zu ihm. Seine geröteten Augen schienen aus den Höhlen zu dringen. »Wollt ihr Kinder mir etwa vorschreiben, was ich zu tun und zu lassen habe?«

»Wenn du anfängst, uns dein Seelenleid ausbaden zu lassen, bleibt uns kaum etwas anderes übrig.«

»Bitte schön, haut doch auch ab! Verpisst euch wie Vivian! Lasst mich alle alleine! Und Tschüs!«

Ray verzog abfällig den Mund. »So langsam kann ich es ihr nicht verübeln.«

»Andor.« Li stemmte ihre Hände in die Hüften und blickte ihn streng an. »Was soll dieses Selbstmitleid? Schön, jetzt haben wir gesehen, wie du leidest und was für ein harter Kerl du bist, da du deinen Kummer in Alkohol ertränkst. Kannst du bitte wieder zur Vernunft kommen?«

Andor schraubte den Flachmann unbenutzt wieder zu und setzte sich stöhnend in den Sessel. »Wo ist Laif?«

»Der traut sich nicht mehr in deine Nähe.«

»Quatsch!«

»Kein Quatsch, du Idiot!«, rief Ray. »Du hast ihn am Abend so verängstigt, dass er nicht mehr aus seiner Kabine kommt.«

»He, was kann ich dafür, dass der Junge immer noch so sensibel ist? Verdammt, so wird er nicht lange im Sonnensystem überleben können, das Weichei!«

Ray ging dieses Verhalten nun endgültig zu weit und er gab seiner Wut freien Lauf. »Du bist ein egoistischer Scheißkerl, Andor! Du denkst immer nur an dich selbst und deine Vorteile. Andere Menschen werden nur beachtet, wenn sie deine Lakaien spielen, wenn nicht, behandelst du sie wie Dreck. Und da wunderst du dich, dass jemand irgendwann genug von dem Scheiß hat und geht?« Kaum waren die Worte heraus, wurde Ray bewusst, dass diese Wut nicht allein Andor galt.

»Fahrt doch alle zur Hölle, ich brauche keinen von euch! Ich kam bisher wunderbar alleine klar!« Andor nahm einen demonstrativen Schluck aus dem Flachmann, stand auf und ging.

Eine Weile herrschte Schweigen. Ray spürte, wie sein gesamter Körper bebte.

»Musste das sein?«, unterbrach Lis leise Stimme die Stille. »Irgendwie tut er mir leid.«

»So wie der sich zurzeit aufführt?«

»Er war lange alleine, Ray. Er liebt Vivian und kann mit solchen Gefühlen nicht umgehen.«

»Dann sollte er lernen, andere Menschen weniger verachtend zu behandeln, vielleicht ist er dann nicht mehr so alleine.«

»Er ärgert sich doch am meisten über sich selbst. Deswegen schlägt er um sich, um alle zu vertreiben und sich so zu bestrafen.«

»Und wir müssen das ertragen? So weit geht mein Mitleid nicht«, sagte Ray abfällig. Von solchen Szenen war er erst mit Müh und Not geflohen.

Li fingerte an ihrer Halskette. »Was, wenn alles hier auseinanderbricht deswegen? Was wird aus uns? Aus Laif? Wo sollen wir hin?«

»Das darf keine Rolle spielen, mit solchen Ängsten machen wir uns nur von ihm abhängig.«

»Dennoch, er ist unser Freund.« Sie erhob sich. »Ich werde versuchen, mit ihm zu reden.«

»Tu das lieber nicht, wenn er besoffen ist.« Ray machte sich ernsthafte Sorgen, Andor war in diesem Zustand unberechenbar.

»Das kann so nicht weitergehen.« Ihre Stimme klang fest, doch die Unsicherheit stand ihr ins Gesicht geschrieben. »Ich muss versuchen, ihn zur Vernunft zu bekommen.«

Ray erhob sich ebenfalls. »Lass mich das machen!«

»Bei dir schlägt er sicher eher zu.« Ihr Blick war ernsthaft besorgt.

»Na und? Das wäre nichts Neues für mich. Mich schrecken sein Brüllen und Muskelspiel nicht ab. Im Gegenteil, es ist beinahe nostalgisch.«

»Ray!«, rief Li verzweifelt.

»Keine Sorge, ich bin vorsichtig. Kümmere du dich bitte um die Landegenehmigung.« Er wartete ihre Antwort nicht ab und ging entschlossen zu Andors Kabine.

Mit spürbarem Puls klopfte er gegen die Tür. »Andor?«

»Verzieh dich!«, kam die Stimme von innen.

»Andor, rede mit mir!«

»Quatsch wen anderes ein Ohr ab, lass mich alleine!«

»Mach auf!«, schrie er energischer als beabsichtigt.

Die Tür glitt zur Seite und ein streng blickender Andor stand davor, die kleine Metallflasche noch in der Hand. Er roch unangenehm nach Alkoholfahne und Schweiß. Ray bemühte sich, die aufsteigende Angst in sich zu verdrängen. Er blendete den strengen Blick und die Muskeln vor sich aus.

»Ich kenne dich nicht mehr«, sagte er im ruhigen Ton, aber deutlich anklagend. »Wo ist der Mann, der allen erzählt, dass man kämpfen muss für das, was man will, und niemals aufgeben darf, egal, in was für einer Scheiße man auch steckt? Hast du uns nicht beigebracht, nicht Gott und die Welt für sein Leid verantwortlich zu machen, sondern sein Schicksal selbst zu meistern? Sieh dich an: Versinkst in Selbstmitleid und Alkohol!«

Andor nahm demonstrativ einen Zug aus dem Flachmann, drehte sich um und ging zum Fenster.

Ray wagte es nicht, ihm in die Kabine zu folgen. Er blieb am Türrahmen stehen. »Antworte mir!«, befahl er, auch wenn er den altbekannten Druck auf dem Brustkorb nur allzu deutlich spürte. Die Angst vor den Schlägen, die immer unausweichlicher schienen, brachte aber auch den alten Trotz hervor. Auch seinen Vater hatte er irgendwann absichtlich provoziert. Das hatte ihm ein wenig Kontrolle über die Situation zurückgegeben. »Betäube dich nicht feige in Alkohol! Wenn du Freunde haben willst, dann sei auch einer! Dreh dich um und rede mit mir! Oder hau mir eine aufs Maul, wenn das dich glücklich macht. Hauptsache, du wirst wieder normal.«

Andor fuhr ruckartig herum. Seine glasigen Augen funkelten zornig.

Ray hielt dem Blick stand, auch wenn das Starren tief in seine Seele zu dringen schien. Sein Körper blieb angespannt, er rechnete jeden Moment mit einer physischen Attacke.

Die Sekunden verstrichen. Andors Fäuste ballten sich, er hob beinahe drohend die Oberlippe. Er wirkte wie ein brodelnder Vulkan kurz vor dem Ausbruch. Ray blieb reglos, auch wenn dieses stille Duell an seinen Nerven nagte wie hungrige Ratten.

»Verdammt!«, brüllte Andor so laut, dass Ray erschreckt zurückwich. Er drehte sich um, schleuderte den Flachmann auf den Boden, dass der restliche Inhalt durch den Raum spritzte, und schlug mit beiden Fäusten gegen die Wand, dass es schepperte. »Verdammt, verdammt, verdammt!« Er stieß einen Wutschrei aus, trat den Tisch um und riss dann fluchend das Regal samt Inhalt zu Boden.

Ray stand ruhig da und beobachtete, wie Andor die Einrichtung seines Schiffs zerstörte, bis der erschöpft innehielt. Er lehnte mit den Händen gegen die Wand, senkte den Kopf und keuchte. Schweiß bedeckte seinen gesamten Körper.

Ray trat ihm nun doch langsam entgegen. »Bist du fertig?«, fragte er leise, beinahe flüsternd.

Andor sah auf, sein Blick wirkte leer. »Ja. Ja, ich bin fertig.« Er sah sich im Raum um und dann wieder Ray in die Augen, der stumm vor ihm stand.

Ray wusste nicht, was er sagen sollte, aber er wollte nicht gehen, sondern Andor zeigen, dass er für ihn da war, würde er reden wollen.

Andors Mimik entkrampfte, als verstand er die Geste. Er atmete tief durch und fuhr sich mit beiden Händen über das Gesicht. »Ich schlafe jetzt meinen Rausch aus, gehe dann duschen, räume hier auf und beginne meine Suche.« Er klang plötzlich völlig nüchtern. »Ich werde jeden Millimeter dieses Mondes absuchen, bis wir die Schlampe gefunden haben.«

»Und dann?«

»Dann werde ich sie fragen, ob sie einem alten Vollidioten verzeihen kann und zu uns zurückkommt.« Er schaute ihn ausdruckslos an und Ray atmete erleichtert durch.

Andor legte eine Hand auf seine Schulter. »Danke für den Weckruf, Kumpel!«, murmelte er kaum hörbar. »Du hast echt Mumm in den Knochen.«

Ray nickte stumm. Er spürte die Schweißtropfen in seinem Nacken kitzeln.

Es stellte sich als schwieriger als gedacht heraus, Vivian ausfindig zu machen. Titans Meldesystem war eher karg und sie stießen bei ihren Erkundigungen überall auf Blockaden und Misstrauen. Ray hätte nie gedacht, die gründliche Bürokratie und Überwachung auf dem Mars mal zu vermissen.

Nach drei Tagen klopfte es an seine Kabine. Als er sah, wie sich sein Boss herausgeputzt hatte, und das aufdringliche Aftershave roch, konnte er sich ein Grinsen nicht verkneifen. »Du hast sie ausfindig machen können?« Es war mehr eine Feststellung, als eine Frage.

Andor nickte. »Ja, und nicht einmal bei dem Lackaffen. Sie hat eine bescheidene Wohnung im Arbeiterviertel. Der dem Saturn zugeneigten Seite des Mondes.«

Ray hob die Brauen.

»Ja«, beantwortete Andor seine nicht gestellte Frage. »Ich war auch baff. Kommst du mit?«

»Ich?«

»Wer sonst? Bitte, ich brauche seelische und moralische Unterstützung hier.«

Andor bat ihn um etwas? Es geschahen noch Zeichen und Wunder. Dennoch wollte er ihn nicht aufziehen und damit vielleicht wieder in sein Schneckenloch scheuchen. Er war froh, dass Andor endlich über seinen Schatten sprang und ihm vertraute.

»Okay, warte, ich hole meine Jacke.«

Das Wohnviertel erinnerte Ray an sein altes Versteck auf dem Mars. Nur dass hier weiße Schneestürme über die Kuppeln fegten anstatt roter Marswinde. Die abgewohnte Architektur, der Schmutz in den Gassen, die gehetzten oder ausdruckslosen Blicke der Passanten und die muffige Luft wirkten jedoch erschreckend vertraut. Diese Gegend hatte das altbekannte Flair von Frust, harter Arbeit und Hoffnungslosigkeit.

Die von Andor recherchierte Adresse führte sie zu einem Hochhaus mit etlichen Wohnungen, die an Bienenwaben erinnerten. Ein klappriger Aufzug, der schon weitaus bessere Tage gesehen hatte, und in den Ray nur ungern einen Fuß setzte, brachte sie in die zwanzigste Etage.

Vor der Wohnungstür mit der Nummer 2012 hielt Andor inne und schien mit sich zu ringen. Ray blieb einige Schritte dahinter im Flur stehen und beobachtete das Verhalten schweigend. Er wollte ihn zu nichts drängen, ab hier war es seine Sache.

Schließlich betätigte Andor die Klingel und wenig später öffnete sich die Tür. Es war die richtige Wohnung.

Vivian sah verändert aus. Sie trug eine Stoffhose und ein schlichtes Shirt, ihre roten Haare waren zu einem Pferdeschwanz gebunden. So ungeschminkt sah sie älter aus, aber nicht weniger attraktiv, wie Ray fand.

»Vivian«, begann Andor.

»Verschwinde!«, kam es barsch zurück.

»Vivian, bitte, lass uns reden!« Andors Ton wurde flehend.

Ray hatte ihn noch nie derart devot gesehen. Das war kein Spiel oder die gewohnte Ironie wie sonst immer. Es war echt.

Vivians Zögern bestätigte sein Gefühl. Sie würde eine Lüge sofort erkennen. »Andor, geh bitte«, sagte sie leise.

Ihre Lippen bebten und ihre gesamte Haltung strahlte Unsicherheit aus. »Ich schaffe das einfach nicht mehr.«

Andor trat vor und ergriff ihre Hand. Sie ließ es sich gefallen. »Vivian, komm zurück, wir vermissen dich.«

Sie zögerte. Dann verhärtete sich ihr Blick und sie warf ihren roten Zopf in den Nacken. »So, wenn ihr alle mich vermisst, warum stehst du dann hier und Ray hält Abstand?« Vivian hätte ihn sehr wahrscheinlich auch gespürt, wenn er einen Stock tiefer gewartet hätte.

»Es tut mir leid, wenn ich ein Idiot war, ich wollte dich nie verletzen. Vergiss bitte, was ich zu dir gesagt habe. Ich ... ich war nur so verdammt eifersüchtig!«

Ray wusste, wie schwer es Andor fiel, einen Fehler einzugestehen, und auch Vivian schien mit sich zu ringen.

»Ich habe mich hier recht gut eingelebt, Titus hat mir sogar einen Job in Aussicht gestellt.«

Ray sah, wie Andor bei der Nennung des Namens zusammenzuckte, als hätte man ihm einen Stromschlag versetzt. Er ahnte wohl genau wie Ray, um was für eine Arbeit es sich handeln könnte, ging aber nicht darauf ein. »Bitte, Vivian, *ich* vermisse dich!«

»Warum tust du das?« Ihre Stimme erstickte fast in einem Schluchzen. »Warum quälst du mich so?«

»Ich will, dass du zurückkommst«, flüsterte er. »Das Schiff ist nicht dasselbe ohne dich.«

»Andor, ich packe das nicht!« Vivians Augen wurden feucht. »Verstehe bitte, wenn ich jetzt zurückgehe, fürchte ich, es nie alleine zu schaffen.« Sie atmete tief durch, wie um die Fassung zu bewahren. »Ich war mein ganzes Leben lang abhängig gewesen. Auf dem Mond hatte ich nicht den Mumm auszubrechen, ich blieb in meiner vertrauten Umgebung, von meiner Chefin beschützt und behütet, ganz gleich, wie schrecklich und unecht das war. Dann kamst du und hast mich herausgerissen und schon wieder war ich in gewisser Weise abhängig. Als ich anfangs mal gehen wollte, schaffte ich es nicht. Ich habe mir immer eingeredet, ich will einen reichen Kerl, der mich aushält, aber das stimmt nicht! Ich hab mir selbst nichts zugetraut, glaubte, dass lediglich mein Körper und meine Fähigkeit, allen zu gefallen, zu etwas nutze ist. Dass einen reichen Mann zu angeln meine einzige Möglichkeit wäre, um je an Geld zu kommen. Dies hier ist eine einmalige Chance, mir zu beweisen, dass ich es auch alleine schaffen kann.«

Andor trat auf Vivian zu und nahm sie in die Arme. Sie ließ es weinend geschehen. »Du kannst es überall alleine schaffen, das hast du bewiesen. Aber willst du es denn? Auch noch hier auf Titan?« Er hielt sie fest. »Du musst nicht mehr alleine sein, Viv, das hast du nicht nötig. Du stehst auch unter keiner Kontrolle bei uns, du bist unter Freunden. Komm mit uns! Wenn du dann noch immer gehen willst, versuche dein Glück auf der Erde. Ich werde dir dann nicht im Weg stehen, versprochen! Aber nicht hier so weit weg auf Titan! Nicht ... *hier*.« Er wollte offenbar nicht in Worte fassen, was er von diesem Anarchistenmond hielt. Vivian lehnte sich an ihn und Andor strich ihr über die Haare. »Ich hätte selbst nicht gedacht, dass ich es mal mit anderen aushalte und solche Freunde sogar nie mehr missen möchte.«

Ray wich zurück in den Schatten. Das zu hören, bereitete ihm Bauchschmerzen. Er spürte erneut die Einstichstelle an seinem Hals brennen.

Vivian weinte still und schmiegte sich an Andor. »Ich will auch nicht alleine sein«, hörte Ray sie flüstern. »Ich war mein ganzes Leben alleine.«

Andor löste sich von ihr, sah ihr tief in die Augen und wischte ihr sanft die Tränen vom Gesicht. »Verzeihst du einem alten Idioten?«

Sie nickte lächelnd. »Wenn du dich in Zukunft etwas zusammenreißt.«

»Ich versuch's, kann aber nichts versprechen.« Er küsste sie. »Ich liebe dich!«

Vivians Antwort konnte Ray nicht verstehen.

»Kommst du gleich mit?«, fragte Andor. »Weißt du, ich will vor Ray und den anderen nicht als Versager erscheinen, wenn ich ohne Beute zurückkehre.« Er grinste.

Vivian schüttelte lachend den Kopf. »Du bist echt ein Idiot! Würd mich nicht wundern, wenn du Wetten auf deinen Erfolg abgeschlossen hast.«

Andor hob die Schultern. »Du wirst nicht glauben, wie viele Tritte in den Allerwertesten ich für den Weg hierher gebraucht habe. Ich hab mich selbst noch nie so feige erlebt.«

»Ich hoffe, die anderen haben wenigstens ordentlich zugetreten«, sagte Vivian mit einem Seitenblick zu Ray.

»Keine Sorge, das haben sie!«, erwiderte Andor mit Nachdruck und rieb sich demonstrativ über den Hintern. »Wenn ich's nicht besser wüsste, würde ich meinen, die hatten noch Spaß dabei.«

Vivian lachte laut auf. »Ich hab euch wirklich vermisst. Warte hier!« Sie gab Andor einen Kuss auf die Lippen und verschwand in der Wohnung.

Nur wenig später erschien sie mit ihrer Tasche um die Schulter. »Ich hatte sie ohnehin noch nicht richtig ausgepackt.« Sie reichte Andor ihre Sachen und hakte sich bei ihm unter. Dann hielt sie mit einem strahlenden Lächeln Ray die freie Hand hin. »Lasst uns nun zum Schiff!«

»Was ist mit deiner Wohnung?«, fragte Ray und hakte sich an ihrer anderen Seite ein. Er genoss dieses Gefühl des Zusammenhalts.

»Die hätte ich eh nächste Woche kündigen müssen.«

»Ach?« Andor hob eine Augenbraue. »Dann kam ich also mal wieder genau richtig, um dich finanziell zu retten? Und du lässt mich hier kaltherzig zu Kreuze kriechen und mein Herz ausschütten! Auch noch vor Zeugen!«

»Das hattest du dir aber auch redlich verdient, mein Kleiner!« Sie beugte sich zu ihm und küsste Andor auf die Wange.

Ray schüttelte amüsiert den Kopf. Die beiden passten wirklich zusammen.

15. Einen Reim drauf machen

Die nächsten Tage arbeitete Ray zusammen mit Laif an dem Programm, das Dr. Moradis Bild in einen Text umwandeln sollte. Es war tatsächlich so wie vermutet.

Während des Prozesses saßen sie alle zusammen im Aufenthaltsraum und starrten auf das schon recht zerkratzte Display von Rays Pad. Nach und nach erschien ein Text auf dem Bildschirm.

Europa hält in klammem Griff,
Versteckt im obersten Dreizehnt,
Den Schlüssel, der nach einem Schiff
Von unerkanntem Werte sehnt.

Zur Unerreichbarkeit verschwunden,
Als Zeugin der Unendlichkeit
In Gottes Namen tief gebunden,
Des Landes Wirtschaft liegt bereit.

»Nur ein blödes Gedicht?« Vivian wirkte enttäuscht. »Kein Hinweis mit Koordinaten? Was bedeutet das?«

»Dass das Rätselraten weitergeht«, brummte Andor missmutig. Auch er hatte sich wohl Genaueres erhofft.

Ray rieb sich nachdenklich das Kinn. »Europa haben wir bereits abgehandelt. Zum Glück waren Dr. Sakuras Koordinaten genauer als diese Andeutung hier auf den nördlichen 30. Grad. Aber was bedeutet der Rest? *Des Landes Wirtschaft?*«

»Und was soll die Rede von Gottes Namen?«, warf Li ein. »Dr. Moradi war überzeugter Atheist. Das muss etwas bedeuten.«

»Vielleicht eine Anspielung, dass unsere Himmelskörper nach Göttern benannt wurden?«, überlegte Ray.

»Wer war der Gott der Wirtschaft?«

»Mercurius vielleicht«, schlug Laif vor. »Das kommt vom lateinischen Wort merx für Ware. Soll der nicht auch der Gott der Händler und Diebe sein? Das würde doch super passen.«

»Auf Merkur? Das glaube ich nicht«, sagte Ray. »Die Temperaturunterschiede zwischen tagsüber über 400 und nachts bis zu minus 170 Grad Celsius hält kaum ein Konstrukt lange durch. Und falls doch, wo auf Merkur? Bei Europa gab es wenigstens eine grobe Richtungsangabe.«

»Es sei denn, das Gedicht ist nicht vollständig«, überlegte Li.

Andor sah sie an. »Wie kommst du darauf?«

»Der Hinweis auf der Rückseite zu dem Programm wurde von Dr. Moradi und seiner Kollegin Dr. Federstein unterschrieben. Hinter Moradi war eine Eins, hinter Federstein eine Zwei. Das Bild war aber alleine von Dr. Moradi erstellt worden.«

»Du meinst, es gibt ein zweites Bild?«, fragte Ray. »Das weitere Verse des Gedichts enthält?«

»Möglich wäre es.«

»Wartet mal«, rief Vivian aus. »Ich kann mich da an eine Passage in Dr. Sakuras Aufzeichnungen erinnern!

Anfangs dachte ich mir nicht viel dabei, aber nun ergibt es einen Sinn.«

Andor sah zu Laif. »Gib mir mal den Chip bitte.«

Laif nickte und holte den Datenträger unter seinem Fingernagel hervor.

Andor schob ihn in sein Pad. »Welche Stelle?«

»Zeig mal her!« Vivian scrollte durch die Dokumente, bis sich ihre Miene aufhellte. »Tatsächlich, schaut mal hier: Dr. Moradi hat das Versteck des Schiffs wohl zusammen mit Dr. Federstein ausgesucht gehabt. Beide verunglückten im Kriegsgeschehen.«

Li sah zu Ray. »Federstein war doch die adventive Wissenschaftlerin, oder?«

Ray nickte.

»Und Amir Moradi war Terraner«, bestätigte Vivian. »Die beiden haben bestimmt je einen Teil des Textes zu sich genommen und in ein jeweiliges Bild integriert. So geteilt, dass es alleine nicht zu deuten ist, nur zusammen. Moradi hatte den Anfang gemacht, daher die Nummer Eins dort.«

»Warum teilten die es?«, fragte Andor mürrisch.

»Vielleicht dachten sie, wenn der kriegerische Konflikt vorbei ist, vertragen der Mars und die Erde sich wieder«, überlegte Laif.

»Ich denke, es war anders«, sagte Vivian. Sie schien nun völlig gefangen. »Wie ich aus ihren Texten herauslesen konnte, waren die beiden offenbar gute Freunde und Pazifisten gewesen. Sie haben den Krieg offen kritisiert. Die glaubten wahrscheinlich, die gierigen Geier an der Macht damit erziehen zu können. Erst, wenn die Parteien sich vertragen und zusammenarbeiten, wären sie es wert, das Schiff zu finden.«

Laif grinste. »Ziemlich clever.«

»Eher arrogant und überheblich«, brummte Andor. Offenbar hatte er sich schon näher am Schiff geahnt, als sich nun herausstellte. »Ich würde mich nicht von so Weltverbesserern erziehen lassen wollen!«

»Du würdest wahrscheinlich aus Protest weiter Krieg führen, nur, um es ihnen zu zeigen«, sagte Ray zynisch.

Andor warf ihm einen vielsagenden Blick zu. »Du hast es erfasst.«

Li atmete tief durch. »Also ist das Bild auf Adventiva?« Ihr Blick traf Rays.

Er seufzte laut. »Ich durchforste mal meine Datenbank.«

Schon wenige Tage später saßen sie wieder zusammen in der Kantine.

»Was hast du herausgefunden?«, fragte Andor.

Ray zeigte auf sein Pad. »Es gibt tatsächlich ein Kunstwerk von Dr. Sabine Federstein. Es hängt im Staatlichen Museum für Zeitgeschichte auf Adventiva.«

Li stöhnte leise. »Mist, da kommen wir kaum hin.«

Auch Laif wurde blass. Ray war sich bewusst, dass der Junge bisher keine sonderlich gute Erfahrung mit seinen Landsleuten gemacht hatte.

»Kennst du dieses Museum?«, fragte Andor.

Er nickte. »Der langweiligste Ort der Welt, zu dem alle Grundschulkinder gezerrt werden. Pflichtprogramm für Exkursionen. Dieses Gebäude strotzt nur so von Patriotismus und Lobhudelei an die Gründer.« Er sah auf. »Bevor ihr fragt: nein, ich habe nirgendwo ein Bild davon im Netz gefunden. Und wenn, dann nur mit so schlechter Auflösung, dass es nicht verwendbar war.

Das Teil scheint nicht sonderlich beliebt oder interessant zu sein.«

»Für uns schon.« Li blickte zu Andor. »Was machen wir jetzt? Ich fliege da ganz sicher nicht nochmal hin und Ray auch nicht!«

»Nur die Ruhe!« Andor hob die Arme. »Wir werden uns dem Mars nicht mehr nähern, keine Sorge. Wir brauchen ja nur ein gutes Foto von dem Teil. Das Programm wird hoffentlich dasselbe sein. Es ist eine öffentliche Ausstellung, also nichts Geheimes. Niemand ahnt dort, dass in dem Bild ein Code versteckt ist. Ein Foto davon würde völlig genügen.« Er blickte zu Ray und seine Miene wurde ungewohnt zaghaft, als spräche er zu einer unberechenbaren Kobra, die bei jeder falschen Bewegung zubeißen könnte. »Du hast nicht zufällig noch Kontakte dort? Einer, der das Museum besuchen und uns ein hochwertiges Bild schicken kann?«

Ray spürte ein erneutes Brennen am Hals bei der Frage. Ja, das hatte er. Leider. »Das sollte hinhauen.« Die Worte klangen monoton.

Andors Miene hellte sich auf. »Sehr gut. Wir sind bald nahe genug am Mars, dass du eine Verbindung herstellen kannst. Es liegt nun alleine an dir!«

Ray nickte, den anschwellenden Kloß in der Kehle ignorierend.

»Wo fliegen wir solange hin?«, fragte Vivian. »Auf die Erde können wir nicht.«

»Ich fürchte nein«, sagte Andor. »Zwar bin ich bisher nicht einmal offiziell angeklagt, aber überwacht wird mein Besitz sicher.«

»Ich wette, dieser Miller hat mittlerweile alle Hebel in Bewegung gesetzt, die ihm zur Verfügung stehen.«

Andor nickte. »Ich habe die Nachrichten der Polizei überprüft. Laif ist als vermisst gemeldet worden und nach mir läuft wegen dringenden Tatverdachts eine Fahndung. Die haben zwar keine Beweise, dass wir ihn mitgenommen haben, aber dass er nicht unterwegs von Bord gehüpft ist, ist offensichtlich.«

»Wohin dann?«

»Ich wüsste vielleicht einen Ort«, sagte Laif.

Alle drehten sich zu ihm und sahen ihn fragend an.

»Was meint ihr, was mit der alten Forschungsstation geschehen ist?«

Vivian stutzte. »Dein ehemaliges Zuhause?«

Laif nickte. »Ulrich ist gefunden und weg. Bis die Besitzverhältnisse nicht geklärt sind, gehört es keinem. Ich kann mir nicht vorstellen, dass die eine leerstehende Wohneinheit im All bewachen lassen. Ich kenne mich da aus und hab auch sehr gute Computer, die wesentlich schneller sind als unsere Pads.«

»Es gehört sogar dir«, merkte Andor an. »Du bist sein Adoptivsohn und rechtmäßiger Erbe.«

»Denkst du nicht, dass das zu auffällig wäre?«, fragte Li skeptisch. »Die suchen dich doch sicher dort zuerst.«

Andor winkte ab. »Das kann zwar sein, glaube ich aber nicht. Vielleicht zu Beginn, aber nicht mehr nach so vielen Wochen. Es wäre zu teuer, da ständig auf Verdacht entlang zu fliegen, und rein rechtlich ist es Privatbesitz, da dürfen die keine Kameras aufstellen oder es auch nur ohne Gerichtsbeschluss betreten. Die wissen ja auch, dass Laif bei uns nicht in akuter Gefahr ist. Das ist ein reiner Papierprozess, da rückt keine Armee für aus.«

»Ich würde es riskieren«, stimmte Ray zu. »Wir müssen nur das Radar anlassen und frühzeitig abhauen, wenn sich jemand nähert.«

Andor nickte. »Von der Entfernung her ist es ideal und sicherer als die *Neutrale Zone*. Gerade jetzt, wo außer Ray auch noch mein und Laifs Gesicht in den Suchanzeigen stehen.« Er klatschte zufrieden in die Hände. »Okay, nächster Halt: Laifs Raumstation!«

***

Ray verriegelte die Tür hinter sich und sank auf die Pritsche. Sein Herz raste. Er fühlte sich schrecklich. Er musste es den anderen beichten, hätte es längst tun sollen! Aber die Hoffnung, den Chip irgendwie heimlich loszuwerden und ein solches Gespräch ganz vermeiden zu können, hatte ihn geblendet, und je mehr Zeit verging, desto schwerer fand er eine passende Gelegenheit. Jetzt würde es hilfreich sein, noch einen Kontakt zum Mars zu haben.

Er verdrängte das aufkommende Magendrücken, atmete tief durch, steckte den Kopfhörer ins Ohr und wählte Steele an. Es dauerte nur wenige Sekunden, da erschien das strenge Gesicht des Admirals auf dem kleinen Bildschirm. Die Uniform zu sehen, wirkte befremdlich auf Ray. Wie eine dumpfe Erinnerung aus einer anderen, verlassenen Welt, die er nie wieder betreten wollte.

»Raynald, schön, von dir zu hören. Ich habe mir schon Sorgen gemacht.« Es klang anklagend, beinahe drohend.

»Ich ...« Rays Stimme brach ab und er musste sich räuspern. »Wir waren länger auf Titan, Sir.«

»Ja, ich weiß. Das war ein hohes Risiko, deine Daten kamen verzögert an. Wir waren schon kurz davor, einen Aufklärer loszuschicken. Wie sieht es aus?«

»Ich bräuchte Ihre Hilfe, Admiral.«

»Geht es um das Schiff?«

»Ja, Sir. Wir haben einiges in Erfahrung bringen können und scheinen kurz davor, den Ort ausfindig zu machen.«

Der Admiral wurde hellhörig. »Tatsächlich?«

»Ich weiß, es klingt zu gut, um wahr zu sein, aber ich glaube fest, dass wir das Versteck finden. Es fehlt nur noch ein Hinweis. Der befindet sich in unserem Nationalmuseum.«

Steele wirkte erstaunt. »Hier auf Adventiva?«

Ray nickte. »Im Bild von Dr. Sabine Federstein.«

»Ich werde sicher kein Exponat aus dem Museum entfernen können, ohne dass es auffällt.«

»Ich brauche nur eine hochauflösende Fotografie von dem Bild, Sir, das ist alles.«

Steele nickte. »Das lässt sich gewiss einrichten.«

»Schicken Sie es mir, so bald Sie können.« Ray verkniff sich ein *Danke*, immerhin würde der Admiral der Nutznießer des Ganzen sein. »Dann sollte es nicht mehr lange dauern, bis wir das Schiff finden.«

»Gut. Ich erwarte zeitnah einen Bericht von Ihnen, Fähnrich, verstanden?«

»Jawohl, Admiral.« Das Magendrücken verwandelte sich in einen brennenden Krampf.

Als das Radar weit und breit kein anderes Schiff ortete, dockten sie an der Raumstation an. Diesmal an der Hauptluke. Der Code für das Schloss war nicht geändert worden.

Andor hielt die adventive Waffe griffbereit, obwohl sie gegen Polizeibeamte weder hilfreich, noch eine besonders gute Idee war. Aber es könnten durchaus auch Plünderer hier Einzug gehalten haben, wenn ein Konstrukt zu lange nicht beliefert worden war und so offensichtlich verwaist wirkte.

Laif wirkte sichtlich angespannt, als sie die Station betraten, doch außer einigen Markierungen auf dem Boden und den Resten eines Probenentnahme-Kits auf der Anrichte wirkte es wie eine ganz normale verlassene Wohnungseinheit. Die Lebenserhaltung war noch eingeschaltet und auch die Raumtemperatur betrug angenehme 20 Grad Celsius.

Laif zeigte ihnen die Schlafräume, Küche und das Gewächshaus. Selbst Lebensmittelvorräte waren noch reichlich vorhanden. Der Professor hatte immer sehr viel auf Vorrat besorgt, wie Laif berichtete, um so selten wie möglich bestellen zu müssen. Ein großes Arboretum befand sich im Inneren der Station. Dieser bepflanzte Park wurde oft als Erholungsort, Sauerstoffvorrat und auch gegen Raumdepression und Platzangst in solche Stationen gebaut.

Nach nur wenigen Tagen auf der Station bekam Ray eine anonymisierte Mail mit dem Anhang eines hochauflösenden Fotos. Steele hatte es geschafft.

Mit einer Mischung aus Furcht und Aufregung ging er zu den anderen in das geräumige Wohnzimmer und wedelte mit seinem Pad in der Luft. »Ich habe das Bild.«

»Prima!« Andor sprang vom Sessel auf. Auch seine Augen leuchteten. »Dann lasst uns das Programm drüber laufen!«

Ray übertrug das Bild auf den Stationscomputer, dessen System ungleich schneller arbeitete als ihre Pads. Er holte sich einen Energydrink aus dem Kühlschrank und setzte sich zu den anderen vor die Konsole, während die Maschine rechnete.

Kurz darauf wandelten sich auch die wirren Farben dieses Bildes zu Text um. Ray kopierte diesen unter die Zeilen, die sie bereits hatten. Alle starrten auf den Vers.

Europa hält in klammem Griff,
Versteckt im obersten Dreizehnt,
Den Schlüssel, der nach einem Schiff
Von unerkanntem Werte sehnt.

Zur Unerreichbarkeit verschwunden,
Als Zeugin der Unendlichkeit
In Gottes Namen tief gebunden,
Des Landes Wirtschaft liegt bereit.

Im Nordosten des sprießenden Mais'
Steht's wie in einem Höllenschlund.
Eingeschlagen ist der Geist
Auf der Göttin Erd' kreisrund.

Andor schüttelte den Kopf. »Das ist nicht einmal ein richtiges Gedicht, nur aneinandergereihte Silben, die sich zufällig reimen.«

»Der erste Teil ist im Nachhinein durchaus verständlich«, sagte Vivian. »Ein Artefakt auf Europa. Das hatte wohl auch Lis Mutter entschlüsselt und was auch immer aus dem Eismond entwendet. Aber der Rest ist wirr.«

Ray runzelte die Stirn. »Teil zwei ist vermutlich Merkur, aber dann müsste der dritte Teil Angaben über den genauen Standort machen, der Planet ist nicht klein. Aber auf Merkur wächst sicher kein Mais.«

»Mais!« Vivian gab einen verzweifelten Laut von sich. »Wie kommen die auf so etwas Skurriles?«

Laif blickte auf das Display und rieb sich das Kinn. »Mais ... Wirtschaft des Landes ... Landwirtschaft ...« Sein Gesicht hellte sich auf. »Kerwan! Es muss Kerwan sein! Auf Ceres!«

Vivian stutzte. »Was?«

»Überlegt doch: Des Landes Wirtschaft ist die Landwirtschaft. Die Göttin der Landwirtschaft war Ceres. Kerwan ist der größte Krater auf dem Zwergplaneten Ceres. Der Name stammt von dem Geist des sprießenden Maises in der Mythologie der Hopi.«

»Hopi? Ich verstehe nur Bahnhof.«

»Die Pueblo Kultur in Nordamerika. Offensichtlicher geht es doch gar nicht.«

Ray nickte. »Also auf einem Zwergplanet im Asteroidengürtel.«

»Dieser Krater hat allerdings einen Durchmesser von zweihundertachtzig Kilometern«, warf Laif ein. »Das wird eine lange Suche.«

»Der Hinweis auf Nordosten grenzt das schon gut ein. Und mit Höllenschlund ist sicher ein markanter Höhleneingang gemeint.« Andor grinste breit und klatschte in die Hände. »Wir haben es! Laif ist mal wieder unser wandelndes Lexikon.«

Auch Vivian fiel ihm um den Hals. »Ein echter Goldjunge!«

Laif lachte verschämt. »Ohne die letzten Zeilen wäre ich da auch nie draufgekommen. Die waren unabdingbar.«

»Stimmt. Du warst auch großartig, Ray!« Vivian löste sich von Laif und schlang ihre Arme um Rays Hals. Überrumpelt ließ er sich an ihren Körper drücken.

Auch Andor klopfte ihm anerkennend auf die Schulter »Das stimmt. Ohne deine Hilfe und Kontakten zum Mars hätten wir das Rätsel niemals gelöst.«

Ray bemühte sich um ein schwaches Lächeln. »Warten wir erstmal ab, vielleicht ist es wieder eine Sackgasse.«

Andor schüttelte den Kopf. »Diesmal nicht.«

»Aber wäre Ceres nicht zu nah? Zu offensichtlich?«

»Ich finde das nachvollziehbar. Was direkt vor Augen ist, sieht man oft am Schlechtesten. Tatsächlich ist ein Versteck auf Ceres aus damaliger Sicht sehr klug gewesen. Ceres ist der größte Zwergplanet des Asteroidengürtels und der erste, der mit einer Raumsonde angeflogen worden war. Er ist ausgemessen und mineralisch uninteressant, da die anderen Himmelskörper viel mehr Edelmetalle und seltene Erden beinhalten. Die alte Dame ist sozusagen abgewohnt und ausgelutscht.«

»Es wäre in der Tat ein geniales Versteck! Die Schwermetalle und natürliche Strahlung in dem pulverigen Regolith ihrer Oberfläche verhindern jeden Scan.«

»Exakt. Dazu hat sie keine so extremen tektonischen Bewegungen wie zum Beispiel der Mond Europa, da sie von keinem Planeten angezogen wird.«

Der Erfolg musste ausgekostet werden. Laif hatte zur Feier des Tages ein mehrgängiges Menü gezaubert und nun saßen sie alle satt und zufrieden zusammen in der Kantine der Station. Andor legte seine Musik auf und schenke jedem ein Glas Wein ein.

Ray saß an einer Bank am Fenster und sah hinaus zu den Sternen. In der Ferne erkannte er die Milchstraße. Er begrüßte den Rausch, den der Alkohol brachte, und wollte den Augenblick genießen. Ihn in sein Sammelsurium der schönen Erinnerungen aufnehmen. Bald würde dies alles vorbei sein, er würde keine Freunde mehr haben.

Die gesamte Zeit über hatte er gehofft, das Schiff nie zu finden, und alles würde so weiterlaufen wie bisher. Nun rückte es in gefährlich greifbare Nähe. Er musste eine Entscheidung treffen. Die Zeit rannte ihm davon.

»Es ist richtig schön hier«, schwärmte Li. Sie setzte sich neben ihn auf das Polster und lehnte sich an ihn. Eine angenehme Wärme erfüllte Rays Herz. Er legte den Arm um sie. Doch wie so oft kamen die eiskalten Stiche an seiner rechten Halsseite, die jedes Genießen verhinderten. Auch sie würde er verletzen müssen und ihre Freundschaft für immer verlieren.

»Ja«, stimmte Laif zu. Er hatte den Wein nicht angerührt. »Ich hatte erst etwas Bedenken, hierher zu kommen, aber ohne den Professor und mit euch hat dieser Ort völlig seinen Schrecken verloren. Ich fühle mich auf einmal wohl und heimisch hier. Wie in einer Familie.«

Ray lachte freudlos auf. »Sprich nicht von Familie, ich hätte meinen Vater ungern dabei.«

»Ist er wirklich so schlimm?«, fragte Vivian.

»Schlimmer. Ein sadistisches Arschloch.« Und bald würde er ihm wieder unter die Augen treten müssen. Doch diesmal verdiente er alles. Er war ein erbärmlicher Feigling.

Vivian schnaubte. »Er würde gewiss gut zu meiner Erzeugerin passen.« Sie nahm einen großen Schluck Wein.

»Oder zu Lis.«

»Das stimmt nicht.« Ray hörte den Schmerz in Lis Stimme und bereute seinen Spruch gleich wieder.

»Meine Mutter war cool«, warf Andor ein. »Die machte alles für mich.«

»Und dein Vater?«

»Keine Ahnung, der tauchte nie auf in meinem Leben.«

»Mannomann, wenn ich eure Eltern so betrachte, bin ich fast froh, meine nie gekannt zu haben«, sagte Laif.

»Ich wünschte, meine Mutter hätte mich damals in ein Heim gegeben.« Vivian lehnte sich an Andors breite Schultern und er legte beinahe zögernd den Arm um sie. Er schien auf einmal mehr bereit dazu, ihr seine Gefühle zu zeigen. »Ich meine, schon als Baby, bevor sie mich dieser Sekte verkaufen konnte. Irgendwann werde ich so viel Geld zusammen haben, dass ich mir meinen eigenen Laden kaufen kann. Auf einem kleinen Mond, der nur mir gehören wird, und es wird ein exklusiver Club sein, nur für reiche Macker und sie werden mir alle zu Füßen liegen.«

Ray musste schmunzeln, als er sich an Vivians Worte in der Wohngegend von Titan erinnerte. Er wusste nun, dass diese Sprüche nur eine Maske waren, ein Schutz vor der eigenen Angst der Abhängigkeit.

Andor lächelte nur vergebend und strich ihr mit der Hand durch die roten Locken. Dann erhob er sich seufzend. »Ich hol noch 'ne Flasche, wer will was?«

»Ich trink was mit!«, antwortete Vivian und schwenkte ihr leeres Glas.

Andor nickte und blickte zu Laif, der aber abwinkte. »Nein, danke. Sonst macht ihr euch noch mehr strafbar als ohnehin schon.«

»Meine Güte, du Streber, du bist fünfzehn! Von einem Glas ein Jahr früher als gesetzlich vorgeschrieben werden dir schon keine Hirnzellen platzen. Da hast du eh zu viele von.« Andor blickte zu Ray. »Was ist mit euch?«

»Nein, danke«, antwortete er und auch Li schüttelte den Kopf. Sie drehte sich zu Ray. »Hast du Lust, zum Arboretum zu gehen?«

Ray lächelte. »Gerne.«

Sie standen auf. Vivian winkte ihnen zu. »Lasst euch ruhig Zeit.«

Ray beachtete sie nicht weiter und ging mit Li den Gang entlang. Die Sonne schien schwach durch die runden Fenster dieser Seite der Station. Wie viel kleiner die Mutter dieses Planetensystems von hier aus doch wirkte. Der Stern, der Leben und auch Tod bringen konnte.

Sie erreichten den Park, der in der Mitte der Station angelegt worden war. Das Knirschen des Schotters unter ihren Schuhen mischte sich zu dem Plätschern des Brunnens und es duftete nach Blumen und feuchter Erde. Ein winziges, dicht bepflanztes Juwel in den Tiefen des Alls, in Metall eingefangen. Hier schien es so leicht, sich einzubilden, weit weg zu sein, auf einem entfernten Planeten, und alle Sorgen und Probleme einfach zurückzulassen.

Sie schlenderten über den Schotter zum anderen Ende des Parks. Li ging zu einem der Fenster. Ray trat neben sie. Von dieser Seite aus war der Jupiter mit bloßem Auge noch in seiner ganzen Schönheit zu erkennen. Diese unendliche Weite vor ihnen, die selbst den Gasriesen winzig erscheinen ließ, war schwindelerregend. Hinter dem Planeten breitete sich der dichte Sternenstreifen der Milchstraße aus. Ihre Galaxie. Die horizontalen Muster auf Jupiters Oberfläche, die rötlichbraune Wirbel bildeten, trugen zu der wundervollen Stimmung bei.

Er sah zu Li, deren zartes Profil von schwarzen Strähnen behangen wurde. Ihre feine Nase und die vollen Lippen. Ray genoss den Moment mit ihr hier vor dem unendlich weiten Tiefen des Universums. Er wollte sich einbilden, dass alles gut war.

»Meinst du, dein Vater sucht dich noch immer?«, riss ihre sanfte Stimme ihn aus seinen Gedanken. Sie drehte sich zu ihm.

Ray nickte. »Ja, solange er lebt, werde ich nie sicher vor ihm sein.«

»Warum lässt er dich nicht in Ruhe?«

»Ich trage seinen Namen und entspreche dennoch nicht seinen Erwartungen. Damit kann er nicht umgehen.«

»Irgendwie bezweifle ich, dass er überhaupt dein Vater ist. Er klingt wie das komplette Gegenteil von dir.«

»Er ist es.« Ray seufzte. »Er hat einen Test machen lassen, kurz nachdem er mich das erste Mal bewusstlos geprügelt hatte. Ich hatte schon damals seinen Erwartungen nicht entsprochen und da ich gerade eh im Hospital war, hat er es gleich testen lassen.«

Li schnappte nach Luft. »Was ein Arschloch!«, rief sie kopfschüttelnd aus. »Der Sohn liegt wegen ihm im Krankenhaus und er denkt nur an einen Vaterschaftstest.«

»Tja, hat ihn wohl enttäuscht, das Ergebnis«, sagte Ray trocken. Auch seine Freunde und Admiral Steele würde er enttäuschen. »Aber es war ohnehin unnötig, Mutter hatte viel zu viel Angst vor ihm, sie hätte ihn nie hintergangen. Er hatte sie ohnehin behandelt wie eine Gefangene.«

»Hatte? Lebt deine Mutter nicht mehr?«, fragte sie leise, fast flüsternd.

»Nein.« Ray spürte, wie sich sein Brustkorb zusammenzog und ihm beinahe die Luft raubte. »Ich erfuhr, dass sie sich das Leben nahm, nachdem ich endgültig abgehauen war.«

»Von deinem Informanten dort?«

Er konnte nur nicken. Vielleicht stimmte es, was der Admiral behauptete. »Ich habe sie im Stich gelassen …«

»Nein!« Lis Stimme klang streng. »Denke das nicht, du tust dir und ihr Unrecht damit. Sie hatte keinen anderen Fluchtweg nehmen können, deshalb hat sie durchgehalten, bis sie dich in Sicherheit wusste, und es dann beendet. Sie hatte es sicher schon lange vorgehabt, doch sie wollte dich nicht im Stich lassen. Ich bin überzeugt, sie ist beruhigt und glücklich gegangen, weil sie wusste, dass du dein Leben alleine in den Griff bekommst.«

Ray sah auf und seine Freundin direkt an. Diese Worte musste er erst einmal sacken lassen. »Meinst du wirklich, es war so?« Er wünschte es sich sehr. Diese Möglichkeit würde die Schuldgefühle nicht vollständig eliminieren, aber trotz allem eine große Last von seinen Schultern nehmen.

Li nickte, ihr Gesicht zeigte keinerlei Zweifel. »Ich bin mir sicher, nach allem, was du mir von ihr erzählt hast. Mach dir keine Vorwürfe, das wäre das Letzte, was sie gewollt hätte.«

Ray blickte wieder zum Fenster hinaus. Die leichte Brise der Lüftung kühlte sein erhitztes Gesicht. »Danke«, sagte er leise. Ein Gedanke formte sich in seinem Kopf. Wenn seine Mutter an ihn geglaubt hatte, musste er es auch tun und endlich über sein Leben selbst bestimmen. War das noch möglich?

Li lehnte sich an ihn und blickte ebenfalls zum Gasplaneten hinaus. Ray genoss das warme Gefühl ihres Körpers an seinem. Er drehte sich zu ihr. Er musste es ihr sagen. Er konnte dieses schwere Geheimnis nicht zwischen ihnen lassen. Jetzt war die beste und vielleicht einzige Gelegenheit. »Li?«, flüsterte er.

Sie sah auf. Die kleinen Lampen an der Wand spiegelten sich in ihren dunklen Augen, sodass diese den Sternen draußen Konkurrenz machen konnten.

»Li, ich …« Er kämpfte gegen den Kloß an, der ihm die Kehle zudrückte. Verdammt, wie sollte er anfangen? Wie den Verrat beichten, sodass sie ihm verzeihen würde? Nach so langer Zeit.

Sie sah ihn mit großen Augen an, wartete aber geduldig.

»Ich muss dir etwas sagen ...«, setzte er erneut an.

Sie hob ihre Hand und strich ihm über die Wangen. »Das musst du nicht«, flüsterte sie.

Er ergriff ihre Hand und löste sie von der Wange. »Es ist sehr wichtig.«

»Ich weiß es bereits.«

Ray stutzte. »Was?«

»Ich mag dich auch.« Bevor er reagieren konnte, näherte sich ihr Gesicht dem seinen. Sein Puls raste. Nein, nicht das, nicht jetzt! Dieser Traum, den er die ganzen Jahre so herbeigesehnt hatte, schien nun endlich wahr zu werden. Ausgerechnet dann, wenn es nicht geschehen durfte! Alles wäre so perfekt, wenn nicht dieser finstere Schatten über seinem Kopf schweben würde.

Ihre weichen Lippen berührten seine und ein schier unbändiges Verlangen nach ihr stieg in ihm auf. Er stockte und wich zurück. Das Geheimnis zwischen ihnen ließ es nicht zu. Er war im Begriff, sie zu verraten und das Schiff stehlen. Sollte Steele Erfolg haben, würde er ihr das Herz brechen.

Der Schmerz in ihrem Blick zerriss ihn innerlich. Sein Herz zerbarst in tausend Stücke, doch er durfte diesen verflucht perfekten Moment nicht geschehen lassen.

»Entschuldige«, hauchte sie leise. »Ich dachte ...«

Ray wich ihrem Blick aus, er brauchte alle Kraft, die Tränen der Wut und Frustration zurückzuhalten. »Du musst dich nicht entschuldigen, ich ... ich kann nicht ...« Er rang nach Luft.

»Ich verstehe.« Sie lächelte, doch den Schmerz dieser Zurückweisung las er noch immer in ihrem Gesicht.

»Ich würde dich gerne als Freund behalten, wenn das okay ist.«

»Es ist nicht, wie du denkst, es ist etwas anderes, ich ...« Er musste es ihr sagen. Jetzt oder nie!

»Nein, ich verstehe, alles gut, du musst es nicht aussprechen.«

Ray öffnete den Mund, als Lis Pad klingelte. Sie holte es rasch hervor, wie glücklich über die Ablenkung. »Andor will, dass wir ins Wohnzimmer kommen wegen der Abflugzeit morgen.«

Ray schluckte hart, er bebte innerlich. »Okay.«

Als sie das Aboretum verließen, drehte sich Li noch einmal zu ihm um. »Wann immer du etwas von deiner Last abladen willst«, flüstere sie. »Mein Ohr steht dir immer offen.«

Ray seufzte innerlich. Wenn das nur so einfach wäre.

16. Asteroidengürtel

Am nächsten Tag packten sie ihre Sachen und flogen weiter in Richtung Ceres, der in seinem derzeitigen Umlauf nur zwölf Tage Flug von ihrer Position entfernt war. Die Stimmung war ausgelassen und gut, zumindest bei den anderen. Ray hingegen hatte das Gefühl, dass sich sein Magen immer mehr versteinerte, je näher sie dem Ziel kamen. Auch wenn die adventiven Militärschiffe um einiges schneller flogen als die Pax musste er dem Admiral rechtzeitig Bericht über ihr Ziel erstatten. Der wusste durch das Implantat ohnehin, wo Ray sich gerade befand und auf welchem Himmelskörper er sich länger aufhalten würde. Doch er schaffte es noch nicht, Steele in die Augen zu blicken. Er schickte ihm lediglich eine Textnachricht mit der groben Gegend, wo er sie treffen sollte, und das Versprechen, sich rechtzeitig zu melden und Genaueres zu sagen.

Ray zögerte es hinaus. Er hoffte insgeheim, dass sich noch irgendwo eine Hintertür öffnen würde, sei es auch noch so unwahrscheinlich. Eine Lösung, ein Weg aus der Zwickmühle. Doch gerade dieses Prolongieren ließ ihn nachts kaum ein Auge zu tun. Einige Male dachte er darüber nach, die T-Gun zu holen und sich damit zu erschießen, doch Steeles Andeutung, ihn zu *rächen*, hämmerte sich in sein Gedächtnis. Würde er auch seine Freunde mit in den Tod reißen? Sie hätten keine Chance gegen das Militär. Nein, sie wären nur sicher, wenn der Admiral das verfluchte Wrack bekäme.

Trotz aller Versuche, es zu verdrängen, kämpfte sich das Unausweichliche immer wieder in seine Gedanken. Er wusste, dass gerade das Abwarten sein Leid nur verstärkte. Aber er hörte nicht auf die Stimme der Vernunft, sondern schob es stur weiter auf.

Erst einen Tag vor der Ankunft nahm Ray den Mut zusammen, sein Pad auf und wollte Steeles Kontakt wählen, als es an seine Kabinentür klopfte. Schnell schaltete er das Display aus und öffnete.

Andor stand mit leicht zerknirschter Miene vor ihm, die Hände hinter dem Rücken. Ray betrachtete ihn wortlos. Ein ungutes Gefühl überkam ihm. Ahnte er etwas? Er wünschte und befürchtete es gleichermaßen.

»Ich wollte mich nochmal bei dir bedanken«, sagte Andor ungewohnt leise.

Ray hob die Augenbrauen, sowohl Worte als auch Tonfall überraschten ihn. »Ernsthaft jetzt?«

»Ja, ernsthaft. Bei euch allen. Ich bin ein Arschloch manchmal, das ist mir klar. Ich verstehe oft nicht, wie ihr es mit mir aushaltet.«

Ray konnte diese Situation noch immer nicht einschätzen. War es ernst oder einer seiner Scherze? »Man gewöhnt sich an vieles.«

Andor musterte ihn von oben bis unten und seine Mimik nahm wieder diesen Ausdruck an, den er immer bekam, wenn er etwas ausbrütete in diesem glattrasierten Dickschädel. »Vielleicht sollten wir das ändern.«

Ray blinzelte irritiert. »Wie meinst du das?«

»Deine dämliche Gewöhnung an Misshandlung. Du solltest nicht immer alles erdulden. Keiner von euch. Ihr habt es echt drauf, ich würde es ungern sehen, wenn ihr euch zu Unrecht von anderen unterbuttern lassen würdet.«

»Keine Sorge, ich meinte dich damit. Wir akzeptieren dich so, wie du bist, weil du ...« Er zögerte. »Weil du unser Freund bist.« Noch! »Bei anderen würden wir alle ganz sicher mehr Widerstand zeigen.« Die anderen. Nicht er. Er war ein verfluchter Feigling. Sein Vater hatte ganze Arbeit geleistet.

Andor holte eine Flasche Wein hinter seinem Rücken hervor. Es war eine seiner eigenen Sorten.

»Was soll das, willst du wieder saufen?«

»Die ist für dich«, sagte Andor. »Als Entschuldigung und Dank für die Hilfe. Kannst mir jedoch gerne was abgeben, wenn du sie öffnest. Ich würde mich nicht wehren.«

Ray schüttelte lachend den Kopf. »Du hast echt einen Knall! Komm rein!« Er trat zur Seite, um Andor vorbeizulassen. Ray nahm die Flasche entgegen und schraubte sie auf. Wahrscheinlich würde es die letzte Gelegenheit dafür sein.

Eine Stunde später saßen sie beide angetrunken zusammen auf Rays Pritsche, mit dem Rücken an die Wand gelehnt. Neben der leeren Flasche Wein stand eine halbvolle Flasche Whisky, die Andor noch geholt hatte.

»Wenn ich so zurückdenke«, sagte er nun in leicht lallendem Ton, »bist du irgendwie ein Teil von mir geworden, Ray. Meine Vernunft, die ich vorher nicht wirklich hatte. So etwas wie die mahnende Stimme der Eltern im Kopf. Ohne dich wäre ich ganz sicher in viel mehr heikle Situationen gekommen auf dieser Suche.«

Ray wusste nicht, was er dazu sagen sollte. Andors Kompliment schmeckte bitter. Er begrüßte erneut, wie der Alkohol bei der Verdrängung half und der aufsteigende Nebel in seinem Kopf die nagenden Gewissensbisse dämpfte.

Er sann nach Worten, Andor die Wahrheit zu beichten, wie Steele ihn erpresste und überwachte. Doch was würde es helfen? Sie waren zu nah an adventivem Raum. Mit dem Chip strahlte er auf Steeles Konsole wie eine Leuchtrakete. Die Pax könnte nicht mehr fliehen. Rays bloße Anwesenheit würde Steele so oder so zum Juno-Schiff lotsen, sollten sie es finden, und Andor würde in seiner Sturheit oder Wut die ganze Situation nur verschlimmern.

Nein, es war zu spät. Der Zug war abgefahren. Selbst wenn die anderen ihn nicht aussetzen oder verstoßen würden, könnten sie nicht entkommen, die Pax war keine Gegnerin für ein Militärschiff. Und früher oder später würde Steele bemerken, dass er ihn verraten hatte. Ray sah keinen anderen Weg, als dem Admiral das verfluchte Schiff zu überlassen, erst dann wären seine Freunde uninteressant für ihn und in Sicherheit. Nur so könnte er ihre Leben retten.

»Vielleicht hat mein Vater recht und das, was du Vernunft nennst, ist eigentlich nur Feigheit«, sinnierte er. »Du rennst blindwütig in handfeste Konflikte, ich weiche ihnen aus.«

Andor schüttelte den Kopf. »Weißt du, ich meinte das mit dem Wehren vorhin ernst. Ich wuchs sehr geliebt auf, aber meine Mutter hatte ein ausgeprägtes Helfersyndrom. Sie opferte sich für andere auf und wurde zum Dank regelrecht ausgeblutet. Als sie starb, hat auch mit mir jeder gemacht, was er wollte. Erst, als ich meiner Wut freien Lauf ließ und mich dagegen aufbäumte, habe ich es geschafft im Leben! Ich bin überzeugt, jeder, der sich nicht wehrt, wird ewig Opfer bleiben.«

»Deswegen selbst zum Täter zu werden, ist auch nicht der richtige Weg«, sagte Ray. »Man muss einen gesunden Mittelweg finden.«

»Du redest so altklug wie unsere Kuschelkurs-Li.«

Ray wollte Andor sagen, dass er durchaus rebelliert hatte. Oft hatte er seinen Vater sogar absichtlich gereizt. Aber er wusste, dass man das nicht vergleichen konnte. Es war entweder ein verzweifelter Versuch gewesen, ein wenig Kontrolle über eine ausweglose Situation zu bekommen, oder gar zu leiden, weil die Schmerzen eine Art Vertrautheit vermittelten. Was davon zutraf, das konnte er heute nicht mehr sagen. Aber es war keinesfalls das, was Andor meinte. Er hatte provoziert, um bestraft zu werden, nicht, um sich zu wehren. Er hatte sich nie wirklich gegen seinen Vater verteidigt. Gebot ihm nie Einhalt. Bis heute nicht. Er schaltete ab und ließ alles über sich ergehen, ertrug die Schmerzen und Erniedrigungen stoisch und gehorchte den Befehlen der Vorgesetzten. Es war eben so. Schon immer gewesen. Solange er denken konnte.

»Ich habe schlichtweg gemerkt, dass ich lieber am Leben bleiben würde«, flüsterte er entschuldigend und hielt sich an der Flasche Whisky fest. Der scharfe Geruch daraus bereitete ihm mit einem Male Übelkeit.

»Dennoch, um wirklich zu *über*leben, musst du lernen, dich gegen Unrecht zu verteidigen«, fuhr Andor fort. »Du musst ja nicht gleich zum Berserker werden, aber eine gesunde Portion Gewalt muss manchmal sein. Du kannst nicht ewig die andere Wange hinhalten, sonst erstickst du nochmal an deinem Kopfeinziehen!«

»Ich weiß nicht«, wich er aus.

»Kannst ja weiterhin den Gehorsamen spielen, hab ich kein Problem mit. Aber wenn dich jemand zu etwas zwingen will, das du nicht willst, genügt ein bloßes Davonlaufen oft nicht. Dann muss man auch mal den Arsch in der Hose haben, sich gegen ihn zu stellen!«

Wut stieg in Ray auf bei Andors spöttischem Ton. Er wusste, dass es gut gemeint war, aber er klang in diesem Moment zu sehr nach seinem Vater, der ihn immer einen Versager genannt hatte. Er nahm einen Schluck aus der Flasche, auch wenn ihm bereits übel war und sein Magen drohte zu rebellieren, und ließ den Kopf hängen. Die halblangen Strähnen fielen ihm über die Augen. Sein letzter Haarschnitt war beim Armeefriseur auf der Akademie gewesen, und gut anderthalb Jahre her. Er verkam, ließ sich gehen. Nun, bald würde er wohl einen neuen verpasst bekommen. Ray nahm einen weiteren Schluck, auch wenn er es nur mit Gewalt herunterbekam. Er brauchte den dichter werdenden Nebel im Kopf.

»Warum steckst du alles ein?«, hieb Andor weiter in die schmerzenden Wunden. »Du bist schließlich nicht gerade klein und schwach gebaut. Ich habe dich kämpfen sehen! Ich kann mir nicht vorstellen, dass du deinen Vater nie hättest besiegen können.«

Ray verschluckte sich und musste husten. Der bloße Gedanke, sich körperlich gegen den General zu verteidigen, schnürte ihm die Kehle zu wie eine aufsteigende

Panik. Er war sein Vater und Vorgesetzter, das war ihm von klein auf eingedrillt worden. »Ich will niemanden verletzen«, krächzte er. Der scharfe Alkohol brannte in Hals und Nase. »Nicht so werden wie er oder du.« Er verstummte und bereute die letzten Worte sofort.

Andor drehte seinen Kopf zu ihm und musterte ihn mit verengten Augen. Ray fühlte sich elend. Der Raum begann, sich zu drehen.

Andor betrachtete ihn eine ganze Weile stumm. »Du bist wie ich. Wie ich gewesen bin«, sagte er schließlich in einem Flüsterton, der Ray eine Gänsehaut verpasste. »Ich weiß, wovon ich spreche. Wenn du vor solchen Schweinen buckelst, treiben sie es nur bunter. Meine Mutter starb, als ich elf war. Ich musste mich von da an alleine herumschlagen. Hilfe gab es nicht, im Gegenteil. Mit dreizehn hat mich ein Sozialhelfer aufgespürt, so ein Schleimer wie dieser Miller. Er gab an, mir helfen zu wollen. Und wie der geholfen hat! Dieses verfluchte Schwein hat mich als Lustknaben gehalten, bis ich an eine Waffe kam. Erst dann war Ruhe.« Andor verstummte.

Ray schnürte es die Kehle ein. Er schielte aus den Augenwinkeln zu ihm. Andors Muskeln waren angespannt wie bei einer angeketteten Raubkatze und er starrte an die Wand gegenüber. Ray kam die Begegnung mit dem Typen in der Bar in den Sinn, der ihm Laif für Faeser abkaufen wollte. Da lag der Ursprung dieser blinden Wut damals.

Andor nahm ihm die Flasche aus der Hand und trank einen Schluck. »Ich wurde in eine Jugendstrafanstalt gesteckt, vollgestopft mit Seelenklempnern, die sich selbst am liebsten zuhörten«, fuhr er leise fort. »Sie versuchten, mir einzureden, dass ich ein Opfer wäre, das Therapie benötigte. Scheiß auf Therapie! Ich wollte mich nicht als Opfer sehen. Dort traf ich Seeker und wir sind gemeinsam abgehauen und in dieser Bande untergekommen. Vom Regen in die Traufe. Aber von da an habe ich trainiert. Ich habe mich gedrillt, ohne Schonung, ohne Gnade, meinen Körper und meinen Geist. Ich habe jeden verdammten Muskel bis aufs Äußerste gefordert und jedes Buch gelesen, was mir zwischen die Finger kam. Ich wollte kein Opfer mehr sein. Ich wollte es denen zeigen! Ich wollte es *allen* zeigen!« Er seufzte und lehnte sich wie erschöpft zurück gegen die Wand hinter der Pritsche. »Und ich habe es ihnen gezeigt und werde es weiter tun. So, jetzt kennst du die ganze Geschichte!« Ein weiterer Schluck aus der Flasche.

Stille.

Ray brachte kein Wort über die Lippen. Der Schreck vertrieb den Nebel in seinem Kopf und weckte ihn aus der geistigen Lethargie, auch wenn er sich kaum zu bewegen wagte. Ray war sich im Klaren darüber, dass das hier Gesagte diesen Raum niemals verlassen durfte.

Andor atmete tief durch und sah ihm in die Augen. »Ich wollte dir damit nur erläutern, dass du kämpfen musst«, sagte er tonlos. »Du darfst nie aufgeben und dich deinem Schicksal fügen, weder bei der Regierung, noch deinen sogenannten Eltern. Du darfst dich von keinem entmündigen lassen, du musst dein Schicksal selbst formen, auch wenn es Narben hinterlässt. Das hast du selbst mir erst deutlich gemacht neulich. Jetzt steh auch hinter deinen Worten!«

»Ich bin nicht wie du, Andor«, flüsterte er mit erstickender Stimme. Dieser Tipp kam für ihn schlichtweg zu spät. Er konnte den Panzer, der ihn zu überrollen drohte, nicht mehr aufhalten.

Andor hob das Kinn. »Dann streng dich an und werde es!« Er stand auf, nahm die halbvolle Flasche Whisky und ging leicht schwankend aus dem Raum.

Als sich die Tür zischend hinter seinem ehemaligen Boss und jetzigen Kumpel geschlossen hatte, wurde Ray bewusst, dass das gerade Gehörte ein großer Akt der Freundschaft von Andor ihm gegenüber gewesen war. Ein Vertrauen, das Ray im Begriff war, eiskalt niederzustrecken. Anstatt sich geehrt zu fühlen, fürchtete er nun umso mehr um sein Leben. Noch vorhin hätte ein Verrat seinerseits höchstens zu Wutattacken bei dem Muskelpaket geführt, doch nach diesem Geständnis drohte ihm sein ewiger Hass. Dass Ray ihr aller Leben mit diesem Deal gerettet hatte, würde Andor nie erfahren.

Ray versuchte aufzustehen, doch der Raum begann sofort, sich zu drehen. Er musste sauer aufstoßen. Mit wackeligen Beinen zog er sich hoch und setzte sich an den Schreibtisch. Er holte sein Pad hervor und kontaktierte Steele. Er brauchte seine gesamte Konzentration, die sich drehenden, verschwommenen Icons auf seinem Display zu erkennen. In solch einem Zustand seinem Vorgesetzten gegenüber zu treten, war sicher keine gute Idee. Ray befürchtete aber, nicht mehr den Mut dafür zu finden, sollte der Alkoholpegel abflachen.

Mit Ethanol getränkte Magensäure schoss in seinen Mund und brannte in der Kehle, als er das Gesicht des Admirals sah, doch er zwang sie wieder nach unten.

»Na, endlich«, sagte Steele streng, Rays zerknitterte und verschwitzte Shirt und die sicher blutunterlaufenen Augen ignorierend. »Wir hocken bereits seit Tagen hier herum und warten, dass du dich meldest. Hast du neue Informationen?«

Ray nickte. »Ja, Sir. Das Schiff befindet sich höchstwahrscheinlich auf Ceres. Wir kennen die grobe Gegend.« Er bemühte sich, klar zu sprechen und nicht zu offensichtlich zu lallen, auch wenn sich das Bild vor seinen Augen drehte.

Steele runzelte ungläubig die Stirn. »Ceres? Seid ihr sicher?«

»Absolut, Sir.«

»Dann sind wir bald am Ziel, wie es aussieht.«

»Bitte verschonen Sie meine Freunde, Admiral.«

»Raynald.« Steeles Gesicht wurde ernst. Er schien das mentale und auch physische Stadium zu ahnen, in dem sich Ray befand. »Ich versprach dir dies und werde mein Wort halten. Mir ist bewusst, dass du diese Menschen magst, und glaube mir, nichts liegt mir ferner, als dich zu verärgern. Ich möchte, dass du wieder glücklich bist, verstehst du das? In deiner Heimat, dort, wo du hingehörst. Wir brauchen Soldaten, die mit dem Herzen dabei sind, nicht welche, die sich gezwungen fühlen. Also keine Sorge, selbst Herrn Winter werden wir verschonen.«

Ray schluckte hart. Er zwang sich zu einem Nicken. »Wir werden in achtundzwanzig Stunden den Krater erreicht haben. Die Sicht wird durch das Regolith begrenzt sein. Folgen Sie meinem Signal.« Die eigenen Worte klangen in seinen Ohren unecht und monoton, wie von einem ferngesteuerten Roboter gesprochen.

Im Grunde war er das auch. »Ich nehme unsere einzige Schusswaffe an mich. Die anderen sind dann unbewaffnet, informieren Sie das Team darüber.« Den letzten Satz sagte er mit Nachdruck. Auf keinen Fall wollte er eine Schießerei von einem zu enthusiastischen Soldaten riskieren.

Steele nickte. »Wir werden dicht hinter euch sein. Ich zähle auf dich, mein Junge!«

Der Bildschirm wurde schwarz, das Magendrücken zu einem Krampf, erneut stieg ihm brennende Säure in die Kehle. Ray keuchte und krümmte sich auf dem Stuhl zusammen, die Arme gegen den Bauch gedrückt. Die Gesichter seiner Freunde schossen in seinen Geist: Laifs dankbares Lächeln, als sie ihn nicht auf der Charon zurückgelassen hatten, Vivians Umarmung, Lis Lippen, die sich den seinen nährten vor dieser verflucht romantischen Jupiteraussicht, Andors Geständnis vorhin, das ein unbeschreiblicher Akt des Vertrauens gegenüber ihm gewesen war. Das alles zerstörte er, trat er mit Füßen.

Er stand auf, lief ins Bad und erbrach sauren Alkohol in die Toilette. Dann lehnte er seinen dröhnenden Kopf an die Wand. Kalte Schweißtropfen liefen ihm über das Gesicht und der Raum begann erneut, sich zu drehen.

Was hatte er nur getan? Er drückte mit aller Kraft die Lider zusammen in der Hoffnung, die aufkommenden Tränen zurück in die Augen pressen zu können.

Schließlich atmete er tief durch und fing sich wieder. Seine Freunde würden weiterleben können, nach all dem, rief er sich ins Gedächtnis. Ohne seinen Verrat wären sie bereits tot! Ob sie ihn in schlechter Erinnerung behielten, sollte nichts zählen. Er musste sich zusammenreißen, verdammt! Dieses erbärmliche Selbstmitleid war fehl am Platz.

Am nächsten Morgen nahm er eine Tablette gegen die Übelkeit und duschte lange. Dabei ließ er erneut die schönsten Momente des vergangenen Jahres Revue passieren. Besonders die Zeit zusammen bei Andor zu Hause, in der er sich noch frei und unbeschwert gefühlt hatte. Diese Erinnerungen halfen, die Zukunft zu verdrängen. Er wollte das mitnehmen. Heute war der berühmte erste Tag vom Rest seines Lebens.

Auf dem Gang rannte er fast in Laif, der ebenfalls auf dem Weg zur Brücke war.

»Ray, was ist los?«, fragte er. »Du siehst ganz blass aus.«

Er winkte ab. »Nichts Schlimmes, nur ein Kater«, antwortet er mit einem Teil der Wahrheit. »Andor und ich haben gestern noch etwas zusammen getrunken. Ich bin so viel Alkohol nicht gewohnt, mein Fehler.« Schweiß kitzelte ihn im Nacken. Er musste aufpassen, Vivian die nächsten Stunden nicht über den Weg zu laufen. Wenn er auch auf sie einen seltsamen Eindruck machte, würde sie ihre Empathie einschalten und den Verrat womöglich bemerken.

»Ich denke, es ist zusätzlich die Aufregung«, sagte Laif. »Li wirkte auch nervös eben.«

»Das nimmt uns alle mit. Eine Legende zu finden, geschieht nicht alle Tage.«

Laif nickte. »Ich frage mich was ganz anderes. Andor hat sich jahrelang so darauf eingeschossen, aber offenbar nie wirklich damit gerechnet, das Schiff zu finden.

Falls das nun wirklich geschieht ...« Er sah ihn an. »... was dann?«

Ray erwiderte den Blick mit ausdrucksloser Miene. Er war sicher der letzte, der darüber nachdenken wollte. Aber aus anderen Gründen, als Laif dachte, das stand fest.

Ray steuerte die Pax an den nordöstlichen Rand des genannten Kraters und setzte auf. Nun würde die große Suche beginnen.

Sie zogen sich die Raumanzüge an und stiegen aus der Luke. Die dichte Staubschicht des Planeten empfing sie wie ein finsterer Nebel, sodass man kaum die Hand vor Augen sehen konnte. Selbst mit Sauerstoff würde man hier nicht atmen können, ohne dass Nase und Mund verstopften.

»Wir werden den Rand des Kraters von hier nach Osten überprüfen und nach künstlichen Höhleneingängen oder eigenartigen Scans suchen«, hörte er Andors Stimme aus dem Lautsprecher in seinem Helm klingen. »Bleibt dicht beisammen und schaltet die Ortung ein, damit wir nicht verlorengehen oder gegen einen Eisblock rennen. Bei der Suppe nutzen nicht einmal unsere Strahler.«

Ray bestätigte. Wie lange sie wohl suchen müssten? Zur Not würde Andor den gesamten Krater abschreiten, selbst wenn so etwas Wochen dauerte, das war ihm klar. Er drückte den Knopf an der Konsole seines Handschuhs und die anderen erschienen als kleine Leuchtpunkte in seinem Visier. Alle in der Farbe wie die Markierung ihres Anzugs: Andor blau, Vivian rot, Laif grün, Li violett und er selbst erschien den anderen als Gelb.

Es war so täuschend echt, dass man glaubte, die Personen im Nebel leuchteten wirklich bunt, dabei handelte es sich nur um eine Projektion. Der Computer erfasste die Elektroden des Anzugs, berechnete ihre Entfernung und Haltung, und übertrug diese dreidimensionale Figur auf Rays Visier. Ähnlich deutlich würde er mit dem Chip wohl gerade auf Steeles Bildschirm aufflammen, rief er sich verbissen in Erinnerung.

Sie kämpften sich weiter durch die dichten Partikel. Der Wind verhinderte zumindest, dass ihre Visiere zu sehr einstaubten. Der Strahl der Stirnlampe am Helm reichte keine zehn Zentimeter weit. Zum Glück passten die Anzüge ihr Gewicht an die geringe Gravitation an, sodass sie die Luftwirbel kaum spürten.

Nach einer guten Stunde hatte Ray das Gefühl, eine Ewigkeit in der schwarzen Finsternis verbracht zu haben. Wahrscheinlich würden sie das verfluchte Ding niemals finden. Ob Steele bereits in der Nähe war? Abwartend lauernd wie ein Raubtier kurz vor der Attacke?

»Hier ist sowas wie eine Höhle!«, riss Lis Stimme ihn aus dem Grübeln.

»Lass mich sehen, ich bin gleich da«, hallte nun auch Andors aufgeregte Stimme im Helm.

Ray folgte dem violetten Leuchten und erkannte, wie sich die anderen näherten. Sie standen vor einem eindeutig künstlichen Loch, das rechteckig in das Eis der Kraterwand gefräst worden war. Beinahe exakt am nordöstlichen Winkel. In der Finsternis wirkte das noch schwärzere Loch im Schein der Strahler wirklich wie ein Höllenschlund.

In der riesigen Eishöhle nahmen die Regolithwinde langsam ab. Ray schaltete die Ortung aus, nun waren die anderen auch so zu sehen. Andor lief rechts von ihm und wischte sich gerade den Staub von seinem Visier. Sein Gesicht war durch die Innenbeleuchtung klar zu erkennen. »Na, endlich kann man sich wieder in die Augen schauen«, funkte er.

Ray ging weiter den Gang entlang, der sich immer tiefer in den Eisberg erstreckte. Der Schein ihrer Strahler an den Handschuhen eröffnete ihnen einen einzigen künstlich angelegten Weg, der sich zwar einige Male wand, aber nie aufteilte. Ray öffnete den Mund, um zu fragen, wie lange sie noch gehen wollten, als er erstarrte. Vor ihm war ein Gebilde im Schein der Lampen auszumachen, das nicht wie eine Eiswand wirkte. Er hob die Hand und leuchtete dorthin. Dort, völlig in Mineralschichten eingestaubt, stand ein Gebilde in Form eines Zeppelins auf ausgefahrenen Pfeilern. Es war fensterlos, gute zehn Meter hoch und zog sich die hintere Wand entlang weiter in die Tiefe, sodass sein Ende mit dem Strahl der Lampe nicht auszumachen war. Die Hülle wirkte matt und porig. Es gab keinerlei Erhebungen, weder Beulen, noch Dellen, keine Schweißnähte, Schrauben oder Nieten. Material und Bauform waren Ray völlig unbekannt. Es stand da, als wartete es auf etwas oder jemanden. Seit einer halben Ewigkeit. Konnte das sein?

Die anderen erkannten sein Erstarren und ihre Blicke folgten dem Schein seiner Lampe. Sie traten wortlos neben ihn.

»Ich wusste es!«, rief Andor in die Stille. Er ließ sich auf die Knie fallen und streckte die Arme nach oben, wie um das Gebilde anzubeten. »Jaaa!«, schrie er aus Leibeskräften. Zum Glück blendete die Software zu hohe Lautstärken aus.

Ray blickte mit einer erhobenen Augenbraue zu Laif, der ihm grinsend mit einer Handbewegung zu verstehen gab, dass Andor offensichtlich den Verstand verloren hatte. Vivian schüttelte nur den Kopf.

»Jau!«, schrie Andor, sprang auf und drehte sich strahlend zu den anderen um. Die weißen Zähne leuchteten im Schein seines Visiers.

»Jau?«, fragte Ray trocken.

Andor breitete die Arme zu dem Fund aus. »Dieses Schiff ist ein Meisterwerk der Technik. Vermutlich hunderte von Jahren alt und uns doch so weit überlegen. Es ist ein Schiff, das mit einem so unbekannten Antrieb fliegt und aus derart ungewöhnlichem Material besteht, dass wir es wahrscheinlich nie nachbauen könnten. Es ist ein einzigartiges, unbezahlbares Meisterwerk.«

»Das klingt ja alles wundervoll«, bemerkte Vivian. »Aber wenn du es ohnehin nie zu Geld machen willst, was haben wir dann davon?«

Laif nickte. »Wenn der Antrieb so unerklärlich ist, wie schaffen wir es hier weg? Wie sollen wir es überhaupt hier rausbekommen? Wer kann es warten und fliegen?«

»Jep«, stimmte Vivian zu. »Wird schwer werden, dafür Treibstoff aufzutreiben.«

Andor verzog den Mund. »Wir finden es heraus. Könnten es aus dem Eis brechen und schleppen.«

»Was völlig unauffällig wäre!«

»Und uns fehlt noch dieses Relikt, das auf Europa hätte sein sollen. Das Teil, womit man das Schiff angeblich bewegen konnte«, warf Laif ein.

»Da findet sich eine Lösung. Hauptsache, wir haben das Schiff gefunden. Wir könnten es solange hier unten lassen und heimlich besuchen, bis wir herausgefunden haben, wie es zu fliegen ist. Verflucht, zur Not kaufe ich die Schürf- und Bergungsrechte für diesen verdammten Planeten!«

»Andor?«, hörte Ray Lis leise Stimme in den Kopfhörern des Helms. Er musste sich umschauen, bis er sie sah, wo sie sich befand.

Sie stand neben dem Schiff, mit dem Rücken zu ihnen und starrte das matte Material der Hülle an. Im Schein ihrer Lampe erkannte Ray, dass unter der Staubschicht fremde Zeichen auszumachen waren, die aussahen wie kantig herunterlaufende Wassertropfen mit Punkten dazwischen. Li strich mit der behandschuhten Hand über die Zeichen, die bei dieser Berührung rötlich aufleuchteten. Ray stutzte. Er hätte niemals gedacht, dass nach so langer Zeit noch irgendeine Form von Energie vorhanden sein konnte. Aber vielleicht war es irgendwie nochmal aufgeladen worden, bevor es hier versteckt worden war. Ein paar Jahrzehnte lang reichte so ein außerirdischer Akku sicher. Ihm wurde flau im Magen, als ihm eine Ahnung überfiel, und er fürchtete sich vor dem, was Li sagen würde.

Sie drehte sich zu ihnen um. »Ich glaube, dass ich es öffnen kann, Andor«, sagte sie leise und mit rauer Stimme.

Andor ließ seinen Blick nicht von ihr, blieb äußerlich aber ungewöhnlich ruhig.

Ray sah sie ernst an. Er schaltete sein Mikrofon auf privat, sodass nur Li es hören konnte. »Dein Vater?«

Li antwortete nicht, aber blickte ihn direkt an und nickte kaum merklich unter dem Helm. Zumindest bildete er sich ein, es gesehen zu haben.

Ray schloss die Augen, er musste das alles verdauen, und doch ergab es einen Sinn. Die Faszination Lis Mutter von dem Schiff, die Andors beinahe noch überstiegen hatte. Der Fund des Relikts, das danach nie wieder irgendwo auftauchte, Lis ominöser Vater, dessen wahre Herkunft keinem richtig klar war, ihre Ausflüchte, wenn es um ihn oder um das Thema Juno ging, die Angst, das Schiff zu finden.

»Öffne es nicht!«, warnte er sie auf dem internen Kanal. »Warte damit!« Auf keinen Fall durfte er Steele einen Vorteil verschaffen.

»Warum nicht?«

Die Höhle wurde mit einem Schlag taghell. »Keine Bewegung! Fort von dem Objekt!«, ertönte eine so laute Stimme hinter ihnen, dass sie es durch die Helme hören konnten. Sie waren von zehn Personen in schwarzen Raumanzügen mit dem Abzeichen des adventiven Militärs umzingelt, die ihre mit Strahlern bestückten Gewehre auf sie richteten.

Ray schnürte es die Kehle zu. Nun hatte Li die Antwort auf ihre Frage.

Andor trat langsam neben ihn. »Schnell, gib mir die Waffe!«, raunte er ihm über den Privatfunk zu.

Ray wich vor ihm zurück. Sein Körper wurde gefühllos, die Bewegungen roboterhaft. Er drehte sich um und ging langsam in Richtung der Soldaten.

»Ray, nicht!«, warnte Li.

Er ging weiter. Der Trupp schritt mit den Gewehren am Anschlag an ihm vorbei auf die anderen vier zu, als gäbe es ihn nicht. Ray drehte sich hinter ihnen wieder um und betrachtete die Szene wie durch eine Kamera.

»Was zum ...?« Andors Augen weiteten sich, zeigten Unglauben, dann Gewissheit. Seine Mimik verzerrte sich in undenkbarem Zorn. »Ray! Du verfluchter Bastard! Du gottverdammtes Adventivschwein!« Er stürzte zähnebleckend auf ihn zu, doch einer der Soldaten hielt ihm die Waffe vor die Brust und stoppte ihn. Andor zeigte mit dem behandschuhten Finger auf Ray, die schwarzen Augen rot vor Wut, die Adern seiner Schläfen traten im Licht des Visiers hervor. »Du verfluchter Scheißkerl! Ich hätte dir niemals trauen sollen! Dafür wirst du büßen! Ich werde dich aufspüren und dir alle Knochen im Leib brechen, das schwöre ich!«

Ray zuckte innerlich zusammen. Jedes dieser Worte fühlte sich an wie ein Peitschenhieb.

Vivian und Laif starrten ihn ungläubig, mit bleichem Gesicht an. Am meisten tat es jedoch weh, Lis Schmerz und Enttäuschung zu erkennen. Ihr Mund stand offen, ihre gesamte Mimik strahlte ein lautloses *Warum?* aus. Ray verspürte den inneren Drang, sich zu rechtfertigen, vielleicht noch eine private Nachricht zu senden, doch seine Kehle blieb wie zugeschnürt. Er wich ihrem Blick aus und schaute zu Boden. Es war geschehen. Jede Rechtfertigung würde nur erbärmlich klingen.

Die Soldaten ergriffen die vier und führten sie an ihm vorbei ab. Ray hielt den Blick auf den Boden gerichtet, wagte nicht, seine Freunde anzusehen. Er hatte alles verloren, was ihm in dieser Welt wichtig war.

Erst, als es viele Sekunden lang dunkel und still war um ihn herum, drehte er sich um und trat aus der Höhle. Ein Soldat hatte dort auf ihn gewartet und begleitete ihn durch den Staubwind zum adventiven Militärschiff. Es stand nur wenige hundert Meter vor dem Eingang. Sie hatten nur dem Signal seines Chips folgen müssen ...

Er ging die ausgefahrene Rampe hinauf und durch die Luke, die sich ihnen anstandslos öffnete. Hinter der Schleuse klappte er seinen Helm zurück.

Steele empfing ihn mit einem Schulterklopfen. »Raynald! Welch ein Erfolg nach so vielen Jahrzehnten.« Er schien das breite Grinsen nicht mehr aus seinem Gesicht zu bekommen. »Du bist ein Held, Junge.«

Ray nickte betreten.

»Warum das lange Gesicht? Deine Freunde sind enttäuscht von dir, aber du hast sie gerettet und wenn sie sich nun fern von dir halten, sind sie in Sicherheit. Du hast dir nichts vorzuwerfen. Und, glaube mir, sie hätten in dir ohnehin immer nur den Adventiv gesehen, niemals einen der ihren. Du gehörst nach Hause.«

Ray musste sich räuspern, um sprechen zu können. »Was ist mit meinem Vater, Sir?«

»General Vandenberg wird darüber informiert werden, dass du von Anfang an für mich gearbeitet hast und diese Rebellion nur gespielt war. Dein Auftrag war es, das Schiff für uns zu besorgen. Du hast deinem Planeten einen großen Dienst erwiesen mit dem grandiosen Fund. Dein Vater wird stolz auf dich sein und sich für sein Verhalten dir gegenüber entschuldigen müssen.« Steele berührte seinen Oberarm. »Alles ist gut.«

Ray zwang sich, nicht spöttisch loszulachen. Nein, nichts war gut. Alles war zerstört. Er stand vor einem Trümmerhaufen aus Bruchstücken seines Lebens, so zersplittert, dass sie nie wieder zu kitten waren. Und er verdiente genau das – und mehr! Er sah auf. »Könnten Sie nun den Chip wieder entfernen, Sir?«

Steele runzelte die Stirn. »Er könnte in Zukunft noch von Nutzen sein.«

Rays Blick verfinsterte sich. »Ich brauche nicht auf Schritt und Tritt überwacht zu werden.«

Der Admiral hob beschwichtigend die Arme. »So war das nicht gemeint, aber er dient deiner Sicherheit. Wir könnten dir jederzeit zu Hilfe kommen bei zukünftigen Aufträgen. Keine Sorge, wir werden nicht beobachten, was du in deiner Freizeit machst. Da hätte das Militär viel zu tun, jeden Schritt von jedem Soldaten in jede Kneipe zu bespitzeln.« Er zwinkerte scherzhaft.

Rays Magen brannte. Also noch immer in Ketten, nicht einmal jetzt war ihm Freiheit vergönnt. Aber da er sich ohnehin jeden Fluchtweg selbst verschüttet hatte, war das auch egal. Sein Blick wanderte zur T-Gun in seinem Gürtel, die aber kurz darauf von einem Sicherheitsoffizier einkassiert wurde.

17. Heimspiel

Ray stand eine Zeit stumm in seiner ihm zugewiesenen Kabine und betrachtete die gewohnt karge Ausstattung, die ein unangenehmes Gefühl der Nostalgie weckte. Alles in einem eintönigen Taubengrau gehalten. Er sah Vivian schon die Augen rollen. Sie hätte ihre Freude daran, das fade Design der Innenarchitektur umzukrempeln, wie sie es auf der Pax getan hatte. Eine traurige Melancholie überkam ihn. Auch das war Vergangenheit.

Er schlüpfte aus dem eingestaubten Anzug, legte ihn auf den Boden, holte den Hocker vor dem kleinen Tisch und zertrümmerte die Platinen im Helm mit dessen Metallbeinen. So konnte niemand mehr eine Verbindung zu den anderen herstellen. Wer wusste schon, was Steele noch so alles einfallen würde. Er warf den zerstörten Anzug in den Abfallverwerter. Noch nie zuvor hatte er sich so sehr nach einer von Andors Whiskyflaschen gesehnt. Aber Alkohol war streng untersagt auf einem adventiven Militärschiff. Willkommen zurück in der marsstaubtrockenen Realität!

Auf einmal glitt die Tür hinter ihm zur Seite und ein aufgebrachter Admiral Steele stürmte in den kleinen Raum. »Raynald!«

Ray drehte sich um und sah ihn fragend an.

»Wie habt ihr es geschafft, an das Schiff zu kommen?«

Er stutzte. »Wie meinen Sie das, Sir?«

Steele warf die Arme in die Luft. »Das Schutzschild. Wie habt ihr es außer Kraft gesetzt?«

Ray war noch zu perplex, um die Worte zu verinnerlichen. »Es gab kein Schutzschild.«

»Nun ist auf einmal eins da.« Er musterte ihn mit schmalen Augen. »Meine Männer sagten, Frau Sakura stand ganz dicht beim Schiff, als sie zu euch kamen, stimmt das?«

Ray schwieg.

Der Admiral achtete nicht auf ihn und drückte den Knopf am Funker seines Hemdkragens. »Sichern Sie Frau Sakura und bringen Sie sie unverzüglich in mein Büro!«

Ray erschrak. Hitze stieg ihm in den Kopf. »Was haben Sie mit ihr vor?«

»Das wird sich klären. Ich wusste schon immer, dass mit dieser Person etwas nicht stimmt.«

»Sie haben versprochen, dass meinen Freunden nichts geschieht!« Das Herz klopfte ihm bis zum Hals.

»Achten Sie auf Ihren Ton, Fähnrich! Diese Sache hat nichts mit der vorherigen zu tun. Wenn sich mein Verdacht bestätigt, haben wir ein weitaus größeres Problem.«

Schwarze Flecken tanzten vor Rays Augen. Diesem ganzen Mist hatte er nur zugestimmt, um seine Freunde und besonders Li zu retten. Nicht für sich selbst. »Nein!«, brüllte er außer sich vor Zorn. »Ich werde nicht mehr kooperieren, wenn Sie Frau Sakura etwas antun!«

Steele fuhr herum und seine Augen funkelten zornig, doch kurz darauf fasste er sich wieder. »Hör zu! Du kannst das nicht verstehen, weil du die Zusammenhänge nicht kennst. Wenn meine Vermutung mich nicht trügt, dann ist deine sogenannte Freundin nicht die, die sie vorgibt zu sein.«

Ray blinzelte irritiert. »Wie meinen Sie das?«

»Es handelt sich lediglich um einen Verdacht, den wir allerdings schon lange haben, und der sich nun erhärtet. Traue dieser Frau nicht, wenn dir dein Leben lieb ist! Sie benutzt dich für ihre Zwecke und ist nicht die, für die du sie hältst.«

Ray konnte ihn nur mit offenem Mund anstarren.

»Wir hatten Marcy Sakura nicht umsonst bewacht«, fuhr der Admiral fort. »Unser Nachrichtendienst vermutet, dass Liliths Mutter etwas mit dem verschwundenen Artefakt zu tun hatte.«

»Was? Wovon reden Sie?«

Steeles Brustkorb hob und senkte sich, als rang er mit sich. Seine weißen Brauen entspannten und die Falten auf der Stirn lösten sich. Er hielt den Blick aber weiter eindringlich auf Ray gerichtet. »Hör zu, Junge! Ich sage es dir im Vertrauen, weil ich an dich glaube und nicht möchte, dass du dich blind in etwas verrennst. Damals nach dem Fund war es wohl nur mit einem ganz bestimmten Gegenstand möglich, sich dem Schiff zu nähern. Man konnte es damit berühren und sogar transportieren, aber nicht betreten. Es öffnete sich nicht, da der Schlüssel unvollständig war.«

Das wusste Ray bereits. Steele sprach von dem Relikt, das auf Europa versteckt und dann wohl von Lis Mutter gefunden worden war. Beim Wort *Schlüssel* zuckte er jedoch innerlich zusammen. Hatte Andor nicht auch davon gesprochen? Im Zusammenhang mit einer genetischen Veränderung, die er in Vivian und Laif vermutet hatte, was sich aber als falsch herausgestellt hatte. Der leere Ordner auf seinem Datenträger …

»Man hatte damals wohl probiert, diesen Gegenstand zu vervollständigen«, berichtete Steele weiter. »Es handelte sich um organisches Gewebe, das eine bestimmte Art Pheromone synthetisierte, auf die das Schiff reagierte. Die Wissenschaftler gingen davon aus, dass der Gegenstand aus Genmaterial der Erbauer des Schiffes, die wir Juno nennen, gefertigt wurde, und es deren speziesspezifische Pheromone waren, die das Schiff erkannte. Ein genetischer Dietrich für Nicht-Junos sozusagen.«

Ray hörte aufmerksam zu. Das bestätigte die Vermutung einiger Forscher, dass das Schiff gar nicht von den Juno selbst hierher geflogen worden war, sondern von einer weiteren Spezies. Vielleicht war es gar gestohlen worden und der Dieb hat sich verflogen und musste notlanden? Das würde erklären, warum nie ein Juno nach dem Wrack gesucht hatte. Befanden sich womöglich die Leichen der Besatzung noch da drinnen? Ihn fröstelte bei dem Gedanken.

»Leider war der Schlüssel durch die Zellalterung beschädigt und das Pheromon wurde vom Schiff nicht genau genug erkannt«, fuhr der Admiral fort. »Man konnte damit zwar das Energiefeld abstellen, aber nicht ins Innere gelangen. Niemand schaffte es, die Luken zu öffnen. Dieser mysteriöse Schlüssel verschwand schließlich zusammen mit dem Schiff. Gerüchten zufolge wurde das Relikt jedoch auf dem Mond Europa gefunden und sein genetischer Code von dubiosen Wissenschaftlern ausgelesen.«

Ray schluckte hart. Er wollte den Gedanken nicht an sich heranlassen, der sich in seinem Kopf formte. »Was hat das mit Lilith zu tun?«, stellte er die Frage, auf die er eigentlich keine Antwort wollte.

»Entweder trägt sie den Schlüssel *bei* sich, oder ...«

... in sich, beendete Ray den abgebrochenen Satz des Admirals in Gedanken.

Steele richtet sich auf. »Wie dem auch sei, wir müssen sie befragen.« Er blickte Ray streng an. »Du bleibst schön hier in deiner Koje, verstanden? Tu nichts, was du später bereuen würdest!« Mit diesen Worten ging er hinaus und die Tür schloss sich zischend hinter ihm.

»Das habe ich ohnehin schon getan«, murmelte Ray zähneknirschend.

Nach einigen Sekunden der Stille erwachte er wie aus einem tiefen Schlaf. Als schaltete man sein Bewusstsein von Autopilot wieder auf manuell. Sein Hirn lief auf Hochtouren. Was geschehen war, war geschehen, daran konnte er nichts mehr ändern, aber er konnte und durfte nicht im eigenen Gram versinken, wenn er sein Leben selbst bestimmen wollte. Besser spät als nie.

Er musste verhindern, dass Steele Li in seine Finger bekam. Aber wie?

Kurzerhand verriegelte er die Kabinentür von innen, dass nicht noch ein aufgebrachter Offizier ungefragt hereinplatzen konnte, setzte sich an das Schreibpult und holte sein Pad hervor. Er loggte sich in den internen Funk der Soldaten und hoffte, dass sie sein Spionageprogramm noch immer nicht würden erkennen können. Solange er nur abhörte und nicht eingriff, schöpfte zum Glück auch niemand Verdacht.

Kaum hatte er die Verbindung hergestellt, funkten Steeles Leute auch schon, dass sie die *Zielperson* in Verwahrung hatten. Ray fand die Nutzung der Codeworte derart lächerlich auf einer Frequenz, die nur vom Trupp zum Schiff ging. Sie hatten Li also ergriffen. Verflucht. Aber in der kurzen Zeit hätte das ohnehin niemand verhindern können. Zumindest ließen sie Andor, Vivian und Laif tatsächlich mit der Pax abheben.

Leider fand er keine Möglichkeit, mit Li in Kontakt zu treten, die Arrestzellen waren zu gut gesichert und abgeschirmt. So gern hätte er ihr Mut gemacht und gesagt, dass er alles tun würde, sie zu befreien. Aber wahrscheinlich hätte sie ihm nach all dem ohnehin keinen Glauben mehr geschenkt.

Er verließ seinen Raum auch den nächsten Tag nicht und behielt den Funkverkehr des Schiffs streng im Auge. Als er am Mittag sah, dass Steele eine Verbindung zum Mars öffnete, loggte er sich dort ein.

Sogleich ertönte die Stimme des Admirals in seinen Ohrstöpseln. »Wir bleiben vor Ort, bis das Objekt gesichert werden kann. Schicken Sie mir General Vandenberg, um die Gefangene zu verhören!«

Bei der Nennung dieses Namens krampfte sich Rays Magen zusammen. Seinen Vater?

»Sind Sie sicher, Admiral?«, fragte eine weibliche Stimme. »General Vandenbergs Methoden erscheinen mir hier nicht zielführend. Wir benötigen keine Informationen von Frau Sakura, sondern ihre Kooperation. Ich würde Majorin Svenson empfehlen, sie hat ein diplomatisches Geschick und ist dennoch konsequent genug. Unserer Erfahrungen nach lassen sich Frauen eher von anderen Frauen zur Mitarbeit überzeugen.«

»Negativ, ordern Sie den General hierher!«, befahl Steele in herrischem Ton. »Es gibt personenbezogene Hintergründe, die Sie nicht kennen. Ich bin fest davon überzeugt, dass diese Methodik zum Erfolg führen wird. Vertrauen Sie mir in dieser Angelegenheit!«

»Wie Sie meinen, Admiral.«

Ray schlug das Herz bis zum Hals. So ein verfluchter Mistkerl! Er legte die Ohrstöpsel ab und saß eine Zeit reglos an dem Schreibtisch. Um welche *personenbezogenen Hintergründe* es sich handelte, war ihm völlig klar. Steele holte seinen Vater nicht ohne Grund hierher.

Er ließ die Gespräche mit dem Admiral in seinem Geist Revue passieren und Zorn überkam ihm. Die gesamte Zeit über hatte dieser Mann ihn manipuliert, aber das hier war ein eindeutiges Foulspiel. Ab jetzt wurde mit härteren Bandagen gekämpft!

Sein Pad vibrierte. Ray blickte darauf. Steele! Er orderte, unverzüglich in sein Büro zu kommen. Viel Lust hatte Ray nicht darauf, aber vielleicht könnte er doch einen Versuch starten, Li vor seinem Vater zu retten. Er bestätigte und machte sich auf den Weg.

Steele empfing ihn freundlich in seinem Büro. Ray wunderte sich, dass ihm das Gekünstelte in dem Lächeln des Admirals vorher nie aufgefallen war. Er nahm Haltung an. »Sie wollten mich sprechen, Sir?«

Steeles Blick hing einige Sekunden an den langen Strähnen, die Ray ins Gesicht fielen. »Wir sollten dich so bald wie möglich wieder in das Militär eingliedern. Ich habe einen Antrag gestellt, dich hier auf meinem

Schiff und unter meinem Kommando als Fähnrich zu rekrutieren. Ich denke, der Maschinenraum wäre ein guter Anfang. Du würdest eine entsprechende Ausrüstung bekommen und müsstest an den Drills teilnehmen. Ich fürchte, dein Trainingsstand diesbezüglich ist in den letzten Monaten etwas eingerostet.«

Ray schwieg. Er sollte wohl nicht so viel zum Nachdenken oder gar Zweifeln kommen. Mit Dienstplan, Uniform und Funker ausgestattet, wäre er noch mehr unter Kontrolle.

Der Admiral sah ihn an, als erwartete er eine Reaktion. Ray beschloss, die Gelegenheit zu nutzen. »Darf ich einen Vorschlag machen, Sir?«

»Natürlich.«

Er musste sich räuspern. »Ich würde gerne Frau Sakura befragen. Ich denke, ich kann etwas aus ihr herausbekommen. Offenbar hat sie mir die ganze Zeit über etwas vorgespielt. Ich möchte sie gerne zur Rede stellen.«

Steeles Gesicht blieb regungslos, wenn er eine Finte vermutete, versteckte er es gut. »Das ist sehr löblich von dir, wird aber nicht nötig sein. General Vandenberg wird mit dem nächsten Transport eintreffen.«

Rays Mimik erstarrte. Zwar wusste er, dass sein Vater kam, hätte aber nicht gedacht, dass Steele es vor ihm ansprechen würde.

Der Admiral blickte ihn beinahe mitleidig an. »Es tut mir leid. Ich hatte versucht, es mit allen Mitteln zu verhindern, da ich dir eine solche Begegnung so früh noch nicht zumuten wollte. Aber unsere Berater auf Adventiva bestanden darauf. Otto ist nun einmal in der Position, die Entscheidungen bezüglich Frau Sakura treffen zu können. Und dazu einer der besten Vernehmer, den wir haben.«

Vernehmer? Folterknecht wohl eher! Diese hochgelobten Methoden seines Vaters hatte Ray von frühester Kindheit zu spüren bekommen, das wusste Steele ganz genau.

Er betrachtete den Admiral mit versteinerter Miene, innerlich aber noch immer fassungslos. So ein verfluchter Mistkerl! Log ihm hier dreist ins Gesicht, ohne auch nur mit der Wimper zu zucken. Wie viele von seinen Versprechungen an ihn entsprachen ebenfalls nicht der Wahrheit? Dass Steele es ihm sagte, musste Kalkül sein. Dieser Mann hatte seinen Vater mit voller Absicht herbestellt, obwohl die Spezialistin davon abgeraten hatte. Und gute Bekannte oder gar Freunde schienen die beiden ebenfalls zu sein, wenn er ihn beim Vornamen nannte. Nicht einmal Ray als dessen Sohn war dies erlaubt gewesen.

Es ging Steele also nicht um den Erfolg beim Verhör, sondern um etwas anderes. General Vandenberg kam ganz allein für Ray hierher. Womöglich um ihn von Li fernzuhalten und einzuschüchtern. Der Admiral wusste ganz genau, welche psychologische Macht sein Vater noch immer über ihn ausübte. Ray verfluchte sich dafür, diesem Mann einmal geglaubt und sogar vertraut zu haben. Li hingegen hatte mal wieder recht gehabt und ihn sofort durchschaut.

»Wann wird er hier sein, Sir?«, fragte er leise.

»Morgen Nacht. Er könnte übermorgen in der Frühe beginnen.«

»Vielleicht kann ich vorher mein Glück bei Lilith probieren?« Ein letzter, verzweifelter Versuch.

Steele schüttelte den Kopf. »Ich denke, es ist besser, wenn ich Frau Sakura bis dahin persönlich befrage. Immerhin kenne ich sie ebenfalls. Für deine mentale Heilung wäre es nicht zuträglich, fürchte ich. Falls der General keinen Erfolg hat, können wir noch immer alles andere versuchen.«

Ray gab sich geschlagen. Steele stand auf und trat um den Schreibtisch herum vor ihn. Er blickte ihn erneut mit diesen mitleidig gebogenen Augenbrauen an, dass Ray übel wurde.

»Unter uns: Ich bin wirklich sehr froh, dich wieder bei uns zu wissen«, sagte er leise. »Ich kenne deine Leistungen auf der Akademie und erinnere mich nur zu gut, wie engagiert du gewesen bist. Du warst mit Herz und Seele dabei und hast jeden Befehl ohne zu zögern ausgeführt. Dir steht eine großartige Karriere in der Armee bevor.« Er legte den Arm auf seine Schulter und Ray bekämpfte den Drang, ihn abzuschütteln wie ein lästiges Insekt. »Denke nur immer daran: Wenn du Sorgen oder Bedenken hast, komme zu mir! Ich habe immer ein offenes Ohr für dich und werde dir helfen, auch inoffiziell, wenn es sein muss. Hast du das verstanden?«

Ray nickte stumm. Zorn und Abscheu schnürten ihm die Kehle ein.

Der Admiral richtete sich auf und sein Blick wurde ernst. »Sie können jetzt gehen, Fähnrich!«

»Jawohl, Sir.« Kaum hatte er das ausgesprochen, musste er an Andors spottende Worte denken. Er drehte sich rasch um, damit Steele die Wut in seinem Gesicht nicht lesen könnte.

Ray knirschte mit den Zähnen, als er flotten Schrittes durch den Gang lief. Steele sah in ihm eine wehrlose

Wachsfigur, die er nach seinem Gutdünken formen konnte. Wahrscheinlich glaubte er ernsthaft, mit dieser widerlichen Vatermasche bei Ray Vertrauen zu wecken. Dieser Mann hielt ihn noch immer für den kleinen, eingeschüchterten Jungen von früher, der gefallen wollte und für Zuneigung und Lob alles tat. Er glaubte wohl, mit dem General in Lis Nähe würde sich Ray tatenlos in seine Kabine verkriechen. Aber da irrte sich der Kerl gewaltig! Er wollte kein Feigling mehr sein, kein *Weichei*, wie Andor ihn durchaus treffend eingeschätzt hatte. Wenn seine Mutter an ihn geglaubt hatte, dann musste er es endlich auch tun, ansonsten würde er seinen Vater gewinnen lassen.

Er hatte einen Fehler gemacht, indem er sich seinen Freunden nicht anvertraut hatte, aber er würde alles daransetzen, ihn wieder auszubügeln.

Entschlossen ging er in seine Kabine zurück. Li durfte nicht in genau der Situation landen, in die er gerutscht war: kontrolliert vom Militär. Nicht, dass Steele ihr auch noch einen organischen Chip implantieren würde, sollte dieser bei nicht-adventiver Abstammung funktionieren. Wenn sie tatsächlich eine Art Schlüssel zum Juno-Schiff war, schien dieser Gedanke nicht so abwegig.

Trotz allem Tatendrang konnte er sie nicht allein befreien, dieser Tatsache musste er ins Auge sehen. Es gab nur eine Möglichkeit, seine Freundin zu retten. Er musste Andor kontaktieren. Auch, wenn es ihn den Kopf kosten würde. Für Li. Was danach geschah, war egal.

Aber er kam niemals von dem Schiff, ohne dass es auffiel. Dafür hatte Steele gesorgt und daher fühlte er sich auch so siegessicher bei ihm. Ray lag an der kurzen Kette, die totale Überwachung jeder Bewegung. Allerdings nicht von Audio oder Video, hier war er noch frei. Nun, zumindest so, wie man es eben sein konnte auf dem Militärschiff eines überwachungsfanatischen Landes. Lediglich die Schlafräume und Toiletten besaßen keine Kameras. Diese winzige Freiheit gab ihm die Möglichkeit, Andor von seiner Kabine aus zu kontaktieren. Eine sichere Verbindung herzustellen, traute er sich zu, durch seinen Vater hatte er Übung darin, sich in das Militärnetz zu hacken, und Andor würde ihm nicht gleich den Kopf abreißen können. Wenn der wütend war, glich er einem schnaubenden Stier, der nichts mehr hörte, spürte oder sah, sondern blindwütig attackierte.

Ray atmete tief durch und schickte seinem ehemaligen Arbeitgeber eine Nachricht. So kurz wie möglich, sodass er den Grund auf jeden Fall registrierte, bevor er sie löschen konnte:

Li ist in Gefahr, bitte melde dich!

Keine Antwort, aber Ray konnte sehen, dass sein Text nur wenige Sekunden nach Empfang gelesen wurde.

Die Verbindung ist sicher!

Quälende Sekunden vergingen. Dann blinkte das Symbol des eingehenden Anrufs. Anonym. Mit zitternden Fingern nahm er ihn entgegen. Sein Herz schlug ihm bis zum Hals, als er Andors wütendes Gesicht auf dem Display sah. Er fühlte sich in seine Kindheit zurückversetzt, vor dem schnaubenden Vater, der ihn für einen absoluten Versager hielt.

»Du verfluchter Verräter! Dass du es noch wagst, mir vor die Nase zu treten, ist der Gipfel der Arroganz!«

Ray schluckte. »Es geht um Li, wir müssen ihr helfen.«

»Natürlich geht es um Li, denkst du Arsch, ich hätte wegen dir angerufen? Du hast den Mist doch verbockt.«

Nun erschien Vivians Gesicht neben Andors, sie befanden sich, dem Hintergrund nach zu urteilen, noch auf der Pax. Ray spürte eine gewisse Erleichterung, sie zu sehen. Sie wirkte mehr besorgt als wütend. »Bitte höre ihn an.«

Andor verschränkte die Arme. »Na, schön. Dann schieß los. Deine Tracht Prügel bekommst du so oder so noch von mir.«

»Ich verlange keine Vergebung von euch.«

»Die wirst du auch nicht bekommen!«

Ray atmete tief durch. »Admiral Steele hat mich damals auf Kapitän Johnsons Schiff erpresst.«

Vivian sah ihn mit großen Augen an. »Seitdem spionierst du für diesen Steele?«

»Er drohte damit, euch zu erschießen, wenn ich nicht mitspiele. Er implantierte mir einen Überwachungschip und ließ uns fliehen. Es war die einzige Möglichkeit, eure Leben zu retten, verflucht! Er hätte euch auf der Stelle erschossen. Eiskalt, ohne Verfahren. Und mich vors Kriegsgericht gebracht.«

»Er sagt die Wahrheit.« Vivian sah zu Andor. »In diese Situation sind wir damals nur wegen dir gekommen.«

»Was?« Andor lachte freudlos auf. »Ja, klar, schieb *mir* den Scheiß in die Schuhe! Aber so groß sind die nicht, dass der Dreck von dieser verräterischen Ratte reinpassen würde!«

Ray bemühte sich, die Nerven zu wahren. »Steele schwor, euch am Leben zu lassen, wenn ich ihm zu dem Schiff verhelfe.«

»Und du würdest zu Hause honoriert und als Staatsheld gefeiert werden?«, spottete Andor.

»Ja, das stand im Raum. Aber keine Sorge, ich hatte vor, mich umzubringen, bevor wir die Kolonie erreichen.« Ray erschrak selbst über die Emotionslosigkeit, mit der ihm diese Worte aus dem Mund kamen. »Ich habe alles riskiert, um diesem Leben zu entkommen, ich werde niemals freiwillig dorthin zurückkehren.«

Vivian entfuhr ein Schluchzen, sie hielt sich die Hand vor den Mund. »Oh, Ray!«

Andor betrachtete ihn eine Weile. »Feige, wie immer, aber zumindest konsequent«, spottete er, doch die Aggression war aus seinem Blick verschwunden.

Ray senkte den Blick. Das Blut rauschte in seinen Ohren. »Zumindest wisst ihr nun Bescheid, macht daraus, was ihr wollt. Mein Leben ist eh verwirkt, dafür hat der Admiral gesorgt. Aber hier geht es um Li, nicht um mich.«

»Gerade ich hätte erkennen können, dass du uns nie grundlos verrätst«, sagte Vivian. »Aber meine Wut in dem Moment und der Schrecken blendete die Empathie mal wieder aus. Diese scheiß Vorurteile. Ich habe dir Unrecht getan, entschuldige!«

Ihre Worte waren Balsam für seine gequälte Seele. »Schon gut. Ihr konntet es nicht wissen.«

»Warum hast du dich uns nicht anvertraut?«, bohrte sie nach. »Warum schleppst du solch eine Last so lange Zeit alleine mit dir herum?«

Der Vorwurf traf erneut ins Herz. »Ich wollte es ... ich hatte zu viel Angst.« Er konnte ihr nicht in die Augen schauen. »Der kleinste Verdacht und sie hätten mich aufgespürt und euch getötet.«

Andor verschränkte die Arme. »Ich bin noch immer nicht überzeugt von dem Geheule! Wer sagt denn, dass du uns nicht nur etwas vormachst? Mit offenen Karten scheinst du ja eher selten zu spielen. Wer sagt denn, dass du diesen angeblichen Chip überhaupt hast? Auf der Charon hätten die das doch gemerkt! Vielleicht sollst du uns nur zu deinem Admiral locken, damit auch wir verhaftet werden.«

Vivian schüttelte den Kopf. »Dann hätten sie uns doch gar nicht erst gehen lassen, Andor. Er sagt die Wahrheit. Bitte vertraue einmal meiner Expertise.«

»Vielleicht weiß Ray es selbst nicht. Schau dir die Marionette doch an!«

Das traf ihn wie ein Faustschlag in die Magengrube. »Bitte! Ihr müsst Li helfen, nicht mir, sie ist in großer Gefahr. Steele überwacht mich mit dem Chip, der eine organische Tarnung besitzt und sich daher nicht so einfach scannen lässt. Ich kann sie nicht befreien. Aber ich kann euch von hier aus den Weg zu ihr ebnen. Wir müssen handeln, bevor sie Li dazu zwingen, das Schiff zu öffnen und beide zum Mars bringen. Dann ist der Zug abgefahren.«

»Also stimmt es, was Li gesagt hat? Sie kann in das Schiff?«, fragte Andor etwas zu eindringlich für Rays Geschmack.

»Zumindest glaubt Steele das, daher auch die Gefangennahme. Der Admiral hält sie für eine Art Schlüssel, daher ist sie in großer Gefahr. Die werden alle Mittel einsetzen.« Er hoffte, das war deutlich genug.

Andor nickte. »Gut, wir riskieren es. Wenn wir es schaffen, mit Li auch das Schiff zu bekommen, würde ich sogar erwägen, dir zu verzeihen. Aber das ist deine allerletzte Chance, verstanden? Noch ein Hintergehen und du hast einen Feind, den du nicht haben möchtest!«

Das verfluchte Wrack war ihm offenbar wichtiger als Lis Leben. Ray hätte ihm dafür am liebsten einen Kinnhaken verpasst, aber zügelte seine Emotionen. »Wann könnt ihr hier sein?«

»Wenn wir Vollgas fliegen, frühestens morgen Nacht.«

Das wurde eng! Die Pax sollte nicht dem Shuttle seines Vaters in die Arme laufen. »Okay, ich denke mir bis dahin was aus. Bleibt in Kontakt!« Er kappte die Verbindung.

Ray machte sich den restlichen und nächsten Tag daran, das Sicherheitssystem des Schiffs auszuspionieren. Noch standen sie auf der mit Staubwinden bedeckten Oberfläche des Zwergplaneten, was den Radar begrenzte und ein Eindringen der anderen sehr erleichtern würde. Er musste die untere Schleuse öffnen, ohne dass es einen Alarm gab, und sich um die Kameras kümmern. Letzteres dürfte das geringste Problem sein, darin hatte er jahrelange Übung. Da es sich um einen reinen Militärflieger handelte, waren die schiffsinternen Sicherungen nicht übermäßig geschützt. Angriffe wurden nur von außen erwartet.

Mittags wurde er zum Ausstatter zitiert. Der Offizier scannte seine Maße für eine exakt sitzende Uniform und rief einen weiteren Soldaten hinzu, der sich seiner langen Haare annahm.

Ray saß schweigend auf dem Friseurstuhl und beobachtete, wie seine blonden Strähnen auf den Boden segelten, als wären es gestutzte Federn. Seine Hoffnung auf Freiheit wurde ähnlich kahlgeschoren wie nun sein Kopf. Die Frage war, ob sie je wieder würde sprießen können.

Zurück in der Kabine rief er die Dienstpläne der Soldaten ab. Es gab nur eine Wache vor den Arrestzellen, die sich zum Glück im unteren Deck befanden, wo ohnehin wenig Betrieb herrschte. Der Weg zur Versorgungsluke war nicht weit. Er wusste, dass es ein großes Risiko war, doch sie mussten es einfach schaffen. Er hoffte darauf, dass Steele ihm keinen Widerstand zutraute und überzeugt davon war, dass Ray es sich mit seinen terranischen Freunden für immer verscherzt hatte.

Der General selbst würde mit einem Shuttle kommen, die oben an dem Schiff andockten, also keine weitere Landung auf dem Planeten. Nicht, dass die aus Versehen in die Pax flogen bei der schlechten Sicht.

Während der Rettungsplan in seinem Kopf entstand, hörte Ray weiter den Funk ab.

»Wir haben bemerkt, dass das Schiff unsere Versuche, das Schild zu durchdrängen, nicht bloß abwehrt, sondern für sich nutzt, indem es die Energie absorbiert«, berichtete Hauptmann Sokolow, der den Erkundungstrupp in der Höhle anführte. »Wir laden es sozusagen mit unserem Beschuss auf.«

Ray stutzte. Daher die Energiereserven. Vielleicht hatten Dr. Federstein und Dr. Moradi es auch nochmal komplett aufgeladen, bevor sie es hier versteckten. Sicher waren die Wissenschaftler damals auch zu dem Schluss gekommen, als man versucht hatte, in das Schiff zu gelangen, zur Not mit Beschuss.

»Dann sollten wir vielleicht damit aufhören?«, schlug der Admiral vor.

»Bis wir Zugang zu dem Schiff haben, ja. Die Erkenntnis ist aber wertvoll. Es war ohnehin unsere Absicht, die Energiequelle zu finden und zu nutzen. Nun wissen wir zumindest, wie wir es aufladen können.«

»Gute Arbeit, Hauptmann!«, lobte Steele. »Dann kehren Sie vorerst mit ihrem Team zurück, bis wir weitere Informationen haben, und lassen lediglich zwei Sicherheitsleute den Eingang bewachen.«

»Jawohl, Admiral. Wie weit sind Sie mit der Gefangenen?«

Ray horchte auf. Li!

»Sie ist extrem stur. Aber ich bin guter Dinge. General Vandenberg trifft morgen früh ein. Seine eher unorthodoxen Methoden waren bisher immer erfolgreich.«

»Da haben Sie recht«, bestätigte Sokolow. »Vielleicht bringt er auch seinen missratenen Sohn wieder auf die richtige Spur.«

Ray schoss das Blut in den Kopf.

»Denken Sie daran: Offiziell war es eine geplante Undercover-Aktion, die ich selbst in die Wege geleitet habe!« Die Stimme des Admirals besaß einen warnenden Unterton.

»Wollen Sie wirklich, dass ein Volksverräter als Held gefeiert wird auf dem Mars?« Sokolow hingegen klang abfällig. Er kannte offenbar die Wahrheit. Wie viele waren noch eingeweiht?

»Wenn diese Anerkennung wieder einen brauchbaren Soldaten aus ihm macht, ja. Da gibt es ganz andere Kandidaten, die sich öffentlich feiern lassen. Gönnen wir es dem Jungen, immerhin hat er uns das heiß ersehnte Schiff gebracht, für dessen Fund wir alle eine hohe Auszeichnung erwarten dürfen!«

Ray würde also eine Lüge leben, ohne je zu wissen, wer ihm nur etwas vorspielte und wer nicht. Aber das war ihm gleich, weitaus wichtiger war das Leben seiner Freundin. Bei dem Gedanken an Li kochte Wut in ihm auf. Hatte Steele nicht so entsetzt getan, als er angeblich erst vor kurzem von den Erziehungsmethoden seines Vaters erfahren hatte? Dabei schien er dessen Vernehmungsmethoden doch gut zu kennen und auch in den höchsten Tönen zu loben. Wahrscheinlich war auch das Mitleid in der Zelle damals nur vorgeheuchelt, um Ray zum Kooperieren zu bringen. Damit Steele die ganze Ehre für sich und seine Männer einstreichen konnte, das Juno-Schiff gefunden zu haben.

Die Synapsen in seinen Kopf feuerten wild. Sie hatten nicht viel Zeit, wenn der General am frühen Morgen schon anreiste. Wie Ray seinen Vater kannte, wollte der sicher sofort nach Ankunft mit der Vernehmung beginnen. Dieser sadistische Mistkerl freute sich ganz bestimmt schon darauf wie ein Kind über Süßigkeiten.

Leider fand Ray keine Möglichkeit, mit Li in Kontakt zu treten, der Zugang zur Arrestzelle war zu stark gesichert und die Funkverbindung abgeschottet. Die Gewissheit, dass Steele Li bereits regelmäßig bearbeitet hatte, sowohl mit Gewaltanwendung, als auch mit Psychoterror, brach ihm das Herz und steigerte seine Wut ins unermessliche. Trüge sie einen bleibenden Schaden davon, würde er sich das nie verzeihen können.

In dieser Nacht konnte er kein Auge schließen, was nicht allein an der anderen Zeitzone hier auf dem Schiff lag. Immer wieder ging er seinen Plan und alle Eventualitäten im Kopf durch. Es kam ihm vor wie eine Ewigkeit, als Andor endlich funkte, dass sie den Orbit erreicht hatten. Es war drei Uhr früh in adventiver Zeit, ab jetzt zählte jede Sekunde.

»Seid ihr bereit?«, fragte er.

»Das bin ich immer«, antwortete Andor und runzelte die Stirn. »Neuer Haarschnitt? Steht dir nicht.«

Ray ging nicht darauf ein und blickte ihn ernst über das Display an. »Bist du sicher, dass du das Schiff haben möchtest, auch wenn ihr dann gejagt werdet?«

»Ja, natürlich. Der Neid wäre uns so oder so gewiss, aber in diesem Schiff sind wir unantastbar.«

Ray nickte und atmete tief durch. »Wir befreien gemeinsam Li und ich ebne euch den Weg zum Schiff.«

»Was ist mit dir?«, fragte Vivian.

»Mich kann man orten, ich bringe euch nur in Gefahr. Ich kehre danach zurück zu Admiral Steele.«

Vivian schüttelte vehement den Kopf. »Wenn die herausfinden, dass du uns geholfen hast, bist du tot.«

Ray zuckte mit den Schultern. »Das war der ursprüngliche Plan. Besser tot als lebenslang unter totaler Kontrolle.« Bevor sie etwas erwidern konnte, fuhr er rasch fort: »Die Winde auf Ceres wirbeln den Staub gerade mehrere Meter hoch. Wenn ihr mit der Pax dicht über den Boden fliegt, könnt ihr euch dem Krater bis auf einen Kilometer nähern, ohne von unserem Radar entdeckt zu werden.«

»Und dann? In Raumanzügen über das unebene Eis, oder was?«, fragte Andor missmutig.

»Ja. Ich kann euch durch die Versorgungsluke in das Schiff lotsen. Deren Alarm lässt sich am Einfachsten ausschalten und in dem Abschnitt befindet sich zurzeit kaum jemand.«

»Okay, Vivian und ich kommen, Laif bleibt auf der Pax. Er kann zur Not eine Verbindung zwischen uns aufbauen.«

»Klingt gut. Ich habe kompletten Zugang zu dem gesamten Sicherheitssystem und kann euch den Weg ebnen. Es wird keinen Alarm geben und euch werden keine Kameras erkennen können.«

»Was ist mit den Personen?«

»Den offiziellen Dienstplan habe ich dir ja geschickt. Hier wird es erst so in drei Stunden wuselig, also beeilt euch. Ansonsten müsst ihr selbst Augen und Ohren für Passanten offenhalten und Vivian ihr Gespür. Bleibt aber dennoch besser in den Anzügen. Dunkle Hautfarbe und lange, rote Haare könnten hier auffallen.«

»Erzähl mir was Neues über euch!«, brummte Andor.

»Da gibt es nichts, seit Jahrzehnten nicht«, konterte Ray gewohnt gelassen. Allein, das alte Pingpong-Spiel wieder führen zu können, tat gut.

Es dauerte fast eine Stunde, bis sich Andor endlich meldete, dass sie die Luke erreicht hatten. Der Weg über das Eis ohne Sicht war wohl doch anstrengender gewesen als gedacht. Ray öffnete ihnen die Luke und schaltete den Alarm und die Kameras in dem Abschnitt so aus, dass die Störung nicht gemeldet wurde. So weit so gut.

»Wo seid ihr?«, funkte er direkt zu Andors Raumanzug.

»Kurz vor dem Zellentrakt. Bisher alles gut.«

»Okay, ich bin in wenigen Minuten da.« Er steckte sein Pad ein und verließ mit klopfendem Herzen die Kabine. Erstaunlicherweise war er ruhiger als befürchtet. Er selbst hatte nichts mehr zu verlieren, er konnte alles geben, um Li zu retten, und würde es auch.

Die wenigen Soldaten, die ihm begegneten, ignorierte er und sie taten es ihm gleich. Er stieg aus dem Lift und ging den hell erleuchteten Gang zu den Arrestzellen entlang. Er hoffte, dass sie die eine Wache würden ausschalten können, bevor sie Alarm schlug. Wenn sie sich danach beeilten, könnten sie den kurzen Weg zurück zur Luke problemlos schaffen. Dann gab es seiner Information nach nur noch die beiden Wachen vor der Höhle beim Juno-Schiff. Das Forschungsteam war erfolglos abgerückt. Sie warteten nun auf Lis Kooperation.

Auf einmal trat eine Person aus dem Nebengang und stellte sich ihm in den Weg. Als Ray den Blick hob und in das zornige Gesicht seines Vaters schaute, wich jegliche Kraft aus seinem Körper.

Der General baute sich vor ihm auf. »Wen haben wir denn da? Den verschollenen Sohn!« Er verengte die Augen, schien aber Rays entsetzte Mimik in sich aufzusaugen. »Marvin sagte mir bereits, dass er dich ergreifen konnte. Was auch immer du dem Admiral vorspielst, ich glaube kein Wort davon!« Er drohte mit dem Zeige-finger. »Du warst schon immer ein Lügner und ein Feig-ling gewesen! Wenn ich es nicht besser wüsste, würde ich nie denken, dass so etwas wie du meine Gene trägt.«

Ray schluckte. Das hörte er nicht zum ersten Mal. »Ich lege ebenfalls keinen Wert darauf, dein Sohn zu sein.« Obwohl ihm das Herz in die Hose rutschte, ver-suchte er mit aller Gewalt, sich zu fangen und seine Möglichkeiten abzuschätzen. Hier ging es nicht um ihn, sondern um Li. Er wusste, dass sein Vater sich nur derart zusammenriss, weil er hier auf dem Schiff seine Prügelattacken nicht wie sonst immer würde vertu-schen können. Er müsste sich dafür verantworten und Ray war weder in dem Alter, dass es nach adventivem Gesetz gerechtfertigt wäre, noch einer Straftat ange-klagt. An Körpergröße und Muskeln war Ray ihm mitt-lerweile gewachsen – es war beinahe verhöhnend, wie ähnlich er dem Mistkerl sah –, dennoch schüchterte der Anblick seines aufbrausenden Vaters ihn noch immer ein. Er widerstand dem Drang, sich in einer Ecke zu ver-kriechen, die Hände schützend über das Gesicht gehal-ten wie damals als kleiner Junge.

»Du bist ein Versager! Ein Verräter und Deserteur! Du bist eine Schande für deine Familie, für ganz Adven-tiva!«

Ray blieb stumm, jede Rechtfertigung wäre sinnlos.

»Du hast deine Mutter mit deinem Ungehorsam in den Tod getrieben!«

Er spürte, wie diese Worte den Schutzwall durchbra-chen und sein Innerstes trafen. Das alte Gift begann zu wirken. Es breitete sich in seinem Körper aus und drohte, ihn zu lähmen. Er würde sich erneut schuldig fühlen und die Bestrafung widerstandslos über sich ergehen lassen.

Bevor die Apathie vollends von ihm Besitz ergreifen
konnte, sah er Lis Gesicht vor seinem Geist und besann
sich an ihre Worte im Arboretum. Die Wut floss brennend durch seinen Körper und verdrängte das lähmende Toxin.

»Das hast du ganz alleine getan«, flüsterte er in undenkbarem Zorn und hielt dem eisigen Blick der blauen
Augen diesmal stand. »Du hast sie verprügelt und gedemütigt, du alleine hast sie auf dem Gewissen, falls du je
so etwas hattest! Du bist erbärmlich und verabscheuenswert!«

Der General schnappte nach Luft. »Du wagst es!«,
schrie er und sein Gesicht färbte sich fleckig rot. »Kein
Wunder, wenn man bedenkt, mit welchem Abschaum
du dich die letzten Monate herumgetrieben hast. Aber
diese Flausen werde ich dir austreiben! Ich werde dich
lehren, Respekt vor seinem Vater und Vorgesetzten zu
haben!« Er packte ihn am Kragen.

Ray entriss sich seinem Griff und ballte die Fäuste. In
seinen Adern pumpte das Adrenalin, diesmal war er bereit zu kämpfen.

Sein Vater schwang den Arm, doch Ray bückte sich
und boxte ihm mit voller Kraft gegen die unteren Rippen, dass er aufschrie. Es fühlte sich seltsam an, mit der
Faust gegen den Körper seines Vaters zu schlagen. Dem
Mann, der ihm zeitlebens wie ein unbesiegbarer Koloss
vorgekommen war, und ihm seine Vorstellung von
Respekt eingebläut hatte.

In dem Blick des Generals war jedoch mehr Erstaunen als Schmerz zu lesen. Ray war ihm kräftemäßig gewachsen. Diese Gewissheit tat gut und erfüllte ihn mit neuem Mut. Er erinnerte sich an Andors Worte. Ja, bei einigen Individuen musste man sich auch körperlich zur Wehr zu setzen, sonst würde man ewig Opfer bleiben. Er wollte kein Opfer mehr sein. Nie wieder.

Die Augen seines Vaters drangen beinahe aus den Höhlen. Er schien durch die Abwehr jedoch nur noch mehr in Rage und wollte ihn erneut packen. Als Ray dem Griff auswich, schlug er ihm mit der anderen Faust gegen sein Kinn. Vor Rays Auge tanzten Lichtblitze, doch fühlte keinen Schmerz, nur einen undenkbaren Zorn. Er sah das Gesicht seiner Mutter vor sich, las die Qual in ihrer Mimik und sein Verstand setzte aus. Sein Körper wurde taub und er boxte wild auf seinen Vater ein. Er entlud die gesamte Wut, die sich in über zwei Jahrzehnten in ihm angestaut hatte.

Ray kam erst wieder zu sich, als der General vor ihm auf die Knie sackte. Er hielt schwer atmend inne, noch immer die Hände zu Fäusten geballt.

Sein Vater stützte sich mit einer Hand am Boden ab und hielt sich mit der anderen keuchend die geprellten Rippen. Hellrotes Blut tropfte aus seiner Nase auf den Metallboden. Ray stand über ihm. Vertauschte Rollen. Noch immer spürte er keinerlei Schmerzen, auch wenn er einige Hiebe eingesteckt haben musste. Nur langsam setzte sein Verstand wieder ein und er begriff, was gerade geschehen war. Doch mit dem Anblick seines Vaters vor ihm auf den Knien wich auch die Angst. Er war kein bedrohliches, übergroßes Monster mehr, dessen

Erinnerung ihn nachts heimsuchte, sondern ein erbärmlicher Schläger. Selbst der Zorn in den Augen des Generals, als dieser aufsah, schreckte ihn nicht mehr.

»Du …«, keuchte er und spuckte mit Speichel vermischtes Blut auf den Boden.

Ray beobachtete stumm, wie der General sich langsam erhob und schwankend vor ihm zum Stehen kam. Er füllte seine Lungen mit Luft und ballte die Fäuste, bereit, sich erneut zu verteidigen.

Sein Vater griff jedoch nicht an, sondern löste die T-Gun von seinem Gürtel und richtete sie auf ihn. »Es war ein Fehler gewesen, dich in die Welt zu setzen, doch ich werde diesen nun wiedergutmachen.« Seine Stimme klang lallend durch die aufgeschlagenen Lippen und das Blut.

Ray erstarrte. Sein Vater würde ihn erschießen, nichts war sicherer. Er würde sterben. Dennoch fühlte er eine seltsame innere Ruhe beim Anblick der Waffe. Er hatte im Kampf gesiegt und wurde danach vom Verlierer feige hingerichtet, mit diesem Wissen würde der General fortan leben müssen. Der Mann, der selbst immer so viel von Mut und Ehre tönte. Auf einmal überkam Ray der Drang loszulachen. Erst zuckten nur die Mundwinkel, dann kroch es einfach aus seinem Bauch über die Kehle und kam ihm in einem prustenden Ton über die Lippen. Er lachte dieser erbärmlichen Entschuldigung von Vater laut und verächtlich ins Gesicht, während dieser den Lauf seiner T-Gun auf ihn richtete. Es war eigenartig erleichternd, als sprengte Ray die letzten Ketten, bevor das Leben aus seinem Körper weichen würde.

Der General starrte ihn mit entsetztem Blick an, als hätte er einen Wahnsinnigen vor sich. Ray hoffte, dass der Mistkerl diesen Anblick und das Auslachen jede Nacht vor sich sehen würde bis zu seinem Grab.

Nur einen Wimpernschlag später verwandelte sich die Miene seines Vaters in eine wutverzerrte Grimasse. Ray verstummte und blickte ihm in die hellen Augen.

Tschüs, du Arschloch!

Ein Schatten tauchte hinter dem General auf und drückte dessen Hand mit der Waffe nach oben. Ray konnte Andor nur stumm anstarren, als dieser dem General wie einem kleinen Kind die T-Gun aus der Hand nahm. Gegen diese Muskeln kam sein Vater nicht an, auch wenn sich sein entsetztes Gesicht rot färbte und einen angewiderten Ausdruck annahm, als sein Blick auf Andors Hautfarbe fiel. Er wollte nach der Waffe greifen, doch Andor hielt sie außer Reichweite.

»Immer mit der Ruhe, General«, raunte er ihm in bedrohlich ruhigem Tonfall zu. »Sie wären nicht der erste Adventiv, dem ich mit Vergnügen den Hals umdrehe.«

Der General schüttelte die Hand energisch ab und funkelte ihn finster an. Mit den Blessuren im blutenden Gesicht wirkte es weniger gefährlich, als er sicher gewollt hätte.

Ray wagte kaum zu atmen.

Nach einigen Sekunden des gegenseitigen Anstarrens schien sein Vater zu erkennen, dass er unterlegen war.

Er richtete drohend den Zeigefinger auf ihn. »Du solltest deinem schwarzen Freund hier sagen, dass er mich besser gleich tötet, Raynald. Ansonsten werde ich euch bis zum letzten Atemzug jagen.«

Andor blickte mit erhobenen Brauen zu Ray, der den Kopf schüttelte. Nein, ein Vatermörder wollte er nicht sein.

»Sie haben Glück, dass ich mir von Blondinen ohnehin nichts vorschreiben lasse«, sagte Andor an den General gerichtet. »Die Familienangelegenheiten können Sie gerne ein anderes Mal klären, nun werden Sie sich brav in die Arrestzelle begeben.«

Er wies ihm mit der Waffe die Richtung und der General fügte sich zähneknirschend. Andor nahm ihm seinen Funker ab und lotste ihn zu den Zellen. Als er eine öffnete, sah Ray, dass sich die Wache bereits bewusstlos darin befand.

Der General sagte nichts mehr. Ray hoffte, dass die Zellen wirklich abgesichert genug waren, sodass er von dort drinnen nicht so schnell Alarm schlagen konnte. Aber früher oder später würde die Ablösung erscheinen.

Erst, als die Metalltür der Zelle vor ihm zuglitt und das Schloss rot leuchtete, wagte Ray durchzuatmen. Auf einmal spürte er seine schmerzenden Prellungen vom Kampf und das Brennen der wundgeschlagenen Fingerknöchel.

Er sah Vivian hinzutreten. »Das ist also dein Vater?«

Ray lehnte sich erschöpft an die Wand. »Ja, das ist er«, sagte er und steckte schnell seine Hände in die Hosentaschen, als er merkte, dass sie zitterten. »Entschuldigt, dass ich euch nicht vorgestellt habe.« Seine Schläfen pochten dröhnend.

»Na, das erklärt so manches«, meinte Andor trocken. »Bei so einem bekloppten Vater kann man ja nicht ganz klar im Hirn sein! Aber du hast dich grandios gewehrt, meine Hochachtung!«

»Danke, Mann«, sagte Ray erschöpft. Auch wenn sich in ihm der Verdacht regte, dass Andor der Schlägerei zuvor eine ganze Weile tatenlos zugesehen hatte, wurde Ray eines jetzt erst richtig bewusst: Andor hatte ihm das Leben gerettet. Ohne sein Eingreifen gäbe es ihn nicht mehr. »Für das vorhin, meine ich.«

»Egomanische Adventive in ihre Schranken weisen? Das ist mein liebstes Hobby, wie du weißt. Los, lasst uns verschwinden, bevor die noch Alarm schlagen!« Er klopfte Ray freundschaftlich auf die Schulter. »Ich würde nämlich nur ungern einen meiner Mannschaft verlieren.«

Ray holte noch einmal tief Luft und folgte ihm den Gang entlang.

Wie befürchtet saß Li bereits in der Vernehmungszelle an den Stuhl gefesselt. Der General war also auf dem Weg zu ihr gewesen. Ray zog es den Magen zusammen, wenn er daran dachte, was dieses skrupellose Monster in nur wenigen Minuten mit ihr angestellt hätte. Er wünschte sich beinahe, er hätte Andor ihn doch erschießen lassen. So blieb der Mistkerl eine Bedrohung für viele andere Menschen, nicht nur ihn.

»Hol du sie, Vivian und ich warten vor der Tür«, raunte Andor ihm zu und behielt dabei den Gang im Auge. »Sie kann spüren, wenn sich jemand nähert, und ich treffe besser.«

Ray nickte.

Lis ängstlich aufgerissenen Augen, als er in den Raum trat, fühlten sich an wie ein Schlag in die Magengrube.

Ray ging vorsichtig auf sie zu. Er wusste nicht, wie gut sie auf ihn zu sprechen war nach ihrer letzten Begegnung.

Ihr Blick strahlte weniger Entsetzen, aber noch lange keine Erleichterung aus, besonders, als er zu lange an seiner neuen Frisur hängenblieb. Eine weitere Brandmarkung des Militärs. »Ray? Was ...?« Ihre Stimme brach ab und sie schluckte.

»Alles gut, wir holen dich hier raus«, raunte er ihr beruhigend zu und öffnete die Manschetten am Stuhl. »Andor und Vivian sind auch hier.«

»Hier? Mit dir zusammen? Ihr habt euch vertragen?«

»Ja. Ich erkläre dir alles später, okay?«

»Gut«, flüsterte Li, sichtlich erleichtert.

Ray half ihr aus dem Stuhl. »Wie geht es dir? Kannst du stehen?«

»Ja, alles gut.«

Das klang anders. Auch die Art, wie sie sich erhob, gab Ray einen Stich ins Herz. Er erkannte, dass sie es wie so oft mit aller Kraft überspielen wollte, aber das behutsame Aufsetzen der Füße und die für Li zu vorsichtigen Bewegungen verrieten sie. Er tat, als beachte er es nicht, um sie nicht in Verlegenheit bringen.

»Es tut mir leid, Li«, stieß er hervor. Erschöpfung und Schmerzen machten es ihm schwer, die aufsteigenden Tränen zurückzudrängen. »Es tut mir so unendlich leid!« Er musste es ihr sagen, bevor sie sich vielleicht niemals wieder sehen würden.

Li sah ihn an. »Ich weiß«, sagte sie leise und strich mit der Hand über seinen Kurzhaarschnitt hinunter zu den geprellten Wangen. »Steele hat damit geprahlt, wie er dich zurückgewonnen hatte, und dass du nun so in seiner Hand wärst, dass ich keine Hilfe mehr von dir erwarten könnte. Ich bin froh zu sehen, dass er dich erneut unterschätzt hat.«

Ray lächelte schwach. Ganz so war es nicht, er würde noch immer hierbleiben müssen. »Komm! Lass uns weg hier!« Er griff ihr unterstützend unter den Arm.

»Du siehst auch nicht sonderlich erholt aus.«

Ray knirschte mit den Zähnen. »Ich hatte ein tränenreiches Wiedersehen mit meinem Vater. Aber er ist schlimmer zugerichtet. Familientreffen eben.«

Li riss die Augen auf. »Du hast dich gegen ihn zur Wehr gesetzt?«

Ray lächelte schwach. »Ist das so verwunderlich? Womöglich schon.« Er seufzte. »Aber ja, ich habe mich endlich freigekämpft und es tat unheimlich gut!«

Andor winkte ihnen zu. »Auf, wir müssen uns beeilen.«

Li blickte sich um. »Was ist mit Laif?«

»Er ist auf der Pax geblieben«, berichtete Vivian, die Li zur Begrüßung kurz umarmte. »Wir müssen erst einmal sehen, ob wir das Schiff überhaupt starten können. Wenn es klappt, sammeln wir Laif ein, wenn nicht, zurück zum Frachter.«

Sie schlichen den Gang entlang und durch den Sektor, den Ray freigeschaltet hatte, bis zur Luke. Andor hielt die Waffe griffbereit, aber auch hier begegneten sie keinem. Die Offiziere waren in ihrem Meeting und warteten sicherlich auf die Vernehmungsergebnisse des Generals.

Ray öffnete den Spind mit den Raumanzügen und gab Li einen davon. Andor und Vivian trugen ihre noch, sie müssten lediglich die Helme wieder nach vorn klappen.

»Ihr könnt durch die Luke direkt zum Schiff«, sagte er. »Es stehen zwei Wachen vor der Höhle, aber ein unbemerktes Anschleichen dürfte bei der schlechten Sicht kein Problem für euch sein.«

»Was ist mit dir?«, rief Li erschrocken.

Ray sah sie an. Wäre es das letzte Mal, dass er in ihre dunklen Augen blicken durfte? »Ich kann nicht mit euch, es ist zu gefährlich.«

Vivian schüttelte vehement den Kopf. »Wir können dich kaum zurücklassen. Dein Vater hat uns zusammen gesehen.«

Ray begann zu schwitzen. Er wusste ganz genau, was ihm bevorstand. Der General würde freie Hand bekommen und sein gesamtes Können bei ihm demonstrieren, bevor er ihn ins Jenseits beförderte. »Ich bin mit dem Chip ein zu großes Risiko für euch, die wissen immer, wo ich mich befinde. Das würde ein kurzer Jungfernflug mit dem Juno-Schiff werden, sollte es denn starten.«

»Wo in dir befindet sich das Teil?«, fragte Andor.

Ray deutete an die Stelle an seinem rechten Hals, an die Steele den Injektor angesetzt hatte. Diese Hautregion würde er niemals vergessen, zu sehr hatte sich die Erinnerung an den Stich eingebrannt.

»Dann lokalisieren wir es später und schneiden es raus!«

Ray lachte trocken auf. »Wenn das möglich wäre, hätte ich es längst selbst getan. Es besitzt eine organische Membran, die an meine Körperzellen angepasst und daher nicht zu orten ist mit normalen Scans. Wie sollen wir das Mistding je finden?« Die Verzweiflung schnürte ihm die Kehle zu. Es war alles so verflucht frustrierend!

»Finden tun wir es irgendwann sicher, nur, was von dir danach noch übrigbleibt, ist die Frage.« Andor zeigte grinsend die Zähne. »Operation gelungen, Patient tot.«

Ray verzog den Mund. »Auch gut. Ändert nichts.«

»Hör auf, so zu reden, als hättest du schon abgeschlossen!«, schimpfte Li. »Wir finden eine Möglichkeit, dich zu befreien. Ein tiefer Scan oder eine Tomografie können die Veränderung im Gewebe doch bestimmt ausmachen, wenn man weiß, wonach man suchen muss.«

Ray senkte den Blick. »So etwas besitzen wir aber nicht. Ich gehöre dem Militär, mit Haut und Haaren.«

Andor legte ihm die Hand auf die Schulter. Im krassen Gegensatz zu derselben Geste des Admirals, tat es unerwartet gut, den festen Druck seines Freundes dort zu spüren. »Hey, ich weiß, wir sind uns öfters nicht grün, aber ich sehe dich noch immer als ein Teil meiner Crew. Ich werde dich auf keinen Fall den Klauen des Militärs ausliefern. Du kommst mit uns auf das Juno-Schiff. Den Scheißchip können wir schon irgendwie ausschalten. Immerhin ist der Mist auch mein Verschulden.«

Ray sah vorsichtig auf. »Meinst du das ernst? Nach allem, was ich getan habe?«

»Wenn man dir Glauben schenken kann, hast du damit unsere Ärsche gerettet, und das nicht das erste Mal. Außerdem hast du selbst gesagt, dass dieses Schiff von Beschuss genährt wird. Was können die also machen, wenn du mit uns da drin bist? Nichts, wie es ausschaut! Wir riskieren also gar nicht so viel damit. Und ein wenig Nervenkitzel macht das Leben doch erst lebenswert.« Andor nahm einen weiteren Raumanzug aus dem Spind und drückte ihn Ray vor die Brust wie damals die schicken Klamotten. »Beeilen wir uns!«

»Wir dürfen nicht per Funk kommunizieren in den Dingern«, warnte Ray, während er in den Anzug stieg. »Die können den abhören. Privatverbindungen von Person zu Person sollten möglich sein, aber das geht nur zwischen Li und mir, weil wir die Raumanzüge des Militärs haben, oder eben dir und Vivian, ihr habt die unseren.«

Andor nickte. »Also besser komplette Funkstille und das bei kaum Sicht da draußen ... Jetzt aber los! Wir treffen uns beim Schiff.«

Ray wollte nochmal daran erinnern, dass die Soldaten ihn aufgrund des Chips orten könnten, aber es war keine Zeit mehr. Lis Flucht konnte jeden Moment auffliegen und dann würde es hier von Soldaten nur so wimmeln. Schnell verschloss er den Helm und kletterte mit den anderen in die Schleuse.

Sie stiegen aus der Luke und erneut in eine dichte Staubschicht. Es schien, als wäre man urplötzlich erblindet. Ray schaltete das Licht in seinem Visier ein, sodass er wenigstens die Anzeigen auf dem Glas sah. Sie hatten keine gegenseitige visuelle Ortung wie zuvor, sondern mussten den Weg zur Höhle jeder für sich finden.

Er ließ seine Strahler an Helm und Armen aus, was ohnehin nichts nutzte, und bewegte sich mit dem Radar im Visier. Es ging nicht weit, half aber, nicht gegen eine Wand zu laufen oder in einen Abgrund zu fallen.

Hier draußen in der Stille und Dunkelheit klang das Adrenalin etwas ab und Rays Prellungen machten sich mehr und mehr bemerkbar. Jeder Atemzug schmerzte an den Rippen und seine Schläfen pochten. Dennoch versuchte er, so schnell wie möglich voranzukommen. Sie mussten zur Höhle. Irgendwie. Was dann war, stand in den Sternen. Es war ein seltsames Gefühl, nur eine geplante Zukunft von Minuten zu haben. Er hoffte, Li ging es einigermaßen gut. Dass sie ihn bezüglich ihres Befindens angelogen hatte, war offensichtlich gewesen. Seine Mutter hatte ihm gegenüber ein ähnliches Verhalten gezeigt, auch wenn er selbst zu genau wusste, welche Schmerzen sie zu verbergen suchte.

»Raynald?«, erklang Steeles Stimme in den Kopfhörern des Helms. Der Schreck fuhr wie ein Stromschlag durch seinen Körper und er musste alle Kraft zusammennehmen, um trotz der geringen Gravitation nicht in die Knie zu sacken. »Ich weiß, dass du in einem der beiden Anzüge steckst«, fuhr die Stimme gefährlich ruhig fort. Also hörte Li es auch. »Melde dich, dann wird dir nichts geschehen.«

Ohne weiter darüber nachzudenken, drückte Ray den Senderknopf am Handschuh. »Ich glaube Ihnen kein Wort mehr«, zischte er. Er konnte es sich nicht verkneifen und wollte diesem Kerl noch einmal sagen, was er von ihm hielt.

Eine kurze Stille folgte. Ray versuchte weiter, sich so schnell wie möglich durch den schwarzen Dunst zu kämpfen, den Schmerz in seinen Rippen verdrängend. Sicher waren schon Soldaten unterwegs zu ihnen. Der Wind war stärker als beim letzten Mal, einige Böen ließen ihn beinahe das Gleichgewicht verlieren.

»Es war nicht geplant, dass du deinem Vater begegnest.«

»Er wollte mich erschießen und Li foltern!«, brüllte Ray. »Ich weiß, dass Sie ihn absichtlich hergebracht haben, um mich ruhigzustellen. Sie stecken mit diesem Scheißkerl unter einer Decke.« Es brach aus ihm heraus wie Lava aus einem Vulkan. Jetzt war ohnehin alles egal, da konnte er endlich seiner Wut freien Lauf lassen. In dieser Dunkelheit fiel es leicht.

»Achten Sie auf Ihre Worte, Fähnrich!«, schoss es streng aus den Kopfhörern. Der militärische Tonfall schreckte ihn nicht mehr. »Durch den Chip sehen ich ganz genau, wo du dich befindest. Du strahlst auf meinem Display wie ein Leuchtfeuer. Ich weiß, dass Frau Sakura und Herr Winter bei dir sind. Frau Sakuras Standort können wir ebenfalls sehen. Ihr werdet das Schiff nie erreichen, unsere Wachen wissen Bescheid und werden euch vor der Höhle erwarten.«

Verflucht, er hatte in der Eile nicht daran gedacht, dass auch die Anzüge des Militärs eine Ortung besaßen, und er würde die anderen nicht warnen können. Er wusste nicht einmal, ob Li noch zuhörte, oder Steele die Kommunikation nach Rays Antwort auf privat geschaltet hatte. Zumindest schienen sie von Vivian nichts zu wissen, sein Vater hatte sie offenbar nicht bemerkt gehabt.

»Raynald?«

In dieser Finsternis hatte er das bedrängende Gefühl, völlig allein mit dem Admiral zu sein oder zumindest dessen Stimme.

»Was wollen Sie von mir?«, Ray musste ihn beschäftigen, damit er sich nicht zu sehr auf die anderen konzentrieren konnte. »Ich weiß, dass Sie ein Lügner sind, daher können Sie mich mit ihren Versprechungen nicht mehr einlullen. Mein Leben ist ohnehin verwirkt, ich habe nichts mehr zu verlieren. Das haben *Sie* verbockt.« Der letzte Kommentar musste einfach heraus. Als kleine Genugtuung. Sicher hatte Steele sich einiges auf seine Gewitztheit eingebildet.

Erneut eine Pause. Ray meinte, den Gletscher ausmachen zu können, in dem das Schiff stand. Er glaubte nicht, dass die Soldaten es geschafft hatten, ihren Vorsprung aufzuholen. Auch die hatten keine bessere Sicht.

»Ich hätte dich nicht unterschätzen dürfen«, hörte er Steele sagen. Es klang erschöpft, doch Ray traute dem Kerl in nichts mehr. »Ich wusste, dass du clever bist. Als ich sagte, dass ich dich auf unserer Seite möchte, war das die Wahrheit. Leider liefen die Dinge anders als erhofft.«

Als *geplant*, berichtigte Ray ihn gedanklich. Er erkannte zwei schwache, sich bewegende Lichtpunkte vor sich in der Finsternis, die die Umgebung ableuchteten, und hoffte, dass die anderen ihre Lampen ebenfalls abgeschaltet hatten. Dann wären das die Soldaten vor dem Höhleneingang. Diese Deppen zeigten ihm den Eingang wie ein Leuchtturm die Küste.

»Ich bereue es, dich vertrieben zu haben«, fuhr Steele fort. »Du willst Ehrlichkeit? Gut, du bekommst sie. Wenn ich deine Fähigkeiten nicht auf unserer Seite haben kann, dann werde ich auch nicht zulassen, dass sie der Feind bekommt!«

Feind! Was eine schwachsinnige Bezeichnung. Sie befanden sich nicht mehr im Krieg und er wollte schon gar nicht zur Solarflotte umsiedeln. Aber für Männer wie den Admiral gab es nur *uns* oder *die anderen.* Gut oder böse.

Jemand berührte ihn von hinten an der Schulter. Ray zuckte erschreckt zusammen und fuhr herum. Andor! Er hatte wie er selbst nur die Beleuchtung in seinem Helm an, die lediglich in direkter Nähe einen schwachen Schein in der Finsternis bildete. Ray nickte ihm erleichtert zu. Dann hob er den Finger in Höhe seiner Ohren und formte das Wort Steele. Er zeigte auf die Soldaten und machte mit Zeige- und Mittelfinger eine laufende Geste vom Militärschiff zur Höhle. Er hoffte, Andor damit ihre Lage einigermaßen verständlich zu machen, dass sie bald Besuch bekommen würden. Andor nickte. Er zeigte mit den Fingern in Richtung der Soldaten und winkte ihm zu, ihm zu folgen.

»Das ist deine allerletzte Möglichkeit. Die letzte Chance, die du bekommst«, tönte unterdessen Steeles Stimme in seinen pochenden Schläfen. Welch ein verzweifelter Versuch. Als würde er sich jetzt noch rehabilitieren können. Er folgte Andor weiter in Richtung der Lichtstrahlen. Andor stupste ihn erneut an und gestikulierte, dass er von der anderen Seite auf die Männer zugehen würde. Ray nickte. Andor würden sie auf ihrem Display nicht sehen können.

»Was willst du tun?«, fragte der Admiral. »Glaubt ihr tatsächlich, in das Schiff zu kommen? Und selbst wenn, wollt ihr da drinnen hocken bleiben für den Rest eures Lebens? Verdammt, Junge, hast du diesen irren Plan überhaupt zu Ende gedacht?«

Ihm kam eine Idee. Was der Kerl konnte, schaffte er schon lange. »Ich wollte nur nach Li schauen.« Er bemühte sich um eine aufgebrachte, fast weinerliche Stimme, was ihm nicht zuletzt aufgrund der körperlichen Schmerzen leichtfiel. »Dann überraschte mein Vater mich und drohte, mich zu erschießen. Andor tauchte auf. Er wollte Li befreien und ich ging mit. Was hätte ich tun können? Ohne seine Rettung wäre ich jetzt tot. Erschossen von jemandem, den *Sie* hierhergebracht haben. Ich geriet völlig unschuldig in diese Zwickmühle, die *Sie* konstruierten.«

»Beruhige dich, Junge!« Steele schien ernsthaft irritiert über den Ausbruch.

Ray beschloss, noch einen draufzulegen. »Ich wollte nur nach Li sehen«, wiederholte er keuchend. »Wollte schauen, wie es ihr geht. Dann passierte alles so schnell. Aber jetzt ist es eh egal, jetzt bin ich eh tot.«

»Alles gut! Ich glaube dir, dass es ein unglücklicher Umstand war.«

»Nein, es ist zu spät, es ist alles vorbei. Die nehmen mich nicht einmal mehr mit, da ich den Chip habe. Ich werde sterben. Hier vor dieser Höhle. Ich nehme mir jetzt den Helm ab, dann sollte es schnell gehen. Machen Sie sich nicht die Mühe, meine Leiche zu bergen.« Er hoffte, es mit der Dramaturgie nicht übertrieben zu haben.

»Nein!«, rief der Admiral befehlend. Sollte er doch nicht Rays Tod wollen? Warum auch, er wäre ja ein tolles Hündchen mit dem sicher sehr kostspieligen Chip. »Tu jetzt nichts Unüberlegtes!«

»Mein Leben ist verwirkt.« Er flüsterte es nur.

»Raynald! *Ray!* Hör mich an!«

Er schwieg.

»Ich sehe, dass du ganz nah an den Wachen bist.« Die Stimme des Admirals klang ernsthaft aufgebracht. »Unsere anderen Soldaten werden dich in wenigen Minuten eingeholt haben. Geh zu den beiden Männern vor der Höhle.«

»Damit die mich töten? Nein, ich möchte wenigstens das noch selbst tun dürfen.«

»Ich informiere sie über dich. Sie werden dich abführen, aber nicht schießen, in Ordnung?«

»Ich habe Angst«, sagte er jetzt leise mit bebender Stimme. Sein Plan ging auf. So würde er die Wachen hoffentlich lange genug aufhalten können, dass die anderen unbemerkt in die Höhle gelangten und er zumindest lebendig zurück auf das Militärschiff. Aber was war mit Li? Sie konnte noch immer geortet werden. Er musste sie anfunken.

»Bleib ruhig, okay? Ich bin für dich da.«

Er nahm Steeles Stimme nur noch wie die Hintergrundmusik einer Lobby wahr, seine Konzentration war ganz woanders.

»Ich glaube dir. Ich weiß, du fühlst dich in die Ecke gedrängt, aber es gibt immer einen Weg. Wir bekommen das wieder hin. Es gibt Therapien.«

Es war beinahe rührend, wie sich der Admiral um seinen Lakai bemühte. Aber nur beinahe. Ray beachtete ihn nicht weiter und wagte es, eine interne Funkverbindung zu Lis Anzug herzustellen. Er wollte es eigentlich vermeiden, da er nicht sicher war, ob es nicht doch abgehört werden konnte. Aber es gab schließlich Fälle, bei denen sich die leitenden Offiziere unterhalten mussten, ohne dass es jeder Soldat mitbekam, demnach sollte es funktionieren.

»Li? Kannst du mich hören?«

»Ray?«, kam die leise Antwort.

»Steele ist mit mir in Kontakt.«

»Ich weiß, ich habe ihn vorhin reden gehört, aber nicht geantwortet.«

»Sie können deinen Anzug sehen. Du musst die Ortung ausschalten.«

»Wie geht das?«

Ray versuchte, sich zu erinnern, was sie damals in der Akademie gelernt hatten. »Den blauen und den grünen Knopf am Handschuh gleichzeitig mindestens drei Sekunden lang drücken. Dann ist der Anzug sozusagen im geheimen Spionagemodus und sendet hoffentlich nichts mehr.«

»Okay.«

»Wenn es klappt, dann bin nur noch ich sichtbar. Ich werde die Wachen beschäftigen, damit ihr in die Höhle kommt.«

»Stell deinen Anzug doch auch auf Spionage!«

»Steele hat mir einen Chip eingesetzt, durch den sie mich sehen.« Er wusste nicht, wie informiert Li über diese ganze Sache war. »Ich lenke sie ab.«

»Was ist mit dir?«

»Beeilt euch! Es sind weitere Soldaten unterwegs hierher.«

»Ray!«

Ray kappte die Verbindung und ignorierte Lis weitere Anfragen. Jetzt war keine Zeit für Diskussionen.

Er ging mit erhobenen Händen weiter zum Höhleneingang, blieb aber einige Meter davor stehen. Die Soldaten erkannten ihn, hoben ihre Waffen und traten wie erhofft auf ihn zu. Weg vom Eingang. Sicher funkte einer von ihnen gerade, dass sie die *Zielperson* gesichtet hatten, dachte Ray zynisch. Er wich noch ein paar Meter zurück, als würde er darüber nachdenken, doch zu fliehen, und beide Männer schritten ihm weiter entgegen. Der Eingang war frei. Ray hoffte, dass Andor diese Ablenkung verstehen und nutzen würde. Er meinte sogar, drei Schatten im Dunst vor ihm zu sehen, doch anstatt in die Höhle zu schleichen, gingen zwei davon von hinten auf die Soldaten zu, ein schwarzer Anzug, in dem Li steckte und ein heller, der von der Statur her Andor sein musste. Was machten die? Dafür war keine Zeit, verdammt! Ray wollte sie am liebsten anschreien. Sie sollten den Moment der Ablenkung nutzen und zum Schiff, anstatt für ihn noch alles aufs Spiel zu setzen!

Die beiden Figuren tauchten hinter den Soldaten auf. Li griff den einen an, riss ihm die Waffe aus der Hand und schlug ihn damit zu Boden. Fast zeitgleich schlug Andor den anderen mit der T-Gun des Generals nieder. Ray keuchte, sein Puls raste. Andor kauerte sich nieder und nahm dem Soldaten das Gewehr ab. Dann erhob er sich und winkte ihm energisch zu. Ray folgte den beiden zum Höhleneingang. Er war erleichtert, nicht erneut in Gefangenschaft zu kommen, spürte aber auch, wie er trotz des eher kühl temperierten Anzugs zu schwitzen begann. Jetzt mussten sie die verlorene Zeit wieder aufholen. Ray bildete sich ein, kleine, sich bewegende Lichtpunkte vor ihnen in der Dunkelheit ausmachen zu können.

Vivian gesellte sich zu ihnen. Andor reichte Ray das Gewehr, er selbst behielt die T-Gun. Ray nahm die Waffe entgegen. Li hatte noch immer das andere Gewehr auf Anschlag, so würden sie zu dritt zumindest die ersten Angreifer abwehren können.

In der Höhle ebbten die Regolithwinde ab und sie konnten endlich wieder etwas erkennen. Andor winkte ihnen zu und sie trabten so schnell, wie es Anzug und Eisboden zuließen, den künstlich ausgefrästen Gang entlang. Rays Puls raste. Die Stresshormone hatten die Schmerzen an seinen Rippen erneut in den Hintergrund gedrängt.

Wenig später standen sie ein weiteres Mal vor dem gigantischen Raumschiff. Zwei große Lichtstrahler beleuchteten es und etliche Messgeräte waren vor ihm aufgebaut, aber zurzeit arbeitete niemand daran.

Andor nickte ihnen aufmunternd zu. Jetzt würde es sich zeigen. Zeit, hier herumzustehen und auf den Koloss zu starren, hatten sie nicht. Sie liefen auf das Schiff zu, Li voran. Nichts geschah, sie konnten bis zur Hülle gehen wie beim ersten Mal. Ein beklemmendes Gefühl schnürte ihm die Eingeweide zusammen. Den anderen ging es, ihren Gesichtern nach zu urteilen, nicht anders.

Li atmete hörbar ein. »Es spricht zu mir«, hörte Ray ihre leise Stimme durch den Lautsprecher. »Es stellt mir Fragen. Ich werde es bitten, uns herein zu lassen.« Sie berührte die fremden Zeichen auf der Hülle, die erneut kurz rot aufflammten und dann zu gelb wechselten. Ein Zischen ertönte und in der scheinbar glatten Oberfläche öffnete sich auf einmal eine Luke von einem Meter Breite und zwei Metern Höhe. Gleichzeitig fuhr eine Rampe aus. Li trat mit fahler gewordener Gesichtsfarbe auf den Steg und in das Schiff. Die anderen folgten ähnlich gehemmt. In Ray schrie alles nach Flucht, aber ein Zögern wäre unsinnig. Sie hatten keine Wahl und noch weniger Zeit zu überlegen. Die Soldaten waren dicht hinter ihnen, könnten jede Sekunde auftauchen und das Feuer auf sie eröffnen. Er wollte keinen Menschen erschießen müssen. Tasern ging nur aus nächster Nähe und die Gelegenheit würde der Trupp ihnen gewiss nicht bieten.

»Raynald!«, hörte er Steeles Stimme in seinem Helm, als er über die Rampe trat. »Was zur Hölle machst du?«

»Leben Sie wohl, Admiral«, sagte er ruhig und kappte die Verbindung. Er konnte sich ein Grinsen nicht verkneifen. Schach und Matt! Zumindest für dieses Spiel. Sicher würde dieser Mann keine Gelegenheit scheuen, ein weiteres zu eröffnen.

Als sie das Schiff betraten, überlegte Ray, wie lange ihre Raumanzüge wohl Sauerstoff haben würden, falls sie sich für längere Zeit hier drinnen verstecken mussten. Sie wussten nicht einmal, ob eine Flucht je möglich war. Vielleicht würde dieses Schiff ihr Sarkophag werden? Für ewig gefangen im Ziel ihrer Suche. Dem Gegenstand ihrer Gier. Ein Schicksal wie das einiger Grabräuber damals im alten Ägypten? Doch er war zu eingeschüchtert von dem Geschehen, um etwas zu sagen. Hinter ihnen schloss sich die Luke und alles wurde dunkel. Nur ihre Visiere leuchteten in der absoluten

Finsternis wie schwebende Köpfe in Helmen. Sie blickten sich an. Kurz darauf erhellte sich der Raum nach und nach wie bei einem Dimmer. Ray konnte nicht ausmachen, woher das Licht kam, es war überall, wie von fluoreszierenden Wänden kreiert.

Vivian ergriff Rays Arm. Auch er bekam eine Gänsehaut.

Andor winkte ihnen zu und zeigte auf das Display seines Handschuhs. Ray wusste nicht, was er meinte, bis er es erkannte. Die Außenluft hatte genug Sauerstoff zum Atmen.

Bevor Ray ein Zeichen der Vorsicht geben konnte, entriegelte Andor seinen Helm, klappte ihn nach hinten und sog die Luft ein. »Alles gut«, hörte Ray seine Stimme dumpf durch den Helm. »Ihr könnt euch nackt machen! Naja, nicht ganz, ist noch immer saukalt hier drinnen.«

Ray löste den Helm ebenfalls und die anderen taten es ihm gleich. Die eiskalte Luft drang beißend in Nase und Augen. Ihr warmer Atem bildete kleine Wolken. Doch bevor er fürchtete, seine Nasenspitze würde gleich abfrieren, spürte Ray, wie eine angenehme Wärme von den fluoreszierenden Wänden ausstrahlte. Heizte das Schiff auf? Woher kam der Sauerstoff, wenn es doch die ganze Zeit versiegelt gewesen war? Aus dem Eis? Wie funktionierten dieses System und seine mysteriöse Energiequelle?

Sie befanden sich in einem langen Gang mit glatten Wänden und Boden, der leicht weich erschien, ähnlich wie PVC. Alles in einem grünlichen Grau gehalten. Die Atemluft wirkte abgestanden, aber es roch nicht muffig, eher leicht beißend, ähnlich Chlor oder Ozon.

An der rechten Wand leuchteten bläuliche Zeichen, die in Form und Frequenz wechselten. Li setzte sich schweigend in Bewegung. Die anderen folgten. Niemand schien es zu wagen, einen Laut von sich zu geben. Ihre Schritte hallten nur sehr gedämpft von der gewölbten Decke wider.

Eine weitere Tür glitt zur Seite und die fünf betraten das, was Ray sofort als Brücke des Schiffs erkannte. Mehrere komfortabel wirkende Sitzplätze mit Konsolen davor umstellten eine große, leere Fläche an der vorderen Wand, die gewiss als Bildschirmanzeige diente. Auch hier war die Luft abgestanden und mit diesem unterschwelligen scharfen Geruch, aber der Sauerstoffgehalt war hoch genug. Weitere farbige Zeichen leuchteten an den Wänden auf, flossen nach vorn zur Anzeige und verharrten dort blinkend wie eine Warnung.

»Es spricht zu mir.« Lis Stimme klang fremd in diesem unheimlichen Raum.

»Was sagt es?«, flüsterte Andor. Auch er wirkte, als würde er einen Geisterfilm schauen.

»Es fragt, was wir sind und was wir noch alles zum Existieren benötigen.«

»*Du* bist der verfluchte Schlüssel, nach dem ich jahrelang gesucht habe?« Andor klang, als kam ihm die Erkenntnis erst jetzt. »Kneif mich, ich muss träumen!«

Vivian schnappte nach Luft. »Was ist das hier?«, rief sie aus. »Kann mich mal jemand aufklären? Li! Warum verstehst du dieses Ding? Was für ein Schlüssel und warum sind wir hier überhaupt reingekommen?«

»Sie trägt den genetischen Code der Erbauer dieses Schiffes in sich«, sagte Ray etwas bitterer als beabsichtigt. Er erinnerte sich an Steeles Rede.

Li blickte ihn mit großen Augen an, nickte aber. »Ray hat recht. Ich bin zum Teil Juno.« Ihre Stimme war kaum hörbar. Offenbar hatte sie sich endlich entschieden, die Karten auf den Tisch zu legen.

Andors Gesicht formte ein zufriedenes Grinsen. »Lilith Sakura! Eine Junoblütige! Bei mir! Gott erhörte mich!«

»Ja, seltsam, wo du doch nie zu einem gebetet hast«, brummte Vivian zynisch.

»Das war offensichtlich auch nicht nötig.« Andor winkte ab. Er trat vor Li, ging auf die Knie und legte die Hände auf seine Brust. »Lass mich dir die Füße küssen, o holde Erfüllung meiner kühnsten Träume!«

Sie seufzte laut. »Hör bitte auf mit dem Quatsch, Andor, ich kann keinen Vorteil darin sehen, Junogene in mir zu tragen.«

»Was?« Andor riss die Augen auf. »Mensch, Mädchen! Du hast Magie in deinen Adern! Was gäbe ich da für eine Transfusion! Ihre verdammte KI redet mit dir. Ist mit deiner DNA verbunden. Du kannst dieses mächtige Schiff fliegen!«

»Es vertraut mir noch nicht, ich bin nicht reinblütig.«

»Es wird dir vertrauen, du bist die einzige hier. Die einzige im Sonnensystem. Vielleicht sogar die Einzige im gesamten Universum.« Er stand auf und klopfte sich demonstrativ den Staub von den Knien, der allerdings den Boden selbst schmutziger machte als zuvor. »Auf! Lasst uns diese Legende startklar machen und von hier verschwinden.« Er klatschte in die behandschuhten Hände, was erneut Regolith auf den Boden rieseln ließ.

Li verschränkte die Arme. »Hey! Du wolltest mir doch die Füße küssen.«

»Chance vertan.« Andor stieß sie mit dem Ellenbogen an. »Vielleicht holen wir zwei das mal ganz privat nach, was, Süße?«

Li schüttelte nur lachend den Kopf.

Ray hingegen konnte zwar Andors Freude, aber nicht seine scheinbare Sorglosigkeit teilen. Er blickte unsicher durch den Raum und auf die leeren Sessel, die einfach zu gut erhalten waren. Wie lange hatte das Schiff schon niemand betreten? Sicher mehrere hundert Jahre, wenn nicht gar tausend. »Sollten wir uns hier nicht erst einmal umschauen, bevor wir dieser KI sozusagen unser aller Leben anvertrauen?«

»Und was ist mit Laif?«, warf Li ein.

Andor nickte. »Irgendwann bemerken die, dass die Pax hier auf Ceres steht. Alleine kann der Junge mit dem Frachter nicht vom Planeten abheben.«

Sie hatten recht.

Li setzte sich an das mittlere Pult. Ray nahm rechts neben ihr Platz, da die Konsole eher nach der Steuerung aussah, und Andor auf der linken Seite. Vivian ließ sich an einem der seitlichen Sessel nieder, von denen es noch weitere fünf gab.

Die Sitzplätze waren unheimlich bequem und passten sich sowohl in Höhe, als auch an Körperform und Gewicht an. Ray betrachtete das saubere, staubfreie Display vor sich und versuchte, sich mit der Anzeige vertraut zu machen. Auf einmal verschwanden die Zeichen und es wurde erneut dunkel auf dem Schiff.

Vivian gab einen erschreckten Laut von sich. Sekunden später war die Beleuchtung wieder da. »Du meine Güte, das ist echt nichts für meine Nerven hier«, stöhnte sie. »Sonst erschrecke ich mich fast nie, weil ich durch die Empathie gewohnt bin, Geschehnisse vorher zu spüren, aber die letzten Minuten haben mich um Jahre altern lassen.«

Ray traute seinen Augen nicht, als er vor sich schaute. Die Anzeigen waren mit einem Male in ihrer Sprache geschrieben. »Was war das?«

»Ein Reboot«, sagte Li. »Es spielte unsere Sprache auf.«

»Woher hat es die?«, fragte Vivian entsetzt. »Aus deinem Kopf?«

»Vielleicht hat es auch nur unsere Pads gescannt«, wich Li dieser Möglichkeit aus.

»Es besitzt aber offensichtlich auch die Infos über unseren Bedarf an Atemluft und Gravitation«, warf Ray ein. »So etwas muss dieses Ding zumindest von Körperscans haben.« Das Schiff war ihm mehr als unheimlich.

Li fuhr mit den Händen über das Display. »Jedes System wird angezeigt, ich könnte den Antrieb starten.«

»Dann tu das!«, sagte Andor aufgeregt.

»Aber wie kommen wir aus der Höhle?«

»Das werden wir sehen, es muss ja auch irgendwie hineingekommen sein.«

Li drückte auf die Anzeige und ein leises Vibrieren ging durch das Schiff.

»Sie startet!«, jubelte Andor. »Sie startet! Ich glaub, ich träume!«

»Was soll ich für ein Ziel eingeben?«

»Erst einmal einen kurzen Sprung zur Pax.« Andor nannte ihr die Koordinaten und Li tippte sie ein.

»Ich setze es mal auf Autopilot«, sagte sie. »Mal sehen, was geschieht.«

Der große Bildschirm vor ihnen erwachte auf einmal zum Leben. Ray, der nur die Anzeigen auf einer Konsole gewohnt war, starrte fasziniert darauf. Sie sahen eine dreidimensionale Projektion der beleuchteten Eisdecke, die sich in Wirklichkeit nicht vor, sondern über dem Schiff befand. Ray fühlte sich wie in einem Kinosaal. Die Strahler, die auf das Eis gerichtet waren, wechselten von Gelb zu einem grellen Rot und ein helles Summen ertönte. Ray erkannte, dass die Decke erhitzt wurde. Wassermassen und Eisstücke schossen herunter und es rumpelte über ihnen. Auf dem Bild vor ihnen wirkte es aber, als flogen die riesigen Brocken horizontal auf sie alle zu. Die Projektion war derart realistisch, dass er schützend die Arme vor sein Gesicht riss und selbst Li erschreckt aufschrie.

Vivian keuchte. »Nun ist das Schiff sicher sauber.«

Nicht zwingend, dachte Ray. Vor – oder exakter: über – ihnen wehten nun glitzernde Wellen von Regolithwinden, die das Schiff sicher gleich wieder mit einer Staubschicht überdecken werden.

»Dieser Durchbruch dürfte nicht unbemerkt geblieben sein«, sagte Andor. »Spätestens jetzt haben wir sicher die Aufmerksamkeit unserer netten Nachbarn.«

Ray dachte kurz an seine Landsleute vor der Höhle und den Trupp Soldaten, der ihnen laut Steele gefolgt war. Waren die schon zurück zum Schiff, um Alarm zu geben, oder wurden sie gar von den Wassermassen fortgespült? Konnte man das in der Kälte überleben, selbst mit Raumanzug? Er brachte aber kein Wort heraus. Mit offenem Mund beobachtete er den Bildschirm vor sich. Wenn er das Bild richtig interpretierte, erhob sich das Schiff durch das ins Eis gebrannte Loch und schwebe die Oberfläche des Planeten entlang. Spüren tat man hier drinnen allerdings nichts. Kein Rucken oder Knacken aus allen Ecken wie auf der klapprigen Pax. Das Juno-Schiff glitt lautlos dahin wie ein Papierflieger im Wind. Die Sicht war trotz des Regoliths erstaunlich gut. Das Militärschiff, das sie nun passierten, wurde als blau leuchtendes 3-D-Objekt in dem dichten Staub angezeigt. Wenig später auch die Pax.

Eine Art rötlicher Strahl verband die Schiffe.

»Was ist das Rote da?«, fragte er.

»Ein Magnetstrahl«, sagte Li. »Die Adventive haben die Pax bemerkt und ziehen sie an sich.«

Vivian hob die Hände vor den Mund. »Oh, nein, Laif!«

»Schnell, Vivian, ruf ihn an und sag, dass wir kommen«, rief Andor, er wirkte ebenfalls ernsthaft besorgt. »Frag, ob er noch auf dem Schiff ist!«

Vivian nickte und holte ihr Pad hervor.

»Warte, ich versuche etwas«, sagte Li. »Sag Laif, er soll nicht erschrecken.«

»Ich komme nicht durch, wir sind zu sehr abgeschirmt«, rief Viv verzweifelt.

Ray erleichterte das sehr, so könnte es gut sein, dass auch sein Chip nicht mehr von Steele geortet werden konnte, solange er hier drinnen war.

»Was hast du vor?«, fragte Andor an Li gerichtet. »Hat das Schiff auch einen Magnetstrahl?«

»Ich denke schon. So etwas in der Art. Der Frachtraum ist sogar groß genug, die Pax komplett unterzubringen, wenn es funktioniert.« Sie schloss die Augen, wie um sich zu konzentrieren, fasste die Steuerung aber nicht an.

»Li?«, fragte Ray. Warum zögerte sie? Laif wäre das perfekte Druckmittel für Steele.

Auf dem Bildschirm vor ihnen erschien nun die Pax, die sich auf einmal erhob und auf sie zuflog. Dann sah man nur noch den Sternenhimmel über ihnen.

Li öffnete die Augen wieder und lächelte. »Es hat geklappt! Ich habe das Schiff mit meinen Gedanken gelenkt. Das Gefühl war der absolute Wahnsinn! Die Pax ist drin.«

Vivian sprang auf. »Wo ist der Frachtraum? Ich hole Laif.«

Li drückte auf das Display und ein blauer Pfeil erschien an der Wand. »Folge der Anzeige.«

Vivian jauchzte. »Das ist so cool!« Sie lief los.

Ray starrte Li ungläubig an. Er war weniger begeistert von all dem. Ihm gefiel es nicht, wie sich dieses Ding mit ihrem Geist verband. Was, wenn es den Spieß umdrehte und sie kontrollierte? Wenn es einen gefährlichen Feedbackloop oder sowas gab, der ihre Gehirnzellen schädigte? Sie kannten so gar nichts über diese Technologie. Er schwieg jedoch. Sie hatten keine Wahl und er wollte sie nicht verunsichern. Er vertraute außerdem darauf, dass Li wusste, was sie tat.

»Wohin jetzt?«, fragte sie.

Sie hatten die Regolithschicht verlassen und vor ihnen auf dem Bildschirm taten sich die Sterne auf.

»Flieg mal zur Venus«, sagte Andor.

»Warum dahin?«

»Nur so. Da war ich noch nicht. Wir müssen irgendwo versteckt bleiben, um zu überlegen, was wir jetzt eigentlich machen.«

»Wie schnell kann das Ding überhaupt fliegen?«, fragte Ray.

»Ich weiß es nicht«, sagte Li. »Noch nicht. Aber ich würde ungern Vollgas geben, bevor wir nicht wissen, wie es mit den Ressourcen aussieht. Das Loch ins Eis zu brennen, muss eine Menge Energie verbraucht haben.«

Ray nickte. Schneller als alle ihre Raumschiffe war dieses Ding sicher, wenn der Pilot durch das gesamte Sonnensystem flog und auf dem Mars landete. Andererseits kannten sie dessen Lebensspanne nicht.

Sie zogen die verdreckten Raumanzüge aus, die den ansonsten so sauberen Boden schon mit schwarzen Regolithspuren verziert hatten.

Nicht lange danach kam Vivian in Begleitung von Laif auf die Brücke. Der Junge wirkte sprachlos. Er setzte sich auf den freien Sessel und sah sich mit großen Augen um, als glaubte er zu träumen. Irgendwie hatte wohl keiner von ihnen damit gerechnet, das Schiff einmal wirklich zu finden und auch noch damit zu fliegen. Vivian zog ebenfalls ihren Anzug aus. Der Raum war mittlerweile angenehm temperiert.

»Sie braucht noch einen Namen«, sagte Andor. »Wie ist ihre derzeitige Bezeichnung?«

Li zuckte die Achseln. »Ich bin mir nicht sicher. Hier stehen Zeichen in der Ecke, aber die wurden nicht übersetzt.« Sie blickte zu Andor. »Man kann es umbenennen. Welchen Namen wollen wir ihr geben?«

»Darüber müsste ich erst nachdenken.«

»Und abstimmen«, warf Vivian ein. »Nicht, dass du mit etwas Sexistischem daherkommst.«

Andors Augen weiteten sich im Erstaunen. »Was denkst du nur von mir?«

Vivian hob eine Augenbraue. »Soll ich das wirklich sagen?«

»Nein, besser nicht.« Er grinste frech.

»Ich finde Juno recht passend«, sagte Laif. »Die Herrscherin aller Götter, Tochter des Saturn, Schwester von Ceres, Gemahlin von Jupiter, Mutter des Mars … sie alle steuerten wir auf der Suche nach ihr an.«

Ray nickte. »Das griechische Äquivalent wäre Hera. Auch ein schöner Name.«

»Lasst sie uns vorerst weiter Juno nennen«, schlug Andor vor. »Umbenennen geht ja immer noch.«

»Ich gebe das mal als Namen ein«, sagte Li. »Aber in der lateinischen Schreibweise mit I statt J, oder? IUNO. Das sieht schöner aus und hebt sie etwas von der Bezeichnung ihrer Erbauer ab.«

Die anderen nickten zustimmend.

18. Iuno

Sie flogen los mit Kurs auf die Venus und Ray erkannte erfreut, dass das Schiff seine Reserven durch die Sonne ebenfalls auffüllen konnte.

»Wie lange reicht unsere Energie? Wie lange der Sauerstoff?«, fragte Andor. Er wirkte noch immer aufgeregt wie ein Kind, das vor seinen ausgepackten Geburtstagsgeschenken sitzt und nicht weiß, womit es zuerst spielen soll.

»Es gibt keine Wasserstofftanks, soweit ich sehen kann, aber Energiespeicher«, erklärte Ray. »Das Schiff lädt sich an den Strahlen der Sonne auf und hat sich die Moleküle für unsere Atemluft aus dem Eis geholt. Laut den Anzeigen steht uns alles nun durch die Recyclinganlagen schier unbegrenzt zur Verfügung, solange wir zum Auftanken der Akkus immer mal wieder nahe an einer Sonne sind.«

»Na, da war Venus doch die richtige Wahl.«

»Es filtert sogar unangenehme Geruchsmoleküle heraus«, bemerkte Li begeistert.

»Woher weißt du das?«, fragte Andor. »Hast du einen fahren lassen und man riecht nichts?«

Ray musste laut lachen, während Lis Mimik zwischen Augenrollen und Grinsen schwankte. »Natürlich nicht, du Idiot, Junoblütige lassen keinen *fahren*. Die Beschreibung der Systeme ist nun in unserer Sprache, wie du weißt.«

Ray erinnerte sich, dass die Luft auf der eher beengten Pax gerade bei längeren Flügen nicht immer die angenehmste gewesen war. Aber auch die adventiven Militärschiffe hatten ein eigenes Odeur, ein Mix aus Maschinenpflege, überhitzten Kabeln und Schweißfüßen.

Er fragte sich, was Steele jetzt wohl machte. Sie wurden bisher laut der Anzeige nicht verfolgt. Sammelten die nach der Flutwelle noch ihre Leute ein oder wurde gerade heiß mit der Regierung auf dem Mars diskutiert, vor der sein Vater und der Admiral den Verlust des Schiffs rechtfertigen mussten? Ein Flaggschiff des adventiven Militärs unter hochrangigen Offizieren hatte sich von einer Handvoll Zivilisten, die nicht einmal alle der eigenen Auslese angehörten, austricksen und das Juno Schiff unter der Nase wegstehlen lassen. Das ging gegen jede Überzeugung der adventiven Überlegenheit und war sicherlich nicht einfach zu erklären. Ray gönnte es den beiden aus vollem Herzen. Sie verehrten und unterstützen das System, da konnten sie dessen Kehrseite auch mal selbst ausbaden.

Er drehte sich zu Li. »Jetzt wird mir so einiges klar.«

Sie wich seinem Blick verschämt aus. »Es tut mir so leid. Ich wollte es dir damals schon so gerne sagen. Du weißt nicht, wie oft ich kurz davor war, aber ich wollte uns beide nicht in Gefahr bringen.«

Ray lachte freudlos auf. »Irgendwie kann ich mich gerade sehr gut in dich hineinversetzen.« Er schmunzelte. »Wenn du mir verzeihen konntest, kann ich es auch bei dir.«

Sie sah auf. »Danke.«

»Keine Geheimnisse mehr zwischen uns in Zukunft?«

»Keine Geheimnisse mehr.«

»Steele machte so seltsame Andeutungen. Weiß der adventive Geheimdienst über dich Bescheid?«

»Meines Wissens denken die nur, dass meine Mutter eine Koryphäe auf dem Gebiet der Juno-Forschung war. Aber die haben gewiss nachgeforscht über meinen angeblichen Vater.«

»Er ist kein Adventiv, nehme ich an.«

»Nein. Auch kein Vater, strenggenommen.«

»Was?« Auch Andor horchte nun auf.

Li seufzte laut, entschied sich aber zu Rays Freude endlich, sie alle aufzuklären. »Mutter hat ihre eigene Zelle mit den Gensequenzen des Juno-Artefakts bestückt und sie dann ausgetragen. Ich wurde in einer Petrischale gezeugt. Romantisch, nicht wahr?«

Ray nickte. »Ich verstehe. Das erklärt auch die emotionale Distanz zu deiner Mutter. Du warst ein Forschungsobjekt für sie, nicht mehr. So wie Laif für den Professor.«

»Nein, du kannst meine Mutter nicht mit diesem Irren vergleichen.« Sie rieb die Finger ineinander. »Ich habe ein ganz normales Leben geführt, ging zur Schule, traf mich mit Freunden …«

»Hast du gewusst, dass du ihr mit Junogenen versehener Klon bist?«, fragte Vivian.

»Ja, meine Mutter hat mir gegenüber nie einen Hehl daraus gemacht. Ich durfte nur nichts sagen, das wurde mir von klein auf regelmäßig eingetrichtert wie ein Gebet. Sonst nähmen sie mich ihr weg und sie käme ins Gefängnis, hieß es. Offiziell hatte ich keinen eingetragenen Vater, inoffiziell war er Adventiv und in Wirklichkeit ein außerirdisches Relikt. Ich hab es immer gewusst, gleichzeitig ging mir die Geheimhaltung darüber mit der Zeit ins Blut über, es glich beinahe einer Gehirnwäsche. Ich musste Mutter bei ihren Forschungen helfen und sie studierte und dokumentierte meine Entwicklung. Ich wusste, dass ich für sie nur ein faszinierendes Projekt war und meine Großeltern wollten nichts mit mir zu tun haben.«

»Nette Familie!«, brummte Andor abfällig.

»Im Vergleich zu euch allen hatte ich eine sehr gute und glückliche Kindheit, ich kann mich nicht beschweren. Ich hatte alles, was ich brauchte.«

»Aber keine Zuneigung«, beharrte er. »Hast du denn dann besondere Fähigkeiten?«

Ray erkannte, wie sich Lis Körper bei Andors Fragen erneut verspannte. Sie blickte krampfhaft auf die Hände auf der Konsole.

»Du musst nicht darüber sprechen, wenn es dir unangenehm ist«, sagte er und warf Andor einen strengen Blick zu. Der hob nur die Brauen, als wäre er sich keiner Schuld bewusst.

»Schon okay«, sagte sie leise. »Es hilft vielleicht, endlich mit Außenstehenden darüber reden zu können.« Sie sah auf und zu Andor. »Wir wissen ja nichts über die ursprünglichen Juno. Aber Langlebigkeit und Resistenz gegenüber Keimen ist etwas, das sie wohl besessen haben. Ich kann meinen Zellstoffwechsel lokal bewusst erhöhen und mich so schneller regenerieren bei Verletzungen. Auch die Spuren von Steeles Vernehmung sind jetzt schon nicht mehr sichtbar.«

Ray fuhr auf. »Was hat der Mistkerl dir angetan?« Ein erneuter Zorn flammte ihn ihm auf, darüber, dass er dieses manipulative Schwein sogar mal bewundert hatte. Dabei hatte der ihn stets nur gespielt wie eine Handpuppe!

»Er war noch recht zurückhaltend, keine Sorge, Ray«, beruhigte Li ihn. »Aber wenn er herausbekommen hätte, dass ich sogar Stichverletzungen überleben kann, wäre das nicht lange so geblieben.«

Ray wurde heiß und kalt. Er erinnerte sich an den Überfall von Faesers Schlägertruppe, er hatte sich damals also doch nicht getäuscht, der Kerl hatte Li tatsächlich das Messer in die Seite gerammt.

Vivian wirkte ebenfalls erstaunt. »Wahnsinn, da könnten wir dich mit einer Waffe treffen und du stirbst nicht?«

»Nur bis zu einem gewissen Grad. Ich kann sehr wohl sterben und die Schmerzen sind ebenfalls voll vorhanden, also lass solche Versuche bitte bleiben.«

Andor legte den Kopf schief. »Woher willst du denn wissen, dass du dieselben Schmerzen empfindest?«

»Es war die Lebensaufgabe meiner Mutter, meine Entwicklung bis ins Detail zu erforschen«, erwiderte sie kühl. »Es ist alles genauestens dokumentiert.«

»Hat deine Mutter das ausprobiert bei dir?«, fragte Laif.

»Du meine Güte, nein!«, rief Li entsetzt aus. »Sie mag vielleicht ihre Forschung oft über meine Gefühle gestellt haben, doch sie war weit davon entfernt, grausam zu sein. Nein, sie hatte nur die normalen Schrammen und Verletzungen in meiner Kindheit und Verläufe bei Krankheiten beobachten müssen.«

»Inwieweit hatte deine Mutter denn ihre Forschung über dich gestellt?«, fragte Vivian.

»Naja, ich will nicht jammern.« Sie fingerte an ihrer Halskette herum. »Es war nichts Schlimmes. Kein Vergleich zu dem, was ihr durchgemacht habt. Es war nur etwas irritierend, wenn du mit einem aufgeschlagenen Knie vom Spielplatz kommst und deine Mutter nur fasziniert von der Verletzung und ihrer Entwicklung ist und dich selbst völlig zu vergessen scheint.«

»Oh, ja, das war bestimmt *irritierend* für ein kleines Kind«, sagte Ray spöttisch. »Wenn mein Vater mich verprügelt hatte, war ich auch immer sehr *irritiert*.«

»Bitte, Ray!« Li stiegen die Tränen in die Augen und Ray biss sich auf die Zunge. Es war nicht seine Absicht gewesen, sie zu verletzen, aber das Verhalten ihrer Mutter schockierte ihn und die wieder stärker werdenden Kopf- und Rippenschmerzen von der Begegnung mit seinem Vater taten ihr Übriges.

»Wie kamst du auf den Mars?«, fragte Andor.

»Als ich sechzehn war, fand ein adventiver Spion etwas über mich heraus und erpresste meine Mutter.«

Ray stutzte. »Sie haben dich entführt?«

»Nein, nicht direkt. Mutter bedrängte mich, eine zweijährige Ausbildung auf dem Mars zu machen, eine Art Schüleraustausch. Ich wollte nicht, aber sie sagte, solch eine Möglichkeit bekäme kaum ein Mensch und die Erfahrung würde mir später alle Türen öffnen. Ich durfte nur nichts von unserem Geheimnis erzählen. Mir rutschte echt das Herz in die Hose, als sie mich am Treffpunkt den adventiven Soldaten übergab. Aber eine Frau war sehr nett zu mir und versicherte, dass mir nichts geschehen würde.«

Ray schüttelte den Kopf. »Ich verstehe nicht. Warum?«

Li atmete tief durch, als fiele es ihr schwer, darüber zu sprechen. »Ich erfuhr den wahren Grund auch erst nach meiner Rückkehr. Mutter wurde wohl bedrängt und erpresst. Sie drohten, mich zu entführen und zu sezieren, um zu sehen, ob die Gerüchte stimmten. Sie behauptete steif und fest, dass ich völlig normal sei und das mit der Genetik eine Lüge wäre, um sie und ihre Forschung in Misskredit zu bringen. Zum Beweis rückte sie einige ihrer Ergebnisse heraus und schlug zudem vor, dass das Militär mich für zwei Jahre beobachten und untersuchen dürfte. Nur nicht töten oder meine Gesundheit gefährden. Ansonsten würde sie alles öffentlich machen. Hätten sie bis dahin nichts Auffälliges gefunden, sollten sie mich wieder zurückschicken. Sie war überzeugt gewesen, die Sequenzen in meiner DNA gut genug verschlüsselt und als väterliche Gene getarnt zu haben, dass niemandem etwas auffallen würde.«

Ray konnte sie nur mit offenem Mund anstarren. »Sie hat dich denen ausgeliefert? Ohne mit der Wimper zu zucken? Was, wenn unser Militär deinen genetischen Code geknackt oder sich nicht an die Abmachung gehalten und dich doch seziert hätte?« Er war fassungslos über das Gehörte. Was war ihre Mutter nur für eine fanatische, kaltherzige Frau gewesen? Ihre Forschung und ihr Ansehen waren ihr wichtiger gewesen als das Wohl und die Gefühle des eigenen Kindes!

»Der Deal rettete mein Leben. Die Veränderungen waren wohl sicher genug getarnt.«

Andor schüttelte ebenfalls den Kopf. »Wie selbstverliebt und überheblich muss man als Wissenschaftler sein, um das so zweifellos zu glauben? Sie hat dich verliehen wie einen Akkuschrauber.«

Li schwieg, ihr Gesicht blieb ausdruckslos.

»Wie kam deine Mutter an das genetische Material?«, bohrte er nach.

»Damals wusste ich es nicht, nach unserer Entdeckung vermute ich, dass sie auf Europa war. Sie hatte das Relikt gefunden, dies aber geheim gehalten. Das Material selbst war jedoch zu unvollständig. Allerdings fehlten ihrer Vermutung nach nur die Prozesse in den Zellen, die spezifische Pheromone bilden konnten. Da kam sie auf die Idee, sich mit diesen Sequenzen zu klonen. Daher konnte ich auch nur weiblich werden wie sie. Sie hoffte wohl, dass das Schiff auf eine Person mit den Pheromonen stärker reagieren würde als auf einen beschädigten Gegenstand. Das Relikt selbst hat sie dann wohl vernichtet, damit kein anderer ihre Idee stehlen konnte. Danach galt es, das Schiff selbst zu finden ... was sie zu ihren Lebzeiten jedoch nicht geschafft hat.« Li verzog den Mund.

»Das wird ja immer herzlicher«, brummte Andor. »Welchen Gefahren sie dieses von ihr erzeugte Leben aussetzte, war ihr wohl egal. Hauptsache sie bastelt sich einen lebendigen Autoschlüssel.«

Li hob die Schultern. »Ich denke, sie war sich des Ausmaßes nicht bewusst.«

»Hat man auf der Erde nicht nach dir gesucht?« Andors Interesse war offensichtlich geweckt. Während Ray erkannte, wie Li gerade ihre innerste Verletzlichkeit entblößte, wirkte der Kerl wie ein Kinobesucher während der Vorstellung. Fehlte nur das Popcorn.

»Nein. Mutter hatte mich nie als vermisst gemeldet, es hätte ihre Forschung gefährdet.«

»Ich verstehe«, sagte Andor. »Dr. Marcy Sakura war also ein skrupelloses, egozentrisches Miststück.«

Li schwieg. Sie sah nicht auf, sondern fingerte so hektisch an der goldenen Kette herum, dass er dachte, sie müsste jeden Moment reißen.

»Vielleicht will Li sie einfach positiv in Erinnerung behalten«, sagte Laif leise. »Es ist ihre Mutter, strenggenommen sogar sie selbst ... und sie ist tot.«

»Sie ist *nicht* ihre Mutter oder deren Kopie, sondern ein eigenständiger Mensch mit Rechten und soll erst recht nicht die Schuld ihrer Erzeugerin auf sich nehmen«, erklärte Andor.

Ray sprang auf. »Andor, halt die Klappe!« Er spürte einen unbändigen Zorn in sich und den Drang, Li vor diesen Attacken zu schützen. Er konnte nachvollziehen, wie sie fühlte, und wollte sie in den Arm nehmen, doch Li war bereits aufgestanden und verließ wortlos die Brücke.

Ohne auf die anderen zu achten, lief er hinterher.

Er folgte Li zum Frachtraum, in dessen Mitte seine Pax stand, noch reichlich verdreckt vom Regolith. Sie wirkte so klein wie damals auf dem Recyclinghof. Ray musste sein Staunen über die Größe der Iuno unterdrücken. Nun ging es um Wichtigeres. Li hielt an einer Art Fenster an, das aber auch nur eine Projektion war. Sie stützte die Ellenbogen auf den Rahmen und schaute hinaus. Von hier aus konnte man die Milchstraße erkennen wie damals auf der Jupiterstation. Nur die Sonne strahlte um einiges heller.

»Li?«, fragte Ray leise, als er hinter sie trat. »Alles in Ordnung?«

Sie pustete eine Haarsträhne aus dem Gesicht. »Nein, natürlich nicht, sonst würde ich nicht hier stehen und schmollen.«

»Schon wieder entschuldigst du dich für deine Gefühle.« Ray trat neben sie ans Fenster. »Das musst du nicht. Du kennst Andor, er meint es nicht so.«

Li schaute vor sich auf ihre Finger. »Er hat aber recht. Meine Gefühle haben sie nie interessiert oder auch nur irgendeinen Effekt gehabt. Es war immer nur albern von mir, mich so anzustellen. Ich wollte nie auffallen, nie aus der Masse herausstechen. Einfach nur normal sein. Ein ganz gewöhnliches Mädchen wie alle anderen. Ach, schau mich an, ich plapper und jammere dir was vor. Gerade dir!« Sie holte den herzförmigen Anhänger unter der Bluse hervor und ballte die Faust um ihn. »Und vor Vivian schäme ich mich erst recht, wenn ich mich beklage.«

Ray legte den Arm um sie. »Warum solltest du mir denn nichts vorjammern? Du gehst damit keinem auf die Nerven, du bist unter Freunden hier. Gefühle lassen sich nicht gegeneinander aufwiegen oder Leid in Quantität messen. Jeder empfindet anders. Nach all dem, was wir gemeinsam durchgestanden haben, können wir dich gerade gut verstehen. Hast du mal daran gedacht, dass es einigen von uns vielleicht sogar hilft, mit der eigenen Vergangenheit besser leben zu können, wenn man andere auch mal lamentieren hört? Du musst hier nicht perfekt sein, keiner von uns ist es. Wir zerfließen alle hin und wieder in Selbstmitleid.«

»Ich bin aber kein echter Mensch.«

»Na und? Das ist außer Andor wohl keiner von uns. Und wir alle wissen, wie *der* ist. Du kannst nichts für deine Abstammung, also entschuldige dich nicht dafür. Sei stolz darauf!«

»So wie du?«, fragte Li und grinste ihn von der Seite frech an.

Ray lachte. »Okay, den Seitenhieb hab ich verdient. Nur schlau predigen und selbst nichts dahinter, ich weiß. Eben auch nicht perfekt.«

Ihr Lächeln wirkte auf ihn wie ein warmer Sonnenstrahl. »Weißt du, als du damals erzählt hast, wie du unter dem Druck leidest, die Erwartungen deiner Eltern an dich erfüllen zu müssen, da traf das mitten ins Herz bei mir. Es war genau das, was ich mein Leben lang empfand: für einen Zweck geboren zu sein, dem man sich nicht gewachsen fühlt. Ich wollte mich dir so gerne anvertrauen in diesem Moment, aber schaffte es einfach nicht.«

»Du musst dich nicht entschuldigen. Ich verstehe dich sehr gut.« Sein Herz begann, schneller zu schlagen. »Zu gut.«

»Ich weiß«, flüsterte sie. Ihr Blick traf seinen. »Das ist ja das Schöne bei dir. Ich bin wirklich froh, dass du hier bist.« Tränen bildeten sich in ihren dunklen Augen und ließen sie glänzen wie Sterne. »Ich schäme mich sehr, je an dir gezweifelt zu haben. Schließlich kenne ich Steele und seine Hinterhältigkeit nur zu gut. Ich hätte es besser wissen müssen. Du musst emotional durch die Hölle gegangen sein. Es tut mir so unendlich leid!«

Ray verlor sich in ihren Augen. Er spürte ein Verlangen in sich, das er kaum bändigen konnte. Doch noch war alles zu unstet, die Wunden auf seiner Seele noch zu frisch, obgleich sie bereits zu heilen begannen. Er zwang sich, ihrem Blick auszuweichen. »Gib dir keine Schuld! Dann würde ich mich erneut schlecht fühlen. Es ist vorbei und ich bin froh, wenn nun nichts mehr zwischen uns steht.«

Sie ließ die Kette los und strich ihm mit der Hand über die kurzgeschorenen Haare. »Nur, wenn auch du dir keine Schuld gibst. Der einzige Verbrecher hier ist der Admiral und ihn hat unsere Freundschaft haushoch besiegt.« Ihre Finger glitten sanft über Rays noch immer geschwollene Oberlippe. »Wie geht es dir? Soll ich ein Med-Kit aus der Pax holen?«

Diese zärtliche Berührung löste ein angenehmes Kribbeln in seinem Körper aus. Doch noch wagte er nicht, mehr zuzulassen. Sein Innerstes war von den Erlebnissen des Tages zu erschöpft und leer. Er nahm ihre Hand und drückte sie lächelnd. »Später.« Damit meinte er nicht nur die Schmerzmittel, auch die körperliche Nähe. »Lasst uns erst einmal zurück zu den anderen und das Schiff erkunden. Ich bin echt neugierig.«

Li lächelte. »Ich auch.«

Ray nahm ihre Hand und sie gingen zusammen auf die Brücke, um die anderen zu holen.

Er wollte die Räume auf keinen Fall allein durchsuchen. Schon der Gedanke daran, womöglich Leichen zu finden, verpasste ihm eine Gänsehaut. Die spöttische Stimme des Generals hallte in seinen Gedanken wider. Darin, dass Rays Gemüt kein Material für einen Soldaten war, behielt sein Vater wohl recht.

»Ich spüre es auch«, rief Vivian auf einmal.

Ray stutzte. »Was?«

Vivian drehte sich zu ihm. »Die Iuno. Ich verstehe ihre Worte nicht, aber ich spüre sie.«

Andor schnaubte. »Ihr Weiber werdet mir langsam echt unheimlich. Das Schiff inbegriffen.«

»Vielleicht hatte die Sekte von Vivs Mutter insgeheim auch mit Junogenen experimentiert«, überlegte Laif.

»Oder es ist Zufall und die waren ebenso empathisch, wie Vivian es ist«, sagte Ray. »Offenbar waren sie ja auch ähnlich groß gewesen wie wir.«

»Weißt du das?«, fragte Andor. »Die Sitzmöbel passten sich vielleicht auch erst an, als wir eintraten. Wie Luft, Gravitation und Temperatur.«

»Den Maßen der Iuno nach zu urteilen, glichen sie zumindest weder Buckelwalen noch Ameisen.«

Laif nickte zustimmend. »Deren Genetik muss sich auch einigermaßen mit unserer vertragen haben, sonst wäre jemand wie Li gar nicht lebensfähig gewesen und das Schiff würde sie trotz allem nicht auslesen können«, sinnierte er.

Auslesen. Schon wieder überkam Ray dieses unangenehme Gefühl.

Glücklicherweise fanden sie keinen Teil der alten Crew an Bord. Die Iuno wirkte wie ausgestorben. Ihre Größe war offensichtlich auf etwa vierzig Besatzungsmitglieder ausgerichtet, mit Doppelbelegung bei den Schlafräumen. Die Betten sahen breiter aus als gewohnt. Sie hatten überall reichlich mehr Platz zur Verfügung. Auch die Sauberkeit war enorm. Hier musste es eine sehr gute Luftfilterung geben, die nicht nur Feuchtigkeit, sondern auch Staubpartikel und Gerüche aussiebte. Ein wahrer Luxus im Vergleich zur Pax.

Die nächsten Tage versuchte Ray, sich mit dem Maschinenraum und dem Antrieb vertraut zu machen, während Andor die Bewaffnung überprüfte. Laif fand die Kantine und eine Art Gewächshaus, das jedoch leer stand. Li begutachtete die medizinischen Geräte und Utensilien in dem großen Raum, der wohl als Lazarett diente, und Vivian versuchte, ihre Kommunikation mit dem Schiff zu verfeinern. Ray schmunzelte bei dem Gedanken, dass sich Andor nun den beiden Frauen unterstellen musste, hatte er doch sicher damit spekuliert, einmal selbst der Kapitän dieses Schiffs sein zu dürfen.

An einem Mittag besuchte Vivian ihn im Maschinenraum.

»Ray? Kann ich kurz mit dir sprechen?«

Er drehte sich zu ihr. »Klar, was ist?«

»Ich bin sehr froh, dass du dich gegen Steele gestellt und uns nicht angelogen hast.«

Ray runzelte die Stirn. »Du wusstest das doch sicher, du bist empathisch.«

»Nicht bei dir.«

»Wie meinst du das?«

Vivian schmunzelte. »Ich habe echte Probleme, deine Gefühle zu lesen. Ich muss mich extrem konzentrieren und selbst dann fällt es mir schwer. Daher hab ich auch nichts von deinem Verrat und innerem Kampf bemerkt.«

Ray blinzelte irritiert. »Was? Wieso? Ich bin jetzt niemand, der wenig emotional ist.« Er wollte amüsiert lachen, doch es kam trocken aus seiner Kehle. Seine zu deutlichen Gefühlsregungen hatten die Wutausbrüche seines Vaters immer nur verstärkt gehabt.

»Ich weiß. Du hast eine ausdrucksvolle Mimik, aber dein Innerstes ist verborgen wie unter einer schweren Decke.«

»Liegt das an der genetischen Auslese?«

»Nein, das glaube ich nicht. Die Adventive auf dem Militärschiff konnte ich problemlos lesen.«

Ray rieb sich in Gedanken über das Kinn. »Ich habe mir als Kind antrainiert, innerlich abzuschalten, wenn es zu schlimm wurde. Ich zog mich sozusagen in ein geistiges Versteck zurück.«

»Daran könnte es liegen. Du hattest so ein ungeplantes, mentales Training und bist für Empathen kaum auslesbar, wahrscheinlich könntest du auch gegen einen Lügendetektor gewinnen.«

Ray stutzte. Mit so etwas hatte er nicht gerechnet. »Vielleicht sollte ich mit Poker anfangen«, scherzte er und blickte zu Vivian. »Dann warst du gar nicht sicher, dass ich die Wahrheit sagte, als ich Andor und dich angefunkt habe?« Er konnte das kaum glauben.

Sie lächelte. »Ein wenig Menschenkenntnis und Vertrauen muss auch ich besitzen.« Sie küsste ihn auf die Wange und ging hinaus.

Ray blickte ihr verwundert nach. Langsam realisierte er, was Vivian für ihn getan hatte und welchen Risiko sie eingegangen war. Er war dankbar, solche Freunde zu haben. Er würde sie in Zukunft nie mehr hintergehen, das schwor er sich.

19. Endspiel

»Ich habe Neuigkeiten«, verkündete Andor eines Abends, als sie in der Kantine saßen und das von Laif gekochte Risotto aßen.

»Bitte positive«, sagte Vivian.

Auch Ray hoffte auf gute Nachrichten. Lange würden die Vorräte des Frachters nicht mehr reichen. Er überlegte, ob sie die Iuno hier versteckt halten könnten, während sie mit der Pax ausflogen, um Lebensmittel zu besorgen. Allerdings traute er sich mit seinem Chip kaum mehr aus diesem Schiff. Die Spione des Admirals könnten überall auf ihn lauern. Er musste das Ding zwingend loswerden, wollte er sich nicht ewig hier eingraben wie ein paranoider Eremit. Dann würde die Iuno doch noch sein Sarkophag werden.

Andor setzte sich zu ihnen an den Tisch. »Ich habe mit dem Vorsitzenden des Solarbunds verhandelt. Der sensationelle Start des Schiffes auf Ceres blieb wie befürchtet nicht unbemerkt von den Satelliten und ging durch alle Kanäle. Jede Regierung erhob sofort Anspruch auf die Iuno.«

Ray seufzte innerlich. Das war ja klar. Von wegen Ende, nun ging der Ärger erst richtig los.

»Ist eine Kampfflotte zu uns unterwegs?«, fragte Laif erschrocken.

Andor schüttelte den Kopf. »Nein. Im Gegenteil. Ich habe denen alles erklärt. Auch dass nur Li das Schiff betreten und fliegen kann, das ist ja kein Geheimnis mehr, da Steele es ohnehin weiß. Ich habe auch erwähnt, dass du Opfer einer kriminellen Wissenschaftlerin des Solarbunds bist und eigentlich auf Entschädigung klagen könntest.«

»So einfach ist das nicht«, sagte Li.

Andor hob die Hand. »Lasst mich aussprechen! Wir alle bekamen eine Generalamnestie.«

Ray glaubte, sich verhört zu haben. »Was?«

»Natürlich nur unter gewissen Bedingungen, denen ich noch zustimmen muss, daher frage ich euch. Wegen uns gab es ein spontanes Dringlichkeitstreffen der Erd- und Marsregierung, cool, was? Wir sind über Nacht zu Stars geworden.«

»Na, prima«, sagte Li wenig enthusiastisch.

Andor machte eine beschwichtigende Geste. »Die wollen auch keinen Krieg heraufbeschwören und noch weniger das Schiff beschädigen. Aber solch ein Fund kann auch nicht ignoriert oder einfach einer Gruppe Misfits überlassen werden. Verstehe ich auch.«

»Jetzt komm zum Punkt, was bieten die an?«, drängte Ray.

»Wir dürfen es nutzen. Nicht offiziell behalten, da der Besitzanspruch noch debattiert werden muss – wahrscheinlich über die nächsten tausend Jahre. Aber solange wir alle Daten über das Schiff der Wissenschaft zur Verfügung stellen und nicht in eine andere Galaxie fliehen, ist alles gut und legal. Allerdings müssen wir je einem Forscher vom Solarbund und von Adventiva Zugang gewähren.«

»Unsere Crew erweitert sich also um mindestens zwei Personen?«

»Ja, leider. Die wollten denen noch einen Soldaten zuteilen, aber das hab ich abgelehnt.« Andor zuckte die Schultern. »Mehr ging beim besten Willen nicht. War ja auch irgendwie klar. Aber ich hoffe, Vivian kann achtgeben, dass die Typen keine Tricks versuchen, und das Schiff petzt ja auch alles Li, wenn sie es verlangt.« Er lächelte beinahe entschuldigend.

Vivian hielt sich wie erleichtert die Hand an ihr Dekolleté. »Das sind ja wirklich gute Nachrichten. Ich hatte weit Schlimmeres befürchtet.«

»Und die Adventive haben zugestimmt?«, fragte Li mit einem Seitenblick zu Ray.

»Ja, zähneknirschend, auch in Bezug auf Rays Amnestie. Natürlich nur, solange alle Daten fair geteilt werden.«

»Mein Vater und Admiral Steele hätten einen Krieg riskiert, bevor sie mit dem Solarbund zusammenarbeiten«, brummte Ray.

»Die sitzen aber zum Glück nicht in eurer Regierung und deren Beliebtheitsskala ist sicher massiv gesunken nach der Pleite. Der Admiral hat wahrscheinlich einiges an Ärger am Hals gerade.«

Ray wusste noch nicht, ob er sich darüber freuen sollte oder nicht. Deren Rachsucht war nicht zu unterschätzen und richtete sich ganz bestimmt allein auf ihn. Steele hatte seine historische Unsterblichkeit schon zum Greifen nahe gesehen, bevor ein ungehorsamer, popeliger Fähnrich sie ihm sprichwörtlich aus den Händen riss. Dabei zählte nicht, dass er sich nur das zurückholte, was der Admiral ihm zuvor gestohlen hatte.

»Was ist mit mir?«, fragte Laif zaghaft.

»Du darfst weiterhin bei uns bleiben, wenn du willst. Wir sind ja nun die Guten und Wichtigen.« Andor grinste. »Die Raumstation gehört übrigens offiziell dir. Ansonsten hat dir dein Professor leider nicht besonders viel vererbt, der war wohl ziemlich pleite, aber zumindest schuldenfrei.«

Laif strahlte über das ganze Gesicht. »Danke. Eine Wohnung im All zu besitzen, ist schon sehr cool.«

Vivian zwinkerte. »Da bist du wohlhabender als Li, Ray oder ich.«

Der Junge lachte. »Ihr wärt immer willkommen da. Ich erkläre es zu unserem Clubhaus!« Er sah zu Andor. »Dann darf ich mich endlich an der Kochschule bewerben? Vielleicht kann ich auf der Station mal ein Restaurant eröffnen.«

Andor nickte. »Du darfst alles sein und werden, was du willst.« Er zwinkerte Vivian zu, sah zu Ray und sein Grinsen wurde breiter.

Ray hob die Brauen. »Was ist?« Dieser Blick gab ihm ein mulmiges Gefühl. Was wollte der Kerl nun schon wieder von ihm?

»Weißt du was mir gerade in den Sinn gekommen ist, Blondie?«

»Das weiß ich selten. Zum Glück. Rettet einem den Verstand.«

Andor lehnte sich zurück und kreuzte die Hände hinter seinem Kopf. »Du und ich, wir sind Dr. Moradi und Dr. Federstein!«

Ray sah ihn mit schiefem Kopf an. »Hast du wieder getrunken?«

»Sei nicht so gehässig, ich bin nur romantisch, du Vollhonk!« Er breitete die Arme aus, wie um ein Meisterwerk zu enthüllen. »Ein Terraner und ein Adventiv arbeiten in enger Freundschaft zusammen und lösen das Rätsel. Genau, wie es sich diese beiden Wissenschaftler erträumt hatten.«

»Ich glaube, die erhofften sich eher eine friedvolle gemeinsame Arbeit der Regierungen, nicht von zwei Privatpersonen, die um sich schnappen wie Terrier.«

Andor winkte ab. »Wenn die wollten, dass Politiker es finden, hätten sie ihre Rätsel um einiges einfacher machen müssen. Nein, wir beide sind das absolute Dreamteam. Die Auserwählten des Schicksals.«

»Und was ist mit uns?«, fragte Vivian empört.

Andor winkte ab. »Bloße Sidekicks.«

»Ich gebe dir gleich richtige Sidekicks!« Sie hieb Andor mit dem Ellenbogen in die Taille, der lachend auswich.

»Also fliegen wir zurück zur Erde?«, fragte Li.

»Erstmal ja. Aber wir müssen die Iuno auf einem überwachten Regierungsgelände abstellen. Sie gehört offiziell der Wissenschaft, trotzdem sind einige Neider ganz bestimmt scharf auf unser neues Schmuckstück. Auch wenn ohne Li keiner dran kann und Beschuss nichts bringt, versuchen werden die sicher alles.«

Ray dachte an die gesetzlose Zone rund um den Saturn und nickte missmutig. »Wenn Träume in Erfüllung gehen, kommen die Sorgen.« Er hoffte, dass Li nicht nun noch mehr in Gefahr sein würde als zuvor.

»Sei nicht immer so eine Drama-Queen! Wir konzentrieren uns jetzt mal auf das Positive. Zumindest wird unsere Forschung sogar finanziell gefördert, auch das garantiert unsere Sicherheit, und mein Postfach ist jetzt schon voller Anfragen von Journalisten, Investoren und Esoterikern.«

Ray hob eine Augenbraue. »Esoterikern?«

»Die glauben, das Schiff sei ein Zeichen des Universums oder ein Medium oder so'n Kram.«

»Ach, du meine Güte!«

Andor stand auf und griff in seine Tasche. »Ich hatte auch noch was vor, kam aber bisher nicht dazu.« Er trat zu Vivian, ging vor ihr auf die Knie und hielt ihr die kleine Schachtel entgegen. »Meinst du, du hältst es noch etwas länger bei mir aus?«, fragte er und klappte die Schachtel auf, in der sich ein goldener Ring mit Diamant befand. »So für immer und so?«

Vivian öffnete den Mund und schloss ihn wieder, ohne einen Laut von sich zu geben. Ihr Blick wanderte von dem Ring zu Andor und wieder zurück. »Wo hast du den denn geklaut? Und wann?«, stieß sie schließlich keuchend hervor.

»Noch auf Titan. Doch irgendwie kam immer was dazwischen. Jetzt entscheide dich endlich, mein Knie tut weh«, maulte er. »Ich bin schließlich nicht mehr der Jüngste.«

Vivian lachte. »Du blöder Idiot! Ja. Ja, ich will!«

Andor grinste, stand auf und zog sie in seine Arme. Er steckte ihr den Ring an den Finger und küsste sie.

Laif und Li klatschten begeistert in die Hände. Auch Ray musste grinsen.

Später zog sich Ray mit Li in seine Kabine zurück. Er hatte sich eine der größeren ausgesucht, die nahe der Brücke lagen. Sie bestand aus zwei Räumen, von denen jeder einzelne geräumiger als sein altes Apartment war, und einer Art Badezimmer. Hier würden sie jedoch noch einiges umgestalten müssen.

Li schien noch immer ergriffen von der Szene im Aufenthaltsraum. »Hättest du gedacht, dass Vivian tatsächlich ja sagt? Ich meine, für Andor war das da eben extrem romantisch.«

»Jetzt hat sie ja, was sie immer wollte.«

»Du meinst, sie hat Andor immer gewollt?«, fragte Li. »Da hatte ich zeitweise aber einen ganz anderen Eindruck.«

»Ich meine Geld. Sie hat sich endlich jemanden mit viel Geld geangelt, ihr Traum wurde wahr.«

»Ich denke nicht, dass sie bei Andor leichtes Spiel hat. Der rückt von alleine nichts raus.«

Ray spürte Frust aufkommen. Was konnte er dagegen einer Frau bieten? Er hatte keine Wohnung, nur einen heruntergekommenen Frachter, und nicht einmal einen Job. Nun, offiziell schon, aber ohne Gehalt.

Sie stupste ihn an. »Ich weiß, dass Andor einige krumme Dinger für sein Vermögen gedreht hat, und dass er hauptsächlich in eigene Vorteile investiert. Aber es ist sein Geld, er kann damit machen, was er will.«

»Ich weiß. Er hätte mich dennoch wie versprochen für meine Arbeit entlohnen können, ich habe ihn schließlich mit meinem Schiff durch das halbe Sonnensystem chauffiert.« Und den verfluchten Überwachungschip, der ihm noch immer sprichwörtlich im Nacken saß, hatte er auch Andor zu verdanken.

»Er kann halt nicht aus seiner Haut. So kennen und lieben wir ihn«, sagte Li. »Doch ich bin sicher, er würde uns sofort aus der Klemme helfen, wenn's hart auf hart kommt.« Sie drehte sich zu ihm und lächelte. »Und die Iuno kann nur ich fliegen, auch Vivian nicht, so gesehen gehört sie uns.«

Ray stutzte. *Uns?* Das Wort fühlte sich angenehm an und er hoffte, dass es kein Versprecher gewesen war, wagte aber nicht nachzufragen.

»Wie seltsam das alles ist«, flüsterte Li wie in Gedanken. »Hättest du gedacht, was alles passieren wird, als wir uns in den Arrestzellen getroffen hatten? Und nun stehen wir hier mit Andor, Vivian und Laif. Als hätte uns das Schicksal miteinander verbunden.«

Ray lächelte, als er sich an das junge Mädchen erinnerte, das ihn für sein Starren angefaucht hatte wie ein in die Ecke gedrängtes Kätzchen. Nun stand sie als erwachsene Frau vor ihm, die er bewunderte und begehrte. Er glaubte nicht an Schicksal, aber das Leben wies einem manchmal seltsame Wege. Er nahm seinen Mut zusammen und trat näher auf sie zu. »Ich denke, wir alle sind das Beste, was uns hätte passieren können.«

Li lachte. »Das ist wohl wahr.« Sie wich nicht zurück, sondern sah ihm tief in die Augen. »Jetzt verstehe ich auch deine Reaktion damals im Arboretum.«

Ray schluckte hart, er senkte den Blick, der jedoch an ihrem sinnlichen Mund hängenblieb. »Ich wollte dich nicht noch mehr verletzen. Was hätte ich an diesem Abend darum gegeben, dich küssen zu dürfen! Aber mein Gewissen ließ es nicht zu.«

Ein Lächeln umspielte ihre Lippen. Sie ergriff seine Hände und schlang ihre Finger in seine. »Ich war zugegeben sehr enttäuscht, dachte zeitweise, du stehst vielleicht nicht auf Frauen.«

Ray lachte trocken auf. »Als Adventiv? Homosexualität ist das erste, was die aus unseren Genen streichen.«

»Wer weiß, du bist schließlich kein Paradebeispiel deiner Kultur.« Die Finger ihrer rechten Hand wanderten seinen linken Arm nach oben. Diesmal genoss Ray das Kribbeln, das ihre sanfte Berührung auslöste.

»Da hast du recht. Aber, nein, ich stehe auf Frauen.«

»Nur auf Blondinen?«

»Nein.« Er hob die Hand und strich sanft über die Wangen dieses wunderschönen Gesichts. »Doch ein Fehler in der Auslese, fürchte ich.« In ihre dunkelbraunen Augen zu schauen war, wie in die Tiefen des Universums zu blicken.

»Ich bin froh, dass du es damals nicht ausgenutzt hast. Danke.« Sie beugte sich vor.

Als sich ihre Lippen berührten, schloss er die Augen. Die gesamte Angespanntheit der vergangenen Monate verwehte wie roter Marssand im Wind. Er fühlte sich so leicht und befreit wie niemals zuvor.

Nach dem leidenschaftlichen Kuss ließ er sich von Li in Richtung des großen Bettes ziehen. Er nahm nur noch sie wahr, alles andere schien unwichtig. Nur dieser Augenblick zählte, ein Moment unvorstellbaren Glücks.